浙江省大学生
中华经典诵读竞赛
精 选 题 库

浙江省语言文字工作者协会●编

ZHEJIANG UNIVERSITY PRESS
浙江大学出版社
·杭州·

图书在版编目（CIP）数据

典润之江：浙江省大学生中华经典诵读竞赛精选题
库 / 浙江省语言文字工作者协会编. -- 杭州：浙江大
学出版社，2024. 10. -- ISBN 978-7-308-25093-1

Ⅰ. I206-44

中国国家版本馆 CIP 数据核字第 2024Q0K336 号

典润之江：浙江省大学生中华经典诵读竞赛精选题库
DIANRUN ZHIJIANG: ZHEJIANG SHENG DAXUESHENG ZHONGHUA JINGDIAN SONGDU JINGSAI JINGXUAN TIKU
浙江省语言文字工作者协会　编

策划编辑　柯华杰
责任编辑　李　晨
责任校对　赵　钰
封面设计　林智广告
出版发行　浙江大学出版社
　　　　　（杭州市天目山路148号　邮政编码310007）
　　　　　（网址：http://www.zjupress.com）
排　　版　杭州林智广告有限公司
印　　刷　杭州捷派印务有限公司
开　　本　787mm×1092mm　1/16
印　　张　18.75
字　　数　378千
版 印 次　2024年10月第1版　2024年10月第1次印刷
书　　号　ISBN 978-7-308-25093-1
定　　价　56.80元

前言

教育部《完善中华优秀传统文化教育指导纲要》指出：中华优秀传统文化中蕴含着以"天下兴亡、匹夫有责"为主题的家国情怀；以"仁爱共济、立己达人"为主题的社会关爱；以"正心笃志、崇德弘毅"为主题的人格修养。通过家国情怀、社会关爱和人格修养三个层面的教育，培养学生做自信、自尊、自强、文明，有爱心、知荣辱、守诚信、敢创新的优秀学生。这是设立浙江省大学生中华经典诵读竞赛项目的初衷，也是竞赛的终极目标。

西汉学者刘向曾说："书犹药也，善读之可以医愚。"《周易》有云："观乎天文，以察时变；观乎人文，以化成天下。"当我们徜徉在中华经典的海洋里，我们可以领悟苏东坡"但愿人长久，千里共婵娟"的旷达，体会周敦颐"出淤泥而不染，濯清涟而不妖"的自尊，感受李贺"男儿何不带吴钩，收取关山五十州"的壮志，感染李白"长风破浪会有时，直挂云帆济沧海"的豪情。

"宝剑锋从磨砺出，梅花香自苦寒来。"正是通过一次次的诵读，经典被不断赋予新的文化意识和生命形态，那些栖息在历史文本上的高贵的灵魂才一次次被激活。知识改变命运，学问改变气质。十年树木，百年树人，通过一届又一届的经典诵读竞赛，我们欣喜地看到，大学生的文化素养稳步提升，文化自信不断增强。

历代经典浩如烟海，版本来源丰富多样。我们在编辑核对选文时遵循了以下原则：凡教育部统编教材中已收录的篇目，以教材作为第一参照标准，统编教材中未予收录的篇目，古代作品以四库全书影印版和权威出版社版本为参照标准，现当代作品以权威出版社版本为参照标准。

一个民族的文化自信，来源于民族的文化经典。"莫愁前路无知己，天下谁人不识君。"诵读经典有益于提升文化修养与思维能力，增强文化自信并扩充生活的宽度、厚度与高度。无用之用，方为大用。如今，我们与经典结伴已有十多个春秋，经典，像一盏盏明灯，指引着我们前进的方向。

"欲治其国者，先齐其家，欲齐其家者，先修其身，欲修其身者，先正其心。""道虽迩，不行不至；事虽小，不为不成。""积力之所举，则无不胜也；众智之所为，则无不成也。"一项艰巨而伟大的事业，依赖于成就事业的人；一群光荣且不朽的人，来自奋斗不止的事业。大学生中华经典诵读竞赛筚路蓝缕，十年磨一剑，我们的世界有了一朵一朵的笑靥，有了一缕一缕的清风，精神家园日渐变得充盈。

历史需要记忆，经典需要诵读，文化需要传承。期待着大学生中华经典诵读竞赛在中国大地上"忽如一夜春风来，千树万树梨花开"。

目 录

第一部分

古代经典诵读题库

1. 诗经·国风·蒹葭

蒹葭苍苍，白露为霜。所谓伊人，在水一方。溯洄从之，道阻且长。溯游从之，宛在水中央。

蒹葭萋萋，白露未晞。所谓伊人，在水之湄。溯洄从之，道阻且跻。溯游从之，宛在水中坻。

蒹葭采采，白露未已。所谓伊人，在水之涘。溯洄从之，道阻且右。溯游从之，宛在水中沚。

2. 诗经·国风·谷风

习习谷风，以阴以雨。黾勉同心，不宜有怒。采葑采菲，无以下体。德音莫违，及尔同死。

行道迟迟，中心有违。不远伊迩，薄送我畿。谁谓荼苦，其甘如荠。宴尔新昏，如兄如弟。

泾以渭浊，湜湜其沚。宴尔新昏，不我屑以。毋逝我梁，毋发我笱。我躬不阅，遑恤我后。

就其深矣，方之舟之。就其浅矣，泳之游之。何有何亡，黾勉求之。凡民有丧，匍匐救之。

不我能慉，反以我为仇。既阻我德，贾用不售。昔育恐育鞠，及尔颠覆。既生既育，比予于毒。

我有旨蓄，亦以御冬。宴尔新昏，以我御穷。有洸有溃，既诒我肄。不念昔者，伊余来墍。

3. 诗经·国风·七月

七月流火，九月授衣。一之日觱发，二之日栗烈。无衣无褐，何以卒岁？三之日于耜，四之日举趾。同我妇子，馌彼南亩。田畯至喜。

七月流火，九月授衣。春日载阳，有鸣仓庚。女执懿筐，遵彼微行，爰求柔桑。春日迟迟，采蘩祁祁。女心伤悲，殆及公子同归！

七月流火，八月萑苇。蚕月条桑，取彼斧斨。以伐远扬，猗彼女桑。七月鸣鵙，八月载绩。载玄载黄，我朱孔阳，为公子裳。

四月秀葽，五月鸣蜩。八月其获，十月陨蘀。一之日于貉，取彼狐狸，为公子裘。二之日其同，载缵武功。言私其豵，献豜于公。

五月斯螽动股，六月莎鸡振羽。七月在野，八月在宇，九月在户，十月蟋蟀入我床下。穹窒熏鼠，塞向墐户。嗟我妇子，曰为改岁，入此室处。

六月食郁及薁，七月亨葵及菽。八月剥枣，十月获稻。为此春酒，以介眉寿。七月食瓜，八月断壶，九月叔苴，采荼薪樗，食我农夫。

九月筑场圃，十月纳禾稼。黍稷重穋，禾麻菽麦。嗟我农夫，我稼既同，上入执宫功。昼尔于茅，宵尔索绹。亟其乘屋，其始播百谷。

二之日凿冰冲冲，三之日纳于凌阴。四之日其蚤，献羔祭韭。九月肃霜，十月涤场。朋酒斯飨，曰杀羔羊。跻彼公堂，称彼兕觥，万寿无疆。

4. 诗经·国风·汉广

南有乔木，不可休思。汉有游女，不可求思。汉之广矣，不可泳思。江之永矣，不可方思。

翘翘错薪，言刈其楚。之子于归，言秣其马。汉之广矣，不可泳思。江之永矣，不可方思。

翘翘错薪，言刈其蒌。之子于归，言秣其驹。汉之广矣，不可泳思。江之永矣，不可方思。

5. 诗经·国风·氓

氓之蚩蚩，抱布贸丝。匪来贸丝，来即我谋。送子涉淇，至于顿丘。匪我愆期，子无良媒。将子无怒，秋以为期。

乘彼垝垣，以望复关。不见复关，泣涕涟涟。既见复关，载笑载言。尔卜尔筮，体无咎言。以尔车来，以我贿迁。

桑之未落，其叶沃若。于嗟鸠兮，无食桑葚！于嗟女兮，无与士耽！士之耽兮，犹可说也。女之耽兮，不可说也！

桑之落矣，其黄而陨。自我徂尔，三岁食贫。淇水汤汤，渐车帷裳。女也不爽，士贰其行。士也罔极，二三其德！

三岁为妇，靡室劳矣。夙兴夜寐，靡有朝矣！言既遂矣，至于暴矣。兄弟不知，咥其笑矣。静言思之，躬自悼矣！

及尔偕老，老使我怨。淇则有岸，隰则有泮。总角之宴，言笑晏晏，信誓旦旦，不思其反。反是不思，亦已焉哉！

6. 诗经·国风·无衣

岂曰无衣？与子同袍。王于兴师，修我戈矛，与子同仇。

岂曰无衣？与子同泽。王于兴师，修我矛戟，与子偕作！

岂曰无衣？与子同裳。王于兴师，修我甲兵，与子偕行！

7. 诗经·国风·黍离

彼黍离离，彼稷之苗。行迈靡靡，中心摇摇。知我者，谓我心忧；不知我者，谓我何求。悠悠苍天，此何人哉？

彼黍离离，彼稷之穗。行迈靡靡，中心如醉。知我者，谓我心忧；不知我者，谓我何求。悠悠苍天，此何人哉？

彼黍离离，彼稷之实。行迈靡靡，中心如噎。知我者，谓我心忧；不知我者，谓我何求。悠悠苍天，此何人哉？

8. 诗经·国风·将仲子

将仲子兮，无逾我里，无折我树杞。岂敢爱之？畏我父母。仲可怀也，父母之言，亦可畏也。

将仲子兮，无逾我墙，无折我树桑。岂敢爱之？畏我诸兄。仲可怀也，诸兄之言，亦可畏也。

将仲子兮，无逾我园，无折我树檀。岂敢爱之？畏人之多言。仲可怀也，人之多言，亦可畏也。

9. 诗经·小雅·采薇

采薇采薇，薇亦作止。曰归曰归，岁亦莫止。靡室靡家，猃狁之故。不遑启居，猃狁之故。

采薇采薇，薇亦柔止。曰归曰归，心亦忧止。忧心烈烈，载饥载渴。我戍未定，靡使归聘。

采薇采薇，薇亦刚止。曰归曰归，岁亦阳止。王事靡盬，不遑启处。忧心孔疚，我行不来！

彼尔维何？维常之华。彼路斯何？君子之车。戎车既驾，四牡业业。岂敢定居？一月三捷。

驾彼四牡，四牡骙骙。君子所依，小人所腓。四牡翼翼，象弭鱼服。岂不日戒？猃狁孔棘！

昔我往矣，杨柳依依。今我来思，雨雪霏霏。行道迟迟，载渴载饥。我心伤悲，莫知我哀！

10. 诗经·小雅·鹿鸣

呦呦鹿鸣，食野之苹。我有嘉宾，鼓瑟吹笙。吹笙鼓簧，承筐是将。人之好我，示我周行。

呦呦鹿鸣，食野之蒿。我有嘉宾，德音孔昭。视民不恌，君子是则是效。我有旨酒，嘉宾式燕以敖。

呦呦鹿鸣，食野之芩。我有嘉宾，鼓瑟鼓琴。鼓瑟鼓琴，和乐且湛。我有旨酒，以燕乐嘉宾之心。

11. 诗经·小雅·鸿雁

鸿雁于飞，肃肃其羽。之子于征，劬劳于野。爰及矜人，哀此鳏寡。

鸿雁于飞，集于中泽。之子于垣，百堵皆作。虽则劬劳，其究安宅？

鸿雁于飞，哀鸣嗷嗷。维此哲人，谓我劬劳。维彼愚人，谓我宣骄。

12. 楚辞·离骚（节选）（屈原）

帝高阳之苗裔兮，朕皇考曰伯庸。摄提贞于孟陬兮，惟庚寅吾以降。皇览揆余初度兮，肇锡余以嘉名：名余曰正则兮，字余曰灵均。纷吾既有此内美兮，又重之以修能。扈江离与辟芷兮，纫秋兰以为佩。汨余若将不及兮，恐年岁之不吾与。朝搴阰之木兰兮，夕揽洲之宿莽。日月忽其不淹兮，春与秋其代序。唯草木之零落兮，恐美人之迟暮。不抚壮而弃秽兮，何不改此度？乘骐骥以驰骋兮，来吾道夫先路！

13. 楚辞·渔父（屈原）

屈原既放，游于江潭，行吟泽畔。颜色憔悴，形容枯槁。

渔父见而问之，曰："子非三闾大夫与？何故至于斯？"

屈原曰："举世皆浊我独清，众人皆醉我独醒，是以见放。"

渔父曰："圣人不凝滞于物，而能与世推移。世人皆浊，何不淈其泥而扬其波？众人皆醉，何不铺其糟而歠其醨？何故深思高举，自令放为？"

屈原曰："吾闻之，新沐者必弹冠，新浴者必振衣；安能以身之察察，受物之汶汶者乎？宁赴湘流，葬于江鱼之腹中。安能以皓皓之白，而蒙世俗之尘埃乎？"

渔父莞尔而笑，鼓枻而去，歌曰："沧浪之水清兮，可以濯吾缨；沧浪之水浊兮，可以濯吾足。"遂去，不复与言。

14. 楚辞·九章·橘颂（屈原）

后皇嘉树，橘徕服兮。受命不迁，生南国兮。深固难徙，更壹志兮。绿叶素荣，纷其可喜兮。曾枝剡棘，圆果抟兮。青黄杂糅，文章烂兮。精色内白，类可任兮。纷缊宜修，姱而不丑兮。嗟尔幼志，有以异兮。独立不迁，岂不可喜兮。深固难徙，廓其无求兮。苏世独立，横而不流兮。闭心自慎，不终失过兮。秉德无私，参天地兮。愿岁并谢，与长友兮。淑离不淫，梗其有理兮。年岁虽少，可师长兮。行比伯夷，置以为像兮。

15. 楚辞·九歌·国殇（屈原）

操吴戈兮被犀甲，车错毂兮短兵接。

旌蔽日兮敌若云，矢交坠兮士争先。

凌余阵兮躐余行，左骖殪兮右刃伤。

霾两轮兮絷四马，援玉枹兮击鸣鼓。

天时坠兮威灵怒，严杀尽兮弃原野。

出不入兮往不反，平原忽兮路超远。

带长剑兮挟秦弓，首身离兮心不惩。

诚既勇兮又以武，终刚强兮不可凌。

身既死兮神以灵，子魂魄兮为鬼雄。

16. 楚辞·九歌·河伯（屈原）

与女游兮九河，冲风起兮横波。

乘水车兮荷盖，驾两龙兮骖螭。

登昆仑兮四望，心飞扬兮浩荡。

日将暮兮怅忘归，惟极浦兮寤怀。

鱼鳞屋兮龙堂，紫贝阙兮朱宫，灵何为兮水中？

乘白鼋兮逐文鱼，与女游兮河之渚，流澌纷兮将来下。

子交手兮东行，送美人兮南浦。

波滔滔兮来迎，鱼鳞鳞兮媵予。

17. 楚辞·九歌·湘夫人（屈原）

帝子降兮北渚，目眇眇兮愁予。嫋嫋兮秋风，洞庭波兮木叶下。

白薠兮骋望，与佳期兮夕张。鸟何萃兮蘋中，罾何为兮木上？

沅有茝兮醴有兰，思公子兮未敢言。荒忽兮远望，观流水兮潺湲。

麋何食兮庭中，蛟何为兮水裔？朝驰余马兮江皋，夕济兮西澨。闻佳人兮召予，将腾驾兮偕逝。

筑室兮水中，葺之兮荷盖。荪壁兮紫坛，匊芳椒兮成堂。桂栋兮兰橑，辛夷楣兮药房。罔薜荔兮为帷，擗蕙櫋兮既张。白玉兮为镇，疏石兰兮为芳。芷葺兮荷屋，缭之兮杜衡。合百草兮实庭，建芳馨兮庑门。九疑缤兮并迎，灵之来兮如云。

捐余袂兮江中，遗余褋兮醴浦。搴汀洲兮杜若，将以遗兮远者。时不可兮骤得，聊逍遥兮容与！

18. 楚辞·九歌·山鬼（屈原）

若有人兮山之阿，被薜荔兮带女萝。既含睇兮又宜笑，子慕予兮善窈窕。乘赤豹兮从文狸，辛夷车兮结桂旗。被石兰兮带杜衡，折芳馨兮遗所思。

余处幽篁兮终不见天，路险难兮独后来。表独立兮山之上，云容容兮而在下。杳冥冥兮羌昼晦，东风飘兮神灵雨。留灵修兮憺忘归，岁既晏兮孰华予！

采三秀兮于山间，石磊磊兮葛蔓蔓。怨公子兮怅忘归。君思我兮不得闲。山中人兮芳杜若，饮石泉兮荫松柏。君思我兮然疑作。雷填填兮雨冥冥，猿啾啾兮又夜鸣。风飒飒兮木萧萧，思公子兮徒离忧。

19. 庄子·逍遥游（节选）

且夫水之积也不厚，则其负大舟也无力。覆杯水于坳堂之上，则芥为之舟，置杯焉则胶，水浅而舟大也。风之积也不厚，则其负大翼也无力，故九万里，则风斯在下矣，而后乃今培风；背负青天，而莫之夭阏者，而后乃今将图南。

蜩与学鸠笑之曰："我决起而飞，抢榆枋而止，时则不至，而控于地而已矣，奚以之九万里而南为？"适莽苍者，三餐而反，腹犹果然；适百里者，宿舂粮；适千里者，三月聚粮。之二虫又何知？

小知不及大知，小年不及大年。奚以知其然也？朝菌不知晦朔，蟪蛄不知春秋，此小年也。楚之南有冥灵者，以五百岁为春，五百岁为秋；上古有大椿者，以八千岁为春，八千岁为秋，此大年也。而彭祖乃今以久特闻，众人匹之，不亦悲乎！

20．庄子·秋水（节选1）

秋水时至，百川灌河。泾流之大，两涘渚崖之间不辩牛马。于是焉河伯欣然自喜，以天下之美为尽在己。顺流而东行，至于北海，东面而视，不见水端。于是焉河伯始旋其面目，望洋向若而叹曰："野语有之曰'闻道百，以为莫己若'者，我之谓也。且夫我尝闻少仲尼之闻，而轻伯夷之义者，始吾弗信；今我睹子之难穷也，吾非至于子之门，则殆矣，吾长见笑于大方之家。"

21．庄子·秋水（节选2）

北海若曰："井蛙不可以语于海者，拘于虚也；夏虫不可以语于冰者，笃于时也；曲士不可以语于道者，束于教也。今尔出于崖涘，观于大海，乃知尔丑，尔将可与语大理矣。天下之水，莫大于海，万川归之，不知何时止而不盈；尾闾泄之，不知何时已而不虚；春秋不变，水旱不知。此其过江河之流，不可为量数。而吾未尝以此自多者，自以比形于天地，而受气于阴阳，吾在天地之间，犹小石小木之在大山也。方存乎见少，又奚以自多！"

22．庄子·秋水（节选3）

庄子与惠子游于濠梁之上。庄子曰："鲦鱼出游从容，是鱼之乐也。"惠子曰："子非鱼，安知鱼之乐？"庄子曰："子非我，安知我不知鱼之乐？"惠子曰："我非子，固不知子矣；子固非鱼也，子之不知鱼之乐，全矣！"庄子曰："请循其本。子曰'汝安知鱼乐'云者，既已知吾知之而问我，我知之濠上也。"

23．庄子·养生主（节选）

庖丁释刀对曰："臣之所好者道也，进乎技矣。始臣之解牛之时，所见无非牛者。三年之后，未尝见全牛也。方今之时，臣以神遇而不以目视，官知止而神欲行。依乎天理，批大郤，导大窾，因其固然。技经肯綮之未尝，而况大軱乎！良庖岁更刀，割也；族庖月更刀，折也。今臣之刀十九年矣，所解数千牛矣，而刀刃若新发于硎。彼节者有间，而刀刃者无厚；以无厚入有间，恢恢乎其于游刃必有余地矣，是以十九年而刀刃若新发于硎。虽然，每至于族，吾见其难为，怵然为戒，视为止，行为迟。动刀甚微，謋然已解，如土委地。提刀而立，为之四顾，为之踌躇满志，善刀而藏之。"

24．庄子·知北游（节选）

天地有大美而不言，四时有明法而不议，万物有成理而不说。圣人者，原天地之美而达万物之理。是故至人无为，大圣不作，观于天地之谓也。今彼神明至精，与彼百化。物已死生方圆，莫知其根也。扁然而万物自古以固存。六合为巨，未离其内；秋豪为小，待之成体；天下莫不沉浮，终身不故；阴阳四时运行，各得其序；惛然若亡而存；油然不形而神；万物畜而不知：此之谓本根，可以观于天矣!

25.墨子·非攻上（节选）

今有一人，入人园圃，窃其桃李，众闻则非之，上为政者得则罚之，此何也？以亏人自利也。至攘人犬豕鸡豚者，其不义又甚入人园圃窃桃李。是何故也？以亏人愈多。苟亏人愈多，其不仁兹甚，罪益厚。至入人栏厩，取人马牛者，其不仁义又甚攘人犬豕鸡豚，此何故也？以其亏人愈多。苟亏人愈多，其不仁兹甚，罪益厚。至杀不辜人也，扡其衣裘，取戈剑者，其不义又甚入人栏厩取人马牛，此何故也？以其亏人愈多。苟亏人愈多，其不仁兹甚矣，罪益厚。当此，天下之君子皆知而非之，谓之不义。今至大为攻国，则弗知非，从而誉之，谓之义。此可谓知义与不义之别乎？

26.列子·汤问（节选）

伯牙善鼓琴，钟子期善听。伯牙鼓琴，志在登高山。钟子期曰："善哉，峨峨兮若泰山！"志在流水。钟子期曰："善哉，洋洋兮若江河！"伯牙所念，钟子期必得之。伯牙游于泰山之阴，卒逢暴雨，止于岩下，心悲，乃援琴而鼓之。初为霖雨之操，更造崩山之音。曲每奏，钟子期辄穷其趣。伯牙乃舍琴而叹曰："善哉，善哉，子之听夫！志想象犹吾心也。吾于何逃声哉？"

27.荀子·劝学（节选）

君子曰：学不可以已。

青，取之于蓝，而青于蓝；冰，水为之，而寒于水。木直中绳，輮以为轮，其曲中规。虽有槁暴，不复挺者，輮使之然也。故木受绳则直，金就砺则利，君子博学而日参省乎已，则知明而行无过矣。

吾尝终日而思矣，不如须臾之所学也；吾尝跂而望矣，不如登高之博见也。登高而招，臂非加长也，而见者远；顺风而呼，声非加疾也，而闻者彰。假舆马者，非利足也，而致千里；假舟楫者，非能水也，而绝江河。君子生非异也，善假于物也。

积土成山，风雨兴焉；积水成渊，蛟龙生焉；积善成德，而神明自得，圣心备焉。故不积跬步，无以至千里；不积小流，无以成江海。骐骥一跃，不能十步；驽马十驾，功在不舍。锲而舍之，朽木不折；锲而不舍，金石可镂。蚓无爪牙之利，筋骨之强，上食埃土，下饮黄泉，用心一也。蟹六跪而二螯，非蛇蟮之穴无可寄托者，用心躁也。

28.荀子·修身（节选）

夫骥一日而千里，驽马十驾则亦及之矣。将以穷无穷、逐无极与？其折骨绝筋，终身不可以相及也。将有所止之，则千里虽远，亦或迟或速、或先或后，胡为乎其不可以相及也？不识步道者，将以穷无穷逐无极与？意亦有所止之与？夫坚白、同异、有厚无厚之察，非不察也，然而君子不辩，止之也；倚魁之行，非不难也，然而君子不行，止之也。故学曰："迟彼止而待我，我行而就之，则亦或迟或速、或先或后，胡为乎其不可以同至也？"

29. 韩非子·难一（节选）

楚人有鬻盾与矛者，誉之曰："吾盾之坚，物莫能陷也。"又誉其矛曰："吾矛之利，于物无不陷也。"或曰："以子之矛陷子之盾，何如？"其人弗能应也。

夫不可陷之盾，与无不陷之矛，不可同世而立。今尧舜之不可两誉，矛盾之说也。且舜救败，期年已一过，三年已三过。舜有尽，寿有尽，天下过无已者，以有尽逐无已，所止者寡矣。赏罚使天下必行之，令曰："中程者赏，弗中程者诛。"令朝至，暮变；暮至，朝变，十日而海内毕矣，奚待期年？舜犹不以此说尧令从己，乃躬亲，不亦无术乎！且夫以身为苦而后化民者，尧舜之所难也；处势而骄下者，庸主之所易也。将治天下，释庸主之所易，道尧舜之所难，未可与为政也。

30. 礼记·大学（节选）

大学之道，在明明德，在亲民，在止于至善。知止而后有定；定而后能静；静而后能安；安而后能虑；虑而后能得。物有本末，事有终始。知所先后，则近道矣。古之欲明明德于天下者，先治其国；欲治其国者，先齐其家；欲齐其家者，先修其身；欲修其身者，先正其心；欲正其心者，先诚其意；欲诚其意者，先致其知；致知在格物。物格而后知至；知至而后意诚；意诚而后心正；心正而后身修；身修而后家齐；家齐而后国治；国治而后天下平。

31. 礼记·礼运（节选）

今大道既隐，天下为家。各亲其亲，各子其子，货力为己。大人世及以为礼，城郭沟池以为固。礼义以为纪，以正君臣，以笃父子，以睦兄弟，以和夫妇，以设制度，以立田里，以贤勇知，以功为己。故谋用是作，而兵由此起。禹、汤、文、武、成王、周公，由此其选也。此六君子者，未有不谨于礼者也。以著其义，以考其信，著有过，刑仁讲让，示民有常。如有不由此者，在势者去，众以为殃，是谓小康。

32. 礼记·乐记（节选）

故曰：乐者，乐也。君子乐得其道，小人乐得其欲。以道制欲，则乐而不乱；以欲忘道，则惑而不乐。是故君子反情以和其志，广乐以成其教，乐行而民乡方，可以观德矣。德者，性之端也。乐者，德之华也。金石丝竹，乐之器也。诗，言其志也，歌，咏其声也，舞，动其容也。三者本于心，然后乐器从之。是故情深而文明，气盛而化神。和顺积中而英华发外，唯乐不可以为伪。

33. 礼记·学记（节选）

发虑宪，求善良，足以谀闻，不足以动众；就贤体远，足以动众，未足以化民。君子如欲化民成俗，其必由学乎！

玉不琢，不成器；人不学，不知道。是故古之王者建国君民，教学为先。《兑命》曰："念终始，典于学。"其此之谓乎！

虽有嘉肴，弗食，不知其旨也；虽有至道，弗学，不知其善也。是故学然后知不足，教然后知困。知不足，然后能自反也；知困，然后能自强也。故曰：教学相长也。《兑命》曰："学学半。"其此之谓乎。

34. 淮南子·人间训（节选）

清净恬愉，人之性也；仪表规矩，事之制也。知人之性，其自养不勃；知事之制，其举错不惑。

发一端，散无竟，周八极，总一苊，谓之心。见本而知末，观指而睹归，执一而应万，握要而治详，谓之术。

居智所为，行智所之，事智所秉，动智所由，谓之道。道者，置之前而不挈，错之后而不轩，内之寻常而不塞，布之天下而不窕。是故使人高贤称誉己者，心之力也；使人卑下诽谤己者，心之罪也。

35. 战国策·唐雎不辱使命（节选）

秦王谓唐雎曰："寡人以五百里之地易安陵，安陵君不听寡人，何也？且秦灭韩亡魏，而君以五十里之地存者，以君为长者，故不错意也。今吾以十倍之地，请广于君，而君逆寡人者，轻寡人与？"唐雎对曰："否，非若是也。安陵君受地于先王而守之，虽千里不敢易也，岂直五百里哉？"

秦王怫然怒，谓唐雎曰："公亦尝闻天子之怒乎？"唐雎对曰："臣未尝闻也。"秦王曰："天子之怒，伏尸百万，流血千里。"唐雎曰："大王尝闻布衣之怒乎？"秦王曰："布衣之怒，亦免冠徒跣，以头抢地尔。"唐雎曰："此庸夫之怒也，非士之怒也。夫专诸之刺王僚也，彗星袭月；聂政之刺韩傀也，白虹贯日；要离之刺庆忌也，仓鹰击于殿上。此三子者，皆布衣之士也，怀怒未发，休祲降于天，与臣而将四矣。若士必怒，伏尸二人，流血五步，天下缟素，今日是也。"挺剑而起。

36. 周易·系辞上（节选）

天尊地卑，乾坤定矣。卑高以陈，贵贱位矣。动静有常，刚柔断矣。方以类聚，物以群分，吉凶生矣。在天成象，在地成形，变化见矣。是故刚柔相摩，八卦相荡，鼓之以雷霆，润之以风雨；日月运行，一寒一暑。乾道成男，坤道成女。乾知大始，坤作成物。乾以易知，坤以简能；易则易知，简则易从；易知则有亲，易从则有功；有亲则可久，有功则可大；可久则贤人之德，可大则贤人之业。易简而天下之理得矣。天下之理得，而成位乎其中矣。

37. 左传·烛之武退秦师（节选）

夜缒而出。见秦伯，曰："秦、晋围郑，郑既知亡矣。若亡郑而有益于君，敢以烦执事。越国以鄙远，君知其难也；焉用亡郑以陪邻？邻之厚，君之薄也。若舍郑以为东道主，行李之往来，共其乏困，君亦无所害。且君尝为晋君赐矣，许君焦、瑕，朝济而夕设版焉，君之所知也。夫晋，何厌之有？既东封郑，又欲肆其西封，若不阙秦，将焉取之？阙秦以利晋，唯君图之。"秦伯说，与郑人盟。使杞子、逢孙、扬孙戍之，乃还。

子犯请击之。公曰："不可。微夫人之力不及此。因人之力而敝之，不仁；失其所与，不知；以乱易整，不武。吾其还也。"亦去之。

38. 论语·季氏篇（节选）

季氏将伐颛臾。冉有、季路见于孔子曰："季氏将有事于颛臾。"

孔子曰："求！无乃尔是过与？夫颛臾，昔者先王以为东蒙主，且在邦域之中矣，是社稷之臣也。何以伐为？"

冉有曰："夫子欲之，吾二臣者皆不欲也。"

孔子曰："求！周任有言曰：'陈力就列，不能者止。'危而不持，颠而不扶，则将焉用彼相矣？且尔言过矣，虎兕出于柙，龟玉毁于椟中，是谁之过与？"

冉有曰："今夫颛臾，固而近于费，今不取，后世必为子孙忧。"

孔子曰："求！君子疾夫舍曰'欲之'而必为之辞。丘也闻有国有家者，不患寡而患不均，不患贫而患不安。盖均无贫，和无寡，安无倾。夫如是，故远人不服，则修文德以来之。既来之，则安之。今由与求也，相夫子，远人不服，而不能来也；邦分崩离析，而不能守也；而谋动干戈于邦内。吾恐季孙之忧，不在颛臾，而在萧墙之内也。"

39. 论语·先进篇（节选）

子路、曾皙、冉有、公西华侍坐。

子曰："以吾一日长乎尔，毋吾以也。居则曰：'不吾知也！'如或知尔，则何以哉？"

子路率尔而对曰："千乘之国，摄乎大国之间，加之以师旅，因之以饥馑；由也为之，比及三年，可使有勇，且知方也。"

夫子哂之。

"求，尔何如？"

对曰："方六七十，如五六十，求也为之，比及三年，可使足民。如其礼乐，以俟君子。"

"赤，尔何如？"

对曰："非曰能之，愿学焉。宗庙之事，如会同，端章甫，愿为小相焉。"

"点，尔何如？"

鼓瑟希，铿尔，舍瑟而作。对曰："异乎三子者之撰。"

子曰："何伤乎，亦各言其志也！"

曰："莫春者，春服既成，冠者五六人，童子六七人，浴乎沂，风乎舞雩，咏而归。"

夫子喟然叹曰："吾与点也。"

三子者出，曾皙后。曾皙曰："夫三子者之言何如？"

子曰："亦各言其志也已矣！"

曰："夫子何哂由也？"

曰："为国以礼，其言不让，是故哂之。""唯求则非邦也与？""安见方六七十、如五六十而非邦也者！""唯赤则非邦也与？""宗庙会同，非诸侯而何？赤也为之小，孰能为之大！"

40. 论语·子路（节选）

子路曰："卫君待子而为政，子将奚先？"子曰："必也正名乎？"子路曰："有是哉，子之迂也！奚其正？"子曰："野哉，由也！君子于其所不知，盖阙如也。名不正，则言不顺；言不顺，则事不成；事不成，则礼乐不兴；礼乐不兴，则刑罚不中；刑罚不中，则民无所措手足。故君子名之必可言也，言之必可行也。君子于其言，无所苟而已矣。"

41. 孟子·公孙丑上（节选1）

尊贤使能，俊杰在位，则天下之士皆悦，而愿立于其朝矣。市，廛而不征，法而不廛，则天下之商皆悦，而愿藏于其市矣。关，讥而不征，则天下之旅皆悦，而愿出于其路矣。耕者助而不税，则天下之农皆悦，而愿耕于其野矣。廛，无夫、里之布，则天下之民皆悦，而愿为之氓矣。信能行此五者，则邻国之民仰之若父母矣。率其子弟，攻其父母，自生民以来未有能济者也。如此，则无敌于天下；无敌于天下者，天吏也。然而不王者，未之有也。

42. 孟子·公孙丑上（节选2）

人皆有不忍人之心。先王有不忍人之心，斯有不忍人之政矣。以不忍人之心，行不忍人之政，治天下可运之掌上。所以谓人皆有不忍人之心者：今人乍见孺子将入于井，皆有怵惕恻隐之心；非所以内交于孺子之父母也，非所以要誉于乡党朋友也，非恶其声而然也。由是观之，无恻隐之心，非人也；无羞恶之心，非人也；无辞让之心，非人也；无是非之心，非人也。恻隐之心，仁之端也；羞恶之心，义之端也；辞让之心，礼之端也；是非之心，智之端也。人之有是四端也，犹其有四体也。有是四端而自谓不能者，自贼者也；谓其君不能者，贼其君者也。凡有四端于我者，知皆扩而充之矣，若火之始然，泉之始达。苟能充之，足以保四海；苟不充之，不足以事父母。"

43.孟子·公孙丑下（节选）

孟子曰："天时不如地利，地利不如人和。三里之城，七里之郭，环而攻之而不胜。夫环而攻之，必有得天时者矣；然而不胜者，是天时不如地利也。城非不高也，池非不深也，兵革非不坚利也，米粟非不多也，委而去之，是地利不如人和也。故曰：域民不以封疆之界，固国不以山谿之险，威天下不以兵革之利。得道者多助，失道者寡助。寡助之至，亲戚畔之；多助之至，天下顺之。以天下之所顺攻亲戚之所畔，故君子有不战，战必胜矣。"

44.孟子·梁惠王上（节选）

挟太山以超北海，语人曰"我不能"，是诚不能也。为长者折枝，语人曰"我不能"，是不为也，非不能也。故王之不王，非挟太山以超北海之类也；王之不王，是折枝之类也。老吾老，以及人之老；幼吾幼，以及人之幼。天下可运于掌。《诗》云："刑于寡妻，至于兄弟，以御于家邦。"言举斯心加诸彼而已。故推恩足以保四海，不推恩无以保妻子。

45.孟子·滕文公下（节选）

孟子谓戴不胜曰："子欲子之王之善与？我明告子。有楚大夫于此，欲其子之齐语也，则使齐人傅诸？使楚人傅诸？"

曰："使齐人傅之。"

曰："一齐人傅之，众楚人咻之，虽日挞而求其齐也，不可得矣；引而置之庄岳之间数年，虽日挞而求其楚，亦不可得矣。子谓薛居州善士也，使之居于王所。在于王所者，长幼卑尊皆薛居州也，王谁与为不善？在王所者，长幼卑尊皆非薛居州也，王谁与为善？一薛居州，独如宋王何？"

46.孟子·告子下（节选）

舜发于畎亩之中，傅说举于版筑之间，胶鬲举于鱼盐之中，管夷吾举于士，孙叔敖举于海，百里奚举于市。故天将降大任于是人也，必先苦其心志，劳其筋骨，饿其体肤，空乏其身，行拂乱其所为（也作：空乏其身行，拂乱其所为），所以动心忍性，曾益其所不能。人恒过，然后能改；困于心，衡于虑，而后作；征于色，发于声，而后喻。入则无法家拂士，出则无敌国外患者，国恒亡。然后知生于忧患而死于安乐也。

47.孟子·告子上（节选）

鱼，我所欲也；熊掌亦我所欲也；二者不可得兼，舍鱼而取熊掌者也。生亦我所欲也；义亦我所欲也。二者不可得兼，舍生而取义者也。生亦我所欲，所欲有甚于生者，故不为苟得也；死亦我所恶，所恶有甚于死者，故患有所不辟也。如使人之所欲莫甚于生，则凡可以得生者何不用也？使人之所恶莫甚于死者，则凡可以辟患者何不为也？由是则生而有不用也，由是则可以辟患而有不为也。是故所欲有甚于生者，所恶有甚于死者。非独贤者有是心也，人皆有之，贤者能勿丧耳。

48.中庸（节选）

诚者，天之道也；诚之者，人之道也。诚者，不勉而中，不思而得，从容中道，圣人也。诚之者，择善而固执之者也。博学之，审问之，慎思之，明辨之，笃行之。有弗学，学之弗能，弗措也；有弗问，问之弗知，弗措也；有弗思，思之弗得，弗措也；有弗辨，辨之弗明，弗措也；有弗行，行之弗笃，弗措也。人一能之，己百之；人十能之，己千之。果能此道矣，虽愚必明，虽柔必强。

49.过秦论（上）（贾谊）（节选1）

及至始皇，奋六世之余烈，振长策而御宇内，吞二周而亡诸侯，履至尊而制六合，执敲扑以鞭笞天下，威振四海。南取百越之地，以为桂林、象郡；百越之君，俯首系颈，委命下吏。乃使蒙恬北筑长城而守藩篱，却匈奴七百余里；胡人不敢南下而牧马，士不敢弯弓而报怨。于是废先王之道，焚百家之言，以愚黔首；隳名城，杀豪杰；收天下之兵，聚之咸阳，销锋镝，铸以为金人十二，以弱天下之民。然后践华为城，因河为池，据亿丈之城，临不测之渊，以为固。良将劲弩守要害之处，信臣精卒，陈利兵而谁何。天下已定，始皇之心，自以为关中之固，金城千里，子孙帝王万世之业也。

50.过秦论（上）（贾谊）（节选2）

且夫天下非小弱也，雍州之地，崤函之固，自若也。陈涉之位，非尊于齐、楚、燕、赵、韩、魏、宋、卫、中山之君也；锄耰棘矜，非铦于钩戟长铩也；谪戍之众，非抗于九国之师也；深谋远虑，行军用兵之道，非及向时之士也。然而成败异变，功业相反，何也？试使山东之国与陈涉度长絜大，比权量力，则不可同年而语矣。然秦以区区之地，致万乘之势，序八州而朝同列，百有余年矣；然后以六合为家，崤函为宫；一夫作难而七庙隳，身死人手，为天下笑者，何也？仁义不施而攻守之势异也。

51.报任安书（司马迁）（节选）

古者富贵而名磨灭，不可胜记，唯倜傥非常之人称焉。盖文王拘而演《周易》；仲尼厄而作《春秋》；屈原放逐，乃赋《离骚》；左丘失明，厥有《国语》；孙子膑脚，《兵法》修列；不韦迁蜀，世传《吕览》；韩非囚秦，《说难》《孤愤》；《诗》三百篇，大底圣贤发愤之所为作也。此人皆意有所郁结，不得通其道，故述往事，思来者。乃如左丘无目，孙子断足，终不可用，退而论书策，以舒其愤，思垂空文以自见。

52.三国志·隆中对（陈寿）（节选）

亮答曰："自董卓已来，豪杰并起，跨州连郡者不可胜数。曹操比于袁绍，则名微而众寡。然操遂能克绍，以弱为强者，非惟天时，抑亦人谋也。今操已拥百万之众，挟天子而令诸侯，此诚不可与争锋。孙权据有江东，已历三世，国险而民附，贤能为之用，此可以为援而不可图也。荆州北据汉、沔，利尽南海，东连吴会，西通巴、蜀，此用武之国，而其主不能守，此殆天所以资将军，将军岂有意乎？益州险塞，沃野千里，天府之土，高祖因之以成帝业。刘璋闇弱，张鲁在北，民殷国富而不知存恤，智能之士思得明君。将军既帝室之胄，信义著于四海，总揽英雄，思贤如渴，若跨有荆、益，保其岩阻，西和诸戎，南抚夷越，外结好孙权，内修政理；天下有变，则命一上将将荆州之军以向宛、洛，将军身率益州之众出于秦川，百姓孰敢不箪食壶浆以迎将军者乎？诚如是，则霸业可成，汉室可兴矣。"

53. 陌上桑（汉代乐府）

日出东南隅，照我秦氏楼。秦氏有好女，自言名罗敷。罗敷善蚕桑，采桑城南隅。青丝为笼系，桂枝为笼钩。头上倭堕髻，耳中明月珠。绿绮为下裙，紫绮为上襦。行者见罗敷，下担捋髭须。少年见罗敷，脱巾著帩头。耕者忘其犁，锄者忘其锄。来归相喜怒，但坐观罗敷。使君从南来，五马立踟蹰。使君遣吏往，问此谁家姝？"秦氏有好女，自名为罗敷。""罗敷年几何？""二十尚未满，十五颇有余。"使君谢罗敷："宁可共载不？"罗敷前置辞："使君一何愚！使君自有妇，罗敷自有夫。""东方千余骑，夫婿居上头。何用识夫婿？白马从骊驹；青丝系马尾，黄金络马头；腰间鹿卢剑，可直千万余，十五府小吏，二十朝大夫，三十侍中郎，四十专城居。为人洁白皙，鬑鬑颇有须。盈盈公府步，冉冉府中趋。坐中数千人，皆言夫婿殊。"

54. 短歌行（曹操）

对酒当歌，人生几何！譬如朝露，去日苦多。慨当以慷，忧思难忘。何以解忧？唯有杜康。青青子衿，悠悠我心。但为君故，沉吟至今。呦呦鹿鸣，食野之苹。我有嘉宾，鼓瑟吹笙。明明如月，何时可掇？忧从中来，不可断绝。越陌度阡，枉用相存。契阔谈䜩，心念旧恩。月明星稀，乌鹊南飞。绕树三匝，何枝可依。山不厌高，海不厌深。周公吐哺，天下归心。

55. 白马篇（曹植）

白马饰金羁，连翩西北驰。借问谁家子，幽并游侠儿。

少小去乡邑，扬声沙漠垂。宿昔秉良弓，楛矢何参差。

控弦破左的，右发摧月支。仰手接飞猱，俯身散马蹄。

狡捷过猴猿，勇剽若豹螭。边城多警急，虏骑数迁移。

羽檄从北来，厉马登高堤。长驱蹈匈奴，左顾陵鲜卑。

弃身锋刃端，性命安可怀？父母且不顾，何言子与妻！

名在壮士籍，不得中顾私。捐躯赴国难，视死忽如归！

56.《兰亭集》序（王羲之）（节选）

永和九年，岁在癸丑，暮春之初，会于会稽山阴之兰亭，修禊事也。群贤毕至，少长咸集。此地有崇山峻岭，茂林修竹，又有清流激湍，映带左右，引以为流觞曲水，列坐其次，虽无丝竹管弦之盛，一觞一咏，亦足以畅叙幽情。

是日也，天朗气清，惠风和畅。仰观宇宙之大，俯察品类之盛，所以游目骋怀，足以极视听之娱，信可乐也。

夫人之相与，俯仰一世。或取诸怀抱，悟言一室之内；或因寄所托，放浪形骸之外。虽趣舍万殊，静躁不同，当其欣于所遇，暂得于己，快然自足，曾不知老之将至；及其所之既倦，情随事迁，感慨系之矣。向之所欣，俯仰之间，已为陈迹，犹不能不以之兴怀，况修短随化，终期于尽！古人云："死生亦大矣"，岂不痛哉！

57.桃花源记（陶渊明）（节选）

晋太元中，武陵人捕鱼为业。缘溪行，忘路之远近。忽逢桃花林，夹岸数百步，中无杂树，芳草鲜美，落英缤纷；渔人甚异之。复前行，欲穷其林。

林尽水源，便得一山，山有小口，仿佛若有光。便舍船，从口入。初极狭，才通人。复行数十步，豁然开朗。土地平旷，屋舍俨然，有良田、美池、桑竹之属。阡陌交通，鸡犬相闻。其中往来种作，男女衣着，悉如外人。黄发垂髫，并怡然自乐。

见渔人，乃大惊；问所从来，具答之。便要还家，设酒杀鸡作食。村中闻有此人，咸来问讯。自云先世避秦时乱，率妻子邑人来此绝境，不复出焉，遂与外人间隔。问今是何世，乃不知有汉，无论魏晋。此人一一为具言所闻，皆叹惋。余人各复延至其家，皆出酒食。停数日，辞去。此中人语云："不足为外人道也。"

58.归去来兮辞（陶渊明）（节选）

归去来兮，请息交以绝游。世与我而相遗，复驾言兮焉求？悦亲戚之情话，乐琴书以消忧。农人告余以春及，将有事于西畴。或命巾车，或棹孤舟。既窈窕以寻壑，亦崎岖而经丘。木欣欣以向荣，泉涓涓而始流。善万物之得时，感吾生之行休。已矣乎！寓形宇内复几时？曷不委心任去留？胡为遑遑欲何之？富贵非吾愿，帝乡不可期。怀良辰以孤往，或植杖而耘耔。登东皋以舒啸，临清流而赋诗。聊乘化以归尽，乐夫天命复奚疑！

59.五柳先生传（陶渊明）

先生不知何许人也，亦不详其姓字，宅边有五柳树，因以为号焉。闲静少言，不慕荣利。好读书，不求甚解；每有会意，便欣然忘食。性嗜酒，家贫不能常得。亲旧知其如此，或置酒而招之；造饮辄尽，期在必醉。既醉而退，曾不吝情去留。环堵萧然，不蔽风日；短褐穿结，箪瓢屡空，晏如也。常著文章自娱，颇示己志。

忘怀得失，以此自终。

赞曰：黔娄之妻有言："不戚戚于贫贱，不汲汲于富贵。"其言兹若人之俦乎？衔觞赋诗，以乐其志，无怀氏之民欤？葛天氏之民欤？

60. 庚戌岁九月中于西田获早稻（陶渊明）

人生归有道，衣食固其端。孰是都不营，而以求自安！开春理常业，岁功聊可观。晨出肆微勤，日入负耒还。山中饶霜露，风气亦先寒。田家岂不苦？弗获辞此难。四体诚乃疲，庶无异患干。盥濯息檐下，斗酒散襟颜。遥遥沮溺心，千载乃相关。但愿长如此，躬耕非所叹。

61. 水经注·三峡（郦道元）（节选）

自三峡七百里中，两岸连山，略无阙处。重岩叠嶂，隐天蔽日，自非亭午夜分，不见曦月。

至于夏水襄陵，沿溯阻绝。或王命急宣，有时朝发白帝，暮到江陵，其间千二百里，虽乘奔御风，不以疾也。

春冬之时，则素湍绿潭，回清倒影。绝巘多生怪柏，悬泉瀑布，飞漱其间，清荣峻茂，良多趣味。

每至晴初霜旦，林寒涧肃，常有高猿长啸，属引凄异。空谷传响，哀转久绝。故渔者歌曰："巴东三峡巫峡长，猿鸣三声泪沾裳。"

62. 与朱元思书（吴均）

风烟俱净，天山共色。从流飘荡，任意东西。自富阳至桐庐一百许里，奇山异水，天下独绝。水皆漂碧，千丈见底。游鱼细石，直视无碍。急湍甚箭，猛浪若奔。夹岸高山，皆生寒树。负势竞上，互相轩邈；争高直指，千百成峰。泉水激石，泠泠作响；好鸟相鸣，嘤嘤成韵。蝉则千转不穷，猿则百叫无绝。鸢飞戾天者，望峰息心；经纶世务者，窥谷忘反。横柯上蔽，在昼犹昏；疏条交映，有时见日。

63. 西洲曲（南朝乐府）

忆梅下西洲，折梅寄江北。单衫杏子红，双鬓鸦雏色。西洲在何处？两桨桥头渡。日暮伯劳飞，风吹乌臼树。树下即门前，门中露翠钿。开门郎不至，出门采红莲。采莲南塘秋，莲花过人头。低头弄莲子，莲子青如水。置莲怀袖中，莲心彻底红。忆郎郎不至，仰首望飞鸿。鸿飞满西洲，望郎上青楼。楼高望不见，尽日栏杆头。栏杆十二曲，垂手明如玉。卷帘天自高，海水摇空绿。海水梦悠悠，君愁我亦愁。南风知我意，吹梦到西洲。

64. 木兰诗（北朝民歌）

唧唧复唧唧，木兰当户织。不闻机杼声，唯闻女叹息，问女何所思？问女何所忆？女亦无所思，女亦无所忆。昨夜见军帖，可汗大点兵，军书十二卷，卷卷有爷名。阿爷无大儿，木兰无长兄，愿为市鞍马，从此替爷征。

东市买骏马，西市买鞍鞯，南市买辔头，北市买长鞭。旦辞爷娘去，暮宿黄河边，不闻爷娘唤女声，但闻黄河流水鸣溅溅。旦辞黄河去，暮至黑山头，不闻爷娘唤女声，但闻燕山胡骑鸣啾啾。

万里赴戎机，关山度若飞。朔气传金柝，寒光照铁衣。将军百战死，壮士十年归。归来见天子，天子坐明堂。策勋十二转，赏赐百千强。可汗问所欲，木兰不用尚书郎，愿驰千里足，送儿还故乡。

爷娘闻女来，出郭相扶将；阿姊闻妹来，当户理红妆；小弟闻姊来，磨刀霍霍向猪羊。开我东阁门，坐我西阁床。脱我战时袍，着我旧时裳。当窗理云鬓，对镜帖花黄。出门看火伴，火伴皆惊忙：同行十二年，不知木兰是女郎。

雄兔脚扑朔，雌兔眼迷离；双兔傍地走，安能辨我是雄雌！

65. 别赋（江淹）（节选 1）

黯然销魂者，唯别而已矣。况秦吴兮绝国，复燕宋兮千里；或春苔兮始生，乍秋风兮暂起。是以行子肠断，百感凄恻。风萧萧而异响，云漫漫而奇色。舟凝滞于水滨，车逶迟于山侧，棹容与而讵前，马寒鸣而不息。掩金觞而谁御，横玉柱而沾轼。居人愁卧，怳若有亡。日下壁而沉彩，月上轩而飞光。见红兰之受露，望青楸之离霜。巡曾楹而空掩，抚锦幕而虚凉。知离梦之踟蹰，意别魂之飞扬。

66. 别赋（江淹）（节选 2）

至若龙马银鞍，朱轩绣轴，帐饮东都，送客金谷。琴羽张兮箫鼓陈，燕赵歌兮伤美人；珠与玉兮艳暮秋，罗与绮兮娇上春。惊驷马之仰秣，耸渊鱼之赤鳞。造分手而衔涕，感寂漠而伤神。

乃有剑客惭恩，少年报士，韩国赵厕，吴宫燕市，割慈忍爱，离邦去里，沥泣共诀，抆血相视。驱征马而不顾，见行尘之时起。方衔感于一剑，非买价于泉里。金石震而色变，骨肉悲而心死。

或乃边郡未和，负羽从军。辽水无极，雁山参云。闺中风暖，陌上草薰。日出天而耀景，露下地而腾文，镜朱尘之照烂，袭青气之烟煴。攀桃李兮不忍别，送爱子兮沾罗裙。

67. 别赋（江淹）（节选 3）

至如一赴绝国，讵相见期。视乔木兮故里，决北梁兮永辞。左右兮魂动，亲宾兮泪滋。可班荆兮赠恨，惟樽酒兮叙悲。值秋雁兮飞日，当白露兮下时。怨复怨兮远山曲，去复去兮长河湄。

又若君居淄右，妾家河阳。同琼佩之晨照，共金炉之夕香，君结绶兮千里，惜瑶草之徒芳。惭幽闺之琴瑟，晦高台之流黄。春宫闷此青苔色，秋帐含兹明月光，夏簟清兮昼不暮，冬釭凝兮夜何长！织锦曲兮泣已尽，回文诗兮影独伤。

傥有华阴上士，服食还山。术既妙而犹学，道已寂而未传。守丹灶而不顾，炼金鼎而方坚，驾鹤上汉，骖鸾腾天。暂游万里，少别千年。惟世间兮重别，谢主人兮依然。

下有芍药之诗，佳人之歌。桑中卫女，上宫陈娥。春草碧色，春水渌波，送君南浦，伤如之何！至乃秋露如珠，秋月如珪，明月白露，光阴往来，与子之别，思心徘徊。

68. 哀江南赋序（庾信）（节选 1）

昔桓君山之志事，杜元凯之平生，并有著书，咸能自序。潘岳之文采，始述家风；陆机之辞赋，先陈世德。信年始二毛，即逢丧乱，藐是流离，至于暮齿。燕歌远别，悲不自胜；楚老相逢，泣将何及。畏南山之雨，忽践秦庭；让东海之滨，遂餐周粟。下亭漂泊，高桥羁旅。楚歌非取乐之方，鲁酒无忘忧之用。追为此赋，聊以记言，不无危苦之辞，惟以悲哀为主。

日暮途远，人间何世！将军一去，大树飘零；壮士不还，寒风萧瑟。荆璧睨柱，受连城而见欺；载书横阶，捧珠盘而不定。钟仪君子，入就南冠之囚；季孙行人，留守西河之馆。申包胥之顿地，碎之以首；蔡威公之泪尽，加之以血。钓台移柳，非玉关之可望；华亭鹤唳，岂河桥之可闻！

69. 哀江南赋序（庾信）（节选 2）

孙策以天下为三分，众才一旅；项籍用江东之子弟，人惟八千。遂乃分裂山河，宰割天下。岂有百万义师，一朝卷甲，芟夷斩伐，如草木焉？江淮无涯岸之阻，亭壁无藩篱之固。头会箕敛者，合从缔交；锄耰棘矜者，因利乘便。将非江表王气，终于三百年乎？是知并吞六合，不免轵道之灾；混一车书，无救平阳之祸。呜呼！山岳崩颓，既履危亡之运；春秋迭代，必有去故之悲；天意人事，可以凄怆伤心者矣！况复舟楫路穷，星汉非乘槎可上；风飚道阻，蓬莱无可到之期。穷者欲达其言，劳者须歌其事。陆士衡闻而抚掌，是所甘心；张平子见而陋之，固其宜矣！

70. 古诗十九首（选二首）

西北有高楼

西北有高楼，上与浮云齐。交疏结绮窗，阿阁三重阶。上有弦歌声，音响一何悲！谁能为此曲，无乃杞梁妻！清商随风发，中曲正徘徊。一弹再三叹，慷慨有余哀。不惜歌者苦，但伤知音稀。愿为双鸿鹄，奋翅起高飞。

行行重行行

行行重行行，与君生别离。相去万余里，各在天一涯。道路阻且长，会面安可知？胡马依北风，越鸟巢南枝。相去日已远，衣带日已缓。浮云蔽白日，游子不顾返。思君令人老，岁月忽已晚。弃捐勿复道，努力加餐饭。

71. 颜氏家训·慕贤篇（节选）

古人云："千载一圣，犹旦暮也；五百年一贤，犹比髀也。"言圣贤之难得，疏阔如此。傥遭不世明达君子，安可不攀附景仰之乎？吾生于乱世，长于戎马，流离播越，闻见已多；所值名贤，未尝不心醉魂迷向慕之也。人在少年，神情未定，所与款狎，熏渍陶染，言笑举动，无心于学，潜移暗化，自然似之；何况操履艺能，较明易习者也？是以与善人居，如入芝兰之室，久而自芳也；与恶人居，如入鲍鱼之肆，久而自臭也。墨子悲于染丝，是之谓矣。君子必慎交游焉。孔子曰："无友不如己者。"颜、闵之徒，何可世得！但优于我，便足贵之。

72. 春江花月夜（张若虚）

春江潮水连海平，海上明月共潮生。滟滟随波千万里，何处春江无月明？江流宛转绕芳甸，月照花林皆似霰。空里流霜不觉飞，汀上白沙看不见。江天一色无纤尘，皎皎空中孤月轮。江畔何人初见月？江月何年初照人？人生代代无穷已，江月年年只相似。不知江月待何人，但见长江送流水。白云一片去悠悠，青枫浦上不胜愁。谁家今夜扁舟子？何处相思明月楼？可怜楼上月徘徊，应照离人妆镜台。玉户帘中卷不去，捣衣砧上拂还来。此时相望不相闻，愿逐月华流照君。鸿雁长飞光不度，鱼龙潜跃水成文。昨夜闲潭梦落花，可怜春半不还家。江水流春去欲尽，江潭落月复西斜。斜月沉沉藏海雾，碣石潇湘无限路。不知乘月几人归？落月摇情满江树。

73. 滕王阁序（王勃）（节选 1）

披绣闼，俯雕甍，山原旷其盈视，川泽盱其骇瞩。闾阎扑地，钟鸣鼎食之家；舸舰弥津，青雀黄龙之轴。虹销雨霁，彩彻区明。落霞与孤鹜齐飞，秋水共长天一色。渔舟唱晚，响穷彭蠡之滨；雁阵惊寒，声断衡阳之浦。

遥襟甫畅，逸兴遄飞。爽籁发而清风生，纤歌凝而白云遏。睢园绿竹，气凌彭泽之樽；邺水朱华，光照临川之笔。四美具，二难并。穷睇眄于中天，极娱游于暇日。天高地迥，觉宇宙之无穷；兴尽悲来，识盈虚之有数。望长安于日下，目吴会于云间。地势极而南溟深，天柱高而北辰远。关山难越，谁悲失路之人？萍水相逢，尽是他乡之客。怀帝阍而不见，奉宣室以何年？

74. 滕王阁序（王勃）（节选 2）

呜呼！时运不齐，命途多舛；冯唐易老，李广难封。屈贾谊于长沙，非无圣主；窜梁鸿于海曲，岂乏明时？所赖君子安贫，达人知命。老当益壮，宁移白首之心？穷且益坚，不坠青云之志。酌贪泉而觉爽，处涸辙以犹欢。北海虽赊，扶摇可接；东隅已逝，桑榆非晚。孟尝高洁，空怀报国之心；阮籍猖狂，岂效穷途之哭！

勃，三尺微命，一介书生。无路请缨，等终军之弱冠；有怀投笔，慕宗悫之长风。舍簪笏于百龄，奉晨昏于万里。非谢家之宝树，接孟氏之芳邻。他日趋庭，叨陪鲤对；今兹捧袂，喜托龙门。杨意不逢，抚凌云而自惜；钟期既遇，奏流水以何惭？

75. 长安古意（卢照邻）（节选 1）

长安大道连狭斜，青牛白马七香车。玉辇纵横过主第，金鞭络绎向侯家。龙衔宝盖承朝日，凤吐流苏带晚霞。百尺游丝争绕树，一群娇鸟共啼花。游蜂戏蝶千门侧，碧树银台万种色。复道交窗作合欢，双阙连甍垂凤翼。梁家画阁中天起，汉帝金茎云外直。楼前相望不相知，陌上相逢讵相识？借问吹箫向紫烟，曾经学舞度芳年。得成比目何辞死，愿作鸳鸯不羡仙。比目鸳鸯真可羡，双去双来君不见？生憎帐额绣孤鸾，好取门帘帖双燕。双燕双飞绕画梁，罗帷翠被郁金香。片片行云着蝉翼，纤纤初月上鸦黄。鸦黄粉白车中出，含娇含态情非一。妖童宝马铁连钱，娼妇盘龙金屈膝。

76. 长安古意（卢照邻）（节选 2）

御史府中乌夜啼，廷尉门前雀欲栖。隐隐朱城临玉道，遥遥翠幰没金堤。挟弹飞鹰杜陵北，探丸借客渭桥西。俱邀侠客芙蓉剑，共宿娼家桃李蹊。娼家日暮紫罗裙，清歌一啭口氛氲。北堂夜夜人如月，南陌朝朝骑似云。南陌北堂连北里，五剧三条控三市。弱柳青槐拂地垂，佳气红尘暗天起。汉代金吾千骑来，翡翠屠苏鹦鹉杯。罗襦宝带为君解，燕歌赵舞为君开。别有豪华称将相，转日回天不相让。意气由来排灌夫，专权判不容萧相。专权意气本豪雄，青虬紫燕坐春风。自言歌舞长千载，自谓骄奢凌五公。节物风光不相待，桑田碧海须臾改。昔时金阶白玉堂，即今惟见青松在。寂寂寥寥扬子居，年年岁岁一床书。独有南山桂花发，飞来飞去袭人裾。

77. 行路难（卢照邻）

君不见长安城北渭桥边，枯木横槎卧古田。昔日含红复含紫，常时留雾亦留烟。春景春风花似雪，香车玉舆恒阗咽。若个游人不竞攀，若个倡家不来折。倡家宝袜蛟龙帔，公子银鞍千万骑。黄莺一向花娇春，两两三三将子戏。千尺长条百尺枝，丹桂青榆相蔽亏。珊瑚叶上鸳鸯鸟，凤凰巢里雏鹓儿。巢倾枝折凤归去，条枯叶落狂风吹。一朝零落无人问，万古摧残君讵知。人生贵贱无终始，倏忽须臾难久恃。谁家能驻西山日，谁家能堰东流水。汉家陵树满秦川，行来行去尽哀怜。自昔公卿二千石，咸拟荣华一万年。不见朱唇将白貌，惟闻素棘与黄泉。金貂有时须换酒，玉尘但摇莫计钱。寄言坐客神仙署，一生一死交情处。苍龙阙下君不来，白鹤山前我应去。云间海上邈难期，赤心会合在何时。但愿尧年一百万，长作巢由也不辞。

78. 燕歌行（高适）

汉家烟尘在东北，汉将辞家破残贼。男儿本自重横行，天子非常赐颜色。摐金伐鼓下榆关，旌旆逶迤碣石间。校尉羽书飞瀚海，单于猎火照狼山。山川萧条极边土，胡骑凭陵杂风雨，战士军前半死生，美人帐下犹歌舞。大漠穷秋塞草腓，孤城落日斗兵稀。身当恩遇常轻敌，力尽关山未解围。铁衣远戍辛勤久，玉箸应啼别离后。少妇城南欲断肠，征人蓟北空回首。边庭飘飘那可度，绝域苍茫何所有。杀气三时作阵云，寒声一夜传刁斗。相看白刃血纷纷，死节从来岂顾勋。君不见沙场征战苦，至今犹忆李将军。

79. 轮台歌奉送封大夫出师西征（岑参）

轮台城头夜吹角，轮台城北旄头落。
羽书昨夜过渠黎，单于已在金山西。
戍楼西望烟尘黑，汉兵屯在轮台北。
上将拥旄西出征，平明吹笛大军行。
四边伐鼓雪海涌，三军大呼阴山动。
虏塞兵气连云屯，战场白骨缠草根。
剑河风急雪片阔，沙口石冻马蹄脱。
亚相勤王甘苦辛，誓将报主静边尘。
古来青史谁不见，今见功名胜古人。

80. 猛虎行（李白）

朝作猛虎行，暮作猛虎吟。
肠断非关陇头水，泪下不为雍门琴。
旌旗缤纷两河道，战鼓惊山欲颠倒。
秦人半作燕地囚，胡马翻衔洛阳草。
一输一失关下兵，朝降夕叛幽蓟城。
巨鳌未斩海水动，鱼龙奔走安得宁。
颇似楚汉时，翻覆无定止。
朝过博浪沙，暮入淮阴市。
张良未遇韩信贫，刘项存亡在两臣。
暂到下邳受兵略，来投漂母作主人。
贤哲栖栖古如此，今时亦弃青云士。
有策不敢犯龙鳞，窜身南国避胡尘。
宝书玉剑挂高阁，金鞍骏马散故人。
昨日方为宣城客，掣铃交通二千石。
有时六博快壮心，绕床三匝呼一掷。
楚人每道张旭奇，心藏风云世莫知。

三吴邦伯皆顾盼，四海雄侠两追随。

萧曹曾作沛中吏，攀龙附凤当有时。

溧阳酒楼三月春，杨花茫茫愁杀人。

胡雏绿眼吹玉笛，吴歌白纻飞梁尘。

丈夫相见且为乐，槌牛挝鼓会众宾。

我从此去钓东海，得鱼笑寄情相亲。

81. 把酒问月（李白）

青天有月来几时，我今停杯一问之：人攀明月不可得，月行却与人相随？皎如飞镜临丹阙，绿烟灭尽清辉发？但见宵从海上来，宁知晓向云间没？白兔捣药秋复春，嫦娥孤栖与谁邻？今人不见古时月，今月曾经照古人。古人今人若流水，共看明月皆如此。唯愿当歌对酒时，月光长照金樽里。

82. 梦游天姥吟留别（李白）

海客谈瀛洲，烟涛微茫信难求。越人语天姥，云霞明灭或可睹。天姥连天向天横，势拔五岳掩赤城。天台四万八千丈，对此欲倒东南倾。

我欲因之梦吴越，一夜飞度镜湖月。湖月照我影，送我至剡溪。谢公宿处今尚在，渌水荡漾清猿啼。脚著谢公屐，身登青云梯。半壁见海日，空中闻天鸡。千岩万转路不定，迷花倚石忽已暝。熊咆龙吟殷岩泉，慄深林兮惊层巅。云青青兮欲雨，水澹澹兮生烟。列缺霹雳，丘峦崩摧。洞天石扉，訇然中开。青冥浩荡不见底，日月照耀金银台。霓为衣兮风为马，云之君兮纷纷而来下。虎鼓瑟兮鸾回车，仙之人兮列如麻。忽魂悸以魄动，恍惊起而长嗟。惟觉时之枕席，失向来之烟霞。

世间行乐亦如此，古来万事东流水。别君去兮何时还？且放白鹿青崖间。须行即骑访名山。安能摧眉折腰事权贵，使我不得开心颜！

83. 春夜宴诸从弟桃李园序（李白）

夫天地者，万物之逆旅；光阴者，百代之过客。而浮生若梦，为欢几何？古人秉烛夜游，良有以也。况阳春召我以烟景，大块假我以文章。会桃李之芳园，序天伦之乐事。群季俊秀，皆为惠连；吾人咏歌，独惭康乐。幽赏未已，高谈转清。开琼筵以坐花，飞羽觞而醉月。不有佳咏，何伸雅怀？如诗不成，罚依金谷酒数。

84. 扶风豪士歌（李白）

洛阳三月飞胡沙，洛阳城中人怨嗟。

天津流水波赤血，白骨相撑如乱麻。

我亦东奔向吴国，浮云四塞道路赊。

东方日出啼早鸦，城门人开扫落花。

梧桐杨柳拂金井，来醉扶风豪士家。

扶风豪士天下奇，意气相倾山可移。

作人不倚将军势，饮酒岂顾尚书期。

雕盘绮食会众客，吴歌赵舞香风吹。

原尝春陵六国时，开心写意君所知。

堂中各有三千士，明日报恩知是谁。

抚长剑，一扬眉。清水白石何离离！

脱吾帽，向君笑。饮君酒，为君吟。

张良未逐赤松去，桥边黄石知我心。

85. 蜀道难（李白）

噫吁嚱，危乎高哉！蜀道之难难于上青天！蚕丛及鱼凫，开国何茫然。尔来四万八千岁，不与秦塞通人烟。西当太白有鸟道，可以横绝峨眉巅。地崩山摧壮士死，然后天梯石栈相钩连。上有六龙回日之高标，下有冲波逆折之回川。黄鹤之飞尚不得过，猿猱欲度愁攀援。青泥何盘盘，百步九折萦岩峦。扪参历井仰胁息，以手抚膺坐长叹。问君西游何时还？畏途巉岩不可攀。但见悲鸟号古木，雄飞雌从绕林间。又闻子规啼夜月，愁空山。蜀道之难难于上青天，使人听此凋朱颜！连峰去天不盈尺，枯松倒挂倚绝壁。飞湍瀑流争喧豗，砯崖转石万壑雷。其险也如此，嗟尔远道之人胡为乎来哉！剑阁峥嵘而崔嵬，一夫当关，万夫莫开。所守或匪亲，化为狼与豺。朝避猛虎，夕避长蛇，磨牙吮血，杀人如麻。锦城虽云乐，不如早还家。蜀道之难，难于上青天，侧身西望长咨嗟！

86. 出自蓟北门行（李白）

虏阵横北荒，胡星曜精芒。

羽书速惊电，烽火昼连光。

虎竹救边急，戎车森已行。

明主不安席，按剑心飞扬。

推毂出猛将，连旗登战场。

兵威冲绝幕，杀气凌穹苍。

列卒赤山下，开营紫塞傍。

途冬沙风紧，旌旗飒凋伤。

画角悲海月，征衣卷天霜。

挥刃斩楼兰，弯弓射贤王。

单于一平荡，种落自奔亡。

收功报天子，行歌归咸阳。

87. 将进酒（李白）

君不见黄河之水天上来，奔流到海不复回！君不见高堂明镜悲白发，朝如青丝暮成雪！人生得意须尽欢，莫使金樽空对月。天生我材必有用，千金散尽还复来。烹羊宰牛且为乐，会须一饮三百杯。岑夫子，丹丘生，将进酒，杯莫停。与君歌一曲，请君为我倾耳听。钟鼓馔玉不足贵，但愿长醉不复醒。古来圣贤皆寂寞，惟有饮者留其名。陈王昔时宴平乐，斗酒十千恣欢谑。主人何为言少钱，径须沽取对君酌。五花马，千金裘，呼儿将出换美酒，与尔同销万古愁。

88. 兵车行（杜甫）

车辚辚，马萧萧，行人弓箭各在腰。耶娘妻子走相送，尘埃不见咸阳桥。牵衣顿足拦道哭，哭声直上干云霄。道旁过者问行人，行人但云点行频。或从十五北防河，便至四十西营田。去时里正与裹头，归来头白还戍边。边庭流血成海水，武皇开边意未已。君不闻汉家山东二百州，千村万落生荆杞。纵有健妇把锄犁，禾生陇亩无东西。况复秦兵耐苦战，被驱不异犬与鸡。长者虽有问，役夫敢申恨？且如今年冬，未休关西卒。县官急索租，租税从何出？信知生男恶，反是生女好。生女犹得嫁比邻，生男埋没随百草。君不见青海头，古来白骨无人收。新鬼烦冤旧鬼哭，天阴雨湿声啾啾！

89. 洗兵马（杜甫）

中兴诸将收山东，捷书夜报清昼同。河广传闻一苇过，胡危命在破竹中。祗残邺城不日得，独任朔方无限功。京师皆骑汗血马，回纥餧肉葡萄宫。已喜皇威清海岱，常思仙仗过崆峒。三年笛里关山月，万国兵前草木风。成王功大心转小，郭相谋深古来少。司徒清鉴悬明镜，尚书气与秋天杳。二三豪俊为时出，整顿乾坤济时了。东走无复忆鲈鱼，南飞觉有安巢鸟。青春复随冠冕人，紫禁正耐烟花绕。

鹤禁通宵凤辇备，鸡鸣问寝龙楼晓。攀龙附凤势莫当，天下尽化为侯王。汝等岂知蒙帝力，时来不得夸身强！关中既留萧丞相，幕下复用张子房。张公一生江海客，身长九尺须眉苍；征起适遇风云会，扶颠始知筹策良。青袍白马更何有？后汉今周喜再昌。寸地尺天皆入贡，奇祥异瑞争来送。不知何国致白环，复道诸山得银瓮。隐士休歌紫芝曲，词人解撰河清颂。田家望望惜雨干，布谷处处催春种。淇上健儿归莫懒，城南思妇愁多梦。安得壮士挽天河，净洗甲兵常不用！

90. 丹青引赠曹将军霸（杜甫）

将军魏武之子孙，于今为庶为清门。英雄割据虽已矣，文采风流今尚存。学书初学卫夫人，但恨无过王右军。丹青不知老将至，富贵于我如浮云。开元之中常引见，承恩数上南薰殿。凌烟功臣少颜色，将军下笔开生面。良相头上进贤冠，猛将腰间大羽箭。褒公鄂公毛发动，英姿飒爽来酣战。先帝御马玉花骢，画工如山貌不同。是日牵来赤墀下，迥立阊阖生长风。诏谓将军拂绢素，意匠惨澹经营中。斯须九重真龙出，一洗万古凡马空。玉花却在御榻上，榻上庭前屹相向。至尊含笑催赐金，圉人太仆皆惆怅。弟子韩干早入室，亦能画马穷殊相。干惟画肉不画骨，忍使骅骝气凋丧。将军画善盖有神，必逢佳士亦写真。即今飘泊干戈际，

屡貌寻常行路人。途穷反遭俗眼白，世上未有如公贫。但看古来盛名下，终日坎
壈缠其身。

91. 风疾舟中，伏枕书怀三十六韵，奉呈湖南亲友（杜甫）

轩辕休制律，虞舜罢弹琴。尚错雄鸣管，犹伤半死心。圣贤名古邈，羁旅病
年侵。舟泊常依震，湖平早见参。如闻马融笛，若倚仲宣襟。故国悲寒望，群云
惨岁阴。水乡霾白屋，枫岸叠青岑。郁郁冬炎瘴，濛濛雨滞淫。鼓迎非祭鬼，弹
落似鸮禽。兴尽才无闷，愁来遽不禁。生涯相汩没，时物正萧森。疑惑尊中弩，
淹留冠上簪。牵裾惊魏帝，投阁为刘歆。狂走终奚适，微才谢所钦。吾安藜不糁，
汝贵玉为琛。乌几重重缚，鹑衣寸寸针。哀伤同庚信，述作异陈琳。十暑岷山葛，
三霜楚户砧。叨陪锦帐座，久放白头吟。反朴时难遇，忘机陆易沉。应过数粒食，
得近四知金。春草封归恨，源花费独寻。转蓬忧悄悄，行药病涔涔。瘗夭追潘岳，
持危觅邓林。蹉跎翻学步，感激在知音。却假苏张舌，高夸周宋镡。纳流迷浩汗，
峻址得嵚崟。城府开清旭，松筠起碧浔。披颜争倩倩，逸足竞骎骎。朗鉴存愚直，
皇天实照临。公孙仍恃险，侯景未生擒。书信中原阔，干戈北斗深。畏人千里井，
问俗九州箴。战血流依旧，军声动至今。葛洪尸定解，许靖力还任。家事丹砂诀，
无成涕作霖。

92. 潼关吏（杜甫）

士卒何草草，筑城潼关道。
大城铁不如，小城万丈余。
借问潼关吏："修关还备胡？"
要我下马行，为我指山隅：
"连云列战格，飞鸟不能逾。
胡来但自守，岂复忧西都？
丈人视要处，窄狭容单车。
艰难奋长戟，万古用一夫。"
"哀哉桃林战，百万化为鱼。
请嘱防关将，慎勿学哥舒！"

93. 自京赴奉先县咏怀五百字（杜甫）（节选）

杜陵有布衣，老大意转拙。
许身一何愚，窃比稷与契。
居然成濩落，白首甘契阔。
盖棺事则已，此志常觊豁。
穷年忧黎元，叹息肠内热。
取笑同学翁，浩歌弥激烈。
非无江海志，潇洒送日月。

生逢尧舜君，不忍便永诀。

当今廊庙具，构厦岂云缺？

葵藿倾太阳，物性固难夺。

顾惟蝼蚁辈，但自求其穴。

胡为慕大鲸，辄拟偃溟渤。

以兹误生理，独耻事干谒。

兀兀遂至今，忍为尘埃没。

94. 赠卫八处士（杜甫）

人生不相见，动如参与商。今夕复何夕，共此灯烛光。少壮能几时，鬓发各已苍。访旧半为鬼，惊呼热中肠。焉知二十载，重上君子堂。昔别君未婚，儿女忽成行。怡然敬父执，问我来何方。问答乃未已，儿女罗酒浆。夜雨剪春韭，新炊间黄粱。主称会面难，一举累十觞。十觞亦不醉，感子故意长。明日隔山岳，世事两茫茫。

95. 饮中八仙歌（杜甫）

知章骑马似乘船，眼花落井水底眠。汝阳三斗始朝天，道逢麴车口流涎，恨不移封向酒泉。左相日兴费万钱，饮如长鲸吸百川，衔杯乐圣称避贤。宗之潇洒美少年，举觞白眼望青天，皎如玉树临风前。苏晋长斋绣佛前，醉中往往爱逃禅。李白一斗诗百篇（亦作"李白斗酒诗百篇"），长安市上酒家眠。天子呼来不上船，自称臣是酒中仙。张旭三杯草圣传，脱帽露顶王公前，挥毫落纸如云烟。焦遂五斗方卓然，高谈雄辩惊四筵。

96. 新婚别（杜甫）

兔丝附蓬麻，引蔓故不长。

嫁女与征夫，不如弃路旁。

结发为君妻，席不暖君床。

暮婚晨告别，无乃太匆忙。

君行虽不远，守边赴河阳。

妾身未分明，何以拜姑嫜。

父母养我时，日夜令我藏。

生女有所归，鸡狗亦得将。

君今往死地，沉痛迫中肠。

誓欲随君去，形势反苍黄。

勿为新婚念，努力事戎行。

妇人在军中，兵气恐不扬。

自嗟贫家女，久致罗襦裳。

罗襦不复施，对君洗红妆。

仰视百鸟飞，大小必双翔。

人事多错迕，与君永相望。

97. 石壕吏（杜甫）

暮投石壕村，有吏夜捉人。老翁逾墙走，老妇出门看。

吏呼一何怒，妇啼一何苦。听妇前致词："三男邺城戍。

一男附书至，二男新战死。存者且偷生，死者长已矣。

室中更无人，唯有乳下孙。有孙母未去，出入无完裙。

老妪力虽衰，请从吏夜归。急应河阳役，犹得备晨炊。"

夜久语声绝，如闻泣幽咽。天明登前途，独与老翁别。

98. 哀江头（杜甫）

少陵野老吞声哭，春日潜行曲江曲。

江头宫殿锁千门，细柳新蒲为谁绿？

忆昔霓旌下南苑，苑中万物生颜色。

昭阳殿里第一人，同辇随君侍君侧。

辇前才人带弓箭，白马嚼啮黄金勒。

翻身向天仰射云，一箭正坠双飞翼。

明眸皓齿今何在？血污游魂归不得。

清渭东流剑阁深，去住彼此无消息。

人生有情泪沾臆，江水江花岂终极！

黄昏胡骑尘满城，欲往城南望城北。

99. 茅屋为秋风所破歌（杜甫）

八月秋高风怒号，卷我屋上三重茅。茅飞渡江洒江郊，高者挂罥长林梢，下者飘转沉塘坳。南村群童欺我老无力，忍能对面为盗贼，公然抱茅入竹去。唇焦口燥呼不得，归来倚杖自叹息。俄顷风定云墨色，秋天漠漠向昏黑。布衾多年冷似铁，娇儿恶卧踏里裂。床头屋漏无干处，雨脚如麻未断绝。自经丧乱少睡眠，长夜沾湿何由彻？安得广厦千万间，大庇天下寒士俱欢颜，风雨不动安如山！呜呼！何时眼前突兀见此屋，吾庐独破受冻死亦足！

100. 新丰折臂翁（节选）（白居易）

是时翁年二十四，兵部牒中有名字。

夜深不敢使人知，偷将大石捶折臂。

张弓簸旗俱不堪，从兹始免征云南。

骨碎筋伤非不苦，且图拣退归乡土。

此臂折来六十年，一肢虽废一身全。

至今风雨阴寒夜，直到天明痛不眠。

痛不眠，终不悔，且喜老身今独在。

不然当时泸水头，身死魂孤骨不收。

应作云南望乡鬼，万人冢上哭呦呦。

老人言，君听取。

君不闻开元宰相宋开府，不赏边功防黩武？

又不闻天宝宰相杨国忠，欲求恩幸立边功？

边功未立生人怨，请问新丰折臂翁！

101. 池上篇（白居易）

十亩之宅，五亩之园。有水一池，有竹千竿。勿谓土狭，勿谓地偏。足以容膝，足以息肩。有堂有庭，有桥有船。有书有酒，有歌有弦。有叟在中，白须飘然。识分知足，外无求焉。如鸟择木，姑务巢安。如龟居坎，不知海宽。灵鹤怪石，紫菱白莲，皆吾所好，尽在吾前。时饮一杯，或吟一篇。妻孥熙熙，鸡犬闲闲。优哉游哉，吾将终老乎其间。

102. 观刈麦（白居易）

田家少闲月，五月人倍忙。

夜来南风起，小麦覆陇黄。

妇姑荷箪食，童稚携壶浆。

相随饷田去，丁壮在南冈。

足蒸暑土气，背灼炎天光。

力尽不知热，但惜夏日长。

复有贫妇人，抱子在其傍。

右手秉遗穗，左臂悬敝筐。

听其相顾言，闻者为悲伤。

家田输税尽，拾此充饥肠。

今我何功德，曾不事农桑。

吏禄三百石，岁晏有余粮。

念此私自愧，尽日不能忘。

103. 琵琶行（节选）（白居易）

移船相近邀相见，添酒回灯重开宴。千呼万唤始出来，犹抱琵琶半遮面。转轴拨弦三两声，未成曲调先有情。弦弦掩抑声声思，似诉平生不得志。低眉信手续续弹，说尽心中无限事。轻拢慢捻抹复挑，初为《霓裳》后《六幺》。大弦嘈嘈如急雨，小弦切切如私语。嘈嘈切切错杂弹，大珠小珠落玉盘。间关莺语花底滑，幽咽泉流冰下难。冰泉冷涩弦凝绝，凝绝不通声渐歇。别有幽愁暗恨生，此时无声胜有声。

……

我闻琵琶已叹息，又闻此语重唧唧。同是天涯沦落人，相逢何必曾相识！我从去年辞帝京，谪居卧病浔阳城。浔阳地僻无音乐，终岁不闻丝竹声。住近湓江地低湿，黄芦苦竹绕宅生。其间旦暮闻何物？杜鹃啼血猿哀鸣。春江花朝秋月夜，往往取酒还独倾。岂无山歌与村笛？呕哑嘲哳难为听。今夜闻君琵琶语，如听仙乐耳暂明。莫辞更坐弹一曲，为君翻作《琵琶行》。

104. 长恨歌（白居易）（节选 1）

汉皇重色思倾国，御宇多年求不得。杨家有女初长成，养在深闺人未识。天生丽质难自弃，一朝选在君王侧。回眸一笑百媚生，六宫粉黛无颜色。春寒赐浴华清池，温泉水滑洗凝脂。侍儿扶起娇无力，始是新承恩泽时。云鬓花颜金步摇，芙蓉帐暖度春宵。春宵苦短日高起，从此君王不早朝。承欢侍宴无闲暇，春从春游夜专夜。后宫佳丽三千人，三千宠爱在一身。金屋妆成娇侍夜，玉楼宴罢醉和春。姊妹弟兄皆列土，可怜光彩生门户。遂令天下父母心，不重生男重生女。骊宫高处入青云，仙乐风飘处处闻。缓歌慢舞凝丝竹，尽日君王看不足。

105. 长恨歌（白居易）（节选 2）

渔阳鼙鼓动地来，惊破霓裳羽衣曲。九重城阙烟尘生，千乘万骑西南行。翠华摇摇行复止，西出都门百余里。六军不发无奈何，宛转蛾眉马前死。花钿委地无人收，翠翘金雀玉搔头。君王掩面救不得，回看血泪相和流。黄埃散漫风萧索，云栈萦纡登剑阁。峨嵋山下少人行，旌旗无光日色薄。蜀江水碧蜀山青，圣主朝朝暮暮情。行宫见月伤心色，夜雨闻铃肠断声。天旋日转回龙驭，到此踌躇不能去。马嵬坡下泥土中，不见玉颜空死处。君臣相顾尽沾衣，东望都门信马归。归来池苑皆依旧，太液芙蓉未央柳。芙蓉如面柳如眉，对此如何不泪垂。春风桃李花开夜，秋雨梧桐叶落时。西宫南内多秋草，落叶满阶红不扫。梨园弟子白发新，椒房阿监青娥老。夕殿萤飞思悄然，孤灯挑尽未成眠。迟迟钟鼓初长夜，耿耿星河欲曙天。鸳鸯瓦冷霜华重，翡翠衾寒谁与共。悠悠生死别经年，魂魄不曾来入梦。

106. 阿房宫赋（杜牧）（节选 1）

六王毕，四海一，蜀山兀，阿房出。覆压三百余里，隔离天日。骊山北构而西折，直走咸阳。二川溶溶，流入宫墙。五步一楼，十步一阁；廊腰缦回，檐牙高啄；各抱地势，钩心斗角。盘盘焉，囷囷焉，蜂房水涡，矗不知其几千万落。长桥卧波，未云何龙？复道行空，不霁何虹？高低冥迷，不知西东。歌台暖响，春光融融；舞殿冷袖，风雨凄凄。一日之内，一宫之间，而气候不齐。

妃嫔媵嫱，王子皇孙，辞楼下殿，辇来于秦。朝歌夜弦，为秦宫人。明星荧荧，开妆镜也；绿云扰扰，梳晓鬟也；渭流涨腻，弃脂水也；烟斜雾横，焚椒兰也。雷霆乍惊，宫车过也；辘辘远听，杳不知其所之也。一肌一容，尽态极妍，缦立远视，而望幸焉；有不得见者，三十六年。燕、赵之收藏，韩、魏之经营，齐、楚之精英，几世几年，取掠其人，倚叠如山；一旦不能有，输来其间，鼎铛玉石，金块珠砾，弃掷逦迤，秦人视之，亦不甚惜。

107. 阿房宫赋（杜牧）（节选2）

嗟乎！一人之心，千万人之心也。秦爱纷奢，人亦念其家。奈何取之尽锱铢，用之如泥沙？使负栋之柱，多于南亩之农夫；架梁之椽，多于机上之工女；钉头磷磷，多于在庾之粟粒；瓦缝参差，多于周身之帛缕；直栏横槛，多于九土之城郭；管弦呕哑，多于市人之言语。使天下之人，不敢言而敢怒。独夫之心，日益骄固。戍卒叫，函谷举，楚人一炬，可怜焦土！

呜呼！灭六国者，六国也，非秦也。族秦者，秦也，非天下也。嗟夫！使六国各爱其人，则足以拒秦；使秦复爱六国之人，则递三世，可至万世而为君，谁得而族灭也？秦人不暇自哀，而后人哀之；后人哀之而不鉴之，亦使后人而复哀后人也。

108. 唐诗二首

夜归鹿门歌（孟浩然）
山寺钟鸣昼已昏，渔梁渡头争渡喧。
人随沙岸向江村，余亦乘舟归鹿门。
鹿门月照开烟树，忽到庞公栖隐处。
岩扉松径长寂寥，惟有幽人独来去。
观猎（王维）
风劲角弓鸣，将军猎渭城。
草枯鹰眼疾，雪尽马蹄轻。
忽过新丰市，还归细柳营。
回看射雕处，千里暮云平。

109. 愚溪诗序（柳宗元）（节选）

愚溪之上，买小丘，为愚丘。自愚丘东北行六十步，得泉焉，又买居之，为愚泉。愚泉凡六穴，皆出山下平地，盖上出也。合流屈曲而南，为愚沟。遂负土累石，塞其隘，为愚池。愚池之东为愚堂。其南为愚亭。池之中为愚岛。嘉木异石错置，皆山水之奇者，以余故，咸以愚辱焉。

夫水，智者乐也。今是溪独见辱于愚，何哉？盖其流甚下，不可以灌溉。又峻急，多坻石，大舟不可入也。幽邃浅狭，蛟龙不屑，不能兴云雨。无以利世，而适类于余，然则虽辱而愚之，可也。

宁武子“邦无道则愚”，智而为愚者也；颜子“终日不违如愚”，睿而为愚者也。皆不得为真愚。今余遭有道，而违于理，悖于事，故凡为愚者莫我若也夫。然则天下莫能争是溪，余得专而名焉。

110. 始得西山宴游记（柳宗元）（节选）

今年九月二十八日，因坐法华西亭，望西山，始指异之。遂命仆人过湘江，缘染溪，斫榛莽，焚茅茷，穷山之高而止。攀援而登，箕踞而遨，则凡数州之土壤，皆在衽席之下。其高下之势，岈然洼然，若垤若穴，尺寸千里，攒蹙累积，莫得遁隐。萦青缭白，外与天际，四望如一。然后知是山之特立，不与培塿为类。悠悠乎与灏气俱，而莫得其涯；洋洋乎与造物者游，而不知其所穷。引觞满酌，颓然就醉，不知日之入。苍然暮色，自远而至，至无所见，而犹不欲归。心凝形释，与万化冥合。然后知吾向之未始游，游于是乎始，故为之文以志。是岁元和四年也。

111. 捕蛇者说（柳宗元）（节选）

余悲之，且曰："若毒之乎？余将告于莅事者，更若役，复若赋，则何如？"蒋氏大戚，汪然出涕曰："君将哀而生之乎？则吾斯役之不幸，未若复吾赋不幸之甚也。向吾不为斯役，则久已病矣。自吾氏三世居是乡，积于今六十岁矣，而乡邻之生日蹙。殚其地之出，竭其庐之入；号呼而转徙，饥渴而顿踣；触风雨，犯寒暑，呼嘘毒疠，往往而死者相藉也。曩与吾祖居者，今其室十无一焉；与吾父居者，今其室十无二三焉；与吾居十二年者，今其室十无四五焉：非死则徙尔。而吾以捕蛇独存。悍吏之来吾乡，叫嚣乎东西，隳突乎南北，哗然而骇者，虽鸡狗不得宁焉。吾恂恂而起，视其缶，而吾蛇尚存，则弛然而卧。谨食之，时而献焉。退而甘食其土之有，以尽吾齿。盖一岁之犯死者二焉，其余则熙熙而乐，岂若吾乡邻之旦旦有是哉！今虽死乎此，比吾乡邻之死则已后矣，又安敢毒耶？"

112. 白雪歌送武判官归京（岑参）

北风卷地白草折，胡天八月即飞雪。
忽如一夜春风来，千树万树梨花开。
散入珠帘湿罗幕，狐裘不暖锦衾薄。
将军角弓不得控，都护铁衣冷难着。
瀚海阑干百丈冰，愁云惨淡万里凝。
中军置酒饮归客，胡琴琵琶与羌笛。
纷纷暮雪下辕门，风掣红旗冻不翻。
轮台东门送君去，去时雪满天山路。
山回路转不见君，雪上空留马行处。

113. 谏太宗十思疏（魏徵）（节选）

臣闻求木之长者，必固其根本；欲流之远者，必浚其泉源；思国之安者，必积其德义。

源不深而望流之远，根不固而求木之长，德不厚而思国之安，臣虽下愚，知其不可，而况于明哲乎！人君当神器之重，居域中之大，不念居安思危，戒奢以俭，斯亦伐根以求木茂，塞源而欲流长也。

114. 原毁（韩愈）（节选）

闻古之人有舜者，其为人也，仁义人也。求其所以为舜者，责于己曰："彼，人也；予，人也。彼能是，而我乃不能是！"早夜以思，去其不如舜者，就其如舜者。闻古之人有周公者，其为人也，多才与艺人也。求其所以为周公者，责于己曰："彼，人也；予，人也。彼能是，而我乃不能是！"早夜以思，去其不如周公者，就其如周公者。舜，大圣人也，后世无及焉；周公，大圣人也，后世无及焉。是人也，乃曰："不如舜，不如周公，吾之病也。"是不亦责于身者重以周乎！

115. 答李翊书（韩愈）（节选）

气，水也；言，浮物也。水大而物之浮者小大毕浮。气之与言犹是也，气盛，则言之短长与声之高下者皆宜。虽如是，其敢自谓几于成乎？虽几于成，其用于人也奚取焉？虽然，待用于人者，其肖于器邪？用与舍属诸人。君子则不然。处心有道，行己有方，用则施诸人，舍则传诸其徒，垂诸文而为后世法。如是者，其亦足乐乎？其无足乐也？

116. 师说（韩愈）（节选）

嗟乎！师道之不传也久矣！欲人之无惑也难矣！古之圣人，其出人也远矣，犹且从师而问焉；今之众人，其下圣人也亦远矣，而耻学于师。是故圣益圣，愚益愚。圣人之所以为圣，愚人之所以为愚，其皆出于此乎？爱其子，择师而教之；于其身也，则耻师焉，惑矣。彼童子之师，授之书而习其句读者，非吾所谓传其道解其惑者也。句读之不知，惑之不解，或师焉，或不焉，小学而大遗，吾未见其明也。巫医乐师百工之人，不耻相师。士大夫之族，曰师曰弟子云者，则群聚而笑之。问之，则曰："彼与彼年相若也，道相似也。位卑则足羞，官盛则近谀。"呜呼！师道之不复，可知矣。巫医乐师百工之人，君子不齿，今其智乃反不能及，其可怪也欤！

117. 送董邵南序（韩愈）

燕、赵古称多感慨悲歌之士。董生举进士，连不得志于有司，怀抱利器，郁郁适兹土。吾知其必有合也。董生勉乎哉！

夫以子之不遇时，苟慕义强仁者，皆爱惜焉。矧燕、赵之士出乎其性者哉！然吾尝闻风俗与化移易，吾恶知其今不异于古所云邪？聊以吾子之行卜之也。董生勉乎哉！

吾因之有所感矣。为我吊望诸君之墓，而观于其市，复有昔时屠狗者乎？为我谢曰："明天子在上，可以出而仕矣。"

118. 读《司马法》（皮日休）

古之取天下也以民心，今之取天下也以民命。唐虞尚仁，天下之民从而帝之，不曰取天下以民心者乎？汉魏尚权，驱赤子于利刃之下，争寸土于百战之内。由士为诸侯，由诸侯为天子，非兵不能威，非战不能服，不曰取天下以民命者乎？由是编之为术，术愈精而杀人愈多，法益切而害物益甚。呜呼！其亦不仁矣！蚩蚩之类不敢惜死者，上惧乎刑，次贪乎赏。民之于君犹子也，何异乎父欲杀其子，先给以威，后啖以利哉？孟子曰："'我善为阵，我善为战'，大罪也。"使后之君于民有是者，虽不得士，吾以为犹士也。

119. 韩碑（李商隐）

元和天子神武姿，彼何人哉轩与羲。誓将上雪列圣耻，坐法宫中朝四夷。淮西有贼五十载，封狼生䝙䝙生罴。不据山河据平地，长戈利矛日可麾。帝得圣相相曰度，贼斫不死神扶持。腰悬相印作都统，阴风惨澹天王旗。愬武古通作牙爪，仪曹外郎载笔随。行军司马智且勇，十四万众犹虎貔。入蔡缚贼献太庙，功无与让恩不訾。帝曰汝度功第一，汝从事愈宜为辞。愈拜稽首蹈且舞，金石刻画臣能为。古者世称大手笔，此事不系于职司。当仁自古有不让，言讫屡颔天子颐。公退斋戒坐小阁，濡染大笔何淋漓。点窜尧典舜典字，涂改清庙生民诗。文成破体书在纸，清晨再拜铺丹墀。表曰臣愈昧死上，咏神圣功书之碑。碑高三丈字如斗，负以灵鳌蟠以螭。句奇语重喻者少，逸之天子言其私。长绳百尺拽碑倒，粗砂大石相磨治。公之斯文若元气，先时已入人肝脾。汤盘孔鼎有述作，今无其器存其辞。呜呼圣皇及圣相，相与烜赫流淳熙。公之斯文不示后，曷与三五相攀追。愿书万本诵万遍，口角流沫右手胝。传之七十有三代，以为封禅玉检明堂基。

120. 伶官传序（欧阳修）（节选1）

呜呼！盛衰之理，虽曰天命，岂非人事哉！原庄宗之所以得天下，与其所以失之者，可以知之矣。

世言晋王之将终也，以三矢赐庄宗而告之曰："梁，吾仇也；燕王，吾所立，契丹与吾约为兄弟，而皆背晋以归梁。此三者，吾遗恨也。与尔三矢，尔其无忘乃父之志！"庄宗受而藏之于庙。其后用兵，则遣从事以一少牢告庙，请其矢，盛以锦囊，负而前驱，乃凯旋而纳之。

121. 伶官传序（欧阳修）（节选2）

方其系燕父子以组，函梁君臣之首，入于太庙，还矢先王，而告以成功，其意气之盛，可谓壮哉！及仇雠已灭，天下已定，一夫夜呼，乱者四应，仓皇东出，未见贼而士卒离散，君臣相顾，不知所归；至于誓天断发，泣下沾襟，何其衰也！岂得之难而失之易欤？抑本其成败之迹，而皆自于人欤？

《书》曰："满招损，谦得益。"忧劳可以兴国，逸豫可以亡身，自然之理也。

故方其盛也，举天下之豪杰，莫能与之争；及其衰也，数十伶人困之，而身死国灭，为天下笑。

夫祸患常积于忽微，而智勇多困于所溺，岂独伶人也哉！

122. 祭石曼卿文（欧阳修）（节选）

呜呼曼卿！生而为英，死而为灵。其同乎万物生死，而复归于无物者，暂聚之形；不与万物共尽，而卓然其不朽者，后世之名。此自古圣贤莫不皆然，而著在简册者昭如日星。

呜呼曼卿！吾不见子久矣，犹能仿佛子之平生。其轩昂磊落，突兀峥嵘而埋藏於地下者，意其不化为朽壤，而为金玉之精。不然，生长松之千尺，产灵芝而九茎。奈何荒烟野蔓，荆棘纵横，风凄露下，走磷飞萤！但见牧童樵叟，歌吟而上下，与夫惊禽骇兽，悲鸣踯躅而咿嘤。今固如此，更千秋而万岁兮，安知其不穴藏狐貉与鼯鼪？此自古圣贤亦皆然兮，独不见夫累累乎旷野与荒城！

呜呼曼卿！盛衰之理，吾固知其如此，而感念畴昔，悲凉凄怆，不觉临风而陨涕者，有愧乎太上之忘情。尚飨！

123. 朋党论（欧阳修）（节选）

臣闻朋党之说，自古有之，惟幸人君辨其君子小人而已。大凡君子与君子，以同道为朋，小人与小人，以同利为朋，此自然之理也。

然臣谓小人无朋，惟君子则有之。其故何哉？小人所好者，禄利也；所贪者，货财也。当其同利之时，暂相党引以为朋者，伪也；及其见利而争先，或利尽而交疏，则反相贼害，虽其兄弟亲戚，不能相保。故臣谓小人无朋，其暂为朋者，伪也。君子则不然，所守者道义，所行者忠信，所惜者名节。以之修身，则同道而相益；以之事国，则同心而共济。终始如一，此君子之朋也。故为人君者，但当退小人之伪朋，用君子之真朋，则天下治矣。

124. 梅圣俞诗集序（欧阳修）（节选）

予闻世谓诗人少达而多穷，夫岂然哉？盖世所传诗者，多出于古穷人之辞也。凡士之蕴其所有而不得施于世者，多喜自放于山巅水涯之外，见虫鱼草木、风云鸟兽之状类，往往探其奇怪，内有忧思感愤之郁积，其兴于怨刺，以道羁臣寡妇之所叹，而写人情之难言。盖愈穷则愈工。然则非诗之能穷人，殆穷者而后工也。

125. 秋声赋（欧阳修）（节选 1）

欧阳子方夜读书，闻有声自西南来者，悚然而听之，曰："异哉！"初淅沥以潇飒，忽奔腾而砰湃，如波涛夜惊，风雨骤至。其触于物也，铮铮铮铮，金铁皆鸣；又如赴敌之兵，衔枚疾走，不闻号令，但闻人马之行声。予谓童子："此何声也？汝出视之。"童子曰："星月皎洁，明河在天，四无人声，声在树间。"

予曰："噫嘻，悲哉！此秋声也，胡为而来哉？盖夫秋之为状也：其色惨淡，烟霏云敛；其容清明，天高日晶；其气栗冽，砭人肌骨；其意萧条，山川寂寥。故其为声也，凄凄切切，呼号奋发。丰草绿缛而争茂，佳木葱茏而可悦；草拂之而色变，木遭之而叶脱。其所以摧败零落者，乃一气之余烈。夫秋，刑官也，于时为阴；又兵象也，于行为金，是谓天地之义气，常以肃杀而为心。天之于物，春生秋实，故其在乐也，商声主西方之音，夷则为七月之律。商，伤也，物既老而悲伤；夷，戮也，物过盛而当杀。"

126.秋声赋（欧阳修）（节选2）

嗟夫！草木无情，有时飘零。人为动物，惟物之灵。百忧感其心，万事劳其形，有动乎中，必摇其精。而况思其力之所不及，忧其智之所不能，宜其渥然丹者为槁木，黟然黑者为星星。奈何以非金石之质，欲与草木而争荣？念谁为之戕贼，亦何恨乎秋声！

童子莫对，垂头而睡。但闻四壁虫声唧唧，如助予之叹息。

127.醉翁亭记（欧阳修）（节选1）

环滁皆山也。其西南诸峰，林壑尤美，望之蔚然而深秀者，琅琊也。山行六七里，渐闻水声潺潺，而泻出于两峰之间者，酿泉也。峰回路转，有亭翼然临于泉上者，醉翁亭也。作亭者谁？山之僧智仙也。名之者谁？太守自谓也。太守与客来饮于此，饮少辄醉，而年又最高，故自号曰醉翁也。醉翁之意不在酒，在乎山水之间也。山水之乐，得之心而寓之酒也。

若夫日出而林霏开，云归而岩穴暝，晦明变化者，山间之朝暮也。野芳发而幽香，佳木秀而繁阴，风霜高洁，水落而石出者，山间之四时也。朝而往，暮而归，四时之景不同，而乐亦无穷也。

128.醉翁亭记（欧阳修）（节选2）

至于负者歌于涂，行者休于树，前者呼，后者应，伛偻提携，往来而不绝者，滁人游也。临溪而渔，溪深而鱼肥，酿泉为酒，泉香而酒冽，山肴野蔌，杂然而前陈者，太守宴也。宴酣之乐，非丝非竹，射者中，弈者胜，觥筹交错，起坐而喧哗者，众宾欢也。苍颜白发，颓然乎其中者，太守醉也。

已而夕阳在山，人影散乱，太守归而宾客从也。树林阴翳，鸣声上下，游人去而禽鸟乐也。然而禽鸟知山林之乐，而不知人之乐；人知从太守游而乐，而不知太守之乐其乐也。醉能同其乐，醒能述以文者，太守也。太守谓谁？庐陵欧阳修也。

129.水调歌头（苏轼）

丙辰中秋，欢饮达旦。大醉，作此篇。兼怀子由。

明月几时有？把酒问青天。不知天上宫阙，今夕是何年。我欲乘风归去，又恐琼楼玉宇，高处不胜寒。起舞弄清影，何似在人间。

转朱阁，低绮户，照无眠。不应有恨，何事长向别时圆？人有悲欢离合，月有阴晴圆缺，此事古难全。但愿人长久，千里共婵娟。

130. 前赤壁赋（苏轼）（节选1）

壬戌之秋，七月既望，苏子与客泛舟游于赤壁之下。清风徐来，水波不兴。举酒属客，诵明月之诗，歌窈窕之章。少焉，月出于东山之上，徘徊于斗牛之间。白露横江，水光接天。纵一苇之所如，凌万顷之茫然。浩浩乎如冯虚御风，而不知其所止；飘飘乎如遗世独立，羽化而登仙。

于是饮酒乐甚，扣舷而歌之。歌曰："桂棹兮兰桨，击空明兮溯流光。渺渺兮予怀，望美人兮天一方。"客有吹洞箫者，依歌而和之。其声呜呜然，如怨如慕，如泣如诉，余音袅袅，不绝如缕。舞幽壑之潜蛟，泣孤舟之嫠妇。

131. 前赤壁赋（苏轼）（节选2）

客曰："'月明星稀，乌鹊南飞'，此非曹孟德之诗乎？西望夏口，东望武昌，山川相缪，郁乎苍苍，此非孟德之困于周郎者乎？方其破荆州，下江陵，顺流而东也，舳舻千里，旌旗蔽空，酾酒临江，横槊赋诗，固一世之雄也，而今安在哉！况吾与子渔樵于江渚之上，侣鱼虾而友麋鹿。驾一叶之扁舟，举匏樽以相属。寄蜉蝣于天地，渺沧海之一粟。哀吾生之须臾，羡长江之无穷。挟飞仙以遨游，抱明月而长终。知不可乎骤得，托遗响于悲风。"

苏子曰："客亦知夫水与月乎？逝者如斯，而未尝往也；盈虚者如彼，而卒莫消长也。盖将自其变者而观之，则天地曾不能以一瞬；自其不变者而观之，则物与我皆无尽也，而又何羡乎？且夫天地之间，物各有主，苟非吾之所有，虽一毫而莫取。惟江上之清风，与山间之明月，耳得之而为声，目遇之而成色，取之无禁，用之不竭，是造物者之无尽藏也，而吾与子之所共适。"

132. 后赤壁赋（苏轼）（节选）

是岁十月之望，步自雪堂，将归于临皋。二客从予，过黄泥之坂。霜露既降，木叶尽脱；人影在地，仰见明月。顾而乐之，行歌相答。已而叹曰："有客无酒，有酒无肴，月白风清，如此良夜何！"客曰："今者薄暮，举网得鱼，巨口细鳞，状如松江之鲈。顾安所得酒乎？"归而谋诸妇。妇曰："我有斗酒，藏之久矣，以待子不时之需。"

于是携酒与鱼，复游于赤壁之下。江流有声，断岸千尺；山高月小，水落石出。曾日月之几何，而江山不可复识矣。予乃摄衣而上，履巉岩，披蒙茸，踞虎豹，登虬龙，攀栖鹘之危巢，俯冯夷之幽宫。盖二客不能从焉。划然长啸，草木震动，山鸣谷应，风起水涌。予亦悄然而悲，肃然而恐，凛乎其不可留也。反而登舟，放乎中流，听其所止而休焉。时夜将半，四顾寂寥。适有孤鹤，横江东来。翅如车轮，玄裳缟衣，戛然长鸣，掠予舟而西也。

133. 记承天寺夜游（苏轼）

元丰六年十月十二日，夜，解衣欲睡，月色入户，欣然起行。念无与为乐者，遂至承天寺寻张怀民。怀民亦未寝，相与步于中庭。庭下如积水空明，水中藻、荇交横，盖竹柏影也。何夜无月？何处无竹柏？但少闲人如吾两人者耳。

134. 八声甘州·寄参寥子（苏轼）

有情风万里卷潮来，无情送潮归。问钱塘江上，西兴浦口，几度斜晖。不用思量今古，俯仰昔人非！谁似东坡老，白首忘机。

记取西湖西畔，正春（亦作"暮"）山好处，空翠烟霏。算诗人相得，如我与君稀。约它年、东还海道，愿谢公雅志莫相违。西州路，不应回首、为我沾衣。

135. 念奴娇·赤壁怀古（苏轼）

大江东去，浪淘尽，千古风流人物。故垒西边，人道是，三国周郎赤壁。乱石穿空，惊涛拍岸，卷起千堆雪。江山如画，一时多少豪杰。

遥想公瑾当年，小乔初嫁了，雄姿英发。羽扇纶巾，谈笑间、樯橹灰飞烟灭。故国神游，多情应笑我，早生华发。人生如梦，一樽还酹江月。

136. 潮州韩文公庙碑（苏轼）（节选1）

匹夫而为百世师，一言而为天下法。是皆有以参天地之化，关盛衰之运，其生也有自来，其逝也有所为。故申、吕自岳降，傅说为列星，古今所传，不可诬也。孟子曰："我善养吾浩然之气。"是气也，寓于寻常之中，而塞乎天地之间。卒然遇之，则王公失其贵，晋、楚失其富，良、平失其智，贲、育失其勇，仪、秦失其辨。是孰使之然哉？其必有不依形而立，不恃力而行，不待生而存，不随死而亡者矣。故在天为星辰，在地为河岳，幽则为鬼神，而明则复为人。此理之常，无足怪者。

137. 潮州韩文公庙碑（苏轼）（节选2）

自东汉以来，道丧文弊，异端并起，历唐贞观、开元之盛，辅以房、杜、姚、宋而不能救。独韩文公起布衣，谈笑而麾之，天下靡然从公，复归于正，盖三百年于此矣。文起八代之衰，而道济天下之溺；忠犯人主之怒，而勇夺三军之帅：此岂非参天地，关盛衰，浩然而独存者乎？

盖尝论天人之辨，以谓人无所不至，惟天不容伪。智可以欺王公，不可以欺豚、鱼；力可以得天下，不可以得匹夫匹妇之心。故公之精诚，能开衡山之云，而不能回宪宗之惑；能驯鳄鱼之暴，而不能弭皇甫镈、李逢吉之谤；能信于南海之民，庙食百世，而不能使其身一日安于朝廷之上。盖公之所能者天也，其所不能者人也。

138. 六国论（苏洵）（节选1）

六国破灭，非兵不利，战不善，弊在赂秦。赂秦而力亏，破灭之道也。或曰：

六国互丧，率赂秦耶？曰：不赂者以赂者丧，盖失强援，不能独完。故曰：弊在赂秦也。

秦以攻取之外，小则获邑，大则得城。较秦之所得，与战胜而得者，其实百倍；诸侯之所亡，与战败而亡者，其实亦百倍。则秦之所大欲，诸侯之所大患，固不在战矣。思厥先祖父暴霜露，斩荆棘，以有尺寸之地。子孙视之不甚惜，举以予人，如弃草芥。今日割五城，明日割十城，然后得一夕安寝。起视四境，而秦兵又至矣。然则诸侯之地有限，暴秦之欲无厌，奉之弥繁，侵之愈急。故不战而强弱胜负已判矣。至于颠覆，理固宜然。古人云："以地事秦，犹抱薪救火，薪不尽，火不灭。"此言得之。

139. 六国论（苏洵）（节选 2）

齐人未尝赂秦，终继五国迁灭，何哉？与嬴而不助五国也。五国既丧，齐亦不免矣。燕赵之君，始有远略，能守其土，义不赂秦。是故燕虽小国而后亡，斯用兵之效也。至丹以荆卿为计，始速祸焉。赵尝五战于秦，二败而三胜。后秦击赵者再，李牧连却之。洎牧以谗诛，邯郸为郡，惜其用武而不终也。且燕、赵处秦革灭殆尽之际，可谓智力孤危，战败而亡，诚不得已。向使三国各爱其地，齐人勿附于秦，刺客不行，良将犹在，则胜负之数，存亡之理，当与秦相较，或未易量。

呜呼！以赂秦之地封天下之谋臣，以事秦之心礼天下之奇才，并力西向，则吾恐秦人食之不得下咽也。悲夫！有如此之势，而为秦人积威之所劫，日削月割，以趋于亡。为国者无使为积威之所劫哉！

140. 黄州快哉亭记（苏辙）（节选 1）

江出西陵，始得平地，其流奔放肆大。南合沅、湘，北合汉沔，其势益张。至于赤壁之下，波流浸灌，与海相若。清河张君梦得谪居齐安，即其庐之西南为亭，以览观江流之胜，而余兄子瞻名之曰"快哉"。

盖亭之所见，南北百里，东西一舍。涛澜汹涌，风云开阖。昼则舟楫出没于其前，夜则鱼龙悲啸于其下。变化倏忽，动心骇目，不可久视。今乃得玩之几席之上，举目而足。西望武昌诸山，冈陵起伏，草木行列，烟消日出。渔夫、樵父之舍，皆可指数。此其所以为"快哉"者也。至于长洲之滨，故城之墟。曹孟德、孙仲谋之所睥睨，周瑜、陆逊之所驰骛。其流风遗迹，亦足以称快世俗。

141. 黄州快哉亭记（苏辙）（节选 2）

昔楚襄王从宋玉、景差于兰台之宫，有风飒然至者，王披襟当之，曰："快哉此风！寡人所与庶人共者耶？"宋玉曰："此独大王之雄风耳，庶人安得共之！"玉之言盖有讽焉。夫风无雄雌之异，而人有遇不遇之变；楚王之所以为乐，与庶人之所以为忧，此则人之变也，而风何与焉？士生于世，使其中不自得，将何往而非病？使其中坦然，不以物伤性，将何适而非快？今张君不以谪为患，收会稽之余功，而自放山水之间，此其中宜有以过人者。将蓬户瓮牖，无所不快；而况乎濯长江之清流，挹西山之白云，穷耳目之胜以自适也哉！不然，连山绝壑，长林古木，振之以清风，照之以明月，此皆骚人思士之所以悲伤憔悴而不能胜者，乌睹其为快也哉！

142. 白山茶赋（黄庭坚）

孔子曰："岁寒然后知松柏之后凋也。"丽紫妖红，争春而取宠，然后知白山茶之韵胜也。

此木产于临川之崔嵬，是为麻源第三谷。仙圣所庐，金堂琼榭。故是花也，禀金天之正气，非木果之匹亚；乃得骨于崑阆，非乞灵于施夏。造物之手，执丹青而无所用；析薪之斤，虽睥睨而幸见赦。高洁皓白，清修闲暇，裴回冰雪之晨，偃蹇霜月之夜。彼细腰之子孙，与庄生之物化，方培户以思温，故无得而陵跨。盖将与日月争光，何苦与洛阳争价。

惟是当时而见尊，显处于瑶台玉墀之上；是以闭藏而无闷，淡然于干枫枯柳之下。江北则上徐、庾，江南则数鲍、谢，盖不能刻画常娥，藩饰姑射，谅无地以寄言，故莫传于脍炙，况乎见素抱朴难乎郢人？故徐熙、赵昌舐笔和铅而不敢画。或谓山丹之皓质，足以争长而更霸。知我如此，不几乎骂。虽琼华明后土之祠，白莲秀远公之社，皆声名籍甚，俗态不舍。挟脂粉之气而蕴兰麝，与君周旋，其避三舍。

143. 爱莲说（周敦颐）

水陆草木之花，可爱者甚蕃。晋陶渊明独爱菊。自李唐来，世人盛爱牡丹。予独爱莲之出淤泥而不染，濯清涟而不妖，中通外直，不蔓不枝，香远益清，亭亭净植，可远观而不可亵玩焉。

予谓菊，花之隐逸者也；牡丹，花之富贵者也；莲，花之君子者也。噫！菊之爱，陶后鲜有闻。莲之爱，同予者何人？牡丹之爱，宜乎众矣！

144. 书《洛阳名园记》后（李格非）

洛阳处天下之中，挟崤、黾之阻，当秦、陇之襟喉，而赵、魏之走集，盖四方必争之地也。天下当无事则已，有事则洛阳必先受兵。予故尝曰："洛阳之盛衰，天下治乱之候也。"

唐贞观、开元之间，公卿贵戚开馆列第于东都者，号千有余邸。及其乱离，继以五季之酷，其池塘竹树，兵车蹂蹴，废而为丘墟。高亭大榭，烟火焚燎，化而为灰烬，与唐共灭而俱亡，无余处矣。予故尝曰："园圃之废兴，洛阳盛衰之候也。"

且天下之治乱，候于洛阳之盛衰而知；洛阳之盛衰，候于园圃之兴废而得。则《名园记》之作，予岂徒然哉？

呜呼！公卿大夫方进于朝，放乎一己之私，自为之，而忘天下之治忽，欲退享此，得乎？唐之末路是已。

145. 雨霖铃（柳永）

寒蝉凄切，对长亭晚，骤雨初歇。都门帐饮无绪，留恋处，兰舟催发。执手相看泪眼，竟无语凝噎。念去去、千里烟波，暮霭沉沉楚天阔。

多情自古伤离别，更那堪冷落清秋节。今宵酒醒何处？杨柳岸、晓风残月。此去经年，应是良辰好景虚设。便纵有千种风情，更与何人说？

146. 望海潮（柳永）

东南形胜，三吴都会，钱塘自古繁华。烟柳画桥，风帘翠幕，参差十万人家。云树绕堤沙。怒涛卷霜雪，天堑无涯。市列珠玑，户盈罗绮，竞豪奢。

重湖叠巘清嘉。有三秋桂子，十里荷花。羌管弄晴，菱歌泛夜，嬉嬉钓叟莲娃。千骑拥高牙，乘醉听箫鼓，吟赏烟霞。异日图将好景，归去凤池夸。

147. 夜半乐·冻云黯淡天气（柳永）

冻云黯淡天气，扁舟一叶，乘兴离江渚。渡万壑千岩，越溪深处。怒涛渐息，樵风乍起，更闻商旅相呼；片帆高举。泛画鹢、翩翩过南浦。

望中酒旆闪闪，一簇烟村，数行霜树。残日下、渔人鸣榔归去。败荷零落，衰杨掩映，岸边两两三三、浣纱游女。避行客、含羞笑相语。

到此因念，绣阁轻抛，浪萍难驻。叹后约、丁宁竟何据！惨离怀、空恨岁晚归期阻。凝泪眼、杳杳神京路，断鸿声远长天暮。

148. 桂枝香·金陵怀古（王安石）

登临送目，正故国晚秋，天气初肃。千里澄江似练，翠峰如簇。征帆去棹残阳里，背西风，酒旗斜矗。彩舟云淡，星河鹭起，画图难足。

念往昔，豪华竞逐，叹门外楼头，悲恨相续。千古凭高对此，谩嗟荣辱。六朝旧事随流水，但寒烟衰草凝绿。至今商女，时时犹唱，《后庭》遗曲。

149. 答司马谏议书（王安石）（节选）

盖儒者所争，尤在于名实，名实已明，而天下之理得矣。今君实所以见教者，以为侵官、生事、征利、拒谏，以致天下怨谤也。某则以谓受命于人主，议法度而修之于朝廷，以授之于有司，不为侵官；举先王之政，以兴利除弊，不为生事；为天下理财，不为征利；辟邪说，难壬人，不为拒谏。至于怨诽之多，则固前知其如此也。

人习于苟且非一日，士大夫多以不恤国事、同俗自媚于众为善，上乃欲变此，而某不量敌之众寡，欲出力助上以抗之，则众何为而不汹汹然？盘庚之迁，胥怨者民也，非特朝廷士大夫而已。盘庚不为怨者故改其度，度义而后动，是而不见可悔故也。如君实责我以在位久，未能助上大有为，以膏泽斯民，则某知罪矣；如曰今日当一切不事事，守前所为而已，则非某之所敢知。

150. 游褒禅山记（王安石）（节选）

其下平旷，有泉侧出，而记游者甚众，所谓"前洞"也。由山以上五六里，有穴窈然，入之甚寒，问其深，则其好游者不能穷也，谓之后洞。余与四人拥火以入，入之愈深，其进愈难，而其见愈奇。有怠而欲出者，曰："不出，火且尽"；遂与之俱出。盖余所至，比好游者尚不能十一，然视其左右，来而记之者已少。盖其又深，则其至又加少矣。方是时，余之力尚足以入，火尚足以明也。既其出，则或咎其欲出者，而余亦悔其随之而不得极乎游之乐也。

于是余有叹焉。古人之观于天地、山川、草木、虫鱼、鸟兽，往往有得，以其求思之深而无不在也。夫夷以近，则游者众；险以远，则至者少。而世之奇伟瑰怪、非常之观，常在于险远，而人之所罕至焉，故非有志者不能至也。有志矣，不随以止也，然力不足者，亦不能至也。有志与力，而又不随以怠，至于幽暗昏惑而无物以相之，亦不能至也。然力足以至焉，于人为可讥，而在己为有悔；尽吾志也而不能至者，可以无悔矣，其孰能讥之乎？此余之所得也。

151. 兰陵王·柳阴直（周邦彦）

柳阴直，烟里丝丝弄碧。隋堤上、曾见几番，拂水飘绵送行色。登临望故国，谁识京华倦客？长亭路，年去岁来，应折柔条过千尺。

闲寻旧踪迹，又酒趁哀弦，灯照离席。梨花榆火催寒食。愁一箭风快，半篙波暖，回头迢递便数驿，望人在天北。

凄恻，恨堆积！渐别浦萦回，津堠岑寂，斜阳冉冉春无极。念月榭携手，露桥闻笛。沉思前事，似梦里，泪暗滴。

152. 满庭芳（秦观）

山抹微云，天连衰草，画角声断谯门。暂停征棹，聊共引离尊。多少蓬莱旧事，空回首、烟霭纷纷。斜阳外，寒鸦万点，流水绕孤村。

销魂，当此际，香囊暗解，罗带轻分，谩赢得青楼、薄幸名存。此去何时见也，襟袖上、空惹啼痕。伤情处，高城望断，灯火已黄昏。

153. 满江红（岳飞）

怒发冲冠，凭栏处、潇潇雨歇。抬望眼、仰天长啸，壮怀激烈。三十功名尘与土，八千里路云和月。莫等闲，白了少年头，空悲切。

靖康耻，犹未雪；臣子恨，何时灭。驾长车，踏破贺兰山缺。壮志饥餐胡虏肉，笑谈渴饮匈奴血。待从头、收拾旧山河，朝天阙。

154. 黄冈竹楼记（王禹偁）（节选）

黄冈之地多竹，大者如椽，竹工破之，刳去其节，用代陶瓦。比屋皆然，以其价廉而工省也。

子城西北隅，雉堞圮毁，蓁莽荒秽，因作小楼二间，与月波楼通。远吞山光，平挹江濑。幽阒辽夐，不可具状。夏宜急雨，有瀑布声；冬宜密雪，有碎玉声。宜鼓琴，琴调和畅；宜咏诗，诗韵清绝；宜围棋，子声丁丁然；宜投壶，矢声铮铮然，皆竹楼之所助也。

公退之暇，披鹤氅衣，戴华阳巾，手执《周易》一卷，焚香默坐，消遣世虑。江山之外，第见风帆沙鸟、烟云竹树而已。待其酒力醒，茶烟歇，送夕阳，迎素月，亦谪居之胜概也。彼齐云、落星，高则高矣；井幹、丽谯，华则华矣，止于贮妓女，藏歌舞，非骚人之事，吾所不取。

155. 岳阳楼记（范仲淹）（节选1）

予观夫巴陵胜状，在洞庭一湖。衔远山，吞长江，浩浩汤汤，横无际涯，朝晖夕阴，气象万千。此则岳阳楼之大观也。前人之述备矣。然则北通巫峡，南极潇湘，迁客骚人，多会于此，览物之情，得无异乎？

若夫霪雨霏霏，连月不开，阴风怒号，浊浪排空；日星隐曜，山岳潜形；商旅不行，樯倾楫摧；薄暮冥冥，虎啸猿啼。登斯楼也，则有去国怀乡，忧谗畏讥，满目萧然，感极而悲者矣。

156. 岳阳楼记（范仲淹）（节选2）

至若春和景明，波澜不惊，上下天光，一碧万顷；沙鸥翔集，锦鳞游泳；岸芷汀兰，郁郁青青。而或长烟一空，皓月千里，浮光跃金，静影沉璧，渔歌互答，此乐何极！登斯楼也，则有心旷神怡，宠辱偕忘，把酒临风，其喜洋洋者矣。

嗟夫！予尝求古仁人之心，或异二者之为。何哉？不以物喜，不以己悲。居庙堂之高，则忧其民；处江湖之远，则忧其君。是进亦忧，退亦忧。然则何时而乐耶？其必曰"先天下之忧而忧，后天下之乐而乐"乎！噫！微斯人，吾谁与归？

157. 严先生祠堂记（范仲淹）

先生，光武之故人也，相尚以道。及帝握《赤符》，乘六龙，得圣人之时，臣妾亿兆，天下孰加焉？惟先生以节高之。既而动星象，归江湖，得圣人之清，泥涂轩冕，天下孰加焉？惟光武以礼下之。

在《蛊》之上九，众方有为，而独"不事王侯，高尚其事"，先生以之。在《屯》之初九，阳德方亨，而能"以贵下贱，大得民也"，光武以之。盖先生之心，出乎日月之上；光武之量，包乎天地之外。微先生不能成光武之大，微光武岂能遂先生之高哉？而使贪夫廉，懦夫立，是大有功于名教也。

仲淹来守是邦，始构堂而奠焉，乃复为其后者四家，以奉祠事。又从而歌曰："云山苍苍，江水泱泱，先生之风，山高水长！"

158. 贺新郎（辛弃疾）

甚矣吾衰矣。怅平生、交游零落，只今余几！白发空垂三千丈，一笑人间万事。问何物、能令公喜？我见青山多妩媚，料青山见我应如是。情与貌，略相似。

一尊搔首东窗里。想渊明、《停云》诗就，此时风味。江左沉酣求名者，岂识浊醪妙理？回首叫、云飞风起。不恨古人吾不见，恨古人、不见吾狂耳。知我者，二三子。

159. 水龙吟（辛弃疾）

（甲辰岁寿韩南涧尚书）

渡江天马南来，几人真是经纶手？长安父老，新亭风景，可怜依旧。夷甫诸人，神州沉陆，几曾回首！算平戎万里，功名本是，真儒事，公（又作"君"）知否。

况有文章山斗，对桐阴、满庭清昼。当年堕地，而今试看：风云奔走。绿野风烟，平泉草木，东山歌酒。待他年，整顿乾坤事了，为先生寿。

160. 摸鱼儿·更能消几番风雨（辛弃疾）

淳熙己亥，自湖北漕移湖南，同官王正之置酒小山亭，为赋。

更能消几番风雨，匆匆春又归去。惜春长怕花开早，何况落红无数。春且住，见说道、天涯芳草无归路。怨春不语。算只有殷勤，画檐蛛网，尽日惹飞絮。

长门事，准拟佳期又误。蛾眉曾有人妒。千金纵买相如赋，脉脉此情谁诉？君莫舞，君不见、玉环飞燕皆尘土！闲愁最苦！休去倚危栏，斜阳正在，烟柳断肠处。

161. 永遇乐·京口北固亭怀古（辛弃疾）

千古江山，英雄无觅孙仲谋处。舞榭歌台，风流总被雨打风吹去。斜阳草树，寻常巷陌，人道寄奴曾住。想当年，金戈铁马，气吞万里如虎。

元嘉草草，封狼居胥，赢得仓皇北顾。四十三年，望中犹记，烽火扬州路。可堪回首，佛狸祠下，一片神鸦社鼓。凭谁问：廉颇老矣，尚能饭否？

162. 暗香·旧时月色（姜夔）

旧时月色，算几番照我，梅边吹笛。唤起玉人，不管清寒与攀摘。何逊而今渐老，都忘却、春风词笔。但怪得、竹外疏花，香冷入瑶席。

江国，正寂寂。叹寄与路遥，夜雪初积。翠尊易泣，红萼无言耿相忆，长记曾携手处，千树压、西湖寒碧。又片片吹尽也，几时见得。

163.《金石录》后序（李清照）（节选1）

到越，已移幸四明。不敢留家中，并写本书寄剡。后官军收叛卒，取去，闻尽入故李将军家。所谓岿然独存者，无虑十去五六矣。惟有书画砚墨可五七簏，更不忍置他所，常在卧榻下，手自开阖。在会稽，卜居土民钟氏舍，忽一夕，穴壁负五簏去。余悲恸不得活，重立赏收赎。后二日，邻人钟复皓出十八轴求赏，故知其盗不远矣。万计求之，其余遂牢不可出。今知尽为吴说运使贱价得之。所谓岿然独存者，乃十去其七八。所有一二残零不成部帙书册三数种，平平书帙，犹复爱惜如护头目，何愚也耶！

今日忽阅此书，如见故人。因忆侯在东莱静治堂，装卷初就，芸签缥带，束十卷作一帙。每日晚，吏散，辄校勘二卷，跋题一卷。此二千卷，有题跋者五百二十卷耳。今手泽如新，而墓木已拱，悲夫！

164. 金石录后序（李清照）（节选2）

昔萧绎江陵陷没，不惜国亡而毁裂书画；杨广江都倾覆，不悲身死而复取图书。岂人性之所著，死生不能忘之欤？或者天意以余菲薄，不足以享此尤物耶？抑亦死者有知，犹斤斤爱惜，不肯留在人间耶？何得之艰而失之易也？呜呼！余自少陆机作赋之二年，至过蘧瑗知非之两岁，三十四年之间，忧患得失，何其多也！然有有必有无，有聚必有散，乃理之常。人亡弓，人得之，又胡足道！所以区区记其终始者，亦欲为后世好古博雅者之戒云。

165. 永遇乐·落日熔金（李清照）

落日熔金，暮云合璧，人在何处。染柳烟浓，吹梅笛怨，春意知几许。元宵佳节，融和天气，次第岂无风雨。来相召，香车宝马，谢他酒朋诗侣。

中州盛日，闺门多暇，记得偏重三五。铺翠冠儿，撚金雪柳，簇带争济楚。如今憔悴，风鬟霜鬓，怕见夜间出去。不如向、帘儿底下，听人笑语。

166. 凤凰台上忆吹箫·香冷金猊（李清照）

香冷金猊，被翻红浪，起来慵自梳头。任宝奁尘满，日上帘钩。生怕离怀别苦，多少事、欲说还休。新来瘦，非干病酒，不是悲秋。

休休，者（也作"这"）回去也，千万遍《阳关》，也则难留。念武陵人远，烟锁秦楼。惟有楼前流水，应念我、终日凝眸。凝眸处，从今又添，一段新愁。

167. 书巢记（陆游）（节选1）

陆子既老且病，犹不置读书，名其室曰书巢。客有问曰："鹊巢于木，巢之远人者；燕巢于梁，巢之袭人者。凤之巢，人瑞之；枭之巢，人覆之。雀不能巢，或夺燕巢，巢之暴者也；鸠不能巢，伺鹊育雏而去，则居其巢，巢之拙者也。上古有有巢氏，是为未有宫室之巢。尧民之病水者，上而为巢，是为避害之巢。前世大山穷谷中，有学道之士，栖木若巢，是为隐居之巢。近时饮家者流，或登木杪，酣醉叫呼，则又为狂士之巢。今子幸有屋以居，牖户墙垣，犹之比屋也，而谓之巢，何耶？"

168. 书巢记（陆游）（节选2）

陆子曰："子之辞辩矣，顾未入吾室。吾室之内，或栖于椟，或陈于前，或枕藉于床，俯仰四顾，无非书者。吾饮食起居，疾痛呻吟，悲忧愤叹，未尝不与书俱。宾客不至，妻子不觌，而风雨雷雹之变，有不知也。间有意欲起，而乱书围之，如积槁枝，或至不得行，则辄自笑曰："此非吾所谓巢者耶？"乃引客就观之。客始不能入，既入又不能出，乃亦大笑曰："信乎其似巢也。"客去，陆子叹曰："天下之事，闻者不如见者知之为详，见者不如居者知之为尽。吾侪未造，夫道之堂奥，自藩篱之外而妄议之，可乎？"因书以自警。

169.家藏石刻序（朱熹）（节选）

予少好古金石文字，家贫，不能有其书，独时时取欧阳子所集录，观其序跋辨正之辞以为乐。遇适意时，恍然若手摩挲其金石，而目了其文字也。既又怅然自恨身贫贱，居处屏远，弗能尽致所欲得如公之为者，或寝食不怡竟日。来泉南，又得东武赵氏《金石录》观之，大略如欧阳子书。然铨序益条理，考证益精博，予心亦益好之。于是始胠其橐，得故先君子时所藏与熹后所增益者，凡数十种，虽不多，要皆奇古可玩，悉加标饰，因其刻石大小，施横轴，悬之壁间，坐对循行卧起，恒不去目前，不待披筐箧卷舒把玩而后为适也。

170.百丈山记（朱熹）（节选1）

登百丈山三里许，右俯绝壑，左控垂崖；叠石为磴，十余级乃得度。山之胜，盖自此始。循磴而东，即得小涧，石梁跨于其上。皆苍藤古木，虽盛夏亭午无暑气；水皆清澈，自高淙下，其声溅溅然。度石梁，循两崖，曲折而上，得山门，小屋三间，不能容十许人。然前瞰涧水，后临石池，风来两峡间，终日不绝。门内跨池，又为石梁。度而北，蹑石梯数级入庵。庵才老屋数间，卑痹迫隘，无足观。独其西阁为胜。水自西谷中循石罅奔射出阁下，南与东谷水并注池中。自池而出，乃为前所谓小涧者。阁据其上流，当水石峻激相搏处，最为可玩。乃壁其后，无所睹。独夜卧其上，则枕席之下，终夕潺潺，久而益悲，为可爱耳。

171.百丈山记（朱熹）（节选2）

出山门而东十许步，得石台。下临峭岸，深昧险绝。于林薄间东南望，见瀑布自前岩穴瀵涌而出，投空下数十尺。其沫乃如散珠喷雾，日光烛之，璀璨夺目，不可正视。台当山西南缺，前揖芦山，一峰独秀出；而数百里间，峰峦高下，亦皆历历在眼。日薄西山，余光横照，紫翠重叠，不可殚数。且起下视，白云满川，如海波起伏；而远近诸山出其中者，皆若飞浮往来，或涌或没，顷刻万变。台东径断，乡人凿石容磴以度，而作神祠于其东，水旱祷焉。畏险者或不敢度。然山之可观者，至是则亦穷矣。

172.贺新郎·陪履斋先生沧浪看梅（吴文英）

乔木生云气。访中兴、英雄陈迹，暗追前事。战舰东风悭借便，梦断神州故里。旋小筑、吴宫闲地。华表月明归夜鹤，叹当时花竹今如此。枝上露，溅清泪。

遨头小簇行春队，步苍苔、寻幽别墅（也作"坞"），问梅开未？重唱梅边新度曲，催发寒梢冻蕊。此心与、东君同意。后不如今今非昔，两无言、相对沧浪水。怀此恨，寄残醉。

173. 六州歌头·长淮望断（张孝祥）

长淮望断，关塞莽然平。征尘暗，霜风劲，悄边声。黯销凝。追想当年事，殆天数，非人力，洙泗上，弦歌地，亦膻腥。隔水毡乡，落日牛羊下，区脱纵横。看名王宵猎，骑火一川明。笳鼓悲鸣，遣人惊。

念腰间箭，匣中剑，空埃蠹，竟何成。时易失，心徒壮，岁将零。渺神京。干羽方怀远，静烽燧，且休兵。冠盖使，纷驰骛，若为情？闻道中原遗老，常南望、翠葆霓旌。使行人到此，忠愤气填膺，有泪如倾。

174. 送东阳马生序（宋濂）（节选 1）

余幼时即嗜学。家贫，无从致书以观，每假借于藏书之家，手自笔录，计日以还。天大寒，砚冰坚，手指不可屈伸，弗之怠。录毕，走送之，不敢稍逾约。以是人多以书假余，余因得遍观群书。既加冠，益慕圣贤之道。又患无硕师名人与游，尝趋百里外，从乡之先达执经叩问。先达德隆望尊，门人弟子填其室，未尝稍降辞色。余立侍左右，援疑质理，俯身倾耳以请；或遇其叱咄，色愈恭，礼愈至，不敢出一言以复；俟其欣悦，则又请焉。故余虽愚，卒获有所闻。

当余之从师也，负箧曳屣行深山巨谷中，穷冬烈风，大雪深数尺，足肤皲裂而不知。至舍，四肢僵劲不能动，媵人持汤沃灌，以衾拥覆，久而乃和。寓逆旅，主人日再食，无鲜肥滋味之享。同舍生皆被绮绣，戴朱缨宝饰之帽，腰白玉之环，左佩刀，右备容臭，烨然若神人；余则缊袍敝衣处其间，略无慕艳意，以中有足乐者，不知口体之奉不若人也。盖余之勤且艰若此。

175. 送东阳马生序（宋濂）（节选 2）

今虽耄老，未有所成，犹幸预君子之列，而承天子之宠光，缀公卿之后，日侍坐备顾问，四海亦谬称其氏名，况才之过于余者乎？

今诸生学于太学，县官日有廪稍之供，父母岁有裘葛之遗，无冻馁之患矣；坐大厦之下而诵诗书，无奔走之劳矣；有司业、博士为之师，未有问而不告、求而不得者也；凡所宜有之书，皆集于此，不必若余之手录，假诸人而后见也。其业有不精、德有不成者，非天质之卑，则心不若余之专耳，岂他人之过哉？

176. 阅江楼记（宋濂）（节选 1）

登览之顷，万象森列，千载之秘，一旦轩露。岂非天造地设，以俟大一统之君，而开千万世之伟观者欤？当风日清美，法驾幸临，升其崇椒，凭栏遥瞩，必悠然而动遐思。见江汉之朝宗，诸侯之述职，城池之高深，关阨之严固，必曰："此朕沐风栉雨、战胜攻取之所致也。"中夏之广，益思有以保之。见波涛之浩荡，风帆之上下，番舶接迹而来庭，蛮琛联肩而入贡，必曰："此朕德绥威服，覃及内外之所及也。"四陲之远，益思所以柔之。见两岸之间、四郊之上，耕人有炙肤皲足之烦，农女有捋桑行馌之勤，必曰："此朕拔诸水火、而登于衽席者也。"万方之民，益思有以安之。触类而推，不一而足。臣知斯楼之建，皇上所以发舒精神，因物兴感，无不寓其致治之思，奚此阅夫长江而已哉？

177. 阅江楼记（宋濂）（节选2）

彼临春、结绮，非不华矣；齐云、落星，非不高矣。不过乐管弦之淫响，藏燕赵之艳姬。一旋踵间而感慨系之，臣不知其为何说也。

虽然，长江发源岷山，委蛇七千余里而始入海，白涌碧翻，六朝之时，往往倚之为天堑；今则南北一家，视为安流，无所事乎战争矣。然则，果谁之力欤？逢掖之士，有登斯楼而阅斯江者，当思帝德如天，荡荡难名，与神禹疏凿之功同一罔极。忠君报上之心，其有不油然而兴者耶？

178. 深虑论（方孝孺）（节选）

当秦之世，而灭诸侯，一天下。而其心以为周之亡在乎诸侯之强耳，变封建而为郡县。方以为兵革可不复用，天子之位可以世守，而不知汉帝起陇亩之中，而卒亡秦之社稷。汉惩秦之孤立，于是大建庶孽而为诸侯，以为同姓之亲可以相继而无变，而七国萌篡弑之谋。武、宣以后，稍剖析之而分其势，以为无事矣，而王莽卒移汉祚。光武之惩哀、平，魏之惩汉，晋之惩魏，各惩其所由亡而为之备。而其亡也，皆出于所备之外。唐太宗闻武氏之杀其子孙，求人于疑似之际而除之，而武氏日侍其左右而不悟。宋太祖见五代方镇之足以制其君，尽释其兵权，使力弱而易制，而不知子孙卒困于敌国。此其人皆有出人之智、盖世之才，其于治乱存亡之几，思之详而备之审矣。虑切于此而祸兴于彼，终至乱亡者，何哉？盖智可以谋人，而不可以谋天。良医之子多死于病；良巫之子多死于鬼。彼岂工于活人而拙于活己之子哉？乃工于谋人而拙于谋天也。

179. 徐文长传（袁宏道）（节选）

文长既已不得志于有司，遂乃放浪曲蘖，恣情山水，走齐、鲁、燕、赵之地，穷览朔漠。其所见山奔海立，沙起云行，雨鸣树偃，幽谷大都，人物鱼鸟，一切可惊可愕之状，一一皆达之于诗。其胸中又有勃然不可磨灭之气，英雄失路、托足无门之悲，故其为诗，如嗔如笑，如水鸣峡，如种出土，如寡妇之夜哭，羁人之寒起，虽其体格时有卑者，然匠心独出，有王者气，非彼巾帼而事人者所敢望也。文有卓识，气沉而法严，不以模拟损才，不以议论伤格，韩、曾之流亚也。文长既雅不与时调合，当时所谓骚坛主盟者，文长皆叱而奴之，故其名不出于越，悲夫！

180. 五人墓碑记（张溥）（节选）

是以蓼洲周公，忠义暴于朝廷，赠谥美显，荣于身后；而五人亦得以加其土封，列其姓名于大堤之上，凡四方之士，无有不过而拜且泣者，斯固百世之遇也。不然，令五人者保其首领，以老于户牖之下，则尽其天年，人皆得以隶使之，安能屈豪杰之流，扼腕墓道，发其志士之悲哉？故予与同社诸君子，哀斯墓之徒有其石也，而为之记，亦以明死生之大，匹夫之有重于社稷也。

181. 原君（黄宗羲）（节选）

有生之初，人各自私也，人各自利也，天下有公利而莫或兴之，有公害而莫或除之。有人者出，不以一己之利为利，而使天下受其利；不以一己之害为害，而使天下释其害；此其人之勤劳，必千万于天下之人。夫以千万倍之勤劳而己又不享其利，必非天下之人情所欲居也。故古之人君，量而不欲入者，许由、务光是也；入而又去之者，尧、舜是也；初不欲入而不得去者，禹是也。岂古之人有所异哉？好逸恶劳，亦犹夫人之情也。

182. 柳敬亭传（黄宗羲）（节选1）

柳敬亭者，扬之泰洲人，本姓曹。年十五，犷悍无赖，犯法当死，变姓柳，之盱眙市中，为人说书，已能倾动其市人。久之，过江，云间有儒生莫后光见之曰："此子机变，可使以其技鸣。"于是谓之曰："说书虽小技，然必勾性情，习方俗，如优孟摇头而歌，而后可以得志。"敬亭退而凝神定气，简练揣摩，期月而诣莫生。生曰："子之说，能使人欢咍嗢噱矣。"又期月，生曰："子之说，能使人慷慨涕泣矣，"又期月，生喟然曰："子言未发而哀乐具乎其前，使人之性情不能自主，盖进乎技矣。"由是之扬，之杭，之金陵，名达于缙绅间。华堂旅会，闲亭独坐，争延之使奏其技，无不当于心，称善也。

183. 柳敬亭传（黄宗羲）（节选2）

宁南南下，皖帅欲结欢宁南，致敬亭于幕府。宁南以为相见之晚，使参机密。军中亦不敢以说书目敬亭。宁南不知书，所有文檄，幕下儒生设意修词，援古证今，极力为之，宁南皆不悦。而敬亭耳剽口熟，从委巷活套中来者，无不与宁南意合。尝奉命至金陵，是时朝中皆畏宁南，闻其使人来，莫不倾动加礼，宰执以下，俱使之南面上坐，称柳将军，敬亭亦无所不安也。其市井小人昔与敬亭尔汝者，从道旁私语："此故吾侪同说书者也，今富贵若此！"

亡何，国变，宁南死。敬亭丧失其资略尽，贫困如故时，始复上街头理其故业。敬亭既在军中久，其豪猾大侠、杀人亡命、流离遭合、破家失国之事，无不身亲见之，且五方土音，乡俗好尚，习见习闻，每发一声，使人闻之，或如刀剑铁骑，飒然浮空，或如风号雨泣，鸟悲兽骇，亡国之恨顿生，檀板之声无色，有非莫生之言可尽者矣。

184. 左忠毅公逸事（方苞）（节选）

先君子尝言，乡先辈左忠毅公视学京畿，一日，风雪严寒，从数骑出，微行入古寺。庑下一生伏案卧，文方成草。公阅毕，即解貂覆生，为掩户。叩之寺僧，则史公可法也。及试，吏呼名至史公，公瞿然注视，呈卷，即面署第一。召入使拜夫人，曰："吾诸儿碌碌，他日继吾志事，惟此生耳。"

及左公下厂狱，史朝夕狱门外。逆阉防伺甚严，虽家仆不得近。久之，闻左公被炮烙，且夕且死，持五十金，涕泣谋于禁卒，卒感焉。一日，使史更敝衣，草屦背筐，手长镵，为除不洁者，引入。微指左公处，则席地倚墙而坐，面额焦烂不可辨，左膝以下筋骨尽脱矣。史前跪抱公膝而呜咽。公辨其声，而目不可开，乃奋臂以指拨眦，目光如炬，怒曰："庸奴！此何地也，而汝来前！国家之事糜烂至此，老夫已矣，汝复轻身而昧大义，天下事谁可支拄者？不速去，无俟奸人构陷，吾今即扑杀汝！"因摸地上刑械，作投击势。史噤不敢发声，趋而出。后常流涕述其事以语人曰："吾师肺肝，皆铁石所铸造也。"

185.《奇零草》序（姜宸英）（节选）

客为予言："公在行间无日不读书，所遗集近十余种，为逻卒取去，或有流落人间者。此集是其甲辰以后，将解散部伍归隐于落迦山所作也。"公自督师，未尝受强藩节制，及九江遁还，渐有掣肘，始邑邑不乐。而其归隐于海南也，自制一椑置寺中，实粮其中，俟粮且尽死。门有两猿守之，有警，猿必跳踯哀鸣。而间之至也，从后门入。既被羁会城，远近人士，下及市井屠贩卖饼之儿，无不持纸素至羁所争求翰墨。守卒利其金钱，喜为请乞。公随手挥洒应之，皆《正气歌》也，读之鲜不泣下者。独士大夫家或颇畏藏其书，以为不祥。不知君臣父子之性，根于人心而征于事业、发于文章，虽历变患，逾不可磨灭。

历观前代，沈约撰《宋书》，疑立《袁粲传》，齐武帝曰："粲自是宋忠臣，何为不可？"欧阳修不为周韩通立传，君子讥之。元听湖南为宋忠臣李芾建祠，明长陵不罪藏方孝孺书者，此帝王盛德事。为人臣子处无讳之朝，宜思引君当道。臣各为其主，凡一切胜国语言，不足避忌。予欲稍掇拾公遗事，成传略一卷，以备惇史之求，犹惧蒐访未遍，将日就放失也。悲夫！

186.为学一首示子侄（彭端淑）

天下事有难易乎？为之，则难者亦易矣；不为，则易者亦难矣。人之为学有难易乎？学之，则难者亦易矣；不学，则易者亦难矣。

吾资之昏，不逮人也；吾材之庸，不逮人也；旦旦而学之，久而不怠焉，迄乎成，而亦不知其昏与庸也。吾资之聪，倍人也；吾材之敏，倍人也；屏弃而不用，其与昏与庸无以异也。圣人之道，卒于鲁也传之。然则昏庸聪敏之用，岂有常哉？

蜀之鄙有二僧：其一贫，其一富。贫者语于富者曰："吾欲之南海，何如？"富者曰："子何恃而往?"曰："吾一瓶一钵足矣。"富者曰："吾数年来欲买舟而下，犹未能也。子何恃而往？"越明年，贫者自南海还，以告富者，富者有惭色。

西蜀之去南海，不知几千里也。僧之富者不能至而贫者至焉。人之立志，顾不如蜀鄙之僧哉？是故聪与敏，可恃而不可恃也，自恃其聪与敏而不学者，自败者也。昏与庸，可限而不可限也；不自限其昏与庸而力学不倦者，自力者也。

187.闲情偶寄（李渔）（节选）

声音之道，丝不如竹，竹不如肉，为其渐近自然。吾谓饮食之道，脍不如肉，肉不如蔬，亦以其渐近自然也。草衣木食，上古之风，人能疏远肥腻，食蔬蕨而甘之，腹中菜园，不使羊来踏破。是犹作羲皇之民，鼓唐、虞之腹，与崇尚古玩同一致也。所怪于世者，弃美名不居，而故异端其说，谓佛法如是，是则谬矣。吾辑《饮馔》一卷，后肉食而首蔬菜，一以崇俭，一以复古；至重宰割而惜生命，又其念兹在兹，而不忍或忘者矣。

188.登泰山记（姚鼐）（节选）

泰山正南面有三谷，中谷绕泰安城下，郦道元所谓环水也。余始循以入，道少半，越中岭，复循西谷，遂至其巅。古时登山，循东谷入，道有天门。东谷者，古谓之天门溪水，余所不至也。今所经中岭及山巅崖限当道者，世皆谓之天门云。道中迷雾冰滑，磴几不可登。及既上，苍山负雪，明烛天南，望晚日照城郭，汶水、徂徕如画，而半山居雾若带然。

戊申晦，五鼓，与子颖坐日观亭待日出。大风扬积雪击面，亭东自足下皆云漫，稍见云中白若摴蒱数十立者，山也。极天，云一线异色，须臾成五彩。日上，正赤如丹，下有红光，动摇承之，或曰，此东海也。回视日观以西峰，或得日，或否，绛皓驳色，而皆若偻。

189.黄生借书说（袁枚）

黄生允修借书。随园主人授以书而告之曰："书非借不能读也。子不闻藏书者乎？七略、四库，天子之书，然天子读书者有几？汗牛塞屋，富贵家之书，然富贵人读书者有几？其他祖父积、子孙弃者无论焉。非独书为然，天下物皆然。非夫人之物而强假焉，必虑人逼取，而惴惴焉摩玩之不已，曰：'今日存，明日去，吾不得而见之矣。'若业为吾所有，必高束焉，庋藏焉，曰'姑俟异日观'云尔。""余幼好书，家贫难致。有张氏藏书甚富。往借，不与，归而形诸梦。其切如是。故有所览，辄省记。通籍后，俸去书来，落落大满，素蟫灰丝，时蒙卷轴。然后叹借者之用心专，而少时之岁月为可惜也。"今黄生贫类予，其借书亦类予；惟予之公书与张氏之吝书，若不相类。然则予固不幸而遇张乎，生固幸而遇予乎？知幸与不幸，则其读书也必专，而其归书也必速。

为一说，使与书俱。

190.病馆梅记（龚自珍）

江宁之龙蟠，苏州之邓尉，杭州之西溪，皆产梅。或曰："梅以曲为美，直则无姿；以欹为美，正则无景；梅以疏为美，密则无态。"固也，此文人画士，心知其意，未可明诏大号，以绳天下之梅也；又不可以使天下之民斫直、删密、锄正，以夭梅、病梅为业以求钱也；梅之欹、之疏、之曲，又非蠢蠢求钱之民，能以其智力为也。有以文人画士孤癖之隐，明告鬻梅者，斫其正，养其旁条，删其密，夭其稚枝，锄其直，遏其生气，以求重价，而江、浙之梅皆病，文人画士之祸之烈至此哉！

予购三百盆，皆病者，无一完者。既泣之三日，乃誓疗之，纵之，顺之。毁其盆，悉埋于地，解其棕缚，以五年为期，必复之全之。予本非文人画士，甘受诟厉，辟病梅之馆以贮之。呜呼！安得使予多暇日，又多闲田，以广贮江宁、杭州、苏州之病梅，穷予生之光阴以疗梅也哉！

191.《广宋遗民录》序（顾炎武）（节选）

子曰："有朋自远方来，不亦乐乎？"古之人学焉而有所得，未尝不求同志之人。而况当沧海横流，风雨如晦之日乎？于此之时，其随世以就功名者固不足道，而亦岂无一二少知自好之士，然且改行于中道，而失身于暮年。于是士之求其友也益难。而或一方不可得，则求之数千里之外；今人不可得，则慨想于千载以上之人。苟有一言一行之有合于吾者，从而追慕之，思为之传其姓氏而笔之书。呜呼，其心良亦苦矣！

192.卖柑者言（刘基）

杭有卖果者，善藏柑，涉寒暑不溃。出之烨然，玉质而金色。置于市，贾十倍，人争鬻之。予贸得其一，剖之，如有烟扑口鼻，视其中，则干若败絮。予怪而问之曰："若所市于人者，将以实笾豆，奉祭祀，供宾客乎？将衒外以惑愚瞽乎？甚矣哉为欺也！"

卖者笑曰："吾业是有年矣。吾赖是以食吾躯。吾售之，人取之，未尝有言，而独不足子所乎？世之为欺者不寡矣，而独我也乎？吾子未之思也。今夫佩虎符、坐皋比者，洸洸乎干城之具也，果能授孙、吴之略耶？峨大冠、拖长绅者，昂昂乎庙堂之器也，果能建伊、皋之业耶？盗起而不知御，民困而不知救，吏奸而不知禁，法斁而不知理，坐糜廪粟而不知耻。观其坐高堂，骑大马，醉醇醴而饫肥鲜者，孰不巍巍乎可畏、赫赫乎可象也？又何往而不金玉其外、败絮其中也哉！今子是之不察，而以察吾柑！"

予默默无以应。退而思其言，类东方生滑稽之流。岂其愤世疾邪者耶？而托于柑以讽耶？

193.报刘一丈书（宗臣）（节选）

此世所谓上下相孚也，长者谓仆能之乎？前所谓权门者，自岁时伏腊，一刺之外，即经年不往也。间道经其门，则亦掩耳闭目，跃马疾走过之，若有所追逐者，斯则仆之褊衷，以此长不见悦于长吏，仆则愈益不顾也。每大言曰："人生有命，吾惟守分尔矣。"长者闻之，得无厌其为迂乎？

乡园多故，不能不动客子之愁。至于长者之抱才而困，则又令我怆然有感。

天之与先生者甚厚，亡论长者不欲轻弃之，即天意亦不欲长者之轻弃之也，幸宁心哉！

194.项脊轩志（归有光）（节选1）

项脊轩，旧南阁子也。室仅方丈，可容一人居。百年老屋，尘泥渗漉，雨泽下注；每移案，顾视无可置者。又北向不能得日，日过午已昏。余稍为修葺，使不上漏。前辟四窗，垣墙周庭，以当南日，日影反照，室始洞然。又杂植兰桂竹木于庭，旧时栏楯，亦遂增胜。借书满架，偃仰啸歌，冥然兀坐，万籁有声；而庭阶寂寂，小鸟时来啄食，人至不去。三五之夜，明月半墙，桂影斑驳，风移影动，珊珊可爱。

195.项脊轩志（归有光）（节选2）

然予居于此，多可喜，亦多可悲。先是庭中通南北为一。迨诸父异爨，内外多置小门墙，往往而是。东犬西吠，客逾庖而宴，鸡栖于厅。庭中始为篱，已为墙，凡再变矣。家有老妪，尝居于此。妪，先大母婢也，乳二世，先妣抚之甚厚。室西连于中闺，先妣尝一至。妪每谓予曰："某所，而母立于兹。"妪又曰："汝姊在吾怀，呱呱而泣；娘以指叩门扉，曰：'儿寒乎？欲食乎？'吾从板外相为应答。"语未毕，余泣，妪亦泣。余自束发读书轩中，一日，大母过余曰："吾儿，久不见若影，何竟日默默在此，大类女郎也？"比去，以手阖门，自语曰："吾家读书久不效，儿之成，则可待乎！"顷之，持一象笏至，曰："此吾祖太常公宣德间执此以朝，他日汝当用之！"瞻顾遗迹，如在昨日，令人长号不自禁。

196.虎丘记（袁宏道）（节选1）

虎丘去城可七八里，其山无高岩邃壑，独以近城故，箫鼓楼船，无日无之。凡月之夜，花之晨，雪之夕，游人往来，纷错如织，而中秋为尤胜。

每至是日，倾城阖户，连臂而至。衣冠士女，下迨蔀屋，莫不靓妆丽服，重茵累席，置酒交衢间。从千人石上至山门，栉比如鳞，檀板丘积，樽罍云泻，远而望之，如雁落平沙，霞铺江上，雷辊电霍，无得而状。

布席之初，唱者千百，声若聚蚊，不可辨识。分曹部署，竟以歌喉相斗，雅俗既陈，妍媸自别。未几而摇手顿足者，得数十人而已；已而明月浮空，石光如练，一切瓦釜，寂然停声，属而和者，才三四辈；一箫，一寸管，一人缓板而歌，竹肉相发，清声亮彻，听者魂销。比至夜深，月影横斜，荇藻凌乱，则箫板亦不复用；一夫登场，四座屏息，音若细发，响彻云际，每度一字，几尽一刻，飞鸟为之徘徊，壮士听而下泪矣。

197.虎丘记（袁宏道）（节选2）

剑泉深不可测，飞岩如削。千顷云得天池诸山作案，峦壑竞秀，最可觞客。但过午则日光射人，不堪久坐耳。文昌阁亦佳，晚树尤可观。面北为平远堂旧址，空旷无际，仅虞山一点在望，堂废已久，余与江进之谋所以复之，欲祠韦苏州、白乐天诸公于其中；而病寻作，余既乞归，恐进之之兴亦阑矣。山川兴废，信有时哉！

吏吴两载，登虎丘者六。最后与江进之、方子公同登，迟月生公石上。歌者闻令来，皆避匿去。余因谓进之曰："甚矣，乌纱之横，皂隶之俗哉！他日去官，有不听曲此石上者，如月！"今余幸得解官称吴客矣。虎丘之月，不知尚识余言否耶？

198.浣花溪记（钟惺）（节选）

出成都南门，左为万里桥。西折纤秀长曲，所见如连环、如玦、如带、如规、如钩，色如鉴、如琅玕、如绿沉瓜，窈然深碧、潆回城下者，皆浣花溪委也。然必至草堂，而后浣花有专名，则以少陵浣花居在焉耳。

行三四里为青羊宫，溪时远时近。竹柏苍然、隔岸阴森者尽溪，平望如荠。水木清华，神肤洞达。自宫以西，流汇而桥者三，相距各不半里。舁夫云通灌县，或所云"江从灌口来"是也。人家住溪左，则溪蔽不时见；稍断则复见溪。如是者数处，缚柴编竹，颇有次第。桥尽，一亭树道左，署曰"缘江路"。

过此则武侯祠。祠前跨溪为板桥一，覆以水槛，乃睹"浣花溪"题榜。过桥，一小洲横斜插水间如梭，溪周之，非桥不通。置亭其上，题曰"百花潭水"。由此亭还，度桥，过梵安寺，始为杜工部祠。像颇清古，不必求肖，想当尔尔。石刻像一，附以本传，何仁仲别驾署华阳时所为也。碑皆不堪读。

199.核舟记（魏学洢）（节选）

舟首尾长约八分有奇，高可二黍许。中轩敞者为舱，箬篷覆之。旁开小窗，左右各四，共八扇。启窗而观，雕栏相望焉。闭之，则右刻"山高月小，水落石出"，左刻"清风徐来，水波不兴"，石青糁之。

船头坐三人，中峨冠而多髯者为东坡，佛印居右，鲁直居左。苏、黄共阅一手卷。东坡右手执卷端，左手抚鲁直背。鲁直左手执卷末，右手指卷，如有所语。东坡现右足，鲁直现左足，各微侧，其两膝相比者，各隐卷底衣褶中。佛印绝类弥勒，袒胸露乳，矫首昂视，神情与苏、黄不属。卧右膝，诎右臂支船，而竖其左膝，左臂挂念珠倚之，珠可历历数也。

舟尾横卧一楫，楫左右舟子各一人。居右者椎髻仰面，左手倚一衡木，右手攀右趾，若啸呼状。居左者右手执蒲葵扇，左手抚炉，炉上有壶，其人视端容寂，若听茶声然。

200.西湖七月半（张岱）（节选1）

西湖七月半，一无可看，止可看看七月半之人。看七月半之人，以五类看之。其一，楼船箫鼓，峨冠盛筵，灯火优傒，声光相乱，名为看月而实不见月者，看之；其一，亦船亦楼，名娃闺秀，携及童娈，笑啼杂之，环坐露台，左右盼望，身在月下而实不看月者，看之；其一，亦船亦声歌，名妓闲僧，浅斟低唱，弱管轻丝，竹肉相发，亦在月下，亦看月而欲人看其看月者，看之；其一，不舟不车，不衫不帻，酒醉饭饱，呼群三五，跻入人丛，昭庆、断桥，嘄呼嘈杂，装假醉，唱无腔曲，月亦看，看月者亦看，不看月者亦看，而实无一看者，看之；其一，小船轻幌，净几暖炉，茶铛旋煮，素瓷静递，好友佳人，邀月同坐，或匿影树下，或逃嚣里湖，看月而人不见其看月之态，亦不作意看月者，看之。

201.西湖七月半（张岱）（节选2）

杭人游湖，巳出酉归，避月如仇。是夕好名，逐队争出，多犒门军酒钱，轿夫擎燎，列俟岸上。一入舟，速舟子急放断桥，赶入胜会。以故二鼓以前，人声鼓吹，如沸如撼，如魇如呓，如聋如哑。大船小船，一齐凑岸，一无所见，止见篙击篙，舟触舟，肩摩肩，面看面而已。少刻兴尽，官府席散，皂隶喝道去。轿夫叫，船上人怖以关门，灯笼火把如列星，一一簇拥而去。岸上人亦逐队赶门，渐稀渐薄，顷刻散尽矣。

吾辈始舣舟近岸，断桥石磴始凉，席其上，呼客纵饮。此时月如镜新磨，山复整妆，湖复颒面，向之浅斟低唱者出，匿影树下者亦出，吾辈往通声气，拉与同坐。韵友来，名妓至，杯箸安，竹肉发。月色苍凉，东方将白，客方散去。吾辈纵舟酣睡于十里荷花之中，香气拍人，清梦甚惬。

202.秋兰赋（袁枚）

秋林空兮百草逝，若有香兮林中至。既萧曼以袭裾，复氤氲而绕鼻。虽脉脉兮遥闻，觉熏熏然独异。予心讶焉，是乃芳兰，开非其时，宁不知寒？

于焉步兰陔，循兰池，披条数萼，凝目寻之。果然兰言，称某在斯。业经半谢，尚挺全枝。啼露眼以有待，喜采者之来迟。苟不因风而枨触，虽幽人其犹未知。于是舁之萧斋，置之明窗。朝焉与对，夕焉与双。虑其霜厚叶薄，觉孤香瘦，风影外逼，寒心内疚。乃复玉几安置，金屏掩覆。虽出入之余闲，必褰帘而三嗅。谁知朵止七花，开竟百日，晚景后凋，含章贞吉。露以冷而未晞，茎以劲而难折；瓣以敛而寿永，香以淡而味逸。商飙为之损威，凉月为之增色。留一穗之灵长，慰半生之萧瑟。

予不觉神心布覆，深情容与。析佩表洁，浴汤孤处。倚空谷以流思，静风琴而不语。

歌曰：秋雁回空，秋江停波。兰独不然，芬芳弥多。秋兮秋兮，将如兰何！

203.金缕曲·赠梁汾（纳兰性德）

德也狂生耳。偶然间，缁尘京国，乌衣门第。有酒惟浇赵州土，谁会成生此意。不信道、竟逢知己。青眼高歌俱未老，向樽前、拭尽英雄泪。君不见，月如水。

共君此夜须沉醉。且由他，蛾眉谣诼，古今同忌。身世悠悠何足问，冷笑置之而已。寻思起、从头翻悔。一日心期千劫在，后身缘、恐结他生里。然诺重，君须记。

204. 送荪友（纳兰性德）

人生何如不相识，君老江南我燕北。

何如相逢不相合，更无别恨横胸臆。

留君不住我心苦，横门骊歌泪如雨。

君行四月草萋萋，柳花桃花半委泥。

江流浩淼江月堕，此时君亦应思我。

我今落拓何所止，一事无成已如此。

平生纵有英雄血，无由一溅荆江水。

荆江日落阵云低，横戈跃马今何时。

忽忆去年风雨夜，与君展卷论王霸。

君今偃仰九龙间，吾欲从兹事耕稼。

芙蓉湖上芙蓉花，秋风未落如朝霞。

君如载酒须尽醉，醉来不复思天涯。

205. 人间词话（王国维）（节选）

古今之成大事业、大学问者，必经过三种之境界："昨夜西风凋碧树。独上高楼，望尽天涯路。"此第一境也。"衣带渐宽终不悔，为伊消得人憔悴。"此第二境也。"众里寻他千百度，回头蓦见，那人正在，灯火阑珊处。"此第三境也。此等语皆非大词人不能道。然遽以此意解释诸词，恐为晏、欧诸公所不许也。

第二部分

现当代经典诵读题库

1. 少年中国说（梁启超）（节选 1）

造成今日之老大中国者，则中国老朽之冤业也。制出将来之少年中国者，则中国少年之责任也。彼老朽者何足道，彼与此世界作别之日不远矣，而我少年乃新来而与世界为缘。如傫屋者然，彼明日将迁居他方，而我今日始入此室处。将迁居者，不爱护其窗栊，不洁治其庭庑，俗人恒情，亦何足怪！若我少年者前程浩浩，后顾茫茫。中国而为牛、为马、为奴隶，则烹脔鞭棰之惨酷，惟我少年当之。中国如称霸宇内、主盟地球，则指挥顾盼之尊荣，惟我少年享之。于彼气息奄奄、与鬼为邻者何与焉？彼而漠然置之，犹可言也；我而漠然置之，不可言也。

2. 少年中国说（梁启超）（节选 2）

使举国之少年而果为少年也，则吾中国为未来之国，其进步未可量也。使举国之少年而亦为老大也，则吾中国为过去之国，其澌亡可翘足而待也。故今日之责任，不在他人，而全在我少年。少年智则国智，少年富则国富；少年强则国强，少年独立则国独立；少年自由则国自由，少年进步则国进步；少年胜于欧洲，则国胜于欧洲；少年雄于地球，则国雄于地球。红日初升，其道大光。河出伏流，一泻汪洋。潜龙腾渊，鳞爪飞扬。乳虎啸谷，百兽震惶。鹰隼试翼，风尘翕张。奇花初胎，矞矞皇皇。干将发硎，有作其芒。天戴其苍，地履其黄。纵有千古，横有八荒。前途似海，来日方长。美哉，我少年中国，与天不老！壮哉，我中国少年，与国无疆！

3.《晨钟》之使命（李大钊）（节选）

一日有一日之黎明，一稘有一稘之黎明，个人有个人之青春，国家有国家之青春。今者，白发之中华垂亡，青春之中华未孕，旧稘之黄昏已去，新稘之黎明将来。际兹方死方生、方毁方成、方破坏方建设、方废落方开敷之会，吾侪振此"晨钟"，期与我慷慨悲壮之青年，活泼泼地之青年，日日迎黎明之朝气，尽二十稘黎明中当尽之努力，人人奋青春之元气，发新中华青春中应发之曙光，由是——叩发——声，——声觉——梦，俾吾民族之自我的自觉，自我之民族的自觉，——彻底，急起直追，勇往奋进，径造自由神前，索我理想之中华、青春之中华，幸勿姑息迁延，韶光坐误。人已汲新泉，尝新炊，而我犹卧榻横陈，荒娱于白发中华、残年风烛之中，沉鼾于睡眠中华、黄粱酣梦之里也。

4. 教我如何不想她（刘半农）

天上飘着些微云，
地上吹着些微风。
啊！
微风吹动了我头发，
教我如何不想她？

月光恋爱着海洋，
海洋恋爱着月光。
啊！
这般蜜也似的银夜，
教我如何不想她？
水面落花慢慢流，
水底鱼儿慢慢游。
啊！
燕子你说些什么话？
教我如何不想她？
枯树在冷风里摇，
野火在暮色中烧。
啊！
西天还有些儿残霞，
教我如何不想她？

5.地球，我的母亲！（郭沫若）（节选）

地球，我的母亲！
天已黎明了，
你把你怀中的儿来摇醒，
我现在正在你背上匍行。

地球，我的母亲！
你背负着我在这乐园中逍遥。
你还在那海洋里面，
奏出些音乐来，安慰我的灵魂。

地球，我的母亲！
我过去，现在，未来，
食的是你，衣的是你，住的是你，
我要怎么样才能够报答你的深恩？

地球，我的母亲！
从今后我不愿常在家中居住，
我要常在这开旷的空气里面，
对于你，表示我的孝心。

……

地球，我的母亲！
我们都是空桑中生出的伊尹，
我不相信那缥缈的天上，
还有位什么父亲。

地球，我的母亲！
我想宇宙中的一切，
都是你的化身：
雷霆是你呼吸的声威，
雪雨是你血液的飞腾。
……

地球，我的母亲！
已往的我，只是个知识未开的婴孩，
我只知道贪受着你的深恩，
我不知道你的深恩，不知道报答你的深恩。

地球，我的母亲！
从今后我知道你的深恩，
我饮一杯水，纵是天降的甘霖，
我知道那是你的乳，我的生命羹。
……

地球，我的母亲！
从今后我要报答你的深恩，
我知道你爱我还要劳我，
我要学着你劳动，永久不停！

6.凤凰涅槃（郭沫若）（节选）

序曲
除夕将近的空中，
飞来飞去的一对凤凰，
唱着哀哀的歌声飞去，
衔着枝枝的香木飞来，

飞来在丹穴山上。

……

凤歌

即即！即即！即即！

即即！即即！即即！

茫茫的宇宙，冷酷如铁！

茫茫的宇宙，黑暗如漆！

茫茫的宇宙，腥秽如血！

宇宙呀，宇宙，

你为什么存在？

你自从哪儿来？

你坐在哪儿在？

……

你的当中为什么又有生命存在？

你到底还是个有生命的交流？

你到底还是个无生命的机械？

昂头我问天，

天徒矜高，莫有点儿知识。

低头我问地，

地已死了，莫有点儿呼吸。

伸头我问海，

海正扬声而呜咽。

啊啊！

生在这样个阴秽的世界当中，

便是把金钢石的宝刀也会生锈！

宇宙呀，宇宙，

我要努力地把你诅咒：

你脓血污秽着的屠场呀！

你悲哀充塞着的囚牢呀！

你群鬼叫号着的坟墓呀！

你群魔跳梁着的地狱呀！

你到底为什么存在？

……

凰歌

足足！足足！足足！
足足！足足！足足！
五百年来的眼泪倾泻如瀑。
五百年来的眼泪淋漓如烛。
流不尽的眼泪，
洗不净的污浊，
浇不熄的情焰，
荡不去的羞辱，
我们这缥缈的浮生
到底要向哪儿安宿？
……

我们这缥缈的浮生
好像这黑夜里的酣梦。
前也是睡眠，
后也是睡眠，
来得如飘风，
去得如轻烟，
来如风，
去如烟，
眠在后，
睡在前，
我们只是这睡眠当中的
一刹那的风烟。

7. 天狗（郭沫若）

我是一条天狗呀！
我把月来吞了，
我把日来吞了，
我把一切的星球来吞了，
我把全宇宙来吞了。
我便是我了！
我是月的光，
我是日的光，
我是一切星球的光，
我是 X 光线的光，

我是全宇宙底 Energy 的总量！

我飞奔，

我狂叫，

我燃烧。

我如烈火一样地燃烧！

我如大海一样地狂叫！

我如电气一样地飞跑！

我飞跑，

我飞跑，

我飞跑，

我剥我的皮，

我食我的肉，

我吸我的血，

我啮我的心肝，

我在我神经上飞跑，

我在我脊髓上飞跑，

我在我脑筋上飞跑。

我便是我呀！

我的我要爆了！

8. 炉中煤——眷念祖国的情绪（郭沫若）

啊，我年青的女郎！

我不辜负你的殷勤，

你也不要辜负了我的思量。

我为我心爱的人儿

燃到了这般模样！

啊，我年青的女郎！

你该知道了我的前身？

你该不嫌我黑奴卤莽？

要我这黑奴的胸中，

才有火一样的心肠。

啊，我年青的女郎！

我想我的前身

原本是有用的栋梁，

我活埋在地底多年，
到今朝总得重见天光。

啊，我年青的女郎！
我自从重见天光，
我常常思念我的故乡，
我为我心爱的人儿
燃到了这般模样！

9. 野草（夏衍）（节选）

你看见过被压在瓦砾和石块下面的一棵小草的生成吗？它为着向往阳光，为着达成它的生之意志，不管上面的石块如何重，石块与石块之间如何狭，它总要曲曲折折地，但是顽强不屈地透到地面上来。它的根往土壤钻，它的芽往地面挺，这是一种不可抗的力，阻止它的石块，结果也被它掀翻。一粒种子的力量的大，如此如此。

没有一个人将小草叫做"大力士"，但是它的力量之大，的确是世界无比。这种力是一般人看不见的生命力，只要生命存在，这种力就要显现，上面的石块，丝毫不足以阻挡，因为它是一种"长期抗战"的力，有弹性，能屈能伸的力，有韧性，不达目的不止的力。

10. 风筝（林徽因）

看，那一点美丽
会闪到天空！
几片颜色，
挟住双翅，
心，缀一串红。

飘摇，它高高的去，
逍遥在太阳边
太空里闪
一小片脸，
但是不，你别错看了
错看了它的力量，
天地间认得方向！
它只是
轻的一片
一点子美

像是希望，又像是梦；

一长根丝牵住

天穹，渺茫——

高高推着它舞去，

白云般飞动，

它也猜透了不是自己，

它知道，知道是风！

11. 你是人间的四月天（林徽因）

我说你是人间的四月天；

笑响点亮了四面风；

轻灵在春的光艳中交舞着变。

你是四月早天里的云烟，

黄昏吹着风的软，

星子在无意中闪，

细雨点洒在花前。

那轻，那娉婷，你是，

鲜妍百花的冠冕你戴着，

你是天真，庄严，

你是夜夜的月圆。

雪化后那片鹅黄，你像；

新鲜初放芽的绿，你是；

柔嫩喜悦，

水光浮动着你梦期待中白莲。

你是一树一树的花开，

是燕在梁间呢喃，

——你是爱，是暖，是希望，

你是人间的四月天！

12. 仍然（林徽因）

你舒伸得像一湖水向着晴空里

白云，又像是一流冷涧，澄清

许我循着林岸穷究你的泉源：

我却仍然怀抱着百般的疑心

对你的每一个映影！

你展开像个千瓣的花朵！

鲜妍是你的每一瓣，更有芳沁，

那温存袭人的花气，伴着晚凉：

我说花儿，这正是春的捉弄人，

来偷取人们的痴情！

你又学叶叶的书篇随风吹展，

揭示你的每一个深思；每一角心境，

你的眼睛望着我，不断的在说话：

我却仍然没有回答，一片的沉静

永远守住我的魂灵。

13. 红烛（闻一多）

"蜡炬成灰泪始干"——李商隐

红烛啊！

这样红的烛！

诗人啊！

吐出你的心来比比，

可是一般颜色？

红烛啊！

是谁制的蜡——给你躯体？

是谁点的火——点着灵魂？

为何更须烧蜡成灰，

然后才放光出？

一误再误；

矛盾！冲突！

红烛啊！

不误，不误！

原是要"烧"出你的光来——

这正是自然的方法。

红烛啊！

既制了，

便烧着！

烧吧！烧吧！

烧破世人的梦，

烧沸世人的血——

也救出他们的灵魂，

也捣破他们的监狱！

红烛啊！

你心火发光之期，

正是泪流开始之日。

红烛啊！

匠人造了你，

原是为烧的。

既已烧着，

又何苦伤心流泪？

哦！我知道了！

是残风来侵你的光芒，

你烧得不稳时，

才着急得流泪！

红烛啊！

流罢！

你怎能不流呢？

请将你的脂膏，

不息地流向人间，

培出慰藉的花儿，

结成快乐的果子！

红烛啊！

你流一滴泪，

灰一分心。

灰心流泪你的果，

创造光明你的因。

红烛啊！

"莫问收获，但问耕耘。"

14. 死水（闻一多）

这是一沟绝望的死水，

清风吹不起半点漪沦。

不如多扔些破铜烂铁，

爽性泼你的剩菜残羹。

也许铜的要绿成翡翠，

铁罐上锈出几瓣桃花；

再让油腻织一层罗绮，

霉菌给他蒸出些云霞。

让死水酵成一沟绿酒，

漂满了珍珠似的白沫；

小珠们笑声变成大珠，

又被偷酒的花蚊咬破。

那么一沟绝望的死水，

也就夸得上几分鲜明。

如果青蛙耐不住寂寞，

又算死水叫出了歌声。

这是一沟绝望的死水，

这里断不是美的所在，

不如让给丑恶来开垦，

看他造出个什么世界。

15. 静夜（闻一多）

这灯光，这灯光漂白了的四壁；

这贤良的桌椅，朋友似的亲密；

这古书的纸香一阵阵的袭来；

要好的茶杯贞女一般的洁白；

受哺的小儿喊呷在母亲怀里，

鼾声报道我大儿康健的消息……

这神秘的静夜，这浑圆的和平，

我喉咙里颤动着感谢的歌声。

但是歌声马上又变成了诅咒，

静夜！我不能，不能受你的贿赂。

谁希罕你这墙内尺方的和平！

我的世界还有更辽阔的边境。

这四墙既隔不断战争的喧嚣，

你有什么方法禁止我的心跳？

最好是让这口里塞满了沙泥，

如其他只会唱着个人的休戚！

最好是让这头颅给田鼠掘洞，

让这一团血肉也去喂着尸虫；

如果只是为了一杯酒，一本诗，

静夜里钟摆摇来的一片闲适，

就听不见了你们四邻的呻吟，

看不见寡妇孤儿抖颤的身影，

战壕里的痉挛，疯人咬着病榻，

和各种惨剧在生活的磨子下。

幸福！我如今不能受你的私贿，

我的世界不在这尺方的墙内。

听！又是一阵炮声，死神在咆哮。

静夜！你如何能禁止我的心跳？

16. 太阳吟（闻一多）（节选）

太阳啊，我家乡来的太阳！

北京城里底宫柳裹上一身秋了吧？

唉！我也憔悴的同深秋一样！

太阳啊，奔波不息的太阳！

你也好像无家可归似的呢。

啊！你我的身世一样地不堪设想！

太阳啊，自强不息的太阳！

大宇宙许就是你的家乡吧。

可能指示我，我的家乡底方向？

太阳啊，这不像我的山川，太阳！

这里的风云另带一般颜色，

这里鸟儿唱的调子格外凄凉。

太阳啊，生命之火底太阳！

但是谁不知你是球东半底情热，

同时又是球西半底智光？

太阳啊，也是我家乡底太阳！

此刻我回不了我往日的家乡，

便认你为家乡也还得失相偿。

太阳啊，慈光普照的太阳！

往后我看见你时，就当回家一次；

我的家乡不在地下乃在天上！

17. 七子之歌（闻一多）（节选）

澳门

你可知"妈港"不是我的真名姓？……

我离开你的襁褓太久了，母亲！

但是他们掳去的是我的肉体，

你依然保管着我内心的灵魂。

三百年来梦寐不忘的生母啊！

请叫儿的乳名，叫我一声"澳门"！

母亲！我要回来，母亲！

香港

我好比凤阙阶前守夜的黄豹，

母亲呀，我身份虽微，地位险要。

如今狞恶的海狮扑在我身上，

啖着我的骨肉，咽着我的脂膏；

母亲呀，我哭泣号啕，呼你不应。

母亲呀，快让我躲入你的怀抱！

母亲！我要回来，母亲！

台湾

我们是东海捧出的珍珠一串，

琉球是我的群弟，我就是台湾。

我胸中还氤氲着郑氏的英魂，

精忠的赤血点染了我的家传。

母亲，酷炎的夏日要晒死我了；

赐我个号令，我还能背城一战。

母亲！我要回来，母亲！

18. 雨巷（戴望舒）

撑着油纸伞，独自

彷徨在悠长、悠长

又寂寥的雨巷，

我希望逢着

一个丁香一样的

结着愁怨的姑娘。

她是有

丁香一样的颜色，

丁香一样的芬芳，

丁香一样的忧愁，

在雨中哀怨，

哀怨又彷徨。

她彷徨在这寂寥的雨巷，

撑着油纸伞

像我一样，

像我一样地

默默彳亍着，

冷漠、凄清，又惆怅。

她静默地走近

走近，又投出

太息一般的眼光，

她飘过

像梦一般地，

像梦一般地凄婉迷茫。

像梦中飘过

一枝丁香地，

我身旁飘过这女郎，

她静默地远了，远了，

到了颓圮的篱墙，

走尽这雨巷。

在雨的哀曲里，

消了她的颜色，

散了她的芬芳，

消散了，甚至她的

太息般的眼光，

她丁香般的惆怅。

撑着油纸伞，独自

彷徨在悠长，悠长

又寂寥的雨巷，

我希望飘过

一个丁香一样的

结着愁怨的姑娘。

19. 寻梦者（戴望舒）

梦会开出花来的，

梦会开出姣妍的花来的，
去求无价的珍宝吧。

在青色的大海里，
在青色的大海的底里，
深藏着金色的贝一枚。

你去攀九年的冰山吧，
你去航九年的瀚海吧，
然后你逢到那金色的贝。

它有天上的云雨声，
它有海上的风涛声，
它会使你的心沉醉。

把它在海水里养九年，
把它在天水里养九年，
然后，它在一个暗夜里开绽了。

当你鬓发斑斑了的时候，
当你眼睛朦胧了的时候，
金色的贝吐出桃色的珠。

把桃色的珠放在你怀里，
把桃色的珠放在你枕边，
于是一个梦静静地升上来了。

你的梦开出花来了，
你的梦开出姣妍的花来了，
在你已衰老了的时候。

20. 我用残损的手掌（戴望舒）

我用残损的手掌
摸索这广大的土地：
这一角已变成灰烬，
那一角只是血和泥；

这一片湖该是我的家乡，

（春天，堤上繁花如锦幛，

嫩柳枝折断有奇异的芬芳，）

我触到荇藻和水的微凉；

这长白山的雪峰冷到彻骨，

这黄河的水夹泥沙在指间滑出；

江南的水田，你当年新生的禾草

是那么细，那么软……现在只有蓬蒿；

岭南的荔枝花寂寞地憔悴，尽那边，

我蘸着南海没有渔船的苦水……

无形的手掌掠过无限的江山，

手指沾了血和灰，手掌黏了阴暗，

只有那辽远的一角依然完整，

温暖，明朗，坚固而蓬勃生春。

在那上面，我用残损的手掌轻抚，

像恋人的柔发，婴孩手中乳。

我把全部的力量运在手掌

贴在上面，寄与爱和一切希望，

因为只有那里是太阳，是春，

将驱逐阴暗，带来苏生，

因为只有那里我们不像牲口一样活，

蝼蚁一样死……那里，永恒的中国！

21. 我的恋人（戴望舒）

我将对你说我的恋人，

我的恋人是一个羞涩的人，

她是羞涩的，有着桃色的脸，

桃色的嘴唇，和一颗天青色的心。

她有黑色的大眼睛，

那不敢凝看我的黑色的大眼睛——

不是不敢，那是因为她是羞涩的；

而当我依在她胸头的时候，

你可以说她的眼睛是变换了颜色，

天青的颜色，她的心的颜色。

她有纤纤的手，
它会在我烦忧的时候安抚我，
她有清朗而爱娇的声音，
那是只向我说着温柔的，
温柔到销熔了我的心的话的。

她是一个静娴的少女，
她知道如何爱一个爱她的人，
但是我永远不能对你说她的名字，
因为她是一个羞涩的恋人。

22. 论快乐（钱锺书）（节选）

几分钟或者几天的快乐赚我们活了一世，忍受着许多痛苦。我们希望它来，希望它留，希望它再来——这三句话概括了整个人类努力的历史。在我们追求和等候的时候，生命又不知不觉地偷度过去。也许我们只是时间消费的筹码，活了一世不过是为那一世的岁月充当殉葬品，根本不会享到快乐。但是我们到死也不明白是上了当，我们还理想死后有个天堂，在那里——谢上帝，也有这一天！我们终于享受到永远的快乐。你看，快乐的引诱，不仅像电兔子和方糖，使我们忍受了人生，而且彷佛钓钩上的鱼饵，竟使我们甘心去死。这样说来，人生虽痛苦，却并不悲观，因为它终抱着快乐的希望；现在的账，我们预支了将来去付。为了快活，我们甚至于愿意慢死。

23. 回延安（贺敬之）

一、

心口呀莫要这么厉害地跳，
灰尘呀莫把我眼睛挡住了……
手抓黄土我不放，
紧紧儿贴在心窝上。
……几回回梦里回延安，
双手搂定宝塔山。
千声万声呼唤你，
——母亲延安就在这里！
杜甫川唱来柳林铺笑，
红旗飘飘把手招。
白羊肚手巾红腰带，
亲人们迎过延河来。
满心话登时说不出来，

一头扑在亲人怀。

二、

二十里铺送过柳林铺迎，
分别十年又回家中。
树梢树枝树根根，
亲山亲水有亲人。
羊羔羔吃奶眼望着妈，
小米饭养活我长大。
东山的糜子西山的谷，
肩膀上的红旗手中的书。
手把手儿教会了我，
母亲打发我们过黄河。
革命的道路千万里，
天南海北想着你……

三、

米酒油馍木炭火，
团团围定炕上坐。
满窑里围得不透风，
脑畔上还响着脚步声。
老爷爷进门气喘得紧：
"我梦见鸡毛信来——可真见亲人……"
亲人见了亲人面，
欢喜的眼泪眼眶里转。
"保卫延安你们费了心，
白头发添了几根根。"
团支书又领进社主任，
当年的放羊娃如今长成人。
白生生的窗纸红窗花，
娃娃们争抢来把手拉。
一口口的米酒千万句话，
长江大河起浪花。
十年来革命大发展，
说不尽这三千六百天……

四、

千万条腿来千万只眼，
也不够我走来也不够我看！
头顶着蓝天大明镜，
延安城照在我心中：
一条条街道宽又平，
一座座楼房披彩红；
一盏盏电灯亮又明，
一排排绿树迎春风……
对照过去我认不出了你，
母亲延安换新衣。

五、

杨家岭的红旗啊高高地飘，
革命万里起高潮！
宝塔山下留脚印，
毛主席登上了天安门！
枣园的灯光照人心，
延河滚滚喊"前进"！
赤卫军，青年团，红领巾，
走着咱英雄几辈辈人……
社会主义路上大踏步走，
光荣的延河还要在前头！
身长翅膀吧脚生云，
再回延安看母亲！

24. 望星空（郭小川）

今夜呀，
我站在北京的街头上。
向星空了望。
明天哟，
一个紧要任务，
又要放在我的双肩上。
我能退缩吗？
只有迈开阔步，
踏万里重洋。

……

此刻呵，
最该是我沉着镇定的时光。
而星空，
却是异样的安详。
夜深了，
风息了，
雷雨逃往他乡。
云飞了，
雾散了，
月亮躲在远方。
天海平平，
不起浪，
四围静静，
无声响。
但星空是壮丽的，
雄厚而明朗。
穹隆啊，
深又广，
在那神秘的世界里，
好像竖立着层层神秘的殿堂。
……

生命是珍贵的，
为了赞颂战斗的人生，
我写下成册的诗章；
可是在人生的路途上，
又有多少机缘，
向星空了望！
……

今夜哟，
最该是我沉着镇定的时光！
是的，
我错了，

我曾是如此地神情激荡!
此刻我才明白:
刚才是我望星空,
而不是星空向我了望。
我们生活着,
而没有生命的宇宙,
既不生活也不死亡。
……

而星空呵,
不要笑我荒唐!
我是诚实的,
从不痴心妄想。
人生虽是暂短的,
但只有人类的双手,
能够为宇宙穿上盛装;
世界呀,
由于人的生存,
而有了无穷的希望。
你呵,
还有什么艰难,
使你力不可当?
请再仔细抬头了望吧!
出发于盟邦的新的火箭,
正遨游于辽远的星空之上。

25. 相信未来(食指)

当蜘蛛网无情地查封了我的炉台
当灰烬的余烟叹息着贫困的悲哀
我依然固执地铺平失望的灰烬
用美丽的雪花写下:相信未来

当我的紫葡萄化为深秋的露水
当我的鲜花依偎在别人的情怀
我依然固执地用凝霜的枯藤
在凄凉的大地上写下:相信未来

我要用手指那涌向天边的排浪
我要用手掌那托起太阳的大海
摇曳着曙光那温暖漂亮的笔杆
用孩子的笔体写下：相信未来

我之所以坚定地相信未来
是我相信未来人们的眼睛
她有拨开历史风尘的睫毛
她有看透岁月篇章的瞳孔

不管人们对于我们腐烂的皮肉
那些迷途的惆怅、失败的苦痛
是寄予感动的热泪、深切的同情
还是给以轻蔑的微笑、辛辣的嘲讽

我坚信人们对于我们的脊骨
那无数次的探索、迷途、失败和成功
一定会给予热情、客观、公正的评定
是的，我焦急地等待着他们的评定

朋友，坚定地相信未来吧
相信不屈不挠的努力
相信战胜死亡的年轻
相信未来、热爱生命

26. 我是一条小河（冯至）

我是一条小河，
我无心由你的身边绕过——
你无心把你彩霞般的影儿
投入了我软软的柔波。

我流过一座森林，
柔波便荡荡地
把那些碧翠的叶影儿
裁剪成你的裙裳。

我流过一座花丛，
柔波便粼粼地
把那些凄艳的花影儿
编织成你的花冠。

最后我终于流入了，
流入无情的大海——
海上的风又厉，浪又狂，
吹折了花冠，击碎了裙裳！
我也随了海潮漂漾，
漂漾到无边的地方——
你那彩霞般的影儿
也和幻散了的彩霞一样！

27. 迟迟（冯至）

落日再也没有片刻的淹留，
夜已经赶到了，在我们身后。
万事匆匆地，你能不能答我一句？
我问你——
你却总是迟迟地，不肯开口。
泪从我的眼内苦苦地流；
夜已经赶过了，赶过我的眉头。
它把我面前的一切都淹没了；
我问你——
你却总是迟迟地，不肯开口。
现在无论怎样快快地走，
也追不上了，方才的黄昏时候。
歧路是分开呢，还是一同走去？
我问你——
你却总是迟迟地，不肯开口。

28. 中年（梁实秋）（节选）

钟表上的时针是在慢慢的移动着的，移动得如此之慢，使你几乎不感觉到它的移动，人的年纪也是这样的，一年又一年，总有一天会蓦然一惊，已经到了中年，到这时候大概有两件事使你不能不注意：讣闻不断的来，有些性急的朋友已经先走一步，很煞风景，同时又会忽然觉得一大批一大批的青年小伙子在眼前出现，从前也不知是在什么地方藏着的，如今一齐在你眼前摇晃，磕头碰脑的尽是些昂然阔步满面春风的角色，都像是要去吃喜酒的样子。自己的伙伴一个个的都入蛰了，把世界交给了青年人。所谓"耳畔频闻故人死，眼前但见少年多"，正是一般人中年的写照。

……

别以为人到中年，就算完事。不。譬如登临，人到中年像是攀跻到了最高峰。回头看看，一串串的小伙子正在"头也不回呀汗也不揩"的往上爬。再仔细看看，路上有好多块绊脚石，曾把自己磕碰得鼻青脸肿，有好多处陷阱，使自己做了若干年的井底蛙。回想从前，自己做过扑灯蛾，惹火焚身，自己做过撞窗户纸的苍蝇，一心想奔光明，结果落在粘苍蝇的胶纸上！这种种景象的观察，只有站在最高峰上才有可能。向前看，前面是下坡路，好走得多。

……

四十开始生活，不算晚，问题在"生活"二字如何诠释。如果年届不惑，再学习溜冰踢毽子放风筝，"偷闲学少年"，那自然有如秋行春令，有点勉强。半老徐娘，留着"刘海"，躲在茅房里穿高跟鞋当做踩高跷般的练习走路，那也是惨事。中年的妙趣，在于相当的认识人生，认识自己，从而做自己所能做的事，享受自己所能享受的生活。科班的童伶宜于唱全本的大武戏，中年的演员才能担得起大出的轴子戏，只因他到中年才能真懂得戏的内容。

29. 赞美（穆旦）

走不尽的山峦的起伏，河流和草原，
数不尽的密密的村庄，鸡鸣和狗吠，
接连在原是荒凉的亚洲的土地上，
在野草的茫茫中呼啸着干燥的风，
在低压的暗云下唱着单调的东流的水，
在忧郁的森林里有无数埋藏的年代。
它们静静地和我拥抱：
说不尽的故事是说不尽的灾难，沉默的
是爱情，是在天空飞翔的鹰群，
是干枯的眼睛期待着泉涌的热泪，
当不移的灰色的行列在遥远的天际爬行；
我有太多的话语，太悠久的感情，
我要以荒凉的沙漠，坎坷的小路，骡子车，
我要以槽子船，漫山的野花，阴雨的天气，
我要以一切拥抱你，你，
我到处看见的人民呵，

在耻辱里生活的人民，佝偻的人民，
我要以带血的手和你们一一拥抱。
因为一个民族已经起来。

一个农夫，他粗糙的身躯移动在田野中，
他是一个女人的孩子，许多孩子的父亲，
多少朝代在他的身边升起又降落了
而把希望和失望压在他身上，
而他永远无言地跟在犁后旋转，
翻起同样的泥土溶解过他祖先的，
是同样的受难的形象凝固在路旁。
在大路上多少次愉快的歌声流过去了，
多少次跟来的是临到他的忧患，
在大路上人们演说，叫嚣，欢快，
然而他没有，他只放下了古代的锄头，
再一次相信名辞，溶进了大众的爱，
坚定地，他看着自己溶进死亡里，
而这样的路是无限的悠长的
而他是不能够流泪的，
他没有流泪，因为一个民族已经起来。

在群山的包围里，在蔚蓝的天空下，
在春天和秋天经过他家园的时候，
在幽深的谷里隐着最含蓄的悲哀：
一个老妇期待着孩子，许多孩子期待着
饥饿，而又在饥饿里忍耐，
在路旁仍是那聚集着黑暗的茅屋，
一样的是不可知的恐惧，一样的是
大自然中那侵蚀着生活的泥土，
而他走去了从不回头诅咒。
为了他我要拥抱每一个人，
为了他我失去了拥抱的安慰，
因为他，我们是不能给以幸福的，
痛哭吧，让我们在他的身上痛哭吧，
因为一个民族已经起来。

一样的是这悠久的年代的风，

一样的是从这倾圮的屋檐下散开的

无尽的呻吟和寒冷，

它歌唱在一片枯槁的树顶上，

它吹过了荒芜的沼泽，芦苇和虫鸣，

一样的是这飞过的乌鸦的声音。

当我走过，站在路上踟蹰，

我踟蹰着为了多年耻辱的历史

仍在这广大的山河中等待，

等待着，我们无言的痛苦是太多了，

然而一个民族已经起来，

然而一个民族已经起来。

30.冬（穆旦）（节选）

我爱在淡淡的太阳短命的日子，

临窗把喜爱的工作静静做完；

才到下午四点，便又冷又昏黄，

我将用一杯酒灌溉我的心田。

多么快，人生已到严酷的冬天。

我爱在枯草的山坡，死寂的原野，

独自凭吊已埋葬的火热一年，

看着冰冻的小河还在冰下面流，

不知低语着什么，只是听不见。

呵，生命也跳动在严酷的冬天。

我爱在冬晚围着温暖的炉火，

和两三昔日的好友会心闲谈，

听着北风吹得门窗沙沙地响，

而我们回忆着快乐无忧的往年。

人生的乐趣也在严酷的冬天。

我爱在雪花飘飞的不眠之夜，

把已死去或尚存的亲人珍念，

当茫茫白雪铺下遗忘的世界，

我愿意感情的热流溢于心间，

来温暖人生的这严酷的冬天。

31.黎明的通知（艾青）（节选）

请叫醒殷勤的女人

和那打着鼾声的男子

请年轻的情人也起来
和那些贪睡的少女

请叫醒困倦的母亲
和她身旁的婴孩

请叫醒每个人
连那些病者与产妇

连那些衰老的人们
呻吟在床上的人们

连那些因正义而战争的负伤者
和那些因家乡沦亡而流离的难民

请叫醒一切的不幸者
我会一并给他们以慰安

请叫醒一切爱生活的人
工人，技师以及画家

请歌唱者唱着歌来欢迎
用草与露水所掺合的声音

请舞蹈者跳着舞来欢迎
披上她们白雾的晨衣

请叫那些健康而美丽的醒来
说我马上要来叩打她们的窗门

请你忠实于时间的诗人
带给人类以慰安的消息

请他们准备欢迎，请所有的人准备欢迎

当雄鸡最后一次鸣叫的时候我就到来

请他们用虔诚的眼睛凝视天边
我将给所有期待我的以最慈惠的光辉

趁这夜已快完了，请告诉他们
说他们所等待的就要来了

32. 复活的土地（艾青）

腐朽的日子
早已沉到河底，
让流水冲洗得
快要不留痕迹了；

河岸上
春天的脚步所经过的地方，
到处是繁花与茂草；
而从那边的丛林里
也传出了
忠心于季节的百鸟之
高亢的歌唱。

播种者呵
是应该播种的时候了，
为了我们肯辛勤地劳作
大地将孕育
金色的颗粒。

就在此刻，
你——悲哀的诗人呀，
也应该拂去往日的忧郁，
让希望苏醒在你自己的
久久负伤着的心里：

因为，我们的曾经死了的大地，
在明朗的天空下

已复活了！

——苦难也已成为记忆，

在它温柔的胸膛里

重新漩流着的

将是战斗者的血液。

33. 预言（何其芳）

这一个心跳的日子终于来临！

你夜的叹息似的渐近的足音，

我听得清不是林叶和夜风私语，

麋鹿驰过苔径的细碎的蹄声！

告诉我，用你银铃的歌声告诉我，

你是不是预言中的年轻的神？

你一定来自那温郁的南方！

告诉我那儿的月色，那儿的日光，

告诉我春风是怎样吹开百花，

燕子是怎样痴恋着绿杨。

我将合眼睡在你如梦的歌声里，

那温暖我似乎记得，又似乎遗忘。

请停下，停下你长途的奔波，

进来，这儿有虎皮的褥你坐！

让我烧起每一个秋天拾来的落叶，

听我低低地唱起我自己的歌。

那歌声将火光一样沉郁又高扬，

火光一样将我的一生诉说。

不要前行！前面是无边的森林，

古老的树现着野兽身上的斑纹，

半生半死的藤蟒一样交缠着，

密叶里漏不下一颗星星。

你将怯怯地不敢放下第二步，

当你听见了第一步空寥的回声。

一定要走吗？请等我和你同行！

我的脚知道每一条平安的路径，
我可以不停地唱着忘倦的歌，
再给你，再给你手的温存！
当夜的浓黑遮断了我们，
你可以不转眼地望着我的眼睛！

我激动的歌声你竟不听，
你的脚竟不为我的颤抖暂停！
像静穆的微风飘过这黄昏里，
消失了，消失了你骄傲的足音！
呵，你终于如预言中所说的无语而来，
无语而去了吗，年轻的神？

34. 我为少男少女们歌唱（何其芳）

我为少男少女们歌唱。
我歌唱早晨，
我歌唱希望，
我歌唱那些属于未来的事物
我歌唱正在生长的力量。

我的歌呵，
你飞吧，
飞到年轻人的心中
去找你停唱的地方。

所有使我像草一样颤抖过的
快乐或者好的思想，
都变成声音飞到四方八面去吧，
不管它像一阵微风
或者一片阳光。

轻轻地从我琴弦上
失掉了成年的忧伤，
我重新变得年轻了，
我的血流得很快，
对于生活我又充满了梦想，充满了渴望。

35. 大堰河——我的保姆（艾青）

大堰河，是我的保姆。
她的名字就是生她的村庄的名字，
她是童养媳，
大堰河，是我的保姆。

我是地主的儿子；
也是吃了大堰河的奶而长大了的
大堰河的儿子。
……

大堰河，今天我看到雪使我想起了你：
你的被雪压着的草盖的坟墓，
你的关闭了的故居檐头的枯死的瓦菲，
你的被典押了的一丈平方的园地，
你的门前的长了青苔的石椅，
大堰河，今天我看到雪使我想起了你。

你用你厚大的手掌把我抱在怀里，抚摸我；
在你搭好了灶火之后，
在你拍去了围裙上的炭灰之后，
在你尝到饭已煮熟了之后，
在你把乌黑的酱碗放到乌黑的桌子上之后，
在你补好了儿子们的为山腰的荆棘扯破的衣服之后，
在你把小儿被柴刀砍伤了的手包好之后，
在你把夫儿们的衬衣上的虱子一颗颗地掐死之后，
在你拿起了今天的第一颗鸡蛋之后，
你用你厚大的手掌把我抱在怀里，抚摸我。

我是地主的儿子，
在我吃光了你大堰河的奶之后，
我被生我的父母领回到自己的家里。
啊，大堰河，你为什么要哭？

我做了生我的父母家里的新客了！

我摸着红漆雕花的家具，

我摸着父母的睡床上金色的花纹，

我呆呆地看着檐头的我不认得的"天伦叙乐"的匾，

我摸着新换上的衣服的丝的和贝壳的纽扣，

我看着母亲怀里的不熟识的妹妹，

我坐着油漆过的安了火钵的炕凳，

我吃着碾了三番的白米的饭，

但，我是这般忸怩不安！因为我

我做了生我的父母家里的新客了。

……

大堰河，深爱着她的乳儿；

……

大堰河曾做了一个不能对人说的梦：

在梦里，她吃着她的乳儿的婚酒，

坐在辉煌的结彩的堂上，

而她的娇美的媳妇亲切的叫她"婆婆"

……

大堰河，在她的梦没有做醒的时候已死了。

她死时，乳儿不在她的旁侧，

她死时，平时打骂她的丈夫也为她流泪，

五个儿子，个个哭得很悲，

她死时，轻轻地呼着她的乳儿的名字，

大堰河，已死了，

她死时，乳儿不在她的旁侧。

大堰河，含泪地去了！

同着四十几年的人世生活的凌侮，

同着数不尽的奴隶的凄苦，

同着四块钱的棺材和几束稻草，

同着几尺长方的埋棺材的土地，

同着一手把的纸钱的灰，

大堰河，她含泪地去了。

这是大堰河所不知道的：

她的醉酒的丈夫已死去，

大儿做了土匪，

第二个死在炮火的烟里，

第三，第四，第五

在师傅和地主的叱骂声里过着日子。

而我，我是在写着给予这不公道的世界的咒语。

当我经了长长的漂泊回到故土时，

在山腰里，田野上，

兄弟们碰见时，是比六七年前更要亲密！

这，这是为你，静静的睡着的大堰河

所不知道的啊！

大堰河，今天，你的乳儿是在狱里，

写着一首呈给你的赞美诗，

呈给你黄土下紫色的灵魂，

呈给你拥抱过我的直伸着的手，

呈给你吻过我的唇，

呈给你泥黑的温柔的脸颜，

呈给你养育了我的乳房，

呈给你的儿子们，我的兄弟们，

呈给大地上一切的，

我的大堰河般的保姆和她们的儿子，

呈给爱我如爱她自己的儿子般的大堰河。

大堰河，

我是吃了你的奶而长大了的

你的儿子

我敬你

爱你！

36. 雪落在中国的土地上（艾青）

雪落在中国的土地上，

寒冷在封锁着中国呀……

风，

像一个太悲哀了的老妇，

紧紧地跟随着

伸出寒冷的指爪
拉扯着行人的衣襟，
用着像土地一样古老的话
一刻也不停地絮聒着……

那从林间出现的，
赶着马车的
你中国的农夫
戴着皮帽
冒着大雪
你要到哪儿去呢？

告诉你，
我也是农人的后裔——
由于你们的
刻满了痛苦的皱纹的脸
我能如此深深地
知道了
生活在草原上的人们的
岁月的艰辛。

而我，
也并不比你们快乐啊
——躺在时间的河流上
苦难的浪涛
曾经几次把我吞没而又卷起——
流浪与监禁
已失去了我的青春的
最可贵的日子，
我的生命，
也像你们的生命
一样的憔悴呀

雪落在中国的土地上，
寒冷在封锁着中国呀……

沿着雪夜的河流，
一盏小油灯在徐缓地移行，
那破烂的乌篷船里
映着灯光，垂着头
坐着的是谁呀？

——啊，你，
蓬发垢面的少妇，
是不是
你的家
——那幸福与温暖的巢穴——
已被暴戾的敌人
烧毁了么？
是不是
也像这样的夜间，
失去了男人的保护，
在死亡的恐怖里
你已经受尽敌人刺刀的戏弄？

咳，就在如此寒冷的今夜，
无数的
我们的年老的母亲，
都蜷伏在不是自己的家里，
就像异邦人
不知明天的车轮
要滚上怎样的路程……
——而且
中国的路
是如此的崎岖
是如此的泥泞呀。

雪落在中国的土地上。
寒冷在封锁着中国呀……

透过雪夜的草原
那些被烽火所啮啃着的地域，

无数的土地的垦植者
失去了他们所饲养的家禽
失去了他们肥沃的田地
拥挤在
生活的绝望的污巷里：
饥馑的大地
朝向阴暗的天
伸出乞援的，
颤抖着的两臂。

中国的苦痛与灾难
像这雪夜一样广阔而又漫长呀！

雪落在中国的土地上，
寒冷在封锁着中国呀……

中国
我的在没有灯光的晚上
所写的无力的诗句
能给你些许的温暖么？

37.太阳的话（艾青）

打开你们的窗子吧，
打开你们的板门吧，
让我进去，让我进去，
进到你们的小屋里。

我带着金黄的花束，
我带着林间的香气，
我带着亮光和温暖，
我带着满身的露水。

快起来，快起来，
快从枕头里抬起头来，
睁开你的被睫毛盖着的眼，
让你的眼看见我的到来。

让你们的心像小小的木板房，
打开它们的关闭了很久的窗子，
让我把花束，把香气，把亮光，
温暖和露水撒满你们心的空间。

38. 光的赞歌（艾青）（节选）

每个人的一生
不论聪明还是愚蠢
不论幸福还是不幸
只要他一离开母体
就睁着眼睛追求光明

世界要是没有光
等于人没有眼睛
航海的没有罗盘
打枪的没有准星
不知道路边有毒蛇
不知道前面有陷阱

世界要是没有光
也就没有扬花飞絮的春天
也就没有百花争艳的夏天
也就没有金果满园的秋天
也就没有大雪纷飞的冬天

世界要是没有光
看不见奔腾不息的江河
看不见连绵千里的森林
看不见容易激动的大海
看不见像老人似的雪山

要是我们什么也看不见
我们对世界还有什么留恋

39. 黄河颂（光未然）

啊，朋友！

黄河以它英雄的气魄，
出现在亚洲的原野；
它表现出我们民族的精神：
伟大而又坚强！
这里，
我们向着黄河，
唱出我们的赞歌。

我站在高山之巅，
望黄河滚滚，
奔向东南。
惊涛澎湃，
掀起万丈狂澜；
浊流宛转，
结成九曲连环；
从昆仑山下奔向黄海之边；
把中原大地劈成南北两面。

啊！黄河！
你是中华民族的摇篮！
五千年的古国文化，
从你这儿发源；
多少英雄的故事，
在你的身边扮演！

啊！黄河！
你是伟大坚强，
像一个巨人
出现在亚洲平原之上，
用你那英雄的体魄
筑成我们民族的屏障。

啊！黄河！
你一泻万丈，
浩浩荡荡，
向南北两岸

伸出千万条铁的臂膀。
我们民族的伟大精神，
将要在你的哺育下
发扬滋长！

我们祖国的英雄儿女，
将要学习你的榜样，
像你一样的伟大坚强！
像你一样的伟大坚强！

40. 众荷喧哗（洛夫）

众荷喧哗
而你是挨我最近
最静，最最温婉的一朵
要看，就看荷去吧
我就喜欢看你撑着一把碧油伞
从水中升起
我向池心
轻轻扔过去一粒石子
你的脸
便哗然红了起来
惊起的
一只水鸟
如火焰般掠过对岸的柳枝
再靠近一些
只要再靠我近一点
便可听到
水珠在你掌心滴溜溜地转
你是喧哗的荷池中
一朵最最安静的
夕阳
蝉鸣依旧
依旧如你独立众荷中时的寂寂
我走了，走了一半又停住
等你
等你轻声唤我

41. 等你，在雨中（余光中）

等你，在雨中，在造虹的雨中

蝉声沉落，蛙声升起

一池的红莲如红焰，在雨中

你来不来都一样，竟感觉

每朵莲都像你

尤其隔着黄昏，隔着这样的细雨

永恒，刹那，刹那，永恒

等你，在时间之外

在时间之内，等你，在刹那，在永恒

如果你的手在我的手里，此刻

如果你的清芬

在我的鼻孔，我会说，小情人

诺，这只手应该采莲，在吴宫

这只手应该

摇一柄桂桨，在木兰舟中

一颗星悬在科学馆的飞檐

耳坠子一般的悬着

瑞士表说都七点了。

忽然你走来

步雨后的红莲，翩翩，你走来

像一首小令

从一则爱情的典故里，你走来

从姜白石的词中，有韵地，你走来

42. 乡愁四韵（余光中）

给我一瓢长江水啊长江水

酒一样的长江水

醉酒的滋味

是乡愁的滋味

给我一瓢长江水啊长江水

给我一张海棠红啊海棠红

血一样的海棠红

沸血的烧痛

是乡愁的烧痛

给我一张海棠红啊海棠红

给我一片雪花白啊雪花白
信一样的雪花白
家信的等待
是乡愁的等待
给我一片雪花白啊雪花白

给我一朵腊梅香啊腊梅香
母亲一样的腊梅香
母亲的芬芳
是乡土的芬芳
给我一朵腊梅香啊腊梅香

43. 记忆像铁轨一样长（余光中）（节选）

在香港，我的楼下是山，山下正是九广铁路的中途。从黎明到深夜，在阳台下滚滚碾过的客车、货车，至少有一百班。初来的时候，几乎每次听见车过，都不禁要想起铁轨另一头的那一片土地，简直像十指连心。十年下来，那样的节拍也已听惯，早成大寂静里的背景音乐，与山风海潮合成浑然一片的天籁了。那轮轨交磨的声音，远时哀沉，近时壮烈，清晨将我唤醒，深宵把我摇醒，已经潜入了我的脉搏，与我的呼吸相通。将来我回去台湾，最不惯的恐怕就是少了这金属的节奏，那就是真正的寂寞了。也许应该把它录下音来，用最敏感的机器，以备他日怀旧之需。附近有一条铁路，就似乎把住了人间的动脉，总是有情的。

44. 春天，遂想起（余光中）

春天，遂想起
江南，唐诗里的江南，九岁时
采桑叶于其中，捉蜻蜓于其中
（可以从基隆港回去的）
江南
小杜的江南
苏小小的江南
遂想起江南，
遂想起多莲的湖，多菱的湖
多螃蟹的湖，多湖的江南
吴王和越王的小战场
（那场战争是够美的）

逃了西施
失踪了范蠡
失踪在酒旗招展的
（从松山飞三个小时就到的）
乾隆皇帝的江南

春天，遂想起遍地垂柳
的江南，想起
太湖滨一渔港，想起
那么多的表妹，走在柳堤
（我只能娶其中的一朵！）
走过柳堤，那许多的表妹
就那么任伊老了，
任伊老了，在江南
（喷射云三小时的江南）
即使见面，她们也不会陪我
陪我去采莲，陪我去采菱
即使见面，见面在江南
在杏花春雨的江南

在江南的杏花村
（借问酒家何处）
何处有我的母亲
复活节，不复活的是我的母亲
一个江南小女孩变成的母亲
清明节，母亲在喊我，在圆通寺
喊我，在海峡这边
喊我，在海峡那边
喊，在江南，在江南
多寺的江南，多亭的
江南，多风筝的
江南啊，钟声里
的江南
（站在基隆港，想——
想回也回不去的）
多燕子的江南

45. 我是一个任性的孩子（顾城）（节选）

也许
我是被妈妈宠坏的孩子
我任性

我希望
每一个时刻
都像彩色蜡笔那样美丽
我希望
能在心爱的白纸上画画
画出笨拙的自由
画下一只永远不会
流泪的眼睛
一片天空
一片属于天空的羽毛和树叶
一个淡绿的夜晚和苹果

我想画下早晨
画下露水
所能看见的微笑
画下所有最年轻的
没有痛苦的爱情
画下想象中我的爱人
她没有见过阴云
她的眼睛是晴空的颜色
她永远看着我
永远，看着
绝不会忽然掉过头去

我想画下遥远的风景
画下清晰的地平线和水波
画下许许多多快乐的小河
画下丘陵——
长满淡淡的茸毛
我让它们挨得很近

让它们相爱

让每一个默许

每一阵静静的春天的激动

都成为一朵小花的生日

我还想画下未来

我没见过她，也不可能

但知道她很美

我画下她秋天的风衣

画下那些燃烧的烛火和枫叶

画下许多因为爱她

而熄灭的心

画下婚礼

画下一个个早早醒来的节日——

上面贴着玻璃糖纸

和北方童话的插图

我是一个任性的孩子

我想涂去一切不幸

我想在大地上

画满窗子

让所有习惯黑暗的眼睛

都习惯光明

我想画下风

画下一架比一架更高大的山岭

画下东方民族的渴望

画下大海——

无边无际愉快的声音

46.致橡树（舒婷）

我如果爱你——

绝不像攀援的凌霄花，

借你的高枝炫耀自己：

我如果爱你——

绝不学痴情的鸟儿，

为绿荫重复单调的歌曲；

也不止像泉源，

常年送来清凉的慰藉；

也不止像险峰，

增加你的高度，衬托你的威仪。

甚至日光。

甚至春雨。

不，这些都还不够！

我必须是你近旁的一株木棉，

作为树的形象和你站在一起。

根，紧握在地下，

叶，相触在云里。

每一阵风过，

我们都互相致意，

但没有人

听得懂我们的言语。

你有你的铜枝铁干，

像刀，像剑，

也像戟，

我有我的红硕花朵，

像沉重的叹息，

又像英勇的火炬，

我们分担寒潮、风雷、霹雳；

我们共享雾霭、流岚、虹霓。

仿佛永远分离，

却又终身相依，

这才是伟大的爱情，

坚贞就在这里：

爱——

不仅爱你伟岸的身躯，

也爱你坚持的位置，足下的土地！

47. 流水线（舒婷）

在时间的流水线里

夜晚和夜晚紧紧相挨

我们从工厂的流水线撤下

又以流水线的队伍回家来

在我们头顶

星星的流水线拉过天穹

在我们身旁

小树在流水线上发呆

星星一定疲倦了

几千年过去

它们的旅行从不更改

小树都病了

烟尘和单调使它们

失去了线条和色彩

一切我都感觉到了

凭着一种共同的节拍

但是奇怪

我惟独不能感觉到

我自己的存在

仿佛丛树与星群

或者由于习惯

或者由于悲哀

对自己已成的定局

再没有力量关怀

48. 双桅船（舒婷）

雾打湿了我的双翼，

可风却不容我再迟疑。

岸啊，心爱的岸，

昨天刚刚和你告别，

今天你又在这里。

明天我们将在，

另一个纬度相遇。

是一场风暴，一盏灯，

把我们联系在一起。

是另一场风暴，另一盏灯，

使我们再分东西。

不怕天涯海角，

岂在朝朝夕夕。

你在我的航程上，
我在你的视线里。

49. 心愿（舒婷）

愿风不要像今夜这样咆哮

愿夜不要像今夜这样遥迢

愿你的旅行不要这样危险啊

愿危险不要把你的勇气吞灭掉

愿崖树代我把手摇一摇

愿星儿代我多瞧你一瞧

愿每一朵三角梅都送一送你啊

愿你的脚步不要被家乡的泪容牵绕

愿你不要抛却柔心去换取残暴

愿你不要儿女情长挥不起意志的宝刀

愿你依然爱得深，爱得专一啊

愿你的恨，不要被爱跺去了手脚

夜，藏进了你的身躯像坟墓也像摇篮

风，淹没了你的足迹像送葬也像吹号

我的心裂成了两半

一半为你担忧，一半为你骄傲

50. 祖国啊，我亲爱的祖国（舒婷）

我是你河边上破旧的老水车，

数百年来纺着疲惫的歌；

我是你额上熏黑的矿灯，

照你在历史的隧洞里蜗行摸索；

我是干瘪的稻穗，是失修的路基；

是淤滩上的驳船，

把纤绳深深勒进你的肩膊：

——祖国啊！

我是贫困，

我是悲哀。

我是你祖祖辈辈

痛苦的希望啊，

是"飞天"袖间

千百年未落在地面的花朵，

——祖国啊!

我是你簇新的理想,
刚从神话的蛛网里挣脱;
我是你雪被下古莲的胚芽;
我是你挂着眼泪的笑涡;
我是新刷出的雪白的起跑线;
是绯红的黎明
正在喷薄;
——祖国啊!

我是你的十亿分之一,
是你九百六十万平方的总和;
你以伤痕累累的乳房
喂养了
迷惘的我、深思的我、沸腾的我;
那就从我的血肉之躯上
去取得
你的富饶、你的荣光、你的自由;
——祖国啊,
我亲爱的祖国!

51. 这也是一切——答一位青年朋友的《一切》(舒婷)

不是一切大树
都被暴风折断;
不是一切种子
都找不到生根的土壤;
不是一切真情
都流失在人心的沙漠里;
不是一切梦想
都甘愿被折掉翅膀。

不,不是一切
都像你说的那样!

不是一切火焰
都只燃烧自己

而不把别人照亮；
不是一切星星
都仅指示黑暗
而不报告曙光；
不是一切歌声
都掠过耳旁
而不留在心上。

不，不是一切
都像你说的那样！

不是一切呼吁都没有回响；
不是一切损失都无法补偿；
不是一切深渊都是灭亡；
不是一切灭亡都覆盖在弱者头上；
不是一切心灵
都可以踩在脚下，烂在泥里；
不是一切后果
都是眼泪血印，而不是展现欢容。

一切的现在都孕育着未来，
未来的一切都生长于它的昨天。
希望，而且为它斗争，
请把这一切放在你的肩上。

52. "祖国啊，我要燃烧" ——痛极之思（叶文福）

当我还是一株青松的幼苗，
大地就赋予我高尚的情操！
我立志做栋梁，献身于人类，
一枝一叶，全不畏雪剑冰刀！

不幸，我是植根在深深的峡谷，
长啊，长啊，却怎么也高不过峰头的小草。
我拼命吸吮母亲干瘪的乳房，
一心要把理想举上万重碧霄！

我实在太不自量了：幼稚！可笑！
蒙昧使我看不见自己卑贱的细胞。
于是我受到了应有的惩罚，
迎面扑来旷世的风暴！

啊，天翻地覆……
啊，山呼海啸……
伟大的造山运动，把我埋进深深的地层，
我死了，那时我正青春年少。

我死了！年轻的躯干在地底痉挛，
我死了！不死的精灵却还在拼搏呼号：
"我要出去！我要出去！ 我要出去啊——
我的理想不是蹲这黑暗的囚牢！"

漫长的岁月，
我吞忍了多少难忍的煎熬，
但理想之光，依然在心中灼灼闪耀。
我变成了一块煤，还在舍命呐喊：
"祖国啊，祖国啊，我要燃烧！"

地壳是多么的厚啊，希望是何等的缥缈！
我渴望！渴望面前闪出一千条向阳坑道！
我要出去，投身于熔炉，化作熊熊烈火：
"祖国啊，祖国啊，我要燃烧！"

53.我是青年（杨牧）（节选）

我，常常望着天真的儿童，
素不相识，我也抚抚红润的小脸。
他们陌生地瞅着我，歪着头。
像一群小鸟打量着一个恐龙蛋。
他们走了，走远了，
也许正走向青春吧，
我却只有心灵的脚步微微发颤……
……不！我得去转告我的祖国：
世上最为珍贵的东西，

莫过于青春的自主权！

我爱，我想，但不嫉妒。
我哭，我笑，但不抱怨。
我羞，我愧，但不自弃。
我怒，我恨，但不悲叹。
既然这个特殊的时代
酿成了青年特殊的概念，
我就要对着蓝天说：我是——青年！

我是青年——
我的血管永远不会被泥沙堵塞；
我是青年——
我的瞳仁永远不会拉上雾幔。
我的秃额，正是一片初春的原野，
我的皱纹，正是一条大江的开端。
我不是醉汉，我不愿在白日说梦；
我不是老妇，絮絮叨叨地叹息华年；
我不是猢狲，我不会再被敲锣者戏耍；
我不是海龟，昏昏沉睡而益寿延年。
我是鹰——云中有志！
我是马——背上有鞍！
我是骨——骨中有钙！
我是汗——汗中有盐！

祖国啊！
既然您因残缺太多
把我们划入了青年的梯队，
我们就有青年和中年——双重的肩！

54. 港口的梦（北岛）

当月光层层涌入港口
这夜色仿佛透明
一级级磨损的石阶
通向天空
通向我的梦境

我回到了故乡

给母亲带回珊瑚和盐

珊瑚长成林木

盐，融化了冰层

姑娘们的睫毛

抖落下成熟的麦粒

峭壁衰老的额头

吹过湿润的风

我的情歌

到每扇窗户里去做客

酒的泡沫溢到街上

变成一盏盏路灯

我走向霞光照临的天际

转过身来

深深地鞠了一躬

浪花洗刷着甲板和天空

星星在罗盘上

找寻自己白昼的方位

是的，我不是水手

生来就不是水手

但我把心挂在船舷

像锚一样

和伙伴们出航

55. 回答（北岛）

卑鄙是卑鄙者的通行证，

高尚是高尚者的墓志铭，

看吧，在那镀金的天空中，

飘满了死者弯曲的倒影。

冰川纪过去了，

为什么到处都是冰凌？

好望角发现了，

为什么死海里千帆相竞？

我来到这个世界上，

只带着纸、绳索和身影，

为了在审判前，

宣读那些被判决的声音。

告诉你吧，世界

我——不——相——信！

纵使你脚下有一千名挑战者，

那就把我算作第一千零一名。

我不相信天是蓝的，

我不相信雷的回声，

我不相信梦是假的，

我不相信死无报应。

如果海洋注定要决堤，

就让所有的苦水都注入我心中，

如果陆地注定要上升，

就让人类重新选择生存的峰顶。

新的转机和闪闪星斗，

正在缀满没有遮拦的天空。

那是五千年的象形文字，

那是未来人们凝视的眼睛。

56. 红帆船（北岛）

到处都是残垣断壁

路，怎么从脚下延伸

滑进瞳孔的一盏盏路灯

滚出来，并不是星星

我不想安慰你

在颤抖的枫叶上

写满关于春天的谎言

来自热带的太阳鸟

并没有落在我们的树上

而背后的森林之火

不过是尘土飞扬的黄昏

如果大地早已冰封

就让我们面对着暖流

走向海

如果礁石是我们未来的形象

就让我们面对着海

走向落日

不，渴望燃烧

就是渴望化为灰烬

我们只求静静地航行

你有飘散的长发

我有手臂，笔直地举起

57. 在秋天，说出祖国的名字（姜桦）

在秋天，用方言说出祖国的名字

说出我平原一样安静慈祥的母亲

你白杨树一般挺直的身躯

你甘草根一般干净的细节

一条小河流过千里之外的故乡

啊！祖国！每时每刻

你一直生长在我的心里

说出你！说出祖国的名字

啊！你的脸庞像葵花一样灿烂

你的胸膛像大海一样宽阔

你的声音像春雨一样酥软

不变的语言是我最爱的母语

——那熟悉又亲切的声音

啊，祖国！在梦中，你常常将我唤醒

唤醒我！并且是唤着我的小名

那童年时夏雨过后的野蘑菇

那少年时月亮弯弯的采菱船

那睡梦里轻声哼唱的童谣啊

一罐青瓷发出的细碎声响

在泥土里悄悄发芽的种子

只差一点点，它就钻出来了

现在，我正期待着和它一起赞美

赞美天空、大地、白云！

赞美十月凉爽的秋风！

母亲、有你喊着我、我就踏实

祖国、时刻想着你、我最幸福

集合在阳光下秋天的广场
将手臂挽成一道葱郁的篱笆
让笑脸盛开成十月金黄的菊花
祖国，几十年，你一直这么年轻
我满头白发的母亲
依旧爱穿绣花的衣裳

秋天！又一个金黄的季节来临
每棵树都挂满沉甸甸的果实
说出你，说出祖国的名字
说出美丽、和平与自由
说出伟大、繁荣和富庶
秋天的风如此匆匆地一闪而过
父亲和母亲，他们手挽着手
在夕阳下的广场上缓慢地散步
缤纷的花朵见证了他们一生的爱情
而我！我和我的儿女——
一群鸽子从宽阔的草地出发
正飞翔于蔚蓝的天空之下

在秋天，用方言说出祖国的名字
说出千里之外的故乡！
说出大地、河流、天空
啊！祖国，我是如此深切地
爱你爱你啊！爱你——祖国！

58. 你的名字（纪弦）

用了世界上最轻最轻的声音，
轻轻地唤你的名字每夜每夜。

写你的名字，
画你的名字，
而梦见的是你的发光的名字：

如日，如星，你的名字。

如灯，如钻石，你的名字。

如缤纷的火花，如闪电，你的名字。

如原始森林的燃烧，你的名字。

刻你的名字！

刻你的名字在树上。

刻你的名字在不凋的生命树上。

当这植物长成了参天的古木时，

啊啊，多好，多好，

你的名字也大起来。

大起来了，你的名字。

亮起来了，你的名字。

于是，轻轻轻轻轻轻地呼唤你的名字。

59. 一片槐树叶（纪弦）

这是全世界最美的一片，

最珍奇，最可宝贵的一片，

而又是最使人伤心，最使人流泪的一片，

薄薄的，干的，浅灰黄色的槐树叶。

忘了是在江南，江北，

是在哪一个城市，哪一个园子里捡来的了，

被夹在一册古老的诗集里，

多年来，竟没有些微的损坏。

蝉翼般轻轻滑落的槐树叶，

细看时，还沾着些故国的泥土哪。

故国哟，啊啊，要到何年何月何日

才能让我回到你的怀抱里

去享受一个世界上最愉快的

飘着淡淡的槐花香的季节？

……

60. 小小的岛（郑愁予）

你住的小小的岛我正思念

那儿属于热带，属于青青的国度

浅沙上，老是栖息着五色的鱼群

小鸟跳响在枝上，如琴键的起落

那儿的山崖都爱凝望，披垂着长藤如发
那儿的草地都善等待，铺缀着野花如果盘
那儿浴你的阳光是蓝的，海风是绿的
则你的健康是郁郁的，爱情是徐徐的

云的幽默与隐隐的雷笑
林丛的舞乐与冷冷的流歌
你住的那小小的岛我难描绘
难绘那儿的午寐有轻轻的地震

如果，我去了，将带着我的笛杖
那时我是牧童而你是小羊
要不，我去了，我便化做萤火虫
以我的一生为你点盏灯

61.《呐喊》自序（鲁迅）（节选）

是的，我虽然自有我的确信，然而说到希望，却是不能抹杀的，因为希望是在于将来，决不能以我之必无的证明，来折服了他之所谓可有，于是我终于答应他也做文章了，这便是最初的一篇《狂人日记》。从此以后，便一发而不可收，每写些小说模样的文章，以敷衍朋友们的嘱托，积久就有了十余篇。在我自己，本以为现在是已经并非一个切迫而不能已于言的人了，但或者也还未能忘怀于当日自己的寂寞的悲哀罢，所以有时候仍不免呐喊几声，聊以慰藉那在寂寞里奔驰的猛士，使他不惮于前驱。至于我的喊声是勇猛或是悲哀，是可憎或是可笑，那倒是不暇顾及的；但既然是呐喊，则当然须听将令的了，所以我往往不恤用了曲笔，在《药》的瑜儿的坟上平空添上一个花环，在《明天》里也不叙单四嫂子竟没有做到看见儿子的梦，因为那时的主将是不主张消极的。至于自己，却也并不愿将自以为苦的寂寞，再来传染给也如我那年青时候似的正做着好梦的青年。

62. 野草·一觉（鲁迅）（节选）

野蓟经了几乎致命的摧折，还要开一朵小花，我记得托尔斯泰曾受了很大的感动，因此写出一篇小说来。但是，草木在旱干的沙漠中间，拼命伸长他的根，吸取深地中的水泉，来造成碧绿的林莽，自然是为了自己的"生"的，然而使疲劳枯渴的旅人，一见就怡然觉得遇到了暂时息肩之所，这是如何的可以感激，而且可以悲哀的事？！

《沉钟》的《无题》——代启事——说："有人说：我们的社会是一片沙漠。——

如果当真是一片沙漠，这虽然荒漠一点也还静肃；虽然寂寞一点也还会使你感觉苍茫。何至于像这样的混沌，这样的阴沉，而且这样的离奇变幻！"

是的，青年的魂灵屹立在我眼前，他们已经粗暴了，或者将要粗暴了，然而我爱这些流血和隐痛的魂灵，因为他使我觉得是在人间，是在人间活着。

63.《野草》题辞（鲁迅）（节选）

当我沉默着的时候，我觉得充实；我将开口，同时感到空虚。

过去的生命已经死亡。我对于这死亡有大欢喜，因为我借此知道它曾经存活。死亡的生命已经朽腐。我对于这朽腐有大欢喜，因为我借此知道它还非空虚。

生命的泥委弃在地面上，不生乔木，只生野草，这是我的罪过。

野草，根本不深，花叶不美，然而吸取露，吸取水，吸取陈死人的血和肉，各各夺取它的生存。当生存时，还是将遭践踏，将遭删刈，直至于死亡而朽腐。

但我坦然，欣然。我将大笑，我将歌唱。

我自爱我的野草，但我憎恶这以野草作装饰的地面。

地火在地下运行，奔突；熔岩一旦喷出，将烧尽一切野草，以及乔木，于是并且无可朽腐。

但我坦然，欣然。我将大笑，我将歌唱。

天地有如此静穆，我不能大笑而且歌唱。天地即不如此静穆，我或者也将不能。我以这一丛野草，在明与暗，生与死，过去与未来之际，献于友与仇，人与兽，爱者与不爱者之前作证。

为我自己，为友与仇，人与兽，爱者与不爱者，我希望这野草的死亡与朽腐，火速到来。要不然，我先就未曾生存，这实在比死亡与朽腐更其不幸。

去罢，野草，连着我的题辞！

64.为了忘却的记念（鲁迅）（节选）

原来如此！……

在一个深夜里，我站在客栈的院子中，周围是堆着的破烂的什物；人们都睡觉了，连我的女人和孩子。我沉重的感到我失掉了很好的朋友，中国失掉了很好的青年，我在悲愤中沉静下去了，然而积习却从沉静中抬起头来，凑成了这样的几句：

惯于长夜过春时，挈妇将雏鬓有丝。

梦里依稀慈母泪，城头变幻大王旗。

忍看朋辈成新鬼，怒向刀丛觅小诗。

吟罢低眉无写处，月光如水照缁衣。

65.雪（鲁迅）（节选）

暖国的雨，向来没有变过冰冷的坚硬的灿烂的雪花。博识的人们觉得他单调，他自己也以为不幸否耶？江南的雪，可是滋润美艳之至了；那是还在隐约着的青春的消息，是极壮健的处子的皮肤。雪野中有血红的宝珠山茶，白中隐青的单瓣梅花，深黄的磬口的蜡梅花；雪下面还有冷绿的杂草。

……

孩子们呵着冻得通红，像紫芽姜一般的小手，七八个一齐来塑雪罗汉。……然而雪罗汉很洁白，很明艳，以自身的滋润相粘结，整个地闪闪地生光。孩子们用龙眼核给他做眼珠，又从谁的母亲的脂粉奁中偷得胭脂来涂在嘴唇上。这回确是一个大阿罗汉了。他也就目光灼灼地嘴唇通红地坐在雪地里。

……

晴天又来消释他的皮肤，寒夜又使他结一层冰，化作不透明的水晶模样；连续的晴天又使他成为不知道算什么，而嘴上的胭脂也褪尽了。

但是，朔方的雪花在纷飞之后，却永远如粉，如沙，他们决不粘连，撒在屋上，地上，枯草上，就是这样。屋上的雪是早已就有消化了的，因为屋里居人的火的温热。别的，在晴天之下，旋风忽来，便蓬勃地奋飞，在日光中灿灿地生光，如包藏火焰的大雾，旋转而且升腾，弥漫太空，使太空旋转而且升腾地闪烁。

在无边的旷野上，在凛冽的天宇下，闪闪地旋转升腾着的是雨的精魂……

是的，那是孤独的雪，是死掉的雨，是雨的精魂。

66. 战士和苍蝇（鲁迅）

Schopenhauer（叔本华）说过这样的话：要估定人的伟大，则精神上的大和体格上的大，那法则完全相反。后者距离愈远即愈小，前者却见得愈大。

正因为近则愈小，而且愈看见缺点和创伤，所以他就和我们一样，不是神道，不是妖怪，不是异兽。他仍然是人，不过如此。但也惟其如此，所以他是伟大的人。

战士战死了的时候，苍蝇们所首先发见的是他的缺点和伤痕，嘬着，营营地叫着，以为得意，以为比死了的战士更英雄。但是战士已经战死了，不再来挥去他们。于是乎苍蝇们即更其营营地叫，自以为倒是不朽的声音，因为它们的完全，远在战士之上。

的确的，谁也没有发见过苍蝇们的缺点和创伤。

然而，有缺点的战士终竟是战士，完美的苍蝇也终竟不过是苍蝇。

去罢，苍蝇们！虽然生着翅子，还能营营，总不会超过战士的。你们这些虫豸们！

67. 这样的战士（鲁迅）（节选）

要有这样的一种战士——已不是蒙昧如非洲土人而背着雪亮的毛瑟枪的；也并不疲惫如中国绿营兵而却佩着盒子炮。他毫无乞灵于牛皮和废铁的甲胄；他只有自己，但拿着蛮人所用的，脱手一掷的投枪。

他走进无物之阵，所遇见的都对他一式点头。他知道这点头就是敌人的武器，是杀人不见血的武器，许多战士都在此灭亡，正如炮弹一般，使猛士无所用其力。

那些头上有各种旗帜，绣出各样好名称：慈善家，学者，文士，长者，青年，雅人，君子……。头下有各样外套，绣出各式好花样：学问，道德，国粹，民意，逻辑，公义，东方文明……。

但他举起了投枪。

68. 论命运（冯友兰）（节选）

普通所谓努力能战胜"命运"，我以为这个"命运"是指环境而言。环境是努力可以战胜的，至于"命运"，照定义讲，人力不能战胜，否则就不成其为"命运"。孟子说："知命者不立于屋墙之下。"如果一座墙快要倒了，你还以为命好，立在下面，因而压死，都是活该，不能算是知命。又如逃警报，有人躲在一个不甚安全的地方，不意炸死了，这是他的"命"不好，也是他的遭遇不幸。努力而不能战胜的遭遇才是命运。

人生所能有的成就有三：学问、事功、道德，即古人所谓立言、立功、立德。而所以成功的要素亦有三：才、命、力，即天资、命运、努力。学问的成就需要才的成分大，事功的成就需要命运的成分大，道德的成就需要努力的成分大。

69. 雪花的快乐（徐志摩）

假如我是一朵雪花，
翩翩的在半空里潇洒，
我一定认清我的方向——
飞飏，飞飏，飞飏，——
这地面上有我的方向。

不去那冷寞的幽谷，
不去那凄清的山麓，
也不上荒街去惆怅——
飞飏，飞飏，飞飏，——
你看，我有我的方向！

在半空里娟娟的飞舞，
认明了那清幽的住处，
等着她来花园里探望——
飞飏，飞飏，飞飏，——
啊，她身上有朱砂梅的清香！

那时我凭借我的身轻，

盈盈的，沾住了她的衣襟，
贴近她柔波似的心胸——
消溶，消溶，消溶——
溶入了她柔波似的心胸！

70. 翡冷翠山居闲话（徐志摩）（节选 1）

什么伟大的深沉的鼓舞的清明的优美的思想的根源不是可以在风籁中，云彩里，山势与地形的起伏里，花草的颜色与香息里寻得？自然是最伟大的一部书，葛德说，在他每一页的字句里我们读得最深奥的消息。并且这书上的文字是人人懂得的；阿尔帕斯与五老峰，雪西里与普陀山，莱茵河与扬子江，梨梦湖与西子湖，建兰与琼花，杭州西溪的芦雪与威尼市夕照的红潮，百灵与夜莺，更不提一般黄的黄麦，一般紫的紫藤，一般青的青草同在大地上生长，同在和风中波动——他们应用的符号是永远一致的，他们的意义是永远明显的，只要你自己性灵上不长疮瘢，眼不盲，耳不塞，这无形迹的最高等教育便永远是你的名分，这不取费的最珍贵的补剂便永远供你的受用；只要你认识了这一部书，你在这世界上寂寞时便不寂寞，穷困时不穷困，苦恼时有安慰，挫折时有鼓励，软弱时有督责，迷失时有南针。

71. 翡冷翠山居闲话（徐志摩）（节选 2）

你一个人漫游的时候，你就会在青草里坐地仰卧，甚至有时打滚，因为草的和暖的颜色自然的唤起你童稚的活泼；在静僻的道上你就会不自主的狂舞，看着你自己的身影幻出种种诡异的变相，因为道旁树木的阴影在他们迁徐的婆娑里暗示你舞蹈的快乐；你也会得信口的歌唱，偶尔记起断片的音调，与你自己随口的小曲，因为树林中的莺燕告诉你春光是应得赞美的；更不必说你的胸襟自然会跟着曼长的山径开拓，你的心地会看着澄蓝的天空静定，你的思想和著山壑间的水声，山罅里的泉响，有时一澄到底的清澈，有时激起成章的波动，流，流，流入凉爽的橄榄林中，流入妩媚的阿诺河去……

72. 在那山道旁（徐志摩）

在那山道旁，一天雾蒙蒙的朝上，
初生的小蓝花在草丛里窥觑，
我送别她归去，与她在此分离，
在青草里飘拂，她的洁白的裙衣。

我不曾开言，她亦不曾告辞，
驻足在山道旁，我暗暗的寻思，
"吐露你的秘密，这不是最好时机？"——

露湛的小草花，仿佛恼我的迟疑。

为什么迟疑，这是最后的时机，
在这山道旁，在这雾盲的朝上？
收集了勇气，向着她我旋转身去——
但是啊，为什么她这满眼凄惶？

我咽住了我的话，低下了我的头，
火灼与冰激在我的心胸间回荡，
啊，我认识了我的命运，她的忧愁——
在这浓雾里，在这凄清的道旁！

在那天朝上，在雾茫茫的山道旁，
新生的小蓝花在草丛里睥睨，
我目送她远去，与她从此分离——
在青草间飘拂，她那洁白的裙衣！

73. 再别康桥（徐志摩）

轻轻的我走了，
正如我轻轻的来；
我轻轻的招手，
作别西天的云彩。
那河畔的金柳，
是夕阳中的新娘；
波光里的艳影，
在我的心头荡漾。
软泥上的青荇，
油油的在水底招摇；
在康河的柔波里，
我甘心做一条水草！
那榆荫下的一潭，
不是清泉，是天上虹；
揉碎在浮藻间，
沉淀着彩虹似的梦。
寻梦？撑一支长篙，
向青草更青处漫溯；

满载一船星辉，

在星辉斑斓里放歌。

但我不能放歌，

悄悄是别离的笙箫；

夏虫也为我沉默，

沉默是今晚的康桥！

悄悄的我走了，

正如我悄悄的来；

我挥一挥衣袖，

不带走一片云彩。

74. 我有一个恋爱（徐志摩）

我有一个恋爱，

我爱天上的明星；

我爱它们的晶莹：——

人间没有这异样的神明！

在冷峭的暮冬的黄昏，

在寂寞的灰色的清晨，

在海上，在风雨后的山顶：——

永远有一颗，万颗的明星！

山涧边小草花的知心，

高楼上小孩童的欢欣，

旅行人的灯亮与南针——

万万里外闪烁的精灵！

我有一个破碎的魂灵，

像一堆破碎的水晶，

散布在荒野的枯草里：——

饱啜你一瞬瞬的殷勤。

人生的冰激与柔情，

我也曾尝味，我也曾容忍；

有时阶砌下蟋蟀的秋吟：——

引起我心伤，逼迫我泪零。

我袒露我的坦白的胸襟，

献爱与一天的明星；

任凭人生是幻是真，

地球存在或是消泯：——

太空中永远有不昧的明星！

75. 匆匆（朱自清）（节选）

燕子去了，有再来的时候；杨柳枯了，有再青的时候；桃花谢了，有再开的时候。但是，聪明的，你告诉我，我们的日子为什么一去不复返呢？——是有人偷了他们罢：那是谁？又藏在何处呢？是他们自己逃走了罢：现在又到了哪里呢？

……

去的尽管去了，来的尽管来着；去来的中间，又怎样地匆匆呢？早上我起来的时候，小屋里射进两三方斜斜的太阳。太阳他有脚啊，轻轻悄悄地挪移了；我也茫茫然跟着旋转。

……

在逃去如飞的日子里，在千门万户的世界里的我能做些什么呢？只有徘徊罢了，只有匆匆罢了；在八千多日的匆匆里，除徘徊外，又剩些什么呢？过去的日子如轻烟，被微风吹散了，如薄雾，被初阳蒸融了；我留着些什么痕迹呢？我何曾留着像游丝样的痕迹呢？我赤裸裸来到这世界，转眼间也将赤裸裸地回去吧？

76. 绿（朱自清）（节选）

我曾见过北京什刹海拂地的绿杨，脱不了鹅黄的底子，似乎太淡了。我又曾见过杭州虎跑寺近旁高峻而深密的"绿壁"，丛叠着无穷的碧草与绿叶的，那又似乎太浓了。其余呢，西湖的波太明了，秦淮河的也太暗了。可爱的，我将什么来比拟你呢？我怎么比拟得出呢？大约潭是很深的，故能蕴蓄着这样奇异的绿；仿佛蔚蓝的天融了一块在里面似的，这才这般的鲜润呀。——那醉人的绿呀！我若能裁你以为带，我将赠给那轻盈的舞女；她必能临风飘举了。我若能挹你以为眼，我将赠给那善歌的盲妹；她必明眸善睐了。我舍不得你，我怎舍得你呢？我用手拍着你，抚摩着你，如同一个十二三岁的小姑娘。我又掬你入口，便是吻着她了。我送你一个名字，我从此叫你"女儿绿"，好吗？

77. 荷塘月色（朱自清）（节选）

曲曲折折的荷塘上面，弥望的是田田的叶子。叶子出水很高，像亭亭的舞女的裙。层层的叶子中间，零星地点缀着些白花，有袅娜地开着的，有羞涩地打着朵儿的；正如一粒粒的明珠，又如碧天里的星星，又如刚出浴的美人。微风过处，送来缕缕清香，仿佛远处高楼上渺茫的歌声似的。这时候叶子与花也有一丝的颤动，像闪电般，霎时传过荷塘的那边去了。叶子本是肩并肩密密地挨着，这便宛然有了一道凝碧的波痕。叶子底下是脉脉的流水，遮住了，不能见一些颜色；而叶子却更见风致了。

月光如流水一般，静静地泻在这一片叶子和花上。薄薄的青雾浮起在荷塘里。叶子和花仿佛在牛乳中洗过一样；又像笼着轻纱的梦。虽然是满月，天上却有一层淡淡的云，所以不能朗照；但我以为这恰是到了好处——酣眠固不可少，小睡也别有风味的。月光是隔了树照过来的，高处丛生的灌木，落下参差的斑驳的黑影，峭楞楞如鬼一般；弯弯的杨柳的稀疏的倩影，却又像是画在荷叶上。塘中的月色并不均匀；但光与影有着和谐的旋律，如梵婀玲上奏着的名曲。

78. 春晖的一月（朱自清）（节选）

我最爱桥上的阑干，那变形的纹的阑干，我在车站门口早就看见了，我爱它的玲珑！桥之所以可爱，或者便因为这阑干哩。我在桥上逗留了好些时。这是一个阴天。山的容光，被云雾遮了一半，仿佛淡妆的姑娘。但三面映照起来，也就青得可了，映在湖里，白马湖里，接着水光，却另有一番妙景。我右手是个小湖，左手是个大湖。湖有这样大，使我自己觉得小了。湖水有这样满，仿佛要漫到我的脚下。湖在山的趾边，山在湖的唇边；他俩这样亲密，湖将山全吞下去了。吞的是青的，吐的是绿的，那软软的绿呀，绿的是一片，绿的却不安于一片；它无端的皱起来了。如絮的微痕，界出无数片的绿；闪闪闪闪的，像好看的眼睛。湖边系着一只小船，四面却没有一个人，我听见自己的呼吸。想起"野渡无人舟自横"的诗，真觉物我双忘了。

79. 正义（朱自清）（节选）

人间的正义究竟是在哪里呢？满藏在我们心里！为什么不取出来呢？它没有优先权！在我们心里，第一个尖儿是自私，其余就是威权、势力、亲疏、情面等等；等到这些角色一一演毕，才轮得到我们可怜的正义。你想，时候已经晚了，它还有出台的机会么？没有！所以你要正义出台，你就得排除一切，让它做第一个尖儿。你得凭着它自己的名字叫它出台。你还得抖擞精神，准备一副好身手，因为它是初出台的角儿，捣乱的人必多，你得准备着打——不打不成相识呀！打得站住了脚携住了手，那时我们就能从容地瞻仰正义的面目了。

80. 怀鲁迅（郁达夫）（节选）

生死，肉体，灵魂，眼泪，悲叹，这些问题与感觉，在此地似乎太渺小了，在鲁迅的死的彼岸，还照耀着一道更伟大，更猛烈的寂光。

没有伟大的人物出现的民族，是世界上最可怜的生物之群；有了伟大的人物，而不知拥护，爱戴，崇仰的国家，是没有希望的奴隶之邦。因鲁迅的一死，使人们自觉出了民族的尚可以有为，也因鲁迅之一死，使人家看出了中国还是奴隶性很浓厚的半绝望的国家。

鲁迅的灵柩，在夜阴里埋入浅土中去了；西天角却出现了一片微红的新月。

81. 故都的秋（郁达夫）（节选）

江南，秋当然也是有的；但草木凋得慢，空气来得润，天的颜色显得淡，并且又时常多雨而少风；一个人夹在苏州上海杭州，或厦门香港广州的市民中间，混混沌沌地过去，只能感到一点点清凉，秋的味，秋的色，秋的意境与姿态，总看不饱，尝不透，赏玩不到十足。秋并不是名花，也并不是美酒，那一种半开，半醉的状态，在领略秋的过程上，是不合适的。

不逢北国之秋，已将近十余年了。在南方每年到了秋天，总要想起陶然亭的芦花，钓鱼台的柳影，西山的虫唱，玉泉的夜月，潭柘寺的钟声。在北平即使不出门去吧，就是在皇城人海之中，租人家一椽破屋来住着，早晨起来，泡一碗浓茶，向院子一坐，你也能看得到很高很高的碧绿的天色，听得到青天下驯鸽的飞声。从槐树叶底，朝东细数着一丝一丝漏下来的日光，或在破壁腰中，静对着像喇叭似的牵牛花（朝荣）的蓝朵，自然而然地也能够感觉到十分的秋意。

82. 青春（席慕蓉）

所有的结局都已写好

所有的泪水也都已启程

却忽然忘了是怎样的一个开始

在那个古老的不再回来的夏日

无论我如何地去追索

年轻的你只如云影掠过

而你微笑的面容极浅极淡

逐渐隐没在日落后的群岚

遂翻开那发黄的扉页

命运将它装订得极为拙劣

含着泪

我一读再读

却不得不承认

青春

是一本太仓促的书

83. 无怨的青春（席慕蓉）

在年青的时候

如果你爱上了一个人

请你，请你一定要温柔地对待他

不管你们相爱的时间有多长或多短

若你们能始终温柔地相待

那么，所有的时刻

都将是一种无瑕的美丽

若不得不分离

也要好好地说声再见

也要在心里存着感谢

感谢他给了你一份记忆

长大了以后

你才会知道

在蓦然回首的刹那

没有怨恨的青春

才会了无遗憾

如山岗上那轮静静的满月

84.《超越自己》前言（刘墉）（节选）

人生在世，最大的敌人不一定是外来的，而可能是我们自己！

我们难以把握机会，因为犹疑、拖延的毛病；我们容易满足现状，因为没有更高的理想；我们不敢面对未来，因为缺乏信心；我们未能突破，因为不想去突破；我们无法发挥潜能，因为不能超越自己！其实每个人都有超越自己的经验，在幼儿期，没有人逼我们学走路，我们却试着自己站立，不断跌倒、不断站起、不断试步，终于能从爬的阶段，进入走的时期。然后，我们对走也不满足，又要学习跑。问题是为什么在我们能跑、能跳、能说、能写之后，那原先所具有的，不断超越自己的冲力，竟渐渐消失了呢？

85. 人生的棋局（刘墉）（节选）

有的人下棋，落子如飞，但是常忙中有错；有些人下棋又因起初考虑太多，弄得后来捉襟见肘。

有的人下棋，不到最后关头，绝不认输；有些人下棋，稍见情势不妙，就弃子投降。

棋子总是愈下愈少，人生总是愈来愈短，于是早时落错了子，后来都要加倍苦恼地应付。而棋子一个个地去了，愈是剩下的少，便愈得小心地下。赢，固然漂亮；输，也要撑得久。输得少，才有些面子。

所幸者，人生的棋局，虽也是"起手无回"，观棋的人，却不必"观棋不语"，于是功力差些的人，找几个参谋，常能开创好的局面。但千万记住，观棋的参谋，也有他自己的棋局，可别只顾找人帮忙，而误了他枰上的厮杀。

如果你不知道计划未来，必是个很差的棋士；如果你没有参谋，必是很孤独的棋士；如果你因为输不起，而想翻棋盘，早早向人生告别，必是最傻的棋士。

请问：你还有多少棋子？你已有多少斩获？你是不是应该更小心地，把所剩无几的棋子，放在最佳的位置？

86. 盈与虚（刘墉）（节选）

　　所以，熬尽长夜，便能见到黎明；饱受痛苦，便能拥有快乐；耐过残冬，便无需蛰伏；落尽寒梅，便能企盼新春。

　　所以，余霞展现，便知夜幕将垂；荣华享尽，便知凋零已至；繁花似锦，便待落英缤纷；月明如昼，便知桂魄将残。

　　所以，念高危，便当思谦冲而自牧；惧满溢，便当江海而下百川；享富贵，便当施舍贫穷；掌权势，便当矜恤黎庶。

　　正因为虚之后有盈，所以充满希望，正因为盈之后有虚，所以知道满足；正因为此虚而彼盈，所以宇宙能均衡；正因为此死而彼生，所以万物能延续。

　　宇宙之道，不过盈虚而已。

87.《青春万岁》序诗（王蒙）

　　所有的日子，所有的日子都来吧，
　　让我们编织你们，用青春的金线，
　　和幸福的璎珞，编织你们。

　　有那小船上的歌笑，月下校园的欢舞，
　　细雨蒙蒙里踏青，初雪的早晨行军，
　　还有热烈的争论，跃动的、温暖的心……

　　是转眼过去的日子，也是充满遐想的日子，
　　纷纷的心愿迷离，像春天的雨，
　　我们有时间，有力量，有燃烧的信念，
　　我们渴望生活，渴望在天上飞。

　　是单纯的日子，也是多变的日子，
　　浩大的世界，样样叫我们好惊奇，
　　从来都兴高采烈，从来不淡漠，
　　眼泪，欢笑，深思，全是第一次。

　　所有的日子都去吧，都去吧，
　　在生活中我快乐地向前，
　　多沉重的担子我不会发软，
　　多严峻的战斗我不会丢脸，
　　有一天，擦完了枪，擦完了机器，擦完了汗，
　　我想念你们，招呼你们，

并且怀着骄傲，注视你们。

88. 善良（王蒙）（节选）

善良似乎是一个早就过了时的字眼。在生存竞争中，在阶级斗争中，在各种各样的人际关系中，利益原则与实力原则似乎早已代替了道德原则。

……

然而人们还是喜欢善良、欢迎善良、向往善良。善良才有幸福，善良才能和平愉快地彼此相处，善良才能把精力集中在建设性的有意义的事情上，善良才能摆脱没完没了的恶斗与自我消耗，善良才能实现健康的起码是正常的局面，善良才能天下太平。

这就是善良的力量。善良的力量就在于它是人的。它属于人，它属于历史属于文明属于理性属于科学。它属于更文明更高尚更发展得良好的人。它属于更文明更民主更发展更富强的社会。

……

善良也是一种智慧，是一种远见，是一种自信，是一种精神力量，是一种精神的平安，是一种以逸待劳的沉稳，是一种文化，是一种快乐，是一种乐观。

善良可以与天真，也可以与成熟的超拔联系在一起。多数情况下善良之不为恶非不能也，是不为也。善良的人不是不会自卫和抗争，只是不滥用这种"正当防卫"的权利罢了。往往是这样，小孩子是善良的，真正参透了人生与世界的强大的人也是善良的，而一瓶子不满半瓶子晃荡的人最不善良。

89. "无为"是一种境界（王蒙）（节选）

我不是从纯消极的意思上理解这两个字的。无为，不是什么事情也不做，而是不做那些愚蠢的、无效的、无益的、无意义的，乃至无趣无味无聊，而且有害有伤有损有愧的事。人一生要做许多事，人一天也要做许多事，做一点有价值有意义的事并不难，难的是不做那些不该做的事。比如说自己做出点成绩并不难，难的是不忌妒旁人的成绩。还比如说不搞（无谓的）争执，还有庸人自扰的得得失失，还有自说自话的自吹自擂，还有咋咋呼呼的装腔作势，还有只能说服自己的自我论证，还有小圈子里的唧唧喳喳，还有连篇累牍的空话虚话，还有不信任人的包办代替其实是包而不办，代而不替。还有许多许多的根本实现不了的一厢情愿，及为这种一厢情愿而付出的巨大精力和活动。无为，就是不干这样的事。无为就是力戒虚妄，力戒焦虑，力戒急躁，力戒脱离客观规律、客观实际，也力戒形式主义。无为就是把有限的精力时间节省下来，才可能做一点事，也就是——有为。有所不为才能有所为，无为方可与之语献身。

90. 我与地坛（史铁生）（节选）

那时她的儿子还太年轻，还来不及为母亲想，他被命运击昏了头，一心以为自己是世上最不幸的一个，不知道儿子的不幸在母亲那儿总是要加倍的。她有一个长到二十岁上忽然截瘫了的儿子，这是她唯一的儿子；她情愿截瘫的是自己而不是儿子，可这事无法代替；她想，只要儿子能活下去哪怕自己去死呢也行，可她又确信一个人不能仅仅是活着，儿子得有一条路走向自己的幸福；而这条路呢，没有谁能保证她的儿子终于能找到——这样一个母亲，注定是活得最苦的母亲。

......

我来的时候是个孩子，他有那么多孩子气的念头所以才哭着喊着闹着要来，他一来一见到这个世界便立刻成了不要命的情人，而对一个情人来说，不管多么漫长的时光也是稍纵即逝，那时他便明白，每一步每一步，其实一步步都是走在回去的路上。当牵牛花初开的时节，葬礼的号角就已吹响。但是太阳，它每时每刻都是夕阳也都是旭日。当它熄灭着走下山去收尽苍凉残照之际，正是它在另一面燃烧着爬上山巅布散烈烈朝辉之时。那一天，我也将沉静着走下山去，扶着我的拐杖。有一天，在某一处山洼里，势必会跑上来一个欢蹦的孩子，抱着他的玩具。

当然，那不是我。

但是，那不是我吗？

宇宙以其不息的欲望将一个歌舞炼为永恒。这欲望有怎样一个人间的姓名，大可忽略不计。

91. 家的品味（周国平）（节选）

以船为家，不是太动荡了吗？可是，我亲眼看见渔民们安之若素，举止泰然，而船虽小，食住器具，一应俱全，也确实是个家。

于是，转念一想，对于我们，家又何尝不是一只船？这是一只小小的船，却要载人们穿过多么漫长的岁月。岁月不会倒流，前面永远是陌生的水域，但因为乘在这只熟悉的船上，任何人都不感到陌生。四周时而风平浪静，时而波涛汹涌，但只要这只船是牢固的，一切都化为美丽的风景。人世命运莫测，但有了一个好家，有了命运与共的好伴侣，莫测的命运仿佛也不复可怕。

我心中闪过一句诗：家是一只船，在漂流中有了亲爱。

92. 救世和自救（周国平）（节选）

我所说的智者是指那样一种知识分子，他们与时代潮流保持着一定的距离，并不看重事功，而是始终不渝地思考着人类精神生活的基本问题，关注着人类精神生活的基本走向。他们在寂寞中守护圣杯，使之不被汹涌的世俗潮流淹没。我相信，这样的人的存在本身就会对社会进程发生有益的制衡作用。智者是不会有失落感的。领袖无民众不成其领袖，导师无弟子不成其导师，可是，对于智者来说，只要他守护着人类最基本的精神价值，即使天下无一人听他，他仍然是一个智者。

93. 记住回家的路（周国平）（节选）

世界无限广阔，诱惑永无止境，然而，属于每一个人的现实可能性终究是有限的。你不妨对一切可能性保持着开放的心态，因为那是人生魅力的源泉，但同时你也要早一些在世界之海上抛下自己的锚，找到最适合自己的领域。一个人不论伟大还是平凡，只要他顺应自己的天性，找到了自己真正喜欢做的事，并且一心把自己喜欢做的事做得尽善尽美，他在这世界上就有了牢不可破的家园。于是，他不但会有足够的勇气去承受外界的压力，而且会有足够的清醒来面对形形色色的机会的诱惑。

94. 星星变奏曲（江河）

如果大地的每个角落都充满了光明

谁还需要星星，谁还会

在夜里凝望

寻找遥远的安慰

谁不愿意

每天

都是一首诗

每个字都是一颗星

像蜜蜂在心头颤动

谁不愿意，有一个柔软的晚上

柔软得像一片湖

萤火虫和星星在睡莲丛中游动

谁不喜欢春天，鸟落满枝头

像星星落满天空

闪闪烁烁的声音从远方飘来

一团团白丁香朦朦胧胧

如果大地的每个角落都充满了光明

谁还需要星星，谁还会

在寒冷中寂寞地燃烧

寻找星星点点的希望

谁愿意

一年又一年

总写苦难的诗

每一首都是一群颤抖的星星

像冰雪覆盖在心头

谁愿意，看着夜晚冻僵

僵硬得像一片土地

风吹落一颗又一颗瘦小的星

谁不喜欢飘动的旗子，喜欢火

涌出金黄的星星

在天上的星星疲倦了的时候——升起

去照亮太阳照不到的地方

95. 纪念碑（江河）（节选）

我常常想

生活应该有一个支点

这支点

是一座纪念碑

天安门广场

在用混凝土筑成的坚固底座上

建筑起中华民族的尊严

纪念碑

历史博物馆和人民大会堂

像一台巨大的天平

一边

是历史，是昨天的教训

另一边

是今天，是魄力和未来

纪念碑默默地站在那里

像胜利者那样站着

象经历过许多次失败的英雄

在沉思

整个民族的骨骼是他的结构

人民巨大的牺牲给了他生命

他从东方古老的黑暗中醒来

把不能忘记的一切都刻在自己的身上

从此

他的眼睛关注着世界和革命

他的名字叫人民

我想

我就是纪念碑

我的身体里垒满了石头

中华民族的历史有多么沉重

我就有多少重量

中华民族有多少伤口

我就流出过多少血液

96. 我们拥有一个名字——中国（叶佳修）

一把黄土塑成千万个你我，

静脉是长城，动脉是黄河。

五千年的文化是生生不息的脉搏，

提醒你，提醒我，

我们拥有个名字叫中国！

再大的风雨我们都见过，

再苦的逆境我们同熬过。

就是民族的气节，

就是泱泱的气节，

从来没变过！

手牵手，什么也别说，

哪怕沉默都是歌，

因为我们拥有一个名字叫中国。

97. 中国，我的钥匙丢了（梁小斌）

中国，我的钥匙丢了。

那是十多年前，

我沿着红色大街疯狂地奔跑，

我跑到了郊外的荒野上欢叫，

后来，我的钥匙丢了。

心灵，苦难的心灵

不愿再流浪了，

我想回家，

打开抽屉、翻一翻我儿童时代的画片，

还看一看那夹在书页里的

翠绿的三叶草。

而且

我还想打开书橱，

取出一本《海涅歌谣》，

我要去约会,
我要向她举起这本书,
作为我向蓝天发出的
爱情的信号。

这一切,
这美好的一切都无法办到,
中国,我的钥匙丢了。

天,又开始下雨,
我的钥匙啊,
你躺在哪里?

我想风雨腐蚀了你,
你已经锈迹斑斑了。
不,我不那样认为,
我要顽强地寻找,
希望能把你重新找到。

太阳啊,
你看见了我的钥匙了吗?
愿你的光芒
为它热烈地照耀。

我在这广大的田野上行走,
我沿着心灵的足迹寻找,
那一切丢失了的,
我都在认真思考。

98. 祖国,我对你说……(张志民)(节选)

祖国,我对你说!
当人民共和国
——三十岁的诞辰,
我该献上一支
——怎样的歌?

笔呀，是那么沉重，
心呵，是那么热烈！
为写下这篇——
衷情的话语，
我送走了多少个黎明，
又迎来多少个深夜！
是沉思，是苦索？
是吟诗，是啼血？
祖国呵！
我写给你的
这不是一首颂诗，
是你普通的孩子，
扑向母亲怀抱，
一片忠言的
——倾泄！

三十年啊！
三十次的暑去寒来，
三十度的花开花落！
激流和险浪，
甘甜与苦涩，
历史将怎样记载，
三十年的
——歌与泪，
人民将怎样评说，
三十年的
——善与恶！

一切都还在眼前呵！
伟大的一九四九，
仿佛刚刚——
从我们身边走过！
开国大典的礼炮，
还震荡着——
我们的耳膜！
中国人民站起来了！

我们怎能不

——泪水滂沱。

为着这一天的到来，

我们付出了——

多么沉重的代价呵！

大渡河的滩头，

孟良崮的山野，

李大钊的绞架，

闻一多的血泊……

那是多少——

殷红的鲜血呵！

才染成我们的

——五星红旗，

点燃——

天安门的灯火！

从南湖驶出的

——第一艘红船

就是为你而准备产床。

创建这笔巨大的功勋，

不是哪一杆红缨，

也不只是——

哪一位英杰！

99. 中国，站在高高的脚手架上（曹汉俊）

中国，正站在高高的脚手架上，

砌着一个又一个黎明。

一双又一双眼睛，

一张又一张嘴唇，

每一阵风都歌唱着，

你金光灿灿的汗滴。

在你的头顶，太阳

正旋转着，

把混凝土、钢筋和富强，

浇铸进你的理想。

我听见结实的基础下，

有无数个灵魂呐喊着，

把希望高高地举在，

粗糙的手掌上，黑暗

潮水一般退却在沙滩上。

升起的是古老的地平线，

和你有力的臂膀。

中国，太平洋的风，

熏黑了你的前额。

你默默地工作着，

把记忆、痛苦、贫穷和幻想，

——砌进了高耸的墙。

中国，把我也砌进去吧，

我这曾失望过的胸膛，

能击碎太平洋，

抛来的苦涩的风浪。

中国，正站在高高的脚手架上，

砌着一件又一件襁褓，

一个又一个愿望，

一颗又一颗心脏。

每一朵白云都轻拭着，

你崇高的疲倦，

在你的头顶，蔚蓝的，

天空歌唱着，

落在你的肩上。

100. 贺新郎·读史（**毛泽东**）

人猿相揖别。

只几个石头磨过，

小儿时节。

铜铁炉中翻火焰，

为问何时猜得，

不过几千寒热。

人世难逢开口笑，

上疆场彼此弯弓月。

流遍了，

郊原血。

一篇读罢头飞雪，
但记得斑斑点点，
几行陈迹。
五帝三皇神圣事，
骗了无涯过客。
有多少风流人物？
盗跖庄蹻流誉后，
更陈王奋起挥黄钺。
歌未竟，
东方白。

101. 沁园春·长沙（毛泽东）

独立寒秋，
湘江北去，
橘子洲头。
看万山红遍，
层林尽染；
漫江碧透，
百舸争流。
鹰击长空，
鱼翔浅底，
万类霜天竞自由。
怅寥廓，
问苍茫大地，谁主沉浮？
携来百侣曾游，
忆往昔峥嵘岁月稠。
恰同学少年，
风华正茂；
书生意气，
挥斥方遒。
指点江山，
激扬文字，
粪土当年万户侯。
曾记否，到中流击水，浪遏飞舟！

102. 沁园春·雪（毛泽东）

北国风光，

千里冰封，

万里雪飘。

望长城内外，

惟余莽莽；

大河上下，

顿失滔滔。

山舞银蛇，

原驰蜡象，

欲与天公试比高。

须晴日，

看红装素裹，

分外妖娆。

江山如此多娇，

引无数英雄竞折腰。

惜秦皇汉武，

略输文采；

唐宗宋祖，

稍逊风骚。

一代天骄，

成吉思汗，

只识弯弓射大雕。

俱往矣，

数风流人物，

还看今朝。

103. 哥伦比亚的倒影（木心）（节选）

一次又一次的启蒙运动的结果是整个儿蒙住了，"不知如何是好"是想知道如何才是好，"管它呢"是"他人"与"自我"俱灭，"过去"和"未来"在观念上死去，然后澌尽无迹，不再像从前的人那样恭恭敬敬地希望，正正堂堂地绝望，骄傲与谦逊都从骨髓中来，感恩和复仇皆不惜以死赴之，那时，当时，什么都有贞操可言，那广义的贞节操守似乎是与生俱来的天然默契，一块饼的擘分，一盏酒的酬酢，一棵树一条路的命名，一声"您"和"你"的谨慎抉择，处处在在唯恐有所过之或者有所不及，孩童，少年，成人，老者，都时常会忽然臊红了脸……仿佛说，我第一次到世界上来，什么都陌生，大家原谅啊——

104. 青春（赵丽宏）（节选）

世界上，还有什么字眼比"青春"这两个字更动人，更富有魅力？

青春是早晨的太阳，她容光焕发，灿烂耀眼，所有的阴郁和灰暗都遭到她的驱逐。

青春是江河里奔涌的激浪，天地间回荡着她澎湃的激情，谁也无法阻挡她寻求大海的脚步。

青春是一只高飞在天的鸟，她美丽的翅膀像彩色的旗帜，召唤着理想，憧憬着未来。

青春是一棵枝叶葳蕤的树，她用绿色光芒感染着所有生灵，使春天的景象常留在人间。

青春是一支余韵不绝的歌，她把浪漫的情怀和严峻的现实交织在一起，拨动每一个人的心弦。

青春是蓬蓬勃勃的生机，是不会泯灭的希望，是一往无前的勇敢，是生命中最辉煌的色彩……

105. 风铃（林清玄）（节选）

风铃的声音很美，很悠长，我听起来一点也不像铃声，而是音乐。

风铃，是风的音乐，使我们在夏日听着感觉清凉，冬天听了感到温暖。

风是没有形象、没有色彩、也没有声音的，但风铃使风有了形象，有了色彩，也有了声音。

对于风，风铃是觉知、观察与感动。

每次，我听着风铃，感知风的存在，这时就会觉得我们的生命如风一样地流过，几乎是难以掌握的，因此我们需要心里的风铃，来觉知生命的流动、观察生活的内容、感动于生命与生命的偶然相会。

有了风铃，风虽然吹过了，还留下美妙的声音。

有了心的风铃，生命即使走过了，也会留下动人的痕迹。

每一次起风的时候，每一步岁月的脚步，都会那样真实地存在。

106. "慢慢走，欣赏啊！"——人生的艺术化（朱光潜）（节选）

文章忌俗滥，生活也忌俗滥。俗滥就是自己没有本色而蹈袭别人的成规旧矩。西施患心病，常捧心颦眉，这是自然的流露，所以愈增其美。东施没有心病，强学捧心颦眉的姿态，只能引人嫌恶。在西施是创作，在东施便是滥调。滥调起于生命的干枯，也就是虚伪的表现。"虚伪的表现"就是"丑"，克罗齐已经说过。"风行水上，自然成纹"，文章的妙处如此，生活的妙处也是如此。在什么地位，是怎样的人，感到怎样情趣，便现出怎样言行风采，叫人一见就觉其谐和完整，这才是艺术的生活。

107. 谈美感教育（朱光潜）（节选）

世间事物有真善美三种不同的价值，人类心理有知、情、意三种不同的活动。这三种心理活动恰和三种事物价值相当：真关于知，善关于意，美关于情。人能知，就有好奇心，就要求知，就要辨别真伪，寻求真理。人能发意志，就要想好，就要趋善避恶，造就人生幸福。人能动情感，就爱美，就欢喜创造艺术，欣赏人生自然中的美妙境界。求知、想好、爱美，三者都是人类天性；人生来就有真善美的需要，真善美具备，人生才完美。

108. 命与天命（杨绛）（节选）

我们如果反思一生的经历，都是当时处境使然，不由自主。但是关键时刻，做主的还是自己。算命的把"命造"比作船，把"运途"比作河，船只能在河里走。但"命造"里，还有"命主"呢？如果船要搁浅或倾覆的时候，船里还有个"我"在做主，也可说是这人的个性做主。这就是所谓个性决定命运了。烈士杀身成仁，忠臣为国捐躯，能说不是他们的选择而是命中注定的吗？他们是倾听灵性良心的呼唤，宁死不屈。如果贪生怕死，就不由自主了。宁死不屈，是坚决的选择，绝非不由自主。做主的是人，不是命。

109. 黄河之水天上来（光未然）（节选）

在黄河两岸，
游击兵团，
野战兵团，
星罗棋布，
散布在敌人后面；
在万山丛中，
在青纱帐里，
展开了英勇的血战！
啊，黄河！
你记载着我们民族的年代。
古往今来，
在你的身边
兴起了多少英雄豪杰！
但是，
你从不曾看见
四万万同胞
像今天这样
团结得如钢似铁；
千百万民族英雄，

为了保卫祖国

洒尽他们的热血；

英雄的故事，

像黄河怒涛，

山岳一般的壮烈！

啊，黄河！

你可曾听见

在你的身旁

响彻了胜利的凯歌？

你可曾看见

祖国的铁军

在敌人后方

布成了地网天罗？

他们把守着黄河两岸，

不让敌人渡过！

他们要把疯狂的敌人

埋葬在滚滚的黄河！

啊，黄河！

你奔流着，

怒吼着，

替法西斯的恶魔

唱出灭亡的葬歌！

你怒吼着，

叫啸着，

向着祖国的原野，

响应我们伟大民族的

胜利的凯歌！

向着祖国的原野，

响应我们伟大民族的

胜利的凯歌！

110. 桂花雨（琦君）（节选）

一提到桂花，那股子香味就仿佛闻到了。桂花有两种，月月开的称木樨，花朵较细小，呈淡黄色，台湾也有，我曾在走过人家围墙外时闻到这股香味，一闻到就会引起乡愁。另一种称金桂，只有秋天才开，花朵较大，呈金黄色。我家的大宅院中，前后两大片旷场，沿着围墙，种的全是金桂。唯有正屋大厅前的庭院中，种着两株木樨、两株绣球。还有父亲书房的廊檐下，是几盆茶花与木樨相间。

小时候，我对无论什么花，都不懂得欣赏。尽管父亲指指点点地告诉我，这是凌霄花，这是叮咚花，这是木碧花……我除了记些名称外，最喜欢的还是桂花。桂花树不像梅树那么有姿态，笨拙的，不开花时，只是满树茂密的叶子，开花季节也得仔细地从绿叶丛里找细花，它不与繁花斗艳。可是桂花的香气，真是迷人。迷人的原因，是它不但可以闻，还可以吃。"吃花"在诗人看来是多么俗气，但我宁可俗，就是爱桂花。

111. 鱼在波涛下微笑（毕淑敏）（节选）

人生所有的问题，都是关系的问题。在所有的关系之中，你和你自己的关系最为重要。它是关系的总脐带。如果你处理不好和自我的关系，你的一生就不得安宁和幸福。你可以成功，但没有快乐。你可以有家庭，但缺乏温暖。你可以有孩子，但他难以交流。你可以姹紫嫣红宾朋满座，但却不曾有高山流水患难之交。

你会大声地埋怨这个世界，殊不知症结就在你自己身上。

你爱自己吗？如果你不爱自己，你怎么有能力去爱他人？爱自己是最简单也是最复杂的事情。它不需要任何成本，却需要一颗无畏的灵魂。我们每个人都是不完满的，爱一个不完满的自己是勇敢者的行为。

112. 孝心无价（毕淑敏）（节选）

我相信每个赤诚忠厚的孩子，都曾在心底向父母许下"孝"的宏愿，相信来日方长，相信水到渠成，相信自己必有功成名就衣锦还乡的那一天，可以从容尽孝。

可惜人们忘了，忘了时间的残酷，忘了人生的短暂，忘了世上有永远无法报答的恩情，忘了生命本身有不堪一击的脆弱。

……

有一些事情，当我们年轻的时候，无法懂得。当我们懂得的时候，已不再年轻。世上有些东西可以弥补，有些东西永无弥补。

"孝"是稍纵即逝的眷恋，"孝"是无法重现的幸福。"孝"是一失足成千古恨的往事，"孝"是生命与生命交接处的链条，一旦断裂，永无连接。

赶快为你的父母尽一份孝心。也许是一处豪宅，也许是一片砖瓦。也许是大洋彼岸的一只鸿雁，也许是近在咫尺的一个口信。也许是一顶纯黑的博士帽，也许是作业簿上的一个红满分。也许是一桌山珍海味，也许是一只野果一朵小花。也许是花团锦簇的盛世华衣，也许是一双洁净的旧鞋。也许是数以万计的金钱，也许只是含着体温的一枚硬币……但"孝"的天平上，它们等值。

只是，天下的儿女们，一定要抓紧啊！趁我们父母健在的光阴。

113. 爱怕什么（毕淑敏）（节选）

爱是比天空和海洋更博大的宇宙，在那个独特的穹隆中，有着亿万颗爱的星斗，闪烁光芒。一粒小行星划下，就是爱的雨丝，缀起满天清光。

爱是神奇的化学试剂，能让苦难变得香甜，能让一分钟永驻成永远，能让平凡的容颜貌若天仙，能让喃喃细语压过雷鸣电闪。

爱是孕育万物的草原。在这里，能生长出勇气、智慧、才干、友谊、关怀……所有人间的美德和属于大自然的美丽天分，爱都会赠予你。

在生和死之间，是孤独的人生旅程。拥有一份真爱，就是照耀人生温暖的灯。

114. 寄小读者（冰心）（节选）

世界上没有两件事物，是完全相同的，同在你头上的两根丝发，也不能一般长短。然而——请小朋友们和我同声赞美！只有普天下的母亲的爱，或隐或显，或出或没，不论你用斗量，用尺量，或是用心灵的度量衡来推测；我的母亲对于我，你的母亲对于你，她的和他的母亲对于她和他；她们的爱是一般的长阔高深，分毫都不差减。小朋友！我敢说，也敢信古往今来，没有一个敢来驳我这句话。当我发觉了这神圣的秘密的时候，我竟欢喜感动得伏案痛哭！

115. 昭君出塞（朱湘）

琵琶呀伴我的琵琶：
趁着如今人马不喧哗，
只听得啼声嗒嗒，
我想凭着切肤的指甲
弹出心里的嗟呀。

琵琶呀伴我的琵琶：
这儿没有青草发新芽，
也没有花枝低桠；
在敕勒川前，燕支山下，
只有冰树结琼花。

琵琶呀伴我的琵琶：
我不敢瞧落日照平沙，
雁飞过暮云之下，
不能为我传达一句话
到烟霭外的人家。

琵琶呀伴我的琵琶：
记得当初被选入京华，
常对着南天悲咤；

哪知道如今去朝远嫁，
望昭阳又是天涯。

琵琶呀伴我的琵琶：
你瞧太阳落下了平沙，
夜风在荒野上发，
与一片马嘶声相应答，
远方响动了胡笳。

116. 雪（鲁彦）（节选）

美丽的雪花飞舞起来了。我已经有三年不曾见着它。

去年在福建，仿佛比现在更迟一点，也曾见过雪。但那是远处山顶的积雪，可不是飞舞着的雪花。在平原上，它只是偶然的随着雨点洒下来几颗，没有落到地面的时候。它的颜色是灰的，不是白色；它的重量像是雨点，并不会飞舞。一到地面，它立刻融成了水，没有痕迹，也未尝跳跃，也未尝发出窸窣的声音，像江浙一带下雪子时的模样。这样的雪，在四十年来第一次看见它的老年的福建人，诚然能感到特别的意味，谈得津津有味，但在我，却总觉得索然。"福建下过雪"，我可没有这样想过。

我喜欢眼前飞舞着的上海的雪花。它才是"雪白"的白色，也才是花一样的美丽。它好像比空气还轻，并不从半空里落下来，而是被空气从地面卷起来的。然而它又像是活的生物，像夏天黄昏时候的成群的蚊蚋，像春天流蜜时期的蜜蜂，它的忙碌的飞翔，或上或下，或快或慢，或黏着人身，或拥入窗隙，仿佛自有它自己的意志和目的。

117. 都江堰（余秋雨）（节选）

它的规模从表面上看远不如长城宏大，却注定要稳稳当当地造福千年。如果说，长城占据了辽阔的空间，那么，它却实实在在地占据了邈远的时间。长城的社会功用早已废弛，而它至今还在为无数民众输送汩汩清流。有了它，旱涝无常的四川平原成了天府之国，每当我们民族有了重大灾难，天府之国总是沉着地提供庇护和濡养。因此，可以毫不夸张地说，它永久性地灌溉了中华民族。有了它，才有诸葛亮、刘备的雄才大略，才有李白、杜甫、陆游的川行华章。说得近一点，有了它，抗日战争中的中国才有一个比较安定的后方。

118. 废墟（余秋雨）（节选）

不能设想，古罗马的角斗场需要重建，庞贝古城需要重建，柬埔寨的吴哥窟需要重建，玛雅文化遗址需要重建。

这就像不能设想，远年的古铜器需要抛光，出土的断戟需要镀镍，宋版图书需要上塑，马王堆的汉代老太需要植皮丰胸、重施浓妆。

只要历史不阻断，时间不倒退，一切都会衰老。老就老了吧，安详地交给世界一副慈祥美。假饰天真是最残酷的自我糟践。没有皱纹的祖母是可怕的，没有白发的老者是让人遗憾的；没有废墟的人生太累了，没有废墟的大地太挤了，掩盖废墟的举动太伪诈了。

还历史以真实，还生命以过程。

——这就是人类的大明智。

119.短诗三首（汪国真）

（1）思念

我叮咛你的

你说　不会遗忘

你告诉我的

我也　全都珍藏

对于我们来说

记忆是飘不落的日子

——永远不会发黄

相聚的时候　总是很短

期待的时候　总是很长

岁月的溪水边

捡拾起多少闪亮的诗行

如果你要想念我

就望一望天上那

闪烁的繁星

有我寻觅你的

目——光

（2）我知道

欢乐是人生的驿站

痛苦是生命的航程

我知道

当你心绪沉重的时候

最好的礼物

是送你一片宁静的天空

你会迷惘

也会清醒

当夜幕低落的时候

你会感受到
有一双温暖的眼睛

我知道
当你拭干面颊上的泪水
你会灿然一笑
那时，我会轻轻对你说
走吧　你看
槐花正香　月色正明
（3）感谢
让我怎样感谢你
当我走向你的时候
我原想收获一缕春风
你却给了我整个春天

让我怎样感谢你
当我走向你的时候
我原想捧起一簇浪花
你却给了我整个海洋

让我怎样感谢你
当我走向你的时候
我原想撷取一枚红叶
你却给了我整个枫林

让我怎样感谢你
当我走向你的时候
我原想亲吻一朵雪花
你却给了我银色的世界

120. 我喜欢出发（汪国真）（节选）

于是，我还想从大山那里学习深刻，我还想从大海那里学习勇敢，我还想从大漠那里学习沉着，我还想从森林那里学习机敏。我想学着品味一种缤纷的人生。

人能走多远？这话不是要问两脚而是要问志向；人能攀多高？这事不是要问双手而是要问意志。于是，我想用青春的热血给自己树起一个高远的目标。不仅是为了争取一种光荣，更是为了追求一种境界。目标实现了，便是光荣；目标实现不了，人生也会因这一路风雨跋涉变得丰富而充实；在我看来，这就是不虚此生。

是的，我喜欢出发，愿你也喜欢。

121. 我骄傲，我是中国人（王怀让）

在无数蓝色的眼睛和褐色的眼睛之中，
我有着一双宝石般的黑色的眼睛，
我骄傲，我是中国人！

在无数白色的皮肤和黑色的皮肤之中，
我有着大地般黄色的皮肤，
我骄傲，我是中国人！

我是中国人——
黄土高原是我的胸脯，
黄河流水是我沸腾的热血，
长城是我扬起的手臂，
泰山是我站立的脚跟。
我骄傲，我是中国人！

我是中国人——
我的祖先最早走出森林，
我的祖先最早开始耕耘，
我是指南针、印刷术的后裔，
我是圆周率、地动仪的子孙。
在我的民族中
不光有史册上万古不朽的孔夫子、司马迁、李自成、孙中山，
还有那文学史上万古不朽的花木兰、林黛玉、孙悟空、鲁智深。
我骄傲，我是中国人！

我是中国人——
在我的国土上
不光有雷电轰击不倒的长白雪山、黄山劲松，
还有那风雨不灭的井冈传统、延安精神！

我是中国人——
我那黄河一样粗犷的声音，

不光响在联合国的大厦里，

大声发表着中国的议论，

也响在奥林匹克的赛场上，

大声高喊着"中国得分"。

当掌声把五星红旗托上蓝天，

我骄傲，我是中国人！

我是中国人——

我那长城一样巨大的手臂，

不光把采油钻杆钻进外国人预言打不出石油的地心；

也把通信卫星送上祖先们梦里也没有到过的白云；

当五大洲倾听东方的时候，

我骄傲，我是中国人！

我是中国人，

我是莫高窟壁画的传人，

让那翩翩欲飞的壁画与我们同往。

我就是飞天，

飞天就是我们。

我骄傲，我是中国人！

122.傅雷家信（傅雷）（节选 1）

妈妈说你的信好像满纸都是 sparkling（光芒四射，耀眼生辉）。当然你浑身都是青春的火花，青春的鲜艳，青春的生命、才华，自然写出来的有那么大的吸引力了。我和妈妈常说，这是你一生之中的黄金时代，希望你好好的享受、体验，给你一辈子做个最精彩的回忆的底子！眼看自己一天天的长大成熟，进步，了解的东西一天天的加多，精神领域一天天的加阔，胸襟一天天的宽大，感情一天天的丰满深刻：这不是人生最美满的幸福是什么！这不是最隽永最迷人的诗歌是什么！孩子，你好福气！

123.傅雷家信（傅雷）（节选 2）

——比起近代的西方人来，我们中华民族更接近古代的希腊人，因此更自然，更健康。我们的哲学、文学即使是悲观的部分也不是基督教式的一味投降，或者用现代语说，一味的"失败主义"；而是人类一般对生老病死、春花秋月的慨叹，如古乐府及我们全部诗词中提到人生如朝露一类的作品；或者是愤激与反抗的表现，如老子的《道德经》。——就因为此，我们对西方艺术中最喜爱的还是希腊的雕塑、文艺复兴的绘画、十九世纪的风景画——总而言之是非宗教性非说教类的作品。

124. 行道树（张晓风）（节选）

我们是一列树，立在城市的飞尘里。

许多朋友都说我们是不该站在这里的，其实这一点，我们知道得比谁都清楚。我们的家在山上，在不见天日的原始森林里。而我们居然站在这儿，站在这双线道的马路边，这无疑是一种堕落。我们的同伴都在吸露，都在玩凉凉的云。而我们呢？我们唯一的装饰，正如你所见的，是一身抖不落的煤烟。

是的，我们的命运被安排定了，在这个充满车辆与烟囱的工业城里，我们的存在只是一种悲凉的点缀。但你们尽可以节省下你们的同情心，因为，这种命运事实上也是我们自己选择的——否则我们不会在春天勤生绿叶，不必在夏日献出浓荫。神圣的事业总是痛苦的，但是，也唯有这种痛苦能把深度给予我们。

125. 祖国（或以梦为马）（海子）

我要做远方的忠诚的儿子
和物质的短暂情人
和所有以梦为马的诗人一样
我不得不和烈士和小丑走在同一道路上

万人都要将火熄灭　我一人独将此火高高举起
此火为大　开花落英于神圣的祖国
和所有以梦为马的诗人一样
我藉借此火得度一生的茫茫黑夜

此火为大　祖国的语言和乱石投筑的梁山城寨
以梦为上的敦煌——那七月也会寒冷的骨骼
如雪白的柴和坚硬的条条白雪 横放在众神之山
和所有以梦为马的诗人一样
我投入此火　这三者是囚禁我的灯盏 吐出光辉

万人都要从我刀口走过 去建筑祖国的语言
我甘愿一切从头开始
和所有以梦为马的诗人一样
我也愿将牢底坐穿

众神创造物中只有我最易朽 带着不可抗拒的死亡的速度
只有粮食是我珍爱　我将她紧紧抱住

抱住她　在故乡生儿育女
和所有以梦为马的诗人一样
我也愿将自己埋葬在四周高高的山上　守望平静家园

面对大河我无限惭愧
我年华虚度 空有一身疲倦
和所有以梦为马的诗人一样
岁月易逝 一滴不剩 水滴中有一匹马儿一命归天

千年后如若我再生于祖国的河岸
千年后我再次拥有中国的稻田
和周天子的雪山 天马踢踏
和所有以梦为马的诗人一样
我选择永恒的事业

我的事业 就是要成为太阳的一生
他从古至今——"日"——他无比辉煌无比光明
和所有以梦为马的诗人一样
最后我被黄昏的众神抬入不朽的太阳

太阳是我的名字
太阳是我的一生
太阳的山顶埋葬 诗歌的尸体——千年王国和我
骑着五千年凤凰和名字叫"马"的龙
——我必将失败
但诗歌本身以太阳必将胜利

126. 面朝大海，春暖花开（海子）

从明天起，做一个幸福的人
喂马，劈柴，周游世界
从明天起，关心粮食和蔬菜
我有一所房子，面朝大海，春暖花开
从明天起，和每一个亲人通信
告诉他们我的幸福
那幸福的闪电告诉我的
我将告诉每一个人

给每一条河每一座山取一个温暖的名字
陌生人，我也为你祝福
愿你有一个灿烂的前程
愿有情人终成眷属
愿你在尘世获得幸福
我只愿面朝大海，春暖花开

127.月光（海子）

今夜美丽的月光　你看多好！
照着月光
饮水和盐的马
和声音

今夜美丽的月光　你看多美丽
羊群中　生命和死亡宁静的声音
我在倾听！

这是一只大地和水的歌谣，月光！
不要说　你是灯中之灯　月光！
不要说心中有一个地方
那是我一直不敢梦见的地方
不要问　桃子对桃花的珍藏
不要问　打麦大地　处女　桂花和村镇

今夜美丽的月光　你看多好！
不要说死亡的烛光何须倾倒
生命依然生长在忧愁的河水上

月光照着月光
月光普照
今夜美丽的月光
合在一起流淌

128.四姐妹（海子）

荒凉的山冈上站着四姐妹
所有的风只向她们吹
所有的日子都为她们破碎

空气中的一棵麦子

高举到我的头顶

我身在这荒芜的山冈

怀念我空空的房间，落满灰尘

我爱过的这糊涂的四姐妹啊

光芒四射的四姐妹

夜里我头枕卷册和神州

想起蓝色远方的四姐妹

我爱过的这糊涂的四姐妹啊

像爱着我亲手写下的四首诗

我的美丽的结伴而行的四姐妹

比命运女神还要多出一个

赶着美丽苍白的奶牛 走向月亮形的山峰

到了二月，你是从哪里来的

天上滚过春天的雷，你是从哪里来的

不和陌生人一起来

不和运货马车一起来

不和鸟群一起来

四姐妹抱着这一棵

一棵空气中的麦子

抱着昨天的大雪，今天的雨水

明日的粮食与灰烬

这是绝望的麦子

请告诉四姐妹：这是绝望的麦子

永远是这样

风后面是风

天空上面是天空

道路前面还是道路

129. 长江三日（刘白羽）（节选）

水天，风雾，浑然融为一体，好像不是一只船，而是你自己正在和江流搏斗而前。"曙光就在前面，我们应当努力。"这时一种庄严而又美好的情感充溢我的心灵，我觉得这是我所经历的大时代突然一下集中地体现在这奔腾的长江之上。是的，我们全部生活不就是这样战斗、航进、穿过黑夜走向黎明吗？现在，船上的人都已酣睡，整个世界也都在安眠，而驾驶室上露出一片宁静的灯光。想一想，掌握住舵轮，透过闪闪电炬，从惊涛骇浪之中寻到一条破浪前进的途径，这是多么豪迈的生活啊！我们的哲学是革命的哲学，我们的诗歌是战斗的诗歌，正因为这样——我们的生活是最美的生活。列宁有一句话说得好极了："前进吧！——这是多么好啊！这才是生活啊！"……"江津"号昂奋而深沉地鸣响着汽笛向前方航进。

130. 由达园致张兆和（沈从文）（节选）

一个白日带走了一点青春，日子虽不能毁坏我印象里你所给我的光明，却慢慢的使我不同了。"一个女子在诗人的诗中，永远不会老去，但诗人他自己却老去了。"想到这些，我十分忧郁了。生命都是太脆薄的一种东西，并不比一株花更经得住年月风雨，用对自然倾心的眼，反观人生，使我不能不觉得热情的可珍，而看重人与人凑巧的藤葛。在同一人事上，第二次的凑巧是不会有的。我生平只看过一回满月。我也安慰自己过，我说，"我行过许多地方的桥，看过许多次数的云，喝过许多种类的酒，却只爱过一个正当最好年龄的人。我应当为自己庆幸……"

131. 九十五岁初度（季羡林）（节选）

一般人的生活，几乎普遍有一个现象，就是倥偬。用习惯的说法就是匆匆忙忙。"五四"运动以后，我在济南读到了俞平伯先生的一篇文章。文中引用了他夫人的话："从今以后，我们要仔仔细细过日子了。"言外之意就是嫌眼前日子过得不够仔细，也许就是日子过得太匆匆的意思。怎样才叫仔仔细细呢？俞先生夫妇都没有解释，至今还是个谜。我现在不揣冒昧，加以解释。所谓仔仔细细就是：多一些典雅，少一些粗暴；多一些温柔，少一些莽撞；总之，多一些人性，少一些兽性，如此而已。

132. 春之怀古（张晓风）（节选）

春天必然曾经是这样的：从绿意内敛的山头，一把雪再也撑不住了，扑哧一声，将冷脸笑成花面，一首渐渐然的歌便从云端唱到山麓，从山麓唱到低低的荒村，唱入篱落，唱入一只小鸭的黄蹼，唱入软溶溶的春泥——软如一床新翻的棉被的春泥。

那样娇，那样敏感，却那样混沌无涯。一声雷，可以无端地惹哭满天的云。一阵杜鹃啼，可以斗急了一城杜鹃花。一阵风起，每一棵柳都吟出一则则白茫茫、虚飘飘说也说不清、听也听不清的飞絮，每一丝飞絮都是一株柳的分号。反正，春天就是这样不讲理、没逻辑，而仍可以好得让人心平气和。

133.敬畏生命（张晓风）

那是一个夏天的长得不能再长的下午，在印第安那州的一个湖边。我起先是不经意地坐着看书，忽然发现湖边有几棵树正在飘散一些白色的纤维。大团大团的，像棉花似的，有些飘在草地上，有些飘入湖水里。我当时没有十分注意，只当是偶然风起所带来的。

可是，渐渐地，我发现情况简直令人吃惊。好几个小时过去了，那些树仍旧浑然不觉地在飘送那些小型的云朵，倒好像是一座无限的云库似的。整个下午，整个晚上，漫天都是那种东西。第二天情形完全一样，我感到诧异和震撼。

其实小学的时候就知道有一类种子是靠风力吹动纤维播送的。但也只是知道一道测验题的答案而已。那几天真的看到了，满心所感到的是一种折服，一种无以名之的敬畏。我几乎是第一次遇见生命——虽然是植物的。

我感到那云状的种子在我心底强烈地碰撞上什么东西。我不能不被生命豪华的、奢侈的、不计成本的投资所感动。也许，在不分昼夜的飘散之余，只有一颗种子足以成荫，但造物主乐于做这样惊心动魄的壮举。

我至今仍然在沉思之际想起那一片柔媚的湖水，不知湖畔那群种子中有哪一颗成了小树。至少，我知道，有一颗已经成长。那颗种子曾遇见了一片土地，在一个过客的心之峡谷里蔚然成荫，教会她怎样敬畏生命。

134.生命的意义（蒋勋）（节选）

如果你问我："生命没有意义，你还要活吗？"我不敢回答。文学里常常会呈现一个无意义的人，但是他活着；例如卡夫卡的《变形记》用一个变成甲虫的人，来反问我们：如果有一天我们变成一只昆虫，或是如鲁迅《狂人日记》所说，人就是昆虫，那么这个生命有没有意义？我想，有没有可能生命的意义就是在寻找意义的过程，你以为找到了，却反而失去意义，当你开始寻找时，那个状态才是意义。现代的文学颠覆了过去"生下来就有意义"的想法，开始无止尽地寻找，很多人提出不同的看法，都不是最终的答案，直到现在，人们还是没有找到真正的答案。

135.平凡的世界（路遥）（节选）

孙少平尽量使自己的精神振作起来。他想，他本来就不是准备到这里享福的。他必须在这个城市里活下去。一切过去的生活都已经成为历史，而新的生活现在就从这大桥头开始了。他思量，过去战争年代，像他这样的青年，多少人每天都面临着死亡呢！而现在是和平年月，他充其量吃些苦罢了，总不会有死的威胁。想想看，比起死亡来说，此刻你安然立在这桥头，并且还准备劳动和生活，难道这不是一种幸福吗？你知道，幸福不仅仅是吃饱穿暖，而是勇敢地去战胜困难……

136.写给母亲（贾平凹）（节选）

从前我妈坐在右边那个房间的床头上，我一伏案写作，她就不再走动，也不出声，却要一眼一眼看着我，看得时间久了，她要叫我一声，然后说："世上的字你能写完吗，出去转转么。"现在，每听到我妈叫我，我就放下笔走进那个房间，心想我妈从棣花来西安了？

当然是房间里什么也没有，却要立上半天，自言自语我妈是来了又出门去街上给我买我爱吃的青辣子和萝卜了。或许，她在逗我，故意藏到挂在墙上的她那张照片里，我便给照片前的香炉里上香，要说上一句："我不累。"

137.万物的心（林清玄）（节选1）

每次走到风景优美、绿草如茵、繁花满树的地方，我都会在内心生起一种感恩的心情，感恩这世界如此优美、如此青翠、如此繁华。

我常觉得，所谓"风水好"，就是空气清新、水质清澈的所在。

所谓"有福报"，就是住在植物青翠、花树繁华的所在。

所谓美好的心灵，就是能体贴万物的心，能温柔地对待一草一木的心灵。

我们眼见一株草长得青翠、一朵花开得缤纷，这都是非常不易的，要有好风水、好福报，受到美好心灵的照护，唯有体会到一花一草都象征了万物的心，我们才能体会禅师所说的"青青翠竹皆是法身，郁郁黄花无非般若"的真意——每一株里都宝藏佛的法身，每一朵黄花里都开满了智慧呀！

138.万物的心（林清玄）（节选2）

我们所眼见的万象，看起来如此澄美幽静，其实有着非常努力的内在世界，每一株植物的根都忙着从地里吸收养料与水分，茎忙着输送与流通，叶子在进行光合作用，整株植物的每一个细胞都在大口地呼吸——其实，树是非常忙的，这种欣欣向荣正是禅宗所说的"森罗万象许峥嵘"的意思。

树木为了生命的美好而欣欣向荣，想要在好风好水中生活，建立生命的福报的人，是不是也要为迈向生命的美好境界而努力向前呢？

平静的树都能唤起我们的感恩之心，何况是翩翩的彩蝶、凌空的飞鸟，以及那些相约而再来的人呢？

139.我正一遍遍经历的童年（刘亮程）（节选）

那棵沙枣树又陪我们过了一年。如果树有眼睛，它一样会看见我们的生活，看见自己的叶子和花在风中飘远。更多的叶子落在树下，被我们扫起。树会看见我们砍它的一个枝干做了锨把。那个断茬慢慢地长成树上的一只眼睛，它天天看见立在墙根的铁锨，看见它的枝做成的锨把，被我们一天天磨光磨细。父亲拿锨出去的早晨它看见了，我一身尘土回来的傍晚它看见了。整个晚上，那个断茬长成的树眼，直直地盯着我们家院子，盯着月亮下的窗户和门。它看见什么了，那个蹲在树杈的五岁男孩又看见了什么。

140. 儿女（丰子恺）（节选）

儿女对我的关系如何？我不曾预备到这世间来做父亲，故心中常是疑惑不明，又觉得非常奇怪。我与他们（现在）完全是异世界的人，他们比我聪明、健全得多；然而他们又是我所生的儿女。这是何等奇妙的关系！世人以膝下有儿女为幸福，希望以儿女永续其自我，我实在不解他们的心理。我以为世间人与人的关系，最自然最合理的莫如朋友。君臣、父子、昆弟、夫妇之情，在十分自然合理的时候都不外乎是一种广义的友谊。所以朋友之情，实在是一切人情的基础。

141. 我的心（巴金）（节选）

近来，不知道什么缘故，我的这颗心痛得更厉害了。

我要对我的母亲说："妈妈，请你把这颗心收回去罢，我不要它了。"

记得你当初把这颗心交给我的时候，曾对我说过："你的父亲一辈子拿着它待人爱人，他和平安宁的度过了一生。在他临死的时候把这颗心交给我，要我在你长成的时候交给你。他说："承受这颗心的人将永远正直、幸福，并且和平安宁的度过一生"。现在你长成了，也就承受了这颗心，带着我的祝福，到广大的世界中去吧。"

这些年，我怀着这颗心走遍了世界，走遍了人心的沙漠，所得到的只是痛苦和痛苦的创痕。

正直在哪里！幸福在哪里！和平在哪里！

142.《激流》总序（巴金）（节选1）

几年前我流着眼泪读完托尔斯泰小说《复活》，曾经在扉页上写了一句话："生活本身就是一个悲剧。"

事实并不是这样。生活并不是悲剧。它是一场"搏斗"。我们生活来做什么？或者说我们为什么要有这生命？罗曼·罗兰的回答是"为的是来征服它"。我认为他说得不错。

我有了生命以来，在这个世界上虽然仅仅经历了二十几个寒暑，但是这短短的时期也并不是白白度过的。这其间我也曾看见了不少的东西，知道了不少的事情。我的周围是无边的黑暗，但是我并不孤独，并不绝望。我无论在什么地方总看见那一股生活的激流在动荡，在创造它自己的道路，通过乱山碎石中间。

这激流永远动荡着，并不曾有一个时候停止过，而且它也不能够停止；没有什么东西可以阻止它。在它的途中，它也曾发射出种种的水花，这里面有爱，有恨，有欢乐，也有痛苦。这一切造成了一股奔腾的激流，具有排山之势，向着唯一的海流去。这唯一的海是什么，而且什么时候它才可以流到这海里，就没有人能够确定地知道了。

143.《激流》总序（巴金）（节选2）

我跟所有其余的人一样，生活在这世界上，是为着来征服生活。我也曾参加在这个"搏斗"里面。我有我的爱，有我的恨，有我的欢乐，也有我的痛苦。但是我并没有失去我的信仰：对于生活的信仰。我的生活还不会结束，我也不知道在前面还有什么东西等着我。然而我对于将来却也有一点概念。因为过去并不是一个沉默的哑子，它会告诉我们一些事情。

在这里我所要展开给读者看的乃是过去十多年生活的一幅图画。自然这里只有生活的一小部分，但我们已经可以看见那一股由爱与恨、欢乐与受苦所构成的生活的激流是如何地在动荡了。我不是一个说教者，我不能够明确地指出一条路来，但是读者自己可以在里面去找它。

有人说过，路本没有，因为走的人多了，便成了一条路。又有人说路是有的，正因为有了路才有许多人走。谁是谁非，我不想判断。我还年轻，我还要活下去，我还要征服生活。我知道生活的激流是不会停止的，且看它把我载到什么地方去！

144. 追索印象派之源（黄永玉）（节选）

我这个老头丝毫没有任何系统的文化知识，却也活得十分自在快活。我要这些知识干什么？极系统、极饱和的庞大的知识积聚在一个人的身上，就好像用一两千万元买了一只手表。主要是看时间，两三百元或七八十元的电子表已经够准确了。不！意思好像不是在时间之上。于是，一两千万元的手表每天跟主人在一起，只是偶然博他一瞥。

读那么多书，其中的知识只博得偶然一瞥，这就太浪费了！

我这个老头子一辈子过得不那么难过的秘密就是，凭自己的兴趣读书。

认认真真地做一种事业，然后凭自己的兴趣读世上一切有趣的书。

145. 读沧海（刘再复）（节选）

我曾经千百次地思索，大海，你为什么能够终古常新，能够拥有这样永远不会消失的气魂。而今天，我读懂了：因为你自身是强大的，自身是健康的，自身是倔强地流动着的。

别了，大海，我心中伟大的启示录，不朽的大自然的经典，今天，我在你身上体验到自由，体验到力，体验到丰富与渊深。也体验着我的愚昧，我的贫乏，我的弱小。然而，我将追随你滔滔的寒流与暖流，驰向前方，驰向深处，去寻找新的力和新的未知数，去充实我的生命，更新我的灵魂！

146."喜欢"有万千种风貌与诠释（三毛）（节选）

在我的一生里，不止喜爱过一个异性，他们或能与我结为夫妻——如我已离世的丈夫；或者与我做了最真挚的朋友——我确实有三五个知己；或者注定了生来的关系——如我的父亲与兄弟。

现世的存在形式与关系并不重要，重要的是，那些人优美的心灵，化为我一生的投影，影响了我的灵魂与人格。他们使我的本身受到感召与启示，而且今生今世都默默地在爱着这些人。想起这一些与那一些人，心里只有欣慰与安宁，里面没有痛苦。

147. 我在一颗石榴里看见了我的祖国（杨克）

我在一颗石榴里看见我的祖国
硕大而饱满的天地之果
它怀抱着亲密无间的子民
裸露的肌肤护着水晶的心
亿万儿女手牵着手
在枝头上酸酸甜甜微笑
多汁的秋天啊是临盆的孕妇
我想记住十月的每一扇窗户

我抚摸石榴内部微黄色的果膜
就是在抚摸我新鲜的祖国
我看见相邻的一个个省份
向阳的东部靠着背阴的西部
我看见头戴花冠的高原女儿
每一个的脸蛋儿都红扑扑
穿石榴裙的姐妹啊亭亭玉立
石榴花的嘴唇凝红欲滴

我还看见石榴的一道裂口
那些餐风露宿的兄弟
我至亲至爱的好兄弟啊
他们土黄色的坚硬背脊
忍受着龟裂土地的艰辛
每一根青筋都代表他们的苦
我发现他们的手掌非常耐看
我发现手掌的沟壑是无声的叫喊

痛楚叫醒了大片的叶子
它们沿着春风的诱惑疯长

主干以及许多枝干接受了感召

枝干又分蘖纵横交错的枝条

枝条上神采飞扬的花团锦簇

那雨水泼不灭它们的火焰

一朵一朵呀既重又轻

花蕾的风铃摇醒了黎明

太阳这头金毛雄狮还没有老

它已跳上树枝开始了舞蹈

我伫立在辉煌的梦想里

凝视每一棵朝向天空的石榴树

如果一个公民谦卑地弯腰

掏出一颗拳拳的心

丰韵的身子挂着满树的微笑

148. 我有一个强大的祖国（叶浪）

那是一张熟悉的脸

是我痛失亲人后看到的最真切的笑脸

眼里闪着泪花

话里充满着力量

那一刻

我感到自己有一个强大的祖国

那是一张陌生的脸

是我埋在瓦砾下看见的最勇敢的脸

撬开了残垣

搬走了巨石

那一刻

我感到自己有一个强大的祖国

那是一张美丽的脸

是我躺在病床上看见的天使的脸

包扎我的创伤

驱走我的恐惧

那一刻

我感到自己有一个强大的祖国

那是一张慈祥的脸

是我奔离教室前看过的最镇静的脸

为了自己的学生

成就了自己的永恒

那一刻

我感到自己有一个强大的祖国

那是一张年轻的脸

是我在排队长列里看到的最急切的脸

为了灾区的伤员

献出了自己的殷殷鲜血

那一刻

我感到自己有一个强大的祖国

那是一张忙碌的脸

是我在救灾一线上看到的最疲惫的脸

眼里布满血丝

来不及顾及自己的家人

那一刻

我感到有一个强大的祖国

那是世上最可爱的脸

是家乡地震后不曾面见过的男男女女的脸

虽远在他乡海外

温暖的目光却紧紧地落在了我的身上

那一刻

我感到自己有一个强大的祖国

地动天不塌

大灾有大爱

我感到自己有一个强大的祖国

149. 牡丹的拒绝（张抗抗）（节选）

其实你在很久以前并不喜欢牡丹。因为它总被人作为富贵膜拜。后来你目睹了一次牡丹的落花，你相信所有的人都会为之感动：一阵清风徐来，娇艳鲜嫩的盛期牡丹忽然整朵整朵地坠落，铺散一地绚丽的花瓣。那花瓣落地时依然鲜艳夺目，如同一只奉上祭坛的大鸟脱落的羽毛，低吟着壮烈的悲歌离去。牡丹没有花谢花败之时，要么烁于枝头，要么归于泥土，它跨越委顿和衰老，止于青春而死亡，止于美丽而消遁。它虽美却不吝惜生命，即使告别也要留给人最后一次惊心动魄的记忆。

150. 黄山绝壁松（冯骥才）（节选）

黄山以石奇云奇松奇名绝天下。然而登上黄山，给我震动的是黄山松。

……

黄山全是石峰。裸露的巨石侧立千仞，光秃秃没有土壤，尤其那些极高的地方，天寒风疾，草木不生，苍鹰也不去那里，一棵棵松树却破石而出，伸展着优美而碧绿的长臂，显示其独具的气质。世人赞叹它们独绝的姿容，很少去想在终年的烈日下或寒飙中，它们是怎样存活和生长的？

一位本地人告诉我，这些生长在石缝里的松树，根部能够分泌一种酸性的物质，腐蚀石头的表面，使其化为养分被自己吸收。为了从石头里寻觅生机，也为了牢牢抓住绝壁，以抵抗不期而至的狂风的撕扯与摧折，它们的根日日夜夜与石头搏斗着，最终不可思议地穿入坚如钢铁的石体。细心便能看到，这些松根在生长和壮大时常常把石头从中挣裂！还有什么树木有如此顽强的生命力？

……

于是，在大雪纷飞中，在夕阳残照里，在风狂雨骤间，在云烟明灭时，这些绝壁松都像一个个活着的人：像站立在船头镇定又从容地与激浪搏斗的艄公，战场上永不倒下的英雄，沉静的思想者，超逸又具风骨的文人……在一片光亮晴空的映衬下，它们的身影就如同用浓墨画上去的一样。

151.尊严（陈漫）

有一种水獭，它有着令世界惊叹的美丽的皮毛。在阳光下，那是深紫色的，像缎子一样，闪烁着华美、神秘而又高贵的光泽。如果你在林间看到它，如果你看到它静静地栖息在水边的岩石上，你也会惊诧，造物主原来是如此的神奇，他竟然造出这样完美的有生命的宝石。可是水獭的美丽却给它带来了灭顶之灾。总有一些人类，想把它的皮毛剥下来，制成帽子，戴在某位绅士的头上；制成大衣，裹住某位淑女丰美的身躯。因为这样，水獭就可以变成金钱。于是，有人带着猎枪闯进了水獭的家园，在阳光下，他眯起眼睛，扣动了扳机。枪响过后，水獭死了。让人奇怪的是，水獭的美丽也消失了，躺在岩石上的只是一只平凡的水獭，它的皮毛干涩粗糙，毫无光泽。

谁都知道麝香，那是名贵的药材，也是珍贵的香料，而实际上，麝香不过是雄麝脐下的分泌物而已。想要获得麝香，就必须捕杀雄麝。雄麝生活在密林深处，身手矫健，来去如风，如果不是一流的猎手，根本难以捕捉它的踪迹。而就是找到了雄麝，取得麝香也是极困难的事。有经验的老猎手说："靠近雄麝时，千万要屏息凝神，不能让雄麝感觉到你的存在，否则，它会转过头来，在你射杀它之前，咬破自己的香囊。"

在自然界里，有一些生物比人类还要有尊严。

当生命遭到无情的践踏时，它们会用改变、会用放弃、会用死亡捍卫自己的尊严。

第三部分

备稿演讲题库

备稿演讲题 1

七个人靠抓阄组成三人分粥委员会和四人评选委员会，来决定谁来分每天的一大桶粥，结果粥每天都不够吃。最后他们决定轮流分粥，但分粥的人要等其他人都挑完后再拿剩下的最后一碗。结果大家快快乐乐，和和气气，日子越过越好。

请以"制度决定行为"为话题进行演讲，题目自拟。

备稿演讲题 2

2013 年，各地风行"光盘行动"，倡导珍惜粮食，吃光盘子里的东西，吃不完的饭菜打包带走。"光盘行动"迅速得到广泛的支持与响应，一时间，"晒光盘照片"成为国内新潮活动。

请以"晒光盘晒的是什么"为话题进行演讲，题目自拟。

备稿演讲题 3

只有你学会把自己已有的成绩都归零，才能腾出空间去接纳更多的新东西，如此才能使自己不断超越自己。

请以"超越自我"为话题进行演讲，题目自拟。

备稿演讲题 4

常言道：一分耕耘，一分收获。有人却不以为然：一分耕耘不一定就有一分收获！你如何看待耕耘与收获呢？

请以"耕耘与收获"为话题进行演讲，题目自拟。

备稿演讲题 5

当代畅销儿童小说作家杨红樱说："之所以有那么多故事写，是因为我每天都会在饭桌前倾听我女儿讲她在学校里的事。"

请以"善于倾听"为话题进行演讲，题目自拟。

备稿演讲题 6

2013 年 5 月 24 日晚，网友"空游无依"发表了一篇新浪微博，称在埃及卢克索神庙的浮雕上看到有人用中文刻上了"××到此一游"，他表示这是"他在埃及最难过的一刻，使他无地自容"。

请以"文明旅游"为话题进行演讲，题目自拟。

备稿演讲题 7

15 岁觉得游泳难，放弃游泳，到 18 岁遇到一个你喜欢的人约你去游泳，你只好说"我不会"。18 岁觉得英文难，放弃英文，28 岁出现一个很棒但要求会英文的工作，你只好说"我不会"。人生前期越嫌麻烦，越懒得学，就越可能错过让你动心的人和事，错过新的风景。

请以"人生的阶梯"为话题进行演讲，题目自拟。

备稿演讲题 8

一个小孩捉了一只小鸟握在手中跑去请村里最睿智的老人猜他手中的鸟是死是活，老人注视着小孩狡黠的眼睛，拍了拍小孩的肩膀笑着说："这只小鸟的死活，就全看你的了！"小孩既惭愧又佩服，摊开他的手掌让小鸟飞走了。

请以"命运掌握在自己手中"为话题进行演讲，题目自拟。

备稿演讲题 9

盖茨 39 岁成为世界首富，陈天桥 31 岁成为中国首富，孙中山 28 岁创办兴中会，王然 23 岁当局长，孙权 19 岁据江东，丁俊晖 15 岁拿世界冠军，邓波儿 7 岁拿奥斯卡，贝多芬 4 岁开始作曲，葫芦娃刚出生就打妖怪。

请以"人生"为话题进行演讲，题目自拟。

备稿演讲题 10

2013 年 9 月 26 日，李某某等五人强奸案在海淀法院一审宣判，李某某因强奸罪罪名成立获刑 10 年。整个案件审理期间，其母梦鸽的教育方式饱受网友的争议。

请以"有一种爱叫放手"为话题进行演讲，题目自拟。

备稿演讲题 11

"女汉子"通常是用来形容那些"性格很纯爷们"的姑娘。有人把女汉子归为男人和女人之外，在世界上存活的第三种人。

请以"我身边的女汉子"为话题进行演讲，题目自拟。

备稿演讲题 12

一座大楼建成后才发现忘了安装电梯，工程师想在各层楼打洞来补装电梯，而一位清洁工却说："在楼外修个电梯不是很简单嘛！"此后，不少高楼把电梯放在了外面，既能观景，又壮观。

请以"换个角度想问题"为话题进行演讲，题目自拟。

备稿演讲题 13

海纳百川，有容乃大。一个不懂宽容的人，将失去别人的尊重。但是一个一味宽容别人的人，将失去自己的尊严。

请以"宽容"为话题进行演讲，题目自拟。

备稿演讲题 14

澳大利亚老板帕尔默为了感谢员工帮助他将企业扭亏为盈，送给员工 55 辆奔驰，让 750 名员工出国度假，宴请 2000 名员工及其家属。员工们兴奋地说："这样的老板，令我倾 120％ 的力量去工作。"

请以"什么是领导力"为话题进行演讲，题目自拟。

备稿演讲题 15

中国大妈，特指在 2013 年金价大跌期间疯狂抢购黄金的一群中国散户，她们中多数是以购买黄金首饰为主的大妈，对黄金寄予保值的崇高期望。但由于黄金市场的难以预测性，中国大妈的盲目投资具有一定的风险。

请以"风险和机遇"为话题进行演讲，题目自拟。

备稿演讲题 16

胡雷一岁半时父亲去世，一年后妈妈改嫁、远赴他乡，年幼的他只好和爷爷奶奶相依为命。6 岁那年，胡雷发高烧，因治疗不及时患上了小儿麻痹，只能终生与轮椅相伴，就连说话也不太利索。18 岁的胡雷开始捡破烂为生，14 年来，他靠拾荒、卖手工艺品等，为山区、灾区捐助了上百万，资助了 500 名贫困生。

请以"生命的价值"为话题进行演讲，题目自拟。

备稿演讲题 17

有两个兄弟各自带着一只行李箱出远门。一路上，重重的行李箱将兄弟俩都压得喘不过气来。他们只好左手累了换右手，右手累了再换左手。忽然，大哥停了下来，在路边买了一根扁担，将两个行李箱一左一右挂在扁担上。他挑起两个箱子上路，反倒觉得轻松了很多。

请以"调节平衡"为话题进行演讲，题目自拟。

备稿演讲题 18

恋爱起步价，是当今流行的择偶标准，指的是对方月收入的起步标准。2013 年 2 月的一项调查数据显示：武汉"90 后"女性理想男友的最低收入为 4959 元，而"80 后"则为 5317 元。

请以"恋爱要不要起步价"为话题进行演讲，题目自拟。

备稿演讲题 19

网易CEO丁磊说："千万不要以为我是抱着一个伟大的理想去创办一个伟大的公司。我从来没有远大的理想，也没有想要成为一个很有钱的人。创办网易时我只是想做一个小老板，就想有个房子有辆汽车，不用准时去上班，可以睡懒觉。我的梦想就那么简单。"

请以"梦想"为话题进行演讲，题目自拟。

备稿演讲题 20

1998 年，马化腾等一伙人凑了 50 万元创办了腾讯，没买房；1998 年，史玉柱借了 50 万元搞脑白金，没买房；1999 年，丁磊用 50 万元创办 163.com，没买房；1999 年，陈天桥炒股赚了 50 万元创办盛大，没买房；1999 年，马云等 18 人凑了 50 万元注册阿里巴巴，没买房。

请以"假如我有 50 万元"为话题进行演讲，题目自拟。

备稿演讲题 21

2013 年 8 月 3 号到 7 号，新疆特克斯县举行的讲学和武学观摩活动，在网上传得沸沸扬扬，被冠以"武林大会"的美誉，后被主办方证实确系为商业活动，目的是推介当地的旅游。

请以"噱头和底线"为话题进行演讲，题目自拟。

备稿演讲题 22

希特勒曾说："消灭一个民族，首先要瓦解它的文化；要瓦解它的文化，首先要消灭承载它的语言；要消灭这种语言，首先从他们的学校下手。"当今的中国大学里无论什么专业，英语是必修课，汉语却不是。

请以"汉语需要国际化"为话题进行演讲，题目自拟。

备稿演讲题 23

2014 年春节联欢晚会由冯小刚执导。2013 年 7 月，冯小刚接过总导演的聘书，和赵本山、张国立、赵宝刚、冯骥才、刘恒等文艺界大腕集体走马上任。

请以"小草根与大殿堂"为话题进行演讲，题目自拟。

备稿演讲题 24

人生三大遗憾：不会选择，不坚持选择，不断地选择。你是否曾选择，你是否因不坚持、不断选择而造成过遗憾？

请以"选择"为话题进行演讲，题目自拟。

备稿演讲题 25

尼古拉斯·科波拉，他的亲叔叔弗朗西斯·科波拉是名满天下的《教父》的导演。这个小伙子后来去了好莱坞发展，以自己的实力打天下，故意改名为尼古拉斯·凯奇，不想沾任何叔叔的光。

请以"拼命和拼爹"为话题进行演讲，题目自拟。

备稿演讲题 26

没有目标的人，一切都觉得茫然；没有头脑的人，一切都觉得简单；没有毅力的人，一切都觉得困难；没有耐心的人，一切都觉得麻烦。

请以"七彩人生"为话题进行演讲，题目自拟。

备稿演讲题 27

2013 年 8 月，两个长期造谣传谣的"网络红人"被北京警方依法刑拘。网络红人"秦火火"和自称"中国第一代网络推手"的"立二拆四"将面临随之而来的高墙生活。

请以"网络言论自由和法律边界"为话题进行演讲，题目自拟。

备稿演讲题 28

有一位老农把喂牛的草料铲到一间小茅屋的屋檐上，行人看到很奇怪，就问为什么，老农回答："这种草草质不好，我要是放在地上牛就不屑一顾；但是我放到让它勉强可够得着的屋檐上，它会努力去吃，直到把全部草料吃个精光。"

请以"策略"为话题进行演讲，题目自拟。

备稿演讲题 29

2013 年 2 月，各类改编版"陈欧体"突然走红。"我是学生，我为自己代言"、"我是单身，我为自己代言"，网友们在发挥想象力的同时，玩了一把自嘲式的幽默。

请以"我是××，我为××代言"为话题进行演讲，题目自拟。

备稿演讲题 30

俗话说，朋友是人生中的宝贵财富，我们的一生可能也只有几个挚友。"土豪，我能和你做朋友吗？"

请以"土豪朋友"为话题进行演讲，题目自拟。

备稿演讲题 31

如果不是又治死了人，人们几乎已把"神医"胡万林给忘了。就像若不是近来又出来"冒泡"，"大师"王林恐怕也要消失于公众视野了。

请以"大师/神医"为话题进行演讲，题目自拟。

备稿演讲题 32

年仅 26 岁的 Facebook 创始人马克·扎克伯格，以 40 亿美元身价登上 2010 福布斯全球最年轻富豪榜。目前已把自己过半财产捐赠给慈善事业。扎克伯格拥有亿万身家，但他每天走路或骑自行车上班。

请以"生活与身价"为话题进行演讲，题目自拟。

备稿演讲题 33

2013 年 10 月 21 日，北京市高考改革出台。从 2016 年起，北京高考英语由 150 分降至 100 分，中考英语由 120 分减至 100 分。

请以"改革"为话题进行演讲，题目自拟。

备稿演讲题 34

电影《致我们终将逝去的青春》勾起了很多人对大学的回忆，大学、青春、学习、爱情、婚姻引起了人们的集体回忆和沉思。

请以"我的大学"为话题进行演讲，题目自拟。

备稿演讲题 35

中国式放假，是指中国特有的一种节假日放假现象。该制度促使"拼假"盛行，折射出中国休假安排不够合理、休假制度不够灵活的现状。中国式休假既非问题产生的原因，又非解决问题的办法，它只是社会福利制度发展前进过程中的一个产物。

请以"中国式放假"为话题进行演讲，题目自拟。

备稿演讲题 36

哈佛的一项调查报告称：人平均一辈子只有 7 次决定人生走向的机会，两次机会之间相隔约 7 年，大概 25 岁后开始出现机会，75 岁以后就不会有什么机会了。这 50 年里的 7 次机会，第一次不易抓到，因为太年轻，最后一次也不用抓，因为太老，这样只剩 5 次了，这 5 次机会里又有 2 次不小心错过，所以实际上只有 3 次机会了。

请以"机遇"为话题进行演讲，题目自拟。

备稿演讲题 37

1860 年，圆明园十二生肖兽首被英法联军掠夺后流落四方，其中鼠首与兔首被法国人收藏；牛首、猴首、虎首、猪首和马首铜像已回归中国，收藏在保利艺术博物馆；龙首、蛇首、羊首、鸡首、狗首则下落不明。

请以"流失的文明"为话题进行演讲，题目自拟。

备稿演讲题 38

《中国汉字听写大会》播出以来，收视率一直居高不下，为什么简简单单的听写会带来这么高的收视率，为什么那么多简单的字我们提起笔不会写？

请以"汉字与中华文明的传承"为话题进行演讲，题目自拟。

备稿演讲题 39

2012 年冬季开始，中国各地数个城市相继大雾重重，空气出现严重污染。因而被戏称为"十面霾伏"。

请以"蓝天"为话题进行演讲，题目自拟。

备稿演讲题 40

2012 年中秋、国庆双节期间，中央电视台推出了《走基层·百姓心声》调查节目，走入基层对几千名不同行业的人进行采访，问题都是"你幸福吗？"。

这个问题引发当代中国人对幸福的深入思考。

请以"我的幸福观"为话题进行演讲，题目自拟。

备稿演讲题 41

2011 年，郭美美在网上炫富。因其新浪认证为"中国红十字会商业总经理"，"中国红十字会"饱受争议。

请以"慈善和炫富"为话题进行演讲，题目自拟。

备稿演讲题 42

"朋克养生"是网络流行词，指的是当代青年一边作死一边自救的养生方式。左手拿着保温杯，右手举着高脚杯；敷最贵的面膜，熬最长的夜……

请以"健康"为话题进行演讲，题目自拟。

备稿演讲题 43

棱镜计划（PRISM）是一项由美国国家安全局（NSA）自 2007 年起开始实施的绝密电子监听计划。该计划的正式名号为"US-984XN"。2013 年 6 月，该计划因美国防务承包商博思艾伦咨询公司的雇员爱德华·斯诺登向英国《卫报》提供绝密文件而曝光。

请以"我的秘密和国家秘密"为话题进行演讲，题目自拟。

备稿演讲题 44

香港"限奶令"，是鉴于香港地区奶粉脱销严重的现象，香港政府决定于 2013 年 3 月 1 日执行的法令《2013 年进出口（一般）（修订）规例》：对离境人士所携带出境的奶粉数量进行限制——每人不得超过两罐，违例者一经定罪，可被罚款五十万元及监禁两年。

请以"中国奶粉之伤"为话题进行演讲，题目自拟。

备稿演讲题 45

有两个台湾观光团到日本伊豆半岛旅游，路况很坏，到处都是坑洞。

其中一位导游连声抱歉，说路面简直像麻子一样。

而另一个导游却诗意盎然地对游客说："诸位先生，我们现在走的这条道路，正是赫赫有名的伊豆迷人酒窝大道。"

请以"心态与心情"为话题进行演讲，题目自拟。

备稿演讲题 46

近日，有网友发帖称，江苏常州市前黄镇政府最近搬到了前灵路，整条路上没有门牌号，唯独镇政府大门口挂上了吉祥的"88 号"，此举引起居民不解："政府不为百姓办实事，只想升官发财，自己设置了一个吉利的门牌号。"对此，前黄镇镇政府相关负责人回应称："用这个门牌号，只是为了方便群众记住。"

请以"我们的铭记"为话题进行演讲，题目自拟。

备稿演讲题 47

当清晨的第一缕阳光照耀在非洲的大草原上，羚羊会对自己说："快跑！否则你会被狮子吃掉！"狮子会对自己说："快跑！否则，你会饿死在这里！"

请以"生存法则"为话题进行演讲，题目自拟。

备稿演讲题 48

人生中处处可以遇到值得我们感恩的人，里根在婚礼上发言时说了这样一句话："上帝把南希赐予我，就足以让我毕生感激。"

请以"感恩"为话题进行演讲，题目自拟。

备稿演讲题 49

二战期间，当众人担心英国是否会像法国一样沦为亡国时，丘吉尔首相发表了一篇举世震惊的演讲。该演讲只有三句话：第一句，永不放弃；第二句，永远、永远不要放弃；第三句，永远、永远、永远不要放弃。

请以"坚守信念"为话题进行演讲，题目自拟。

备稿演讲题 50

有人认为"大丈夫当扫除天下，安事一屋"，但也有人认为"一屋不扫，何以扫天下"。

请以"寝室文明"为话题进行演讲，题目自拟。

备稿演讲题 51

2011 年 10 月 21 日零时 32 分，遭两车碾压的广东佛山女孩小悦悦离开人世，一朵含苞待放的小花提前凋谢。18 个路人见死不救，再次引发国内道德风波。

请以"道德"为话题进行演讲，题目自拟。

备稿演讲题 52

2011 年 9 月，武汉科技大学迎新现场，一名叫郑宇的新生在五名家人的陪同下，带着 14 件行李前来报到，除了换洗的衣物和水果，还有补品、药品和卫生纸。卫生纸准备了四年的，满满一大箱。郑母说："带来的卫生纸还不一定够孩子用 4 年呢，而且儿子从小就体弱多病，怕他来大学后吃不消，药品还是准备齐全点好。"

请以"生活的实质"为话题进行演讲，题目自拟。

备稿演讲题 53

有人说中国当代大学生不缺理想，他们缺的是实现理想的动力，而这股动力就是信仰。一部分青年在步入大学后迷失自我，得过且过，直到毕业临近时才追悔莫及；也有一部分青年面对丰富的大学生活，被工作和学习忙得喘不过气来，逐渐淡忘了自己的梦想。

请以"信仰"为话题进行演讲，题目自拟。

备稿演讲题 54

20 岁的陈媚捷是洛阳冶金工业学校的学生。2010 年由学校安排到上海某公司实习。2011 年 8 月 1 日，她为了救三名即将被倾倒的废料堆砸中的小孩，自己却被砸成腰椎粉碎性骨折。经网络和当地媒体报道后受到社会各界关注，她被网友称为"最美女孩"。

请以"美"为话题进行演讲，题目自拟。

备稿演讲题 55

2012 年 10 月 11 日，瑞典文学院诺贝尔奖评审委员会宣布，中国作家莫言获诺贝尔文学奖。评委会的理由是"莫言的魔幻现实主义作品融合了民间故事、历史和当代"，莫言以一系列充满着"怀乡""恋乡"情感的乡土作品，成为了首位获得诺贝尔奖的中国籍作家。

请以"诺贝尔文学奖"为话题进行演讲，题目自拟。

备稿演讲题 56

但丁说：走自己的路，让别人说去吧！但现实中也有着很多需要察纳雅言、虚心接纳别人意见的时候。

请以"人生之路"为话题进行演讲，题目自拟。

备稿演讲题 57

南开大学校长在镜子前写了一句箴言："面必争，发必理，衣必整，钮必结，头容正，肩容平，胸容宽，背容直，气象勿傲勿怠，颜色宜和宜静宜庄。"

请以"形象与气质"为话题进行演讲，题目自拟。

备稿演讲题 58

有人说：信仰是人生杠杆的支撑点，具备这个支撑点，才可能成为一个强而有力的人；信仰是事业的大门，没有正确的信仰，注定做不出伟大的事业。

请以"信仰"为话题进行演讲，题目自拟。

备稿演讲题 59

有人说：失败，是把有价值的东西毁灭给人看；成功，是把有价值的东西包装给人看。成功的秘诀是不怕失败和不忘失败。成功与失败循环往复，构成精彩的人生。

请以"成功与失败"为话题进行演讲，题目自拟。

备稿演讲题 60

2013 年，成都女孩玲玲考上大学本科，父亲虽然有钱供她读书，但认为"上大学无用"而拒绝提供学费和生活费，这条新闻引起了广泛争论。同时，2013 年高考期间，有网友总结了历年"高考账单"的变化，称备考成本近 30 年来涨幅超过 8 万倍。一时间，"高价备战高考值不值"，乃至"上大学到底值不值"成为热议焦点。

请以"上大学到底值不值"为话题进行演讲，题目自拟。

备稿演讲题 61

这是一首歌的歌词：昨天所有的荣誉，已变成遥远的回忆；辛辛苦苦已度过半生，今夜重又走入风雨；我不能随波浮沉，为了我挚爱的亲人；再苦再难也要坚强，只为那些期待眼神；心若在梦就在，天地之间还有真爱；看成败人生豪迈，只不过是从头再来。

请以"从头再来"为话题进行演讲，题目自拟。

备稿演讲题 62

许多时候，我们不是跌倒在自己的缺陷上，而是跌倒在自己的优势上，因为缺陷常常给我们以提醒，而优势却常常使我们忘乎所以。

请以"长处与短处"为话题进行演讲，题目自拟。

备稿演讲题 63

一位义工朋友说：请勿随意丢弃废旧电池，一个 5 号电池可让 5 平方米土地遭受重金属污染达 50 年之久！还有一位义工朋友说：善占 51%，恶就输了。我们不知道一生要碰到什么样的事情，这是命；但我们可以决定用什么样的态度去面对，这是运。

请以"地球的命运"为话题进行演讲，题目自拟。

备稿演讲题 64

有人说，所谓长大，就是把原本看重的东西看轻一点，把原本看轻的东西看重一点。

请以"成长"为话题进行演讲，题目自拟。

备稿演讲题 65

逆袭，网络游戏常用语，指在逆境中反击成功。逆袭表达了一种自强不息、充满正能量的精神。

请以"逆袭精神"为话题进行演讲，题目自拟。

备稿演讲题 66

有这样一段文字：如果用一种水果比喻我的话，我选择香蕉。它的体形像我 175cm 的个头，它的金黄色外衣好比我要追求的高贵气质。香蕉富含维生素 ABCE 和葡萄糖就像我多重的性格。它易腐如同我必须经常更换我的短期目标，它易腻如同我很难把自己变成深邃的海洋而只是一眼见底的溪流。

请以"我的水果人生"为话题进行演讲，题目自拟。

备稿演讲题 67

张爱玲女士曾经说过这样一句话："对于三十岁以后的人来说，十年八年不过是指缝间的事；而对于年轻人而言，三年五年就可以是一生一世。"请以此为话题进行演讲。

备稿演讲题 68

近年来，开设恋爱课程的高校不在少数，内容涉及心理学、恋爱技巧、恋爱经济学、婚姻与家庭等方面。

请以"婚恋观"为话题进行演讲，题目自拟。

备稿演讲题 69

"如果你视工作为一种乐趣，人生就是天堂。如果你视工作为一种义务，人生就是地狱。"

请以"态度决定人生"为话题进行演讲，题目自拟。

备稿演讲题 70

作家刘心武说："不要指望麻雀会飞得很高。高处的天空，那是鹰的领地。麻雀如果摆正了自己的位置，它照样会过得很幸福。"

请以"定位"为话题进行演讲，题目自拟。

备稿演讲题 71

人应该怎样活才不后悔呢？第一，做自己喜欢做的事。第二，想办法从中赚钱谋生。这两条成了美国人公认的最能够让自己活得不后悔的生活法则。

请以"生活的真谛"为话题进行演讲，题目自拟。

备稿演讲题 72

科学家对人的忧虑进行了分析，结果发现，40%的忧虑来自未来的事情，30%来自过去的事情，20%来自微不足道的事情。

请以"请勿让忧虑找上你"为话题进行演讲，题目自拟。

备稿演讲题 73

众多好心的学长、学姐在面对追女生不给力的学弟时，纷纷慷慨伸出援助之手。"加油吧学弟！学长、学姐只能帮你到这了。"作为一位大学生，面对校园爱情，你能否迈出第一步？

请以"勇气的第一步"为话题进行演讲，题目自拟。

备稿演讲题 74

一个和尚挑水喝，两个和尚抬水喝，三个和尚没水喝。一只蚂蚁来搬米，搬来搬去搬不起，两只蚂蚁来搬米，身体晃来又晃去，三只蚂蚁来搬米，轻轻抬着进洞里。

请以"协作"为话题进行演讲，题目自拟。

备稿演讲题 75

作家毕淑敏说："树不可长得太快。一年生当柴，三年五年生当桌椅，十年百年的才有可能成栋梁。故要养深积厚，等待时间。"

请以"树木与树人"为话题进行演讲，题目自拟。

备稿演讲题 76

当前，我国在许多国家和地区兴办了孔子学院、孔子课堂。根据 2013 年 3 月 18 日网上的参考数据：中国已在全球 110 个国家和地区建立了 410 所孔子学院。

请以"国家与文化"为话题进行演讲，题目自拟。

备稿演讲题 77

玫瑰只是一种落叶蔷薇，钻石只是一种坚硬的稀有矿物质，巧克力也不过是一种高热量的食品——什么都不能代表爱情，除了一颗真正诚挚的心。

请以"真诚"为话题进行演讲，题目自拟。

备稿演讲题 78

袁隆平大一时，植物学仅考了 65 分，而英语却考了 93 分，可他最终成为"杂交水稻之父"，而不是英语教授或是翻译。温总理年轻时是从事地质研究的优秀工程师，现在却是百姓眼中的好总理。可见人生处处充满机遇和不可预见性。

请以"机遇"为话题进行演讲，题目自拟。

备稿演讲题 79

当今很多考生在考前都要签订诚信承诺，诚信在考验着每一个人。但大学校园里作弊现象仍屡禁不止，甚至有学生作弊引起了美国耶鲁大学教授的严重不满，带来了严重的社会影响。

请以"诚信"为话题进行演讲，题目自拟。

备稿演讲题 80

《中华好诗词》《中国诗词大会》等电视节目掀起了人们对古汉语诗词的热烈讨论。有人认为：《诗词大会》的流行，是大众"文化厌食症"的反向爆发，当人们被互联网语言统治并心生厌倦的时候，唐宋诗词的美，就像新鲜事物一样进入了人们的视野，也勾起了人们对"从前慢"时代的向往。

请以"诗词与生活"为话题进行演讲，题目自拟。

备稿演讲题 81

2015 年 11 月，四川省高县大窝镇派出所破获一起入室盗窃案。令人惊讶的是犯罪嫌疑人竟是一名年龄仅 17 岁的孩子，民警侦查时发现孩子之所以会一步步走上犯罪的道路是源于父母的溺爱与纵容。

请以"有一种爱叫放手"为话题进行演讲，题目自拟。

备稿演讲题 82

2015 年 6 月 1 日，"微观濮阳"微信公众平台以"太可怕了！濮阳县陈村幼儿园发生的惊人一幕，濮阳的家长得注意了！"为题，散布了一伙匪徒闯入幼儿园抢孩子的信息，在当地造成较大恐慌。经查实，此信息是赵某为提高平台点击量而发布的虚假图文。赵某因虚构事实扰乱公共秩序，被濮阳警方依法行政拘留 8日，并处罚款。

请以"网络言论自由和法律边界"为话题进行演讲，题目自拟。

备稿演讲题 83

Facebook 创始人马克·扎克伯格在 26 岁时就以 40 亿美元身价登上福布斯全球最年轻富豪榜。2015 年 12 月 2 日，扎克伯格宣布喜讯，表示与华裔妻子欣然欢迎女儿 Max 来到世界，同时表示，计划将他与妻子持有的 facebook 股份中的99% 捐出，为下一代改善世界。

请以"生命的价值"为话题进行演讲，题目自拟。

备稿演讲题 84

中国是制造业大国，但国人出国旅游却狂买马桶盖、净化器、奶粉……国内生产的粗钢每斤价格与"白菜"相差无几，产能过剩成了重大包袱，但精钢特钢却需大量进口。

请以"改革"为话题进行演讲，题目自拟。

备稿演讲题 85

2016 年 1 月 15 日，多名网友报料称，在成都绕城高速，一辆私家车疑似侵走应急车道，将一辆成都 120 救护车逼上护栏。后经警方调查，认定是一辆黑色越野车在大雾天车多路堵的情况下突然变道，开到了应急车道，致使一辆救护车撞向护栏。此事故中该车驾驶员共涉及两项违法行为：随意变道；侵占应急车道。

请以"公民的意识"为话题进行演讲，题目自拟。

备稿演讲题 86

老人摔倒无人扶，已经不是新闻。一位苏州大妈摔倒求助，连喊"不讹你们"，10 分钟没人理。最终，幸亏一名做过记者的小伙子帮忙报警，才挽救了道德的最后颜面。老人摔倒扶不扶？国人依旧纠结着。

请以"道德"为话题进行演讲，题目自拟。

备稿演讲题 87

很多人认为工匠是一种机械重复的工作者，其实工匠有着更深远的意思。他们代表着一个时代的气质，坚定、踏实、精益求精。工匠不一定都能成为企业家，但大多数成功企业家身上都有这种工匠精神。

请以"工作与修行"为话题进行演讲，题目自拟。

备稿演讲题 88

2016 年 1 月 1 日起正式实施的新版《武汉市见义勇为人员奖励和保护条例》共七章四十一条，里面不少内容有新的突破。其中一大亮点是将原版本中"不顾个人安危、挺身而出"的表述剔除，摒弃越壮烈越英雄、越英雄越好汉的思维方式和做法，鼓励和倡导科学、合法、适当地"见义智为"。

请以"敬畏生命"为话题进行演讲，题目自拟。

备稿演讲题 89

在中央电视台《经典咏流传》节目的第四期，常常"独来独往"、自带安静气场的毛不易，此次却和好兄弟廖俊涛同台演绎李白《月下独酌》。问及两人为何选择这首诗歌，他们坦承自己也是有点喜欢孤独的人。

请以"孤独"为话题进行演讲，题目自拟。

备稿演讲题 90

作家亦舒的《流金岁月》中有这么一句话："那种难得的朋友。我成功，她不嫉妒。我委靡，她不轻视。人生得一知己足矣。"

请以"真正的朋友"为话题进行演讲，题目自拟。

备稿演讲题 91

2018 年 3 月，一名男子背着 85 岁老母亲在广场上观看元宵展演的照片经朋友圈传播后，引得新华网、央视客户端、中新网等各大网站疯狂转载，一时间，刷爆网络，感动了全国网民。但男主人公却回应说："我也不知道是谁给抓拍了这张照片，其实这是再正常不过的事了，换作大家也都能做到。"

请以"孝道"为话题进行演讲，题目自拟。

备稿演讲题 92

党的十九大报告首次提出："我国社会主要矛盾已经转化为人民日益增长的美好生活需要和不平衡不充分的发展之间的矛盾。"并提出了"既要创造更多物质财富和精神财富以满足人民日益增长的美好生活需要，也要提供更多优质生态产品以满足人民日益增长的优美环境需要。"

请以"美好生活"为话题进行演讲，题目自拟。

备稿演讲题 93

主持人董卿在 2019《中国诗词大会》节目开场时说：我们携手走过了一个又一个春夏秋冬。一起看"人面桃花相映红"，一起听"稻花香里说丰年"，一起叹"霜叶红于二月花"，一起盼"风雨送春归，飞雪迎春到"。季节有四季，诗词也有四季，代代相传，生生不息。

请以"经典诗文"为话题进行演讲，题目自拟。

备稿演讲题 94

孟子曰："鱼，我所欲也；熊掌，亦我所欲也，二者不可得兼，舍鱼而取熊掌者也。生，亦我所欲也；义，亦我所欲也，二者不可得兼，舍生而取义者也。"

请以"抉择"为话题进行演讲，题目自拟。

备稿演讲题 95

清代诗人郑燮《竹石》诗曰："咬定青山不放松，立根原在破岩中。千磨万击还坚劲，任尔东西南北风。"

请以"执着"为话题进行演讲，题目自拟。

备稿演讲题 96

中国古代思想家司马光《资治通鉴》写道："才者，德之资也；德者，才之帅也。"

请以"道德"为话题进行演讲，题目自拟。

备稿演讲题 97

"慈母手中线，游子身上衣。临行密密缝，意恐迟迟归。谁言寸草心，报得三春晖。"这是唐代诗人孟郊的《游子吟》。

请以"孝心"为话题进行演讲，题目自拟。

备稿演讲题 98

习近平总书记曾说："青年兴则国家兴，青年强则国家强。""青年一代有理想、有本领、有担当，国家就有前途，民族就有希望。""中国梦是历史的、现实的，也是未来的；是我们这一代的，更是青年一代的。"

请以"青年与祖国"为话题进行演讲，题目自拟。

备稿演讲题 99

"书山有路勤为径，学海无涯苦作舟"这个经典名句告诉我们，在读书、学习的道路上，没有捷径可走，也没有顺风船可驶，如果你想要在广博的书山、学海中汲取更多更广的知识，"勤奋"和"刻苦"是必不可少的。

请以"耕耘与收获"为话题进行演讲，题目自拟。

备稿演讲题 100

《庄子·山木》有云："君子之交淡若水，小人之交甘若醴。君子淡以亲，小人甘以绝。"其意思是，君子之间的交情淡得像水一样，但清澈纯洁，不含杂质；小人之间的交往甜得像甜酒一样，但是容易因为利益断交。

请以"朋友"为话题进行演讲，题目自拟。

备稿演讲题 101

司马迁《报任安书》写道："文王拘而演《周易》；仲尼厄而作《春秋》；屈原

放逐，乃赋《离骚》；左丘失明，厥有《国语》；孙子膑脚，《兵法》修列；不韦迁蜀，世传《吕览》；韩非囚秦，《说难》《孤愤》；《诗》三百篇，大底圣贤发愤之所为作也。"

请以"磨难"为话题进行演讲，题目自拟。

备稿演讲题 102

子曰："人而无信，不知其可也。大车无輗，小车无軏，其何以行之哉？"

请以"诚信"为话题进行演讲，题目自拟。

备稿演讲题 103

习近平总书记曾说："创新是民族进步的灵魂，是一个国家兴旺发达的不竭源泉，也是中华民族最深沉的民族禀赋，正所谓'苟日新，日日新，又日新'。"

请以"创新"为话题进行演讲，题目自拟。

备稿演讲题 104

《我爱你，中国的汉字》里这样写道："笑"字令人欢快，"哭"字一看就像流泪。"冷霜"好像散发出一种寒气，"幽深"两个字一出现，你似乎进入森林或宁静的院落。当你落笔写下"人"这个字，不禁肃然起敬，并为"天"和"地"的创造赞叹不已。

请以"汉字"为话题进行演讲，题目自拟。

备稿演讲题 105

作家毕淑敏在《提醒幸福》中说："享受幸福是需要学习的，当幸福即将来临的时刻需要提醒。人可以自然而然地学会感官的享乐，人却无法天生地掌握幸福的韵律。"

请以"享受幸福"为话题进行演讲，题目自拟。

备稿演讲题 106

台湾作家林清玄《什么才是有品质的生活》中写道："生活品质是因长久培养了求好的精神，因而有自信、有丰富的心胸世界；在外，有敏感直觉找到生活中最好的东西；在内，则能居陋巷而依然能创造愉悦多元的心灵空间。"

请以"生活品质"为话题进行演讲，题目自拟。

备稿演讲题 107

王蒙在《喜悦》一文中写道："快乐，它是一种富有概括性的生存状态、工作状态。它几乎是先验的，它来自生命本身的活力，来自宇宙、地球和人间的吸引，它是世界的丰富、绚丽、阔大、悠久的体现。"

快乐还是一种力量，是埋在地下的根脉。消灭一个人的快乐比挖掘掉一棵大树的根要难得多。

请以"快乐"为话题进行演讲，题目自拟。

备稿演讲题 108

汪国真曾说："人能走多远？这话不是要问两脚而是要问志向；人能攀多高？这事不是要问双手而是要问意志。"

请以"志向"为话题进行演讲，题目自拟。

备稿演讲题 109

《吕氏春秋·孟夏纪》有云："物固莫不有长，莫不有短。人亦然。故善学者，假人之长，以补其短。"

请以"长处与短处"为话题进行演讲，题目自拟。

备稿演讲题 110

苏轼的《题西林壁》写道："横看成岭侧成峰，远近高低各不同。不识庐山真面目，只缘身在此山中。"

请以"角度"为话题进行演讲，题目自拟。

备稿演讲题 111

子曰："富与贵，是人之所欲也；不以其道得之，不处也。"其意思是："富裕与贵显，是人人所盼望的；如果用不正当的手段得到它，一个君子是不会接受的。"

请以"真正的富贵"为话题进行演讲，题目自拟。

备稿演讲题 112

《后汉书·陈蕃传》有云："大丈夫处世，当扫除天下，安事一室乎？"但也有人说："一室之不治，何以天下家国为？"

请以"一室与天下"为话题进行演讲，题目自拟。

备稿演讲题 113

习近平总书记说过："只有奋斗的人生才称得上幸福的人生。奋斗是艰辛的，艰难困苦、玉汝于成，没有艰辛就不是真正的奋斗，我们要勇于在艰苦奋斗中净化灵魂、磨砺意志、坚定信念。"

请以"奋斗"为话题进行演讲，题目自拟。

备稿演讲题 114

曾子曰："吾日三省吾身——为人谋而不忠乎？与朋友交而不信乎？传不习乎？"

请以"自省"为话题进行演讲，题目自拟。

备稿演讲题 115

《荀子·强国》有云："积微，月不胜日，时不胜月，岁不胜时。凡人好敖慢小事，大事至然后兴之务之。如是，则常不胜夫敦比于小事者矣。"

请以"小与大"为话题进行演讲，题目自拟。

备稿演讲题 116

彭端淑《为学一首示子侄》写道："天下事有难易乎？为之，则难者亦易矣；不为，则易者亦难矣。人之为学有难易乎？学之，则难者亦易矣；不学，则易者亦难矣。"

请以"难与易"为话题进行演讲，题目自拟。

备稿演讲题 117

习近平总书记曾说："人的一生只有一次青春。现在，青春是用来奋斗的；将来，青春是用来回忆的。"

请以"青春"为话题进行演讲，题目自拟。

备稿演讲题 118

《老子·第三十三章》有云："知人者智，自知者明。胜人者有力，自胜者强。知足者富。强行者有志。不失其所者久。死而不亡者寿。"

请以"自胜"为话题进行演讲，题目自拟。

备稿演讲题 119

《礼记·大学》有云："物格而后知至，知至而后意诚，意诚而后心正，心正而后身修，身修而后家齐，家齐而后国治，国治而后天下平。"

请以"修身"为话题进行演讲，题目自拟。

备稿演讲题 120

"你站在桥上看风景，看风景的人在楼上看你。明月装饰了你的窗子，你装饰了别人的梦。"这是现代诗人卞之琳的《断章》。

请以"风景"为话题进行演讲，题目自拟。

备稿演讲题 121

子贡曰："君子之过也，如日月之食焉：过也，人皆见之；更也，人皆仰之。"

请以"改过"为话题进行演讲，题目自拟。

备稿演讲题 122

谢冕《读书人是幸福人》中写道："读书加惠于人们的不仅是知识的增广，而且还在于精神的感化与陶冶。人们从读书学做人，从那些往哲先贤以及当代才俊的著述中学得他们的人格。"

请以"阅读"为话题进行演讲，题目自拟。

备稿演讲题 123

《中国诗词大会》总导演颜芳说："五年来，诗词大会焐热了一度被'束之高阁'的古诗词，让诗词有了温度和广度，让更多的人了解诗词之美。而百人团的故事也激励着每一个人，'人生自有诗意'，这种诗意是诗词中蕴含的鼓舞人心的力量，它改变了人们对于诗词的态度，也让诗词在人生中真正'有用'。"

请以"诗词与人生"为话题进行演讲，题目自拟。

备稿演讲题 124

《中国诗词大会》第五季总决赛中，"老将"彭敏凭借渊博的诗词储备和稳定的临场发挥，摘得桂冠。作为诗词大会的三季选手，在连续获得了两次亚军之后，彭敏这次终于勇夺冠军，真可谓"千淘万漉虽辛苦，吹尽狂沙始到金"。

请以"执着"为话题进行演讲，题目自拟。

备稿演讲题 125

"山川异域，风月同天。"这是唐代日本诗人长屋《绣袈裟衣缘》的诗句。在2020年初中国抗击新冠肺炎疫情期间，日本汉语水平考试 HSK 事务局支援湖北高校物资的纸箱上印着这个诗句，让很多人感到温暖和力量。

请以"诗词中的文化"为话题进行演讲，题目自拟。

备稿演讲题 126

《礼记·中庸》有云："凡事豫则立，不豫则废。言前定，则不跲；事前定，则不困；行前定，则不疚；道前定，则不穷。"

请以"成功与失败"为话题进行演讲，题目自拟。

备稿演讲题 127

周敦颐在《爱莲说》写道："予独爱莲之出淤泥而不染，濯清涟而不妖，中通外直，不蔓不枝，香远益清，亭亭净植，可远观而不可亵玩焉。"

请以"莲花的启示"为话题进行演讲，题目自拟。

备稿演讲题 128

韩愈《师说》写道："生乎吾前，其闻道也固先乎吾，吾从而师之；生乎吾后，其闻道也亦先乎吾，吾从而师之。"

请以"老师"为话题进行演讲，题目自拟。

备稿演讲题 129

苏轼《饮湖上初晴后雨》诗句："水光潋滟晴方好，山色空蒙雨亦奇。欲把西湖比西子，淡妆浓抹总相宜。"

请以"诗词里的浙江山水"为话题进行演讲，题目自拟。

备稿演讲题 130

林清玄在《和时间赛跑》里写道："所有时间里的事物，都永远不会回来了。你的昨天过去了，它就永远变成昨天，你再也不能回到昨天了。"

请以"光阴"为话题进行演讲，题目自拟。

备稿演讲题 131

《孟子·告子下》有云："故天将降大任于是人也，必先苦其心志，劳其筋骨，饿其体肤，空乏其身，行拂乱其所为。"

请以"逆境"为话题进行演讲，题目自拟。

备稿演讲题 132

《中国诗词大会》第五季第三期开场白：青年，如炽热火焰，如灿烂星河。它是弱冠之年的李白，登庐山时写下"飞流直下三千尺，疑是银河落九天"的自信潇洒；它是青年时期的杜甫，登泰山时抒怀"会当凌绝顶，一览众山小"的激情迸发。

请以"青年"为话题进行演讲，题目自拟。

备稿演讲题 133

"沅水通波接武冈，送君不觉有离伤。青山一道同云雨，明月何曾是两乡。"这是王昌龄所作的《送柴侍御》，诗人通过乐观开朗的诗词来减轻柴侍御的离愁。

请以"心态"为话题进行演讲，题目自拟。

备稿演讲题 134

诗歌《我爱祖国，我爱母语》里写道："我的母语是一种血缘，我的母语是一种凝聚，我的母语是一种标志，我的母语是一种精神。"

请以"母语"为话题进行演讲，题目自拟。

备稿演讲题 135

《荀子·修身》有云："道虽迩，不行不至；事虽小，不为不成。"意思是指即使是再近的路，不走也不能到达；即使再小的事，不去做也不可能完成。

请以"知与行"为话题进行演讲，题目自拟。

备稿演讲题 136

"一年之计，莫如树谷；十年之计，莫如树木；终身之计，莫如树人。一树一获者，谷也；一树十获者，木也；一树百获者，人也。"这是《管子·权修》中的名句。

请以"树木与树人"为话题进行演讲，题目自拟。

备稿演讲题 137

"古人医在心，心正药自真。今人医在手，手滥药不神。我愿天地炉，多衔扁鹊身。遍行君臣药，先从冻馁均。自然六合内，少闻贫病人。"唐代诗人苏拯的这首《医人》可以说是中国古代对于医德医风最具代表性的概括。

请以"医风医德"为话题进行演讲，题目自拟。

备稿演讲题 138

王蒙在《善良》中写道:"善良是一种智慧,是一种远见,一种自信,一种精神力量,是一种文化,一种快乐。"

请以"善良"为话题进行演讲,题目自拟。

备稿演讲题 139

"读书之乐何处寻,数点梅花天地心。"这是翁森《四时读书乐》的诗句,其意思是:"读书的乐趣该到哪里去寻找呢?且看着寒冬雪地之间,那几朵盛开的梅花,我们从中亦能体会出天地孕育万物的灵心啊!"

请以"读书之乐"为话题进行演讲,题目自拟。

备稿演讲题 140

2021 年是中国共产党成立 100 周年。习近平总书记指出,在一百年的非凡奋斗历程中,一代又一代中国共产党人顽强拼搏、不懈奋斗,涌现了一大批视死如归的革命烈士、一大批顽强奋斗的英雄人物、一大批忘我奉献的先进模范,形成了一系列伟大精神,构筑起了中国共产党人的精神谱系,为我们立党兴党强党提供了丰厚滋养。

请以"中国精神"为话题进行演讲,题目自拟。

备稿演讲题 141

主持人龙洋在《中国诗词大会》第六季开场时说:"新的一年,我们将在清晨的霜露里,遥望蒹葭苍苍;在对酒的短歌中,感受慨当以慷;在王维的长河里,高唱大漠的豪放;在苏轼的明月里,祝福永久的安康。"

请以"诗词与人生"为话题进行演讲,题目自拟。

备稿演讲题 142

2021 年 3 月 1 日,《〈中华人民共和国国歌〉国家通用手语方案》正式启动实施。首次以听力残疾人手语使用者为主体,规范应用国家通用手语"唱"国歌,让听力残疾人切实体会国歌的真实内涵,从而和全国人民一同领略国歌激发民族爱国情感、催人奋进的巨大作用。

请以"国歌"为话题进行演讲,题目自拟。

备稿演讲题 143

你的心有多宽,你的舞台就有多大;你的格局有多大,你的心就能有多宽!放大你的格局,你的人生将不可思议!

请以"格局"为话题进行演讲,题目自拟。

备稿演讲题 144

晋代傅玄《傅子·正心篇》写道:"立德之本,莫尚乎正心。心正而后身正,身正而后左右正，左右正而后朝廷正，朝廷正而后国家正，国家正而后天下正。"

请以"立德"为话题进行演讲，题目自拟。

备稿演讲题 145

颜真卿在《劝学》里写道："三更灯火五更鸡，正是男儿读书时。黑发不知勤学早，白首方悔读书迟。"

请以"学习"为话题进行演讲，题目自拟。

备稿演讲题 146

没有一个冬天不可逾越，没有一个春天不会来临。只要自己坚定信念，生活的冬天一定会结束，而充满希望和温暖的春天总会如期而至。

请以"信念"为话题进行演讲，题目自拟。

备稿演讲题 147

春天的播种是为了秋天的收获；夏日的葱郁是为秋天的装扮；春夏秋的喧哗则当归于冬日的宁静。

请以"耕耘与收获"为话题进行演讲，题目自拟。

备稿演讲题 148

李大钊曾说：青年之文明，奋斗之文明也，与境遇奋斗，与时代奋斗，与经验奋斗。故青年者，人生之王，人生之春，人生之华也。

请以"青年"为话题进行演讲，题目自拟。

备稿演讲题 149

2020 感动中国人物毛相林，带领重庆市巫山县竹贤乡下庄村村民用最原始的方式在悬崖峭壁上凿石修道，历时 7 年铺就一条 8 公里的"绝壁天路"。2005 年以来，他培育"三色"经济，发展乡村旅游，带大家走上致富路。2015 年，下庄村在全县率先实现整村脱贫。2019 年，下庄村人均年收入，达到一万两千多元，比路通前翻了 40 多倍。

请以"奋斗"为话题进行演讲，题目自拟。

备稿演讲题 150

有一个学生去拜访一位教授，希望知道怎样才能做到如教授般的学问，教授半句话也没说，只是把他正在看的书，交到学生手里。任何事要想成功，最重要的是："现在就做。"

请以"行动"为话题进行演讲，题目自拟。

备稿演讲题 151

散文《态度创造快乐》中写道："影响一个人快乐的，有时并不是困境及磨难，而是一个人的心态。如果把自己浸泡在积极、乐观、向上的心态中，快乐必然会占据你的每一天。"

请以"心态"为话题进行演讲，题目自拟。

备稿演讲题 152

坏话好说、狠话柔说、大话小说，笑话冷说、重话轻说、急话缓说，长话短说、虚化实说、废话少说，把话说到心窝里。

请以"说话的艺术"为话题进行演讲，题目自拟。

备稿演讲题 153

健康是人生的第一财富。世界卫生组织提出：健康不仅是躯体没有疾病，还要具备心理健康、社会适应良好和有道德。

请以"健康"为话题进行演讲，题目自拟。

备稿演讲题 154

拒绝是一种权利，就像生存是一种权利。古人说，有所不为才能有所为。这个"不为"，就是拒绝。人们常常以为拒绝是一种迫不得已的防卫，殊不知它更是一种主动的选择。

请以"学会拒绝"为话题进行演讲，题目自拟。

备稿演讲题 155

一粥一饭，当思来处不易；半丝半缕，恒念物力维艰。敬天惜粮、勤俭节约就是中华民族传统美德。杜绝"舌尖上的浪费"是每个公民的义务和责任。

请以"节约"为话题进行演讲，题目自拟。

备稿演讲题 156

有人说：欣赏别人的谈吐，会提高我们的口才；欣赏别人的大度，会开阔我们的心胸；欣赏别人的善举，会净化我们的心灵。

请以"学会欣赏"为话题进行演讲，题目自拟。

备稿演讲题 157

生命就像是一篇文章，在文章结尾有些人用的是句号；有些人用的是惊叹号；而那些懵懵懂懂过了一辈子的人，则以问号结束。

请以"人生的价值"为话题进行演讲，题目自拟。

备稿演讲题 158

世界上无论什么名誉，什么地位，什么幸福，什么尊荣，都比不上待在母亲身边，即使她一个字也不识……

请以"母亲"为话题进行演讲，题目自拟。

备稿演讲题 159

"积力之所举，则无不胜也；众智之所为，则无不成也。"2022 年 2 月 20 日北京冬奥会圆满闭幕。从申办到筹办再到举办，一个个"中国方案"攻克世界难题，一股股"中国力量"振奋民族精神，中国为世界奉献了一届"真正无与伦比的冬奥会"。

请以"中国力量"为话题进行演讲，题目自拟。

备稿演讲题 160

2022 年 2 月 4 日，北京冬奥会在国家体育场"鸟巢"正式开幕，开幕式上的倒计时环节采用了中国传统二十四节气的创意元素，展现了中华文化的独特魅力，让全世界感受了"中国式浪漫"。

请以"文化自信"为话题进行演讲，题目自拟。

备稿演讲题 161

2022 年北京冬奥会一共有超 19000 名赛会志愿者，其中大部分是青年大学生。国际奥委会主席巴赫在闭幕式致辞中说："我要对所有志愿者说，你们眼中的笑意温暖了我们的心田，你们的友好善意将永驻我们心中。"

请以"我是青年"为话题进行演讲，题目自拟。

备稿演讲题 162

做不了太阳，就做星辰，在自己的星座发光发热；做不了大树，就做小草，以自己的绿色装点希望……

请以"定位"为话题进行演讲，题目自拟。

备稿演讲题 163

路遥《平凡的世界》中写道："什么是人生？人生就是永不休止的奋斗！只有选定了目标并在奋斗中感到自己的努力没有虚掷，这样的生活才是充实的，精神也会永远年轻。"

请以"奋斗"为话题进行演讲，题目自拟。

备稿演讲题 164

友情如水，淡而长远；友情如茶，香而清纯；友情如酒，烈而沁心；友情如雨，细而连绵；友情如雪，松而亮洁。

请以"友情"为话题进行演讲，题目自拟。

备稿演讲题 165

一个真正幽默的心灵，必定是富足、宽厚、开放，而且圆通的。反过来说，一个真正幽默的心灵，绝对不会固执成见，一味钻牛角尖，或是强词夺理，厉色疾言。

请以"幽默"为话题进行演讲，题目自拟。

备稿演讲题 166

机器只有芯片，只有人类才有伟大的心、有爱。机器有精度，而人有温度。AI 时代就是更需要爱的时代。……机器可以取代保姆，但不能取代母爱；机器可以取代护士，但不能取代关爱。

请以"AI 时代"为话题进行演讲，题目自拟。

备稿演讲题 167

一滴水只有放进大海里才永远不会干涸，一个人只有把自己和集体事业融合在一起的时候才能最有力量。

请以"个人与集体"为话题进行演讲，题目自拟。

备稿演讲题 168

书籍是全人类的营养品，生活里没有书籍，就好像没有阳光；智慧里没有书籍，就好像鸟儿没有翅膀。

请以"书籍"为话题进行演讲，题目自拟。

备稿演讲题 169

在这个世界上取得成就的人，都努力去寻找他们想要的机会，如果找不到机会，他们便自己创造机会。

请以"机会"为话题进行演讲，题目自拟。

备稿演讲题 170

李大钊曾说："凡事都要脚踏实地去作，不驰于空想，不骛于虚声，而惟以求真的态度做踏实的工夫。以此态度求学，则真理可明，以此态度作事，则功业可就。"

请以"实干"为话题进行演讲，题目自拟。

备稿演讲题 171

陶行知曾说："因为道德是做人的根本。根本一坏，纵然你有一些学问和本领，也无甚用处。"

请以"道德"为话题进行演讲，题目自拟。

备稿演讲题 172

一个人的身体，绝不是个人的，要把它看作是社会的宝贵财富。凡是有志为社会出力，为国家成大事的青年，一定要十分珍视自己的身体健康。

请以"健康"为话题进行演讲，题目自拟。

备稿演讲题 173

初心可能是一份远大的志向，世界能不能变得更好，我要去试试；初心也许是一个简单的愿望，靠知识改变命运，靠本事赢得荣誉。

请以"初心"为话题进行演讲，题目自拟。

备稿演讲题 174

山光照槛水绕廊，舞雩归咏春风香。

好鸟枝头亦朋友，落花水面皆文章。

蹉跎莫遣韶光老，人生唯有读书好。

读书之乐乐何如？绿满窗前草不除。

——翁森《四时读书乐·其一》

请以"读书之乐"为话题进行演讲，题目自拟。

备稿演讲题 175

勇敢是当你还未开始就已知道自己会输，可你依然要去做，而且无论如何都要把它坚持到底。

请以"勇敢"为话题进行演讲，题目自拟。

备稿演讲题 176

母爱是一缕阳光，让你的心灵即使在寒冷的冬天也能感到温暖如春；母爱是一泓清泉，让你的情感即使蒙上岁月的风尘依然纯洁明净。

请以"母爱"为话题进行演讲，题目自拟。

备稿演讲题 177

2024 年是甲辰龙年，春节联欢晚会的主题是"龙行龘龘，欣欣家国"，创新"思想＋艺术＋技术"融合传播，向全球华人发出邀约，共同庆祝除夕，共享一场精彩纷呈、情真意切、热气腾腾的文化盛宴。

请以"春晚的意义"为话题进行演讲，题目自拟。

备稿演讲题 178

浙江省大学生中华经典诵读竞赛已经连续举办了 11 届。经过 11 年的发展，诵读经典已经在浙江各大学校园蔚然成风，而且诵读水平逐年提升，大学生中华经典诵读竞赛已然成为我省大学校园推广和传承中华优秀文化的重要路径和平台。

请以"经典诵读"为话题进行演讲，题目自拟。

备稿演讲题 179

ChatGPT 是人工智能技术驱动的自然语言处理工具，它能够通过理解和学习人类的语言来进行对话，还能根据聊天的上下文进行互动，真正像人类一样来聊天交流，甚至能完成撰写邮件、视频脚本、文案、翻译、代码、论文等任务。

请以"人工智能"为话题进行演讲，题目自拟。

备稿演讲题 180

邓小岚退休前在北京市公安系统工作。2004 年起，她开始在河北阜平县马兰村义务支教，为村里的孩子义务教授音乐课程，18 年来从未间断。她创建的马兰小乐队先后应邀到北京人民广播电台、浙江卫视等录制节目。自 2013 年起，邓小岚还组织了四届马兰儿童音乐节，让孩子们与专业表演团体同台演出，让一代又一代的孩子走出了大山，开阔了眼界。

备稿演讲题 181

2010 年，杨宁大学毕业后毅然回到家乡——国家扶贫开发工作重点县融水苗族自治县的安陲乡江门村，当起了大学生村官，在村里一干就是 6 年，用心为村里的老人、残疾人、瘫痪病人、留守儿童等解决生活中的种种困难，赢得了群众的真情拥护。

请以"大学生就业"为话题进行演讲，题目自拟。

备稿演讲题 182

网络主播千千万，东方甄选也不乏高学历、高背景的主播，为什么只有董宇辉能够爆火？有人说，董宇辉身上有三个特质：刻在基因里的努力，融进血液里的善良，渗入骨子里的修养。

请以"董宇辉爆火现象"为话题进行演讲，题目自拟。

备稿演讲题 183

有位作家曾说："谣言是比流感还要传播得快的东西。"《荀子·大略》有云："流丸止于瓯臾，流言止于智者。"

请以"谣言"为话题进行演讲，题目自拟。

备稿演讲题 184

"Z 世代"是一个网络流行语，也称为"网生代""互联网世代""二次元世代""数媒土著"，通常是指 1995 年至 2009 年出生的一代人，他们一出生就与网络信息时代无缝对接，受数字信息技术、即时通信设备、智能手机产品等影响比较大。

请以"Z 世代"为话题进行演讲，题目自拟。

备稿演讲题 185

"碎片化阅读"指的是利用短而不连续的时间片段进行简短而少量的文本阅读。"碎片化阅读"的特点即阅读模式不完整、断断续续。

请以"碎片化阅读"为话题进行演讲，题目自拟。

备稿演讲题 186

仲弓问仁。子曰："出门如见大宾，使民如承大祭。己所不欲，勿施于人。在邦无怨，在家无怨。"仲弓曰："雍虽不敏，请事斯语矣！"（节选自《论语·颜渊篇》）

请以"己所不欲，勿施于人"为话题进行演讲，题目自拟。

备稿演讲题 187

陶行知曾说："道德是做人的根本。根本一坏，纵然你有一些学问和本领，也无甚用处。"

请以"道德"为话题进行演讲，题目自拟。

第四部分

即兴演讲题库

1.所谓伊人，在水一方。 （《诗经·蒹葭》）

2.知我者，谓我心忧；不知我者，谓我何求。 （《诗经·黍离》）

3.名不正，则言不顺。 （《论语·子路》）

4.君子于其言，无所苟而已矣。 （《论语·子路》）

5.曾子曰："吾日三省吾身：为人谋而不忠乎？与朋友交而不信乎？传不习乎？"

（《论语·学而》）

6.子曰："其身正，不令而行；其身不正，虽令不从。" （《论语·子路》）

7.见贤思齐焉，见不贤而内自省也。 （《论语·里仁》）

8.己欲立而立人，己欲达而达人。 （《论语·雍也》）

9.子曰："朝闻道，夕死可矣。" （《论语·里仁》）

10.子曰："人而无信，不知其可也。" （《论语·为政》）

11.君子求诸己，小人求诸人。 （《论语·卫灵公》）

12.三人行，必有我师焉，择其善者而从之，其不善者而改之。 （《论语·述而》）

13.三军可夺帅也，匹夫不可夺志也。 （《论语·子罕》）

14.学而不思则罔，思而不学则殆。 （《论语·为政》）

15.知之者不如好之者，好之者不如乐之者。 （《论语·雍也》）

16.欲速则不达，见小利则大事不成。 （《论语·子路》）

17.知之为知之，不知为不知，是知也。 （《论语·为政》）

18.子绝四：毋意，毋必，毋固，毋我。 （《论语·子罕》）

19.子曰："温故而知新，可以为师矣。" （《论语·为政》）

20.上善若水，水善利万物而不争。 （《老子·道德经》）

21.知人者智，自知者明。 （《老子·道德经》）

22.合抱之木，生于毫末；九层之台，起于累土；千里之行，始于足下。

（《老子·道德经》）

23.天下难事，必作于易；天下大事，必作于细。 （《老子·道德经》）

24.人谁无过？过而能改，善莫大焉。 （《左传·宣公二年》）

25.千丈之堤，以蝼蚁之穴溃；百尺之室，以突隙之烟焚。 （《韩非子·喻老》）

26.三人言而成虎 （《韩非子·内储说上七术》）

27.君子不蔽人之美，不言人之恶。 （《韩非子·内储说上七术》）

28.物固莫不有长，莫不有短。 （《吕氏春秋·用众》）

29.一张一弛，文武之道也。 （《礼记·杂记下》）

30.大学之道，在明明德，在亲民，在止于至善。 （《礼记·大学》）

31.欲修其身者，先正其心；欲正其心者，先诚其意。 （《礼记·大学》）

32.物有本末，事有终始。知所先后，则近道矣。 （《礼记·大学》）

33.苟日新，日日新，又日新。 （《礼记·大学》）

34.独学而无友，则孤陋而寡闻。 （《礼记·学记》）

35.玉不琢，不成器；人不学，不知道。 　　　　　　　（《礼记·学记》）

36.君子不以其所能者病人，不以人之所不能者愧人。 　　（《礼记·表记》）

37.善学者，假人之长，以补己短。 　　　　　　　　　（《吕氏春秋·用众》）

38.民生在勤，勤则不匮。 　　　　　　　　　　　　（《左传·宣公十二年》）

39.诚者，天之道也；思诚者，人之道也。 　　　　　　（《孟子·离娄上》）

40.爱人者，人恒爱之；敬人者，人恒敬之。 　　　　　（《孟子·离娄下》）

41.老吾老，以及人之老；幼吾幼，以及人之幼。 　　　（《孟子·梁惠王上》）

42.生于忧患，死于安乐。 　　　　　　　　　　　　　（《孟子·告子下》）

43.生，亦我所欲也；义，亦我所欲也，二者不可得兼，舍生而取义者也。

　　　　　　　　　　　　　　　　　　　　　　　（《孟子·公孙丑下》）

44.天时不如地利，地利不如人和。 　　　　　　　　（《孟子·公孙丑下》）

45.得道者多助，失道者寡助。 　　　　　　　　　　（《孟子·公孙丑下》）

46.以天下之所顺，攻亲戚之所畔，故君子有不战，战必胜矣。

　　　　　　　　　　　　　　　　　　　　　　　（《孟子·公孙丑下》）

47.富贵不能淫，贫贱不能移，威武不能屈，此之谓大丈夫。

　　　　　　　　　　　　　　　　　　　　　　　（《孟子·滕文公下》）

48.古之人，得志，泽加于民；不得志，修身见于世。 　（《孟子·尽心章句上》）

49.君子之交淡如水，小人之交甘若醴。 　　　　　　　（《庄子·山木》）

50.以天下之美为尽在己。 　　　　　　　　　　　　　（《庄子·秋水》）

51.吾长见笑于大方之家。 　　　　　　　　　　　　　（《庄子·秋水》）

52.真者，精诚之至也，不精不诚，不能动人。 　　　　（《庄子·渔父》）

53.人生天地之间，若白驹之过隙，忽然而已。 　　　　（《庄子·知北游》）

54.吾生也有涯，而知也无涯。 　　　　　　　　　　　（《庄子·内篇》）

55.爱人不外己，己在所爱之中。己在所爱，爱加于己。 　（《墨子·大取》）

56.满招损，谦受益。 　　　　　　　　　　　　　　　（《尚书·大禹谟》）

57.天行健，君子以自强不息。 　　　　　　　　　　　（《周易·乾》）

58.二人同心，其利断金；同心之言，其臭如兰。 　　　（《周易·系辞上》）

59.好大而不为，大不大矣。 　　　　　　　　　　　　（《法言·修身》）

60.爱亲者，不敢恶于人；敬亲者，不敢慢于人。 　　　（《孝经·天子》）

61.与人善言，暖于布帛；伤人以言，深于矛戟。 　　　（《荀子·荣辱》）

62.锲而舍之，朽木不折；锲而不舍，金石可镂。 　　　（《荀子·劝学》）

63.吾尝跂而望矣，不如登高之博见也。 　　　　　　　（《荀子·劝学》）

64.故不积跬步，无以至千里。 　　　　　　　　　　　（《荀子·劝学》）

65.道虽迩，不行不至；事虽小，不为不成。 　　　　　（《荀子·修身》）

66.君子养心莫善于诚，致诚则无它事矣。 　　　　　　（《荀子·不苟》）

67.一年之计，莫如树谷；十年之计，莫如树木；终身之计，莫如树人。

（《管子·权修》）

68.众皆竞进以贪婪兮，凭不厌乎求索。 （屈原《楚辞·离骚》）

69.老冉冉其将至兮，恐修名之不立。 （屈原《楚辞·离骚》）

70.路漫漫其修远兮，吾将上下而求索。 （屈原《楚辞·离骚》）

71.书犹药也，善读之可以医愚。 （刘向《说苑》）

72.明者远见于未萌，而知者避危于无形。 （司马相如《上书谏猎》）

73.才者，德之资也；德者，才之帅也。 （司马光《资治通鉴·周纪》）

74.人固有一死，或重于泰山，或轻于鸿毛。 （司马迁《报任安书》）

75.仓廪实而知礼节，衣食足而知荣辱。 （司马迁《史记·管晏列传》）

76.运筹帷幄之中，决胜千里之外。 （司马迁《史记·高祖本纪》）

77.一日不作，百日不食。 （司马迁《史记·赵世家》）

78.临渊羡鱼，不如退而结网。 （班固《汉书·董仲舒传》）

79.非淡泊无以明志，非宁静无以致远。 （诸葛亮《诫子书》）

80.非学无以广才，非志无以成学。 （诸葛亮《诫子书》）

81.夫君子之行，静以修身，俭以养德。 （诸葛亮《诫子书》）

82.勿以恶小而为之，勿以善小而不为。 （刘备《遗诏敕后主》）

83.对酒当歌，人生几何？ （曹操《短歌行》）

84.山不厌高，海不厌深。周公吐哺，天下归心。 （曹操《短歌行》）

85.仰观宇宙之大，俯察品类之盛，所以游目骋怀，足以极视听之娱，信可乐也。

（王羲之《〈兰亭集〉序》）

86.好读书，不求甚解。 （陶渊明《五柳先生传》）

87.结庐在人境，而无车马喧。问君何能尔？心远地自偏。

（陶渊明《饮酒·其五》）

88.盛年不重来，一日难再晨。 （陶渊明《杂诗》）

89.操千曲而后晓声，观千剑而后识器。 （刘勰《文心雕龙·知音》）

90.居高声自远，非是藉秋风。 （虞世南《蝉》）

91.寒雨连江夜入吴，平明送客楚山孤。洛阳亲友如相问，一片冰心在玉壶。

（王昌龄《芙蓉楼送辛渐》）

92.欲流之远者，必浚其泉源。 （魏徵《谏太宗十思疏》）

93.穷且益坚，不坠青云之志。 （王勃《滕王阁序》）

94.北海虽赊，扶摇可接；东隅已逝，桑榆非晚。 （王勃《滕王阁序》）

95.欲穷千里目，更上一层楼。 （王之涣《登鹳雀楼》）

96.天生我材必有用。 （李白《将进酒》）

97.古来圣贤皆寂寞。 （李白《将进酒》）

98.今人不见古时月，今月曾经照古人。 （李白《把酒问月》）

99.大鹏一日同风起，扶摇直上九万里。 （李白《上李邕》）

100.安能摧眉折腰事权贵，使我不得开心颜！ （李白《梦游天姥吟留别》）

101.长风破浪会有时，直挂云帆济沧海。 （李白《行路难》）

102.人生有情泪沾臆，江水江花岂终极！ （杜甫《哀江头》）

103.人生不相见，动如参与商。 （杜甫《赠卫八处士》）

104.荡胸生曾云，决眦入归鸟。会当凌绝顶，一览众山小。 （杜甫《望岳》）

105.读书破万卷，下笔如有神。 （杜甫《奉赠韦左丞丈二十二韵》）

106.业精于勤，荒于嬉；行成于思，毁于随。 （韩愈《进学解》）

107.师者，所以传道、受业、解惑也。 （韩愈《师说》）

108.是故无贵无贱，无长无少，道之所存，师之所存也。 （韩愈《师说》）

109.处心有道，行己有方。 （韩愈《答李翊书》）

110.读书不觉已春深，一寸光阴一寸金。 （王贞白《白鹿洞二首·其一》）

111.历览前贤国与家，成由勤俭破由奢。何须琥珀方为枕，岂得真珠始是车。

（李商隐《咏史》）

112.同是天涯沦落人，相逢何必曾相识！ （白居易《琵琶行》）

113.春江花朝秋月夜，往往取酒还独倾。 （白居易《琵琶行》）

114.一人之心，千万人之心也。 （杜牧《阿房宫赋》）

115.使天下之人，不敢言而敢怒。 （杜牧《阿房宫赋》）

116.谁言寸草心，报得三春晖。 （孟郊《游子吟》）

117.不是一番寒彻骨，争（后亦作"怎"）得梅花扑鼻香。

（裴休编《黄檗断际禅师宛陵录·上堂开示颂》）

118.江山代有才人出，各领风骚数百年。 （赵翼《论诗五首·其二》）

119.千淘万漉虽辛苦，吹尽狂沙始到金。 （刘禹锡《杂曲歌辞·浪淘沙》）

120.山不在高，有仙则名；水不在深，有龙则灵。 （刘禹锡《陋室铭》）

121.谁知盘中餐，粒粒皆辛苦。 （李绅《悯农》）

122.多情自古伤离别。 （柳永《雨霖铃》）

123.衣带渐宽终不悔，为伊消得人憔悴。

（柳永《蝶恋花·伫倚危楼风细细》）

124.昨夜西风凋碧树，独上高楼，望尽天涯路。

（晏殊《蝶恋花·槛菊愁烟兰泣露》）

125.弄潮儿向涛头立，手把红旗旗不湿。 （潘阆《酒泉子·长忆观潮》）

126.登斯楼也，则有去国怀乡，忧谗畏讥，满目萧然，感极而悲者矣。

（范仲淹《岳阳楼记》）

127.登斯楼也，则有心旷神怡，宠辱偕忘，把酒临风，其喜洋洋者矣。

（范仲淹《岳阳楼记》）

128.先天下之忧而忧，后天下之乐而乐。 （范仲淹《岳阳楼记》）

129.醉翁之意不在酒，在乎山水之间也。 （欧阳修《醉翁亭记》）

130.山水之乐，得之心而寓之酒也。 （欧阳修《醉翁亭记》

131.人有悲欢离合，月有阴晴圆缺，此事古难全。但愿人长久，千里共婵娟。

（苏轼《水调歌头·明月几时有》）

132.苟非吾之所有，虽一毫而莫取。 （苏轼《前赤壁赋》）

133.横看成岭侧成峰，远近高低各不同。不识庐山真面目，只缘身在此山中。

（苏轼《题西林壁》）

134.粗缯大布裹生涯，腹有诗书气自华。 （苏轼《和董传留别》）

135.古之立大事者，不惟有超世之才，亦必有坚忍不拔之志。 （苏轼《晁错论》）

136.世之奇伟、瑰怪，非常之观，常在于险远，而人之所罕至焉，故非有志者不能
至也。 （王安石《游褒禅山记》）

137.飞来山上千寻塔，闻说鸡鸣见日升。不畏浮云遮望眼，自缘身在最高层。

（王安石《登飞来峰》）

138.莲，花之君子者也。 （周敦颐《爱莲说》）

139.予独爱莲之出淤泥而不染，濯清涟而不妖，中通外直，不蔓不枝，香远益清，
亭亭净植，可远观而不可亵玩焉。 （周敦颐《爱莲说》）

140.风流总被，雨打风吹去。 （辛弃疾《永遇乐·京口北固亭怀古》）

141.钱塘自古繁华。 （柳永《望海潮》）

142.有源之水，寒冽不冻；有德之人，厄穷不塞。 （胡宏《胡子知言》）

143.古人学问无遗力，少壮工夫老始成。纸上得来终觉浅，绝知此事要躬行。

（陆游《冬夜读书示子聿》）

144.山重水复疑无路，柳暗花明又一村。 （陆游《游山西村》）

145.无意苦争春，一任群芳妒。 （陆游《卜算子·咏梅》）

146.天下之事，常成于困约，而败于奢靡。 （陆游《放翁家训》）

147.不要人夸好颜色，只留清气满乾坤。 （王冕《墨梅》）

148.冰雪林中著此身，不同桃李混芳尘。 （王冕《白梅》）

149.坐观垂钓者，徒有羡鱼情。 （孟浩然《望洞庭湖赠张丞相》）

150.宜未雨而绸缪，毋临渴而掘井。 （朱伯庐《朱子家训》）

151.少年易老学难成，一寸光阴不可轻。未觉池塘春草梦，阶前梧叶已秋声。

（朱熹《劝学》）

152.问渠那得清如许？为有源头活水来。 （朱熹《观书有感二首·其一》）

153.梅须逊雪三分白，雪却输梅一段香。 （卢梅坡《雪梅·其一》

154.千磨万击还坚劲，任尔东西南北风。 （郑燮《竹石》）

155.天下事有难易乎？为之，则难者亦易矣；不为，则易者亦难矣。

（彭端淑《为学一首示子侄》）

156.人生自古谁无死？留取丹心照汗青。 （文天祥《过零丁洋》）

157.苟利国家生死以，岂因祸福避趋之。　　　（林则徐《赴戍登程口占示家人》）

158.慈母倚门情，游子行路苦。　　　　　　　　　（王冕《墨萱图·其一》）

159.落红不是无情物，化作春泥更护花。　　　　　（龚自珍《己亥杂诗》）

160.九州生气恃风雷，万马齐喑究可哀。我劝天公重抖擞，不拘一格降人才。

（龚自珍《己亥杂诗》）

161.少年雄于地球，则国雄于地球。　　　　　（梁启超《少年中国说》）

162.少年智则国智，少年富则国富，少年强则国强。　　（梁启超《少年中国说》）

163.一个人有了远大的理想，就是在最艰苦困难的时候，也会感到幸福。

（徐特立《徐特立教育文集》）

164.雄关漫道真如铁，而今迈步从头越。　　　（毛泽东《忆秦娥·娄山关》）

165.青年之文明，奋斗之文明也，与境遇奋斗，与时代奋斗，与经验奋斗。故青年
者，人生之王，人生之春，人生之华也。　　（李大钊《〈晨钟〉之使命》）

166.国家不可一日无青年，青年不可一日无觉醒。

（李大钊《〈晨钟〉之使命》）

167.即使慢，驰而不息，纵令落后，纵令失败，但一定可以达到他所向的目标。

（鲁迅《华盖集》）

168.江河成于涓流，习惯成于细故。　　　　　（蔡元培《中国人的修养》）

169.家人皆节俭，则一家齐；国人皆节俭，则一国安。

（蔡元培《中国人的修养》）

170.向前看，不要回头，只要你勇敢面对，抬起头来，就会发现，少数的阴霾不
过是短暂的雨季。　　　　　　　　　　（丰子恺《缘缘堂随笔》）

171.人的前途只能靠自己的意志，自己的努力来决定。

（茅盾《写给苦闷青年的一封信》）

172.我们深信健康是生活的出发点，也就是教育的出发点。

（陶行知《陶行知文集·我们的信条》）

173.任凭人生是幻是真，地球存在或是消泯——太空中永远有不昧的明星！

（徐志摩《我有一个恋爱》）

174.你无心把你彩霞般的影儿　投入了我软软的柔波。　　（冯至《我是一条小河》）

175.梦会开出花来的。　　　　　　　　　　　　（戴望舒《寻梦者》）

176.你是爱，是暖，是希望，你是人间的四月天！

（林徽因《你是人间的四月天》）

177.我歌唱正在生长的力量。　　　　　（何其芳《我为少男少女们歌唱》）

178.对于生活我又充满了梦想，充满了渴望。　（何其芳《我为少男少女们歌唱》）

179.打开你们的窗子吧。　　　　　　　　　　　（艾青《太阳的话》）

180.春天的脚步所经过的地方，到处是繁花与茂草。　（艾青《复活的土地》）

181.为什么我的眼里常含泪水？因为我对这土地爱得深沉。

（艾青《我爱这土地》）

182.这是一沟绝望的死水，这里断不是美的所在，不如让给丑恶来开垦，看他造出个什么世界。　　　　　　　　　　　　　　　　（闻一多《死水》）

183.醉酒的滋味，是乡愁的滋味。　　　　　　　　　　（余光中《乡愁四韵》）

184.青春，是一本太仓促的书。　　　　　　　　　　　　（席慕蓉《青春》）

185.在时间的流水线里。　　　　　　　　　　　　　　　（舒婷《流水线》）

186.烟尘和单调使它们　失去了线条和色彩。　　　　　（舒婷《流水线》）

187.你在我的航程上，我在你的视线里。　　　　　　　　（舒婷《双桅船》）

188.以我的一生为你点盏灯。　　　　　　　　　　　　（郑愁予《小小的岛》）

189.我的情歌　到每扇窗户里去做客。　　　　　　　　（北岛《港口的梦》）

190.星星在罗盘上　找寻自己白昼的方位。　　　　　　（北岛《港口的梦》）

191.我把心挂在船舷，像锚一样，和伙伴们出航。　　　（北岛《港口的梦》）

192.太阳他有脚啊，轻轻悄悄地挪移了；我也茫茫然跟着旋转。（朱自清《匆匆》）

193.过去的日子如轻烟，被微风吹散了，如薄雾，被初阳蒸融了；我留着些什么痕迹呢？　　　　　　　　　　　　　　　　　（朱自清《匆匆》）

194.在逃去如飞的日子里，在千门万户的世界里的我能做些什么呢？

（朱自清《匆匆》）

195.没有一个人将小草叫做大力士，但是它的力量之大，的确世界无比。

（夏衍《种子的力量》）

196.这种力是一般人看不见的生命力。　　　　　　（夏衍《种子的力量》）

197.我的周围是无边的黑暗，但是我并不孤独，并不绝望。

（巴金《〈激流〉总序》）

198.这激流永远动荡着，并不曾有一个时候停止过，而且它也不能够停止；没有什么东西可以阻止它。　　　　　　　　　　（巴金《〈激流〉总序》）

199.我无论在什么地方总看见那一股生活的激流在动荡。

（巴金《〈激流〉总序》）

200.平静的树都能唤起我们的感思之心，何况是翩翩的彩蝶、凌空的飞鸟，以及那些相约而再来的人呢？　　　　　　　　　（林清玄《万物的心》）

201.为迈向生命的美好境界而努力向前。　　　　　　（林清玄《万物的心》）

202.牡丹没有花谢花败之时，要么烁于枝头，要么归于泥土。

（张抗抗《牡丹的拒绝》）

203.它虽美却不吝惜生命，即使告别也要留给人最后一次惊心动魄的体味。

（张抗抗《牡丹的拒绝》）

204.爱是比天空和海洋更博大的宇宙。　　　　　　　（毕淑敏《爱怕什么》）

205.对待同志要像春天般的温暖，对待工作要像夏天一样的火热。

（雷锋《雷锋日记》）

206.一个自己有人格尊严的人，必定懂得尊重一切有尊严的人格。

（周国平《内在的从容》）

207.每一个人对于自己的生命，第一有爱护它的责任，第二有享受它的权利。

（周国平《内在的从容》）

208.家是一只船，在漂流中有了亲爱。　　　　　　（周国平《家》）

209.读书加惠于人们的不仅是知识的增广，而且还在于精神的感化与陶冶。

（谢冕《读书人是幸福人》）

210.品味一种缤纷的人生。　　　　　　（汪国真《我喜欢出发》）

211.人能走多远？这话不是要问两脚而是要问志向。　（汪国真《我喜欢出发》）

212.我喜欢出发。　　　　　　　　　　（汪国真《我喜欢出发》）

213.你自身是强大的，健康的，是倔强地流动着的。　（刘再复《读沧海》）

214.去沉淀我的尘埃，去更新我的灵魂！　　　　　（刘再复《读沧海》）

215.善良是有所不为的，善良的武器比凶恶少得多。　（王蒙《善良》）

216.人们还是喜欢善良、欢迎善良、向往善良。　　　（王蒙《善良》）

217.最好的老师是生活，最好的课堂是实践。

（王蒙《王蒙自述：我的人生哲学》）

218.人就像一粒种子，要做一粒好的种子。

（袁隆平语，选自《袁隆平的世界》）

219.念高危，你便当思谦而自牧。　　　　　　（刘墉《盈与虚》）

220.宇宙之道，不过盈虚而已。　　　　　　　（刘墉《盈与虚》）

第五部分

古代文化文学常识题库

一、判断题（判断下列表述是否正确）

1.《五人墓碑记》"扼腕墓道"中"扼腕"表示愤慨、激动的情绪。

2."匹夫之有重于社稷也"中的"匹夫"泛指平民百姓。

3."匹夫之有重于社稷也"中的"社稷"即"国家"。

4.《原君》"莫或兴之""莫或除之"中的"莫"是"没有谁"的意思。

5.《原君》"入而又去之者"中的"去"是"去除"的意思。

6.《送荪友》"我今落拓何所止"中的"何所"即"何处"的意思。

7."平生纵有英雄血，无由一溅荆江水"中的"荆江"是长江的一段。

8.《送荪友》"与君展卷论王霸"中的"王霸"是人名。

9.《送荪友》"君今偃仰九龙间"的"九龙"是一门九子的美称。

10.《送荪友》"吾欲从兹事耕稼"中的"耕稼"泛指种庄稼。

11.《五人墓碑记》"以老于户牖之下"的"户牖"即门窗，这里指"家里"。

12."纸上得来终觉浅，绝知此事要躬行"是父亲写给儿子的诗句。

13."死去元知万事空，但悲不见九州同"是丈夫写给妻子的诗句。

14."红酥手，黄縢酒，满城春色宫墙柳"中"黄縢酒"是指用黄縢泡的酒。

15."东风夜放花千树，更吹落、星如雨"描写的是中秋夜。

16."衣带渐宽终不悔"表达的是忧国忧民的情感。

17."千金纵买相如赋"中的"相如赋"指司马相如的《上林赋》。

18."蛾眉曾有人妒"中的"蛾眉"指女子容貌的美丽。

19."长门事，准拟佳期又误"中的"长门"是汉代宫殿名。

20."应折柔条过千尺"反映了古人有折柳送别的习俗。

21.《醉翁亭记》"人知从太守游而乐"中的"太守"是滕子京。

22."言告师氏，言告言归"中"言"的意思是"言说"。

23."然则诸侯之地有限，暴秦之欲无厌"中"厌"的意思是"讨厌"。

24."执手相看泪眼，竟无语凝噎"是写给妻子的。

25."登临望故国，谁识京华倦客"中"京华"即京城的意思。

26."至丹以荆卿为计，始速祸焉"中"速"的意思是"招致"。

27."蚍蜉撼大树，可笑不自量"中的"蚍蜉"就是蚂蚁。

28."千载琵琶作胡语，分明怨恨曲中论"咏叹的是王昭君。

29."三顾频烦天下计，两朝开济老臣心"，"老臣"指的是诸葛亮。

30."意态由来画不成，当时枉杀毛延寿"说的是杨贵妃的故事。

31."唇焦口燥呼不得，归来倚杖自叹息"说的是作者白居易自己。

32."燕然未勒归无计"中"燕然未勒"是说边患未平、功业未成。

33."故乡今夜思千里，霜鬓明朝又一年"写的是除夕之夜。

34."少陵野老吞声哭，春日潜行曲江曲"中的"少陵野老"是王维。

35.《与朱元思书》"从流飘荡，任意东西"指天上的云朵非常自由。

36."日照香炉生紫烟，遥看瀑布挂前川"写的是贵州黄果树大瀑布。

37."送美人兮南浦"中的"南浦"后来常用来称送别之地。

38."为报倾城随太守，亲射虎，看孙郎"中的"孙郎"即孙策。

39.《报任安书》"大氐圣贤发愤之所为作也"中"愤"是"愤怒"的意思。

40."钟鼓馔玉不足贵"中的"钟鼓馔玉"指代富贵生活。

41."与女游兮九河，冲风起兮横波"中"冲风"即暴风。

42.《报任安书》"唯倜傥非常之人称焉"中"非常"的意思是"不平常"。

43."会当凌绝顶，一览众山小"说的是登华山。

44."河内凶，则移其民于河东"中的"凶"意为收成不好。

45."群贤毕至，少长咸集"中"毕"和"咸"是同义词。

46."窗含西岭千秋雪，门泊东吴万里船"写的是秋天。

47."老吾老，以及人之老"中"以及"相当于连词"和"。

48.《报任安书》"思垂空文以自见"中"见"通假"现"。

49.《陌上桑》"来归相怨怒，但坐观罗敷"中"坐"的意思是"坐着"。

50.《饮马长城窟行》"长跪读素书，书中竟何如"中的"书"是书信。

51."薄污我私，薄浣我衣"中"薄"的意思是"轻轻地"。

52."将子无怒，秋以为期"中"将"的意思是"愿""希望"。

53."运筹帷幄之中，决胜千里之外"最早形容的是管仲。

54.《报任安书》"思垂空文以自见"中"垂"的意思是"垂挂"。

55."但使龙城飞将在，不教胡马度阴山"中的"龙城飞将"指卫青。

56."害浣害否? 归宁父母"中"宁"的意思是"安宁"。

57."既窈窕以寻壑，亦崎岖而经丘"中的"窈窕"形容女子婀娜多姿。

58."昔我往矣，杨柳依依"写的是战士远征。

59."乘白鼋兮逐文鱼"中"逐文鱼"即驱逐文鱼。

60."一男附书至，二男新战死"中的"书"即"书籍"。

61."明眸皓齿今何在? 血污游魂归不得"写的是杨贵妃。

62."知困，然后能自强也"中"困"的意思是"困难"。

63."刑于寡妻，至于兄弟，以御于家邦"中"御"是抵御的意思。

64.《白雪歌送武判官归京》中"瀚海阑干百丈冰"的"阑干"即"栏杆"。

65.《木兰诗》"爷娘闻女来，出郭相扶将"中"扶将"是两个同义词连用。

66.《白雪歌送武判官归京》描写了西域八月飞雪的壮丽景色。

67."人不学，不知道"，意思是"人如果不学习，什么都不知道"。

68."文起八代之衰，而道济天下之溺"中"济"的意思是"拯救"。

69.《与朱元思书》生动地描绘了富春江沿途风光，是骈文写景的精品。

70."其敢自谓几于成乎?"中的"几"是"接近"的意思。

71. "乘水车兮荷盖"中"荷盖"指荷花作车盖。

72. "非淡泊无以明志，非宁静无以致远"是老师写给学生的话。

73. "鸢飞戾天者，望峰息心"表现了对功名利禄的鄙弃。

74. 陶潜《归去来兮辞》"悦亲戚之情话"中"情话"指知心话。

75. "扪参历井仰胁息，以手抚膺坐长叹"中"膺"就是胸。

76. "举杯邀明月，对影成三人"中"三人"指杯、月、人。

77. "岑夫子，丹丘生，将进酒，杯莫停"中"将"的意思是"愿、请"。

78. "但见宵从海上来，宁知晓向云间没"是形容诗人早出晚归。

79. "林暗草惊风，将军夜引弓"引用了李广的故事。

80. 诗句"塞上长城空自许，镜中衰鬓已先斑"出自一首边塞诗。

81. "群山万壑赴荆门，生长明妃尚有村"，"明妃"是杨贵妃。

82. "一声何满子，双泪落君前"中"何满子"是人名。

83. "冠盖满京华，斯人独憔悴"写的是杜甫。

84. "存者且偷生，死者长已矣"中"偷生"的意思是偷偷地活着。

85. "吏呼一何怒，妇啼一何苦"中的"一何"相当于"多么"。

86. "正是江南好风景，落花时节又逢君"指的是暮春时节。

87. "停车坐爱枫林晚，霜叶红于二月花"中的"坐"是"因为"的意思。

88. "忽如一夜春风来，千树万树梨花开"所描写的是下雪的场景。

89. "离离原上草，一岁一枯荣"中"离离"形容草之茂盛。

90. "到乡翻似烂柯人"中"烂柯人"指久离家而刚返乡的人。

91. "垂诸文而为后世法"中"为后世法"即"成为后代的法则"。

92. "此情可待成追忆，只是当时已惘然"的"可待"是表反问之词。

93. "何当共剪西窗烛，却话巴山夜雨时"，"剪烛"是为了调亮烛光。

94. "可怜夜半虚前席，不问苍生问鬼神"说的是贾谊的故事。

95. "碧玉妆成一树高，万条垂下绿丝绦"所描写的是春季的景色。

96. "借问酒家何处有？牧童遥指杏花村"写的是清明节。

97. "远上寒山石径斜，白云生处有人家"涉及的季节是秋季。

98. "冲天香阵透长安，满城尽带黄金甲"涉及的季节是春季。

99. "雄姿英发，羽扇纶巾"形容的历史人物是诸葛亮。

100. 清代中叶影响最大的文学流派桐城派，其代表人物是方苞、刘大櫆、姚鼐，他们都是安徽桐城人。

101. 唐宋古文八大家是指唐宋两代八个散文作家。即唐代的韩愈、柳宗元、欧阳修，宋代的苏洵、苏轼、苏辙、王安石、曾巩。

102. 《诗经》中的《国风》和《离骚》中的《楚辞》对后代文学很有影响，故常以风骚并举。

103. 宋词有豪放婉约两派，前者以苏轼、辛弃疾为代表，后者以柳永、周邦彦、李清照为代表。

104.《虞美人·春花秋月何时了》《雨霖铃·寒蝉凄切》是南唐后主李煜的主要作品。

105.韩愈在文学上提出了"文以载道"的主张，与柳宗元同为"古文运动"的倡导者。

106.《左传》是我国第一部叙事详细完整的编年体史书，原名《左氏春秋》，又称《春秋左氏传》，它记叙了春秋时期 250 多年的历史，记载的许多历史故事，文字优美，文学性强。

107."日啖荔枝三百颗，不辞长作岭南人"是苏轼被贬岭南时写的。

参考答案：

题号	1	2	3	4	5	6	7	8	9	10	11	12	13	14	15	16	17	18	19	20
答案	√	√	√	√	×	×	√	×	√	√	√	√	×	×	×	×	×	√	√	√
题号	21	22	23	24	25	26	27	28	29	30	31	32	33	34	35	36	37	38	39	40
答案	×	×	×	×	√	√	×	√	√	×	×	√	√	√	√	√	√	√	√	√
题号	41	42	43	44	45	46	47	48	49	50	51	52	53	54	55	56	57	58	59	60
答案	√	√	√	√	√	√	√	√	×	√	×	√	√	√	√	√	√	×	×	√
题号	61	62	63	64	65	66	67	68	69	70	71	72	73	74	75	76	77	78	79	80
答案	√	√	×	×	√	√	√	√	×	×	√	√	√	√	×	√	√	√	√	√
题号	81	82	83	84	85	86	87	88	89	90	91	92	93	94	95	96	97	98	99	
答案	×	×	×	×	√	√	√	√	×	×	√	√	√	√	√	√	×	×	√	
题号	100		101		102		103		104		105		106		107					
答案	√		×		×		√		×		√		√		√					

二、填空题（在括号中填入正确的内容）

1."竹外桃花三两枝，春江水暖鸭先知"的作者是（　　　）。

2."少壮不努力，老大徒伤悲"出自汉乐府中的（　　　）。

3.落红不是无情物，（　　　）。

4."腹有诗书气自华"的作者是（　　　）。

5."天苍苍，野茫茫，风吹草低见牛羊"出自北朝民歌（　　　）。

6.醉卧沙场君莫笑，（　　　）。

7."一蓑烟雨任平生"出自（　　　）的《定风波》。

8."悟已往之不谏，知来者之可追"出自陶渊明的（　　　）。

9.旧时王谢堂前燕，（　　　）。

10."不识庐山真面目，只缘身在此山中"的作者是（　　　）。

11."实迷途其未远，觉今是而昨非"出自陶渊明的（　　　）。

12.江山代有才人出，（　　　）。

13."两情若是久长时，又岂在朝朝暮暮"出自（　　　）的词作。

14."前不见古人，后不见来者"出自陈子昂的（　　　）。

15.溪云初起日沉阁，（　　　）。

16."自在飞花轻似梦，无边丝雨细如愁"出自（　　　）的词作。

17."落霞与孤鹜齐飞，秋水共长天一色"出自王勃的（　　　）。

18.身无彩凤双飞翼，（　　　）。

19."生当作人杰，死亦为鬼雄"出自（　　　）的作品。

20.滟滟随波千万里，何处春江无月明"出自张若虚（　　　）。

21.廉颇老矣，（　　　）？

22."莫道不销魂，帘卷西风，人比黄花瘦"的作者是（　　　）。

23."青天有月来几时？我今停杯一问之"出自李白的（　　　）。

24.有三秋桂子，（　　　）。

25."蓦然回首，那人却在，灯火阑珊处"出自（　　　）的词作。

26."古人今人若流水，共看明月皆如此"出自李白的（　　　）。

27.不知天上宫阙，（　　　）。

28."青山遮不住，毕竟东流去"出自（　　　）的词作。

29."寓形宇内复几时，曷不委心任去留"出自陶渊明（　　　）。

30.出淤泥而不染，（　　　）。

31."稻花香里说丰年，听取蛙声一片"出自（　　　）的词作。

32."黄鹤之飞尚不得过，猿猱欲度愁攀援"出自李白（　　　）。

33.醉里挑灯看剑，（　　　）。

34."想当年，金戈铁马，气吞万里如虎"出自（　　　）的词句。

35."无边落木萧萧下，不尽长江滚滚来"出自杜甫的（　　　）。

36.千里孤坟，（　　　）。

37."我见青山多妩媚，料青山见我应如是"的作者是（　　　）。

38."存者且偷生，死者长已矣"出自杜甫的（　　　）。

39.谈笑间，（　　　）。

40.《稼轩长短句》是（　　　）的词集。

41."明眸皓齿今何在？血污游魂归不得"出自杜甫的（　　　）。

42.东南形胜，三吴都会，（　　　）。

43.《剑南诗稿》的作者是（　　　）。

44."人生有情泪沾臆，江水江花岂终极"出自杜甫的（　　　）。

45.起舞弄清影，（　　　）。

46."文章本天成，妙手偶得之"出自（　　　）的诗作。

47."在天愿作比翼鸟，在地愿为连理枝"出自（　　　）。

48.烟柳画桥，风帘翠幕，（　　　）。

49.＂三十功名尘与土，八千里路云和月＂是（　　　）的诗句。

50.＂师者，所以传道受业解惑也＂出自韩愈的（　　　）。

51.乘醉听箫鼓，（　　　）。

52.南宋诗人（　　　）的诗体被称为＂诚斋体＂。

53.＂道之所存，师之所存也＂出自韩愈的（　　　）。

54.江山如画，（　　　）。

55.＂等闲识得东风面，万紫千红总是春＂出自（　　　）的诗作。

56.＂沧海月明珠有泪，蓝田日暖玉生烟＂出自李商隐的（　　　）。

57.惜春长怕花开早，（　　　）。

58.＂惶恐滩头说惶恐，零丁洋里叹零丁＂的作者是（　　　）。

59.＂借问酒家何处有，牧童遥指杏花村＂出自杜牧的（　　　）。

60.金戈铁马，（　　　）。

61.＂独自莫凭栏，无限江山，别时容易见时难＂出自（　　　）词作。

62.＂千山鸟飞绝，万径人踪灭＂出自柳宗元的（　　　）。

63.潮平两岸阔，（　　　）。

64.＂无可奈何花落去，似曾相识燕归来＂出自（　　　）的词作。

65.＂桑之未落，其叶沃若＂出《诗经》的（　　　）。

66.何当共剪西窗烛，（　　　）。

67.提出＂己所不欲勿施于人＂的是（　　　）。

68.与《木兰诗》并称为＂乐府双璧＂的是（　　　）。

69.野旷天低树，（　　　）。

70.《白马篇》的作者是（　　　）。

71.歌词＂月落乌啼总是千年的风霜＂化用了张继七绝（　　　）。

72.吴楚东南坼，（　　　）。

73.＂身无彩凤双飞翼，心有灵犀一点通＂的作者是（　　　）。

74.吴敬梓著（　　　）是我国讽刺小说的代表之作。

75.柴门闻犬吠，（　　　）。

76.《五柳先生传》的作者是（　　　）。

77.我国第一部文人独创的长篇小说是（　　　）。

78.（　　　），古来征战几人回。

79.＂念天地之悠悠，独怆然而涕下＂的作者是（　　　）。

80.唐代诗人张若虚的代表作是（　　　）。

81.青箬笠，绿蓑衣，（　　　）。

82.《七步诗》的作者是（　　　）。

83.＂烟柳画桥，风帘翠幕，参差十万人家＂出自柳永的（　　　）。

84.黄河远上白云间，（　　　）。

85."为人性僻耽佳句，语不惊人死不休"是（　　　）的名句。

86."锲而不舍，金石可镂"出自（　　　）。

87.古来圣贤皆寂寞，（　　　）。

88."两个黄鹂鸣翠柳，一行白鹭上青天"的作者是（　　　）。

89."穷则变，变则通，通则久"出自（　　　）。

90.去年今日此门中，（　　　）。

91."海上生明月，天涯共此时"是（　　　）的诗句。

92."幼吾幼以及人之幼"出自（　　　）。

93.春江潮水连海平，（　　　）。

94.《与朱元思书》的作者是（　　　）。

95.王昌龄的七绝中被古人推为唐人七绝第一的是（　　　）。

96.气蒸云梦泽，（　　　）。

97.七言绝句《出塞》的作者是（　　　）。

98."天时不如地利，地利不如人和"出自（　　　）。

99.无边落木萧萧下，（　　　）。

100."云想衣裳花想容"的作者是（　　　）。

101.刘义庆编著的（　　　）是笔记小说的先驱。

102.十五从军征，（　　　）。

103."余既滋兰之九畹兮，又树蕙之百亩"是（　　　）写的。

104.古人常常风、骚并举，风是（　　　）。

105.孤舟蓑笠翁，（　　　）。

106.被鲁迅称为"西汉宏文"之一的《过秦论》，其作者是（　　　）。

107."异日图将好景，归去凤池夸"出自柳永的（　　　）。

108.秦时明月汉时关，（　　　）。

109."人生代代无穷已，江月年年望相似"的作者是（　　　）。

110.我国古代最长的叙事诗是（　　　）。

111.国破山河在，（　　　）。

112."何以解忧，唯有杜康"的作者是（　　　）。

113.我国第一部诗歌总集是（　　　）。

114.感时花溅泪，（　　　）。

115.《洛神赋》的作者是（　　　）。

116.我国古代最著名的长篇神魔小说是（　　　）。

117.天生我材必有用，（　　　）。

118."对酒当歌，人生几何"的作者是（　　　）。

119."满招损，谦受益"出自（　　　）。

120.人面不知何处去，（　　　）。

121."老骥伏枥，志在千里"是（　　）写的。

122."精卫填海""夸父逐日"等神话故事出自（　　　）。

123.挽弓当挽强，（　　　）。

124."酒债寻常行处有，人生七十古来稀"的作者是（　　　）。

125.被称为"以孤篇压倒全唐"的是张若虚的（　　　）。

126.何当共剪西窗烛，（　　　）。

127."鞠躬尽瘁，死而后已"出自（　　　）的《后出师表》。

128.（　　　）是我国第一部文言志怪小说集。

129.东风不与周郎便，（　　　）。

130.《世说新语》的编者是（　　　）。

131.我国第一部长篇讽刺小说是（　　　）。

132.烽火连三月，（　　　）。

133.汉大赋的代表作是（　　　）写的《子虚赋》《上林赋》。

134."所谓伊人，在水一方"出自《诗经》的（　　　）篇。

135.但愿人长久，（　　　）。

136.《恨赋》《别赋》的作者是（　　　）。

137."温故而知新，可以为师矣"出自（　　　）。

138.两岸猿声啼不住，（　　　）。

139."翩若惊鸿，婉若游龙"的作者是（　　　）。

140."不积跬步，无以至千里"出自（　　　）。

141.海日生残夜，（　　　）。

142."池塘生春草，园柳变鸣禽"的作者是（　　　）。

143.萧统所编的（　　　）是我国现存最早的诗文总集。

144.蒹葭萋萋，（　　　）。

145."独在异乡为异客，每逢佳节倍思亲"是（　　　）的诗句。

146.代表汉代文人五言诗最高成就的是（　　　）。

147.长江悲已滞，（　　　）。

148.《诗经·国风》的第一篇是（　　　）。

149."臣闻求木之长者，必固其根本"出自（　　　）《谏太宗十思疏》。

150.竹喧归浣女，（　　　）。

151我国第一部浪漫主义诗歌总集是（　　　）。

152.元代剧作家（　　　）的名作有《梧桐雨》和《墙头马上》。

153.关关雎鸠，（　　　）。

154."落霞与孤鹜齐飞，秋水共长天一色"出自（　　　）《滕王阁序》。

155.《史记》原名（　　　）。

156.今我来思，（　　　）。

157. 古人常常风、骚并举，骚是（　　　）。

158. 《答李翊书》的作者是（　　　）。

159. 秋风萧瑟天气凉，（　　　）。

160. 鲁迅称为"史家之绝唱，无韵之离骚"的是（　　　）。

161. "曾经沧海难为水，除却巫山不是云"是（　　　）的名句。

162. 信誓旦旦，（　　　）。

163. 鲁迅认为陶渊明诗中"金刚怒目"式的作品是（　　　）。

164. 《秋声赋》的作者是（　　　）。

165. 窈窕淑女，（　　　）。

166. 《始得西山宴游记》的作者是（　　　）。

167. （　　　）是志人小说中最早最有影响的一部作品。

168. 夜来风雨声，（　　　）。

169. "看似寻常最奇崛，成如容易却艰辛"夸的是唐代诗人（　　　）。

170. 史家认为"七分实事，三分虚构"的古典长篇小说是（　　　）。

171. 明日隔山岳，（　　　）。

172. 《蒹葭》出自《诗经》中的（　　　）。

173. "夕阳无限好，只是近黄昏"是（　　　）的诗句。

174. 远芳侵古道，（　　　）。

175. "天行健，君子以自强不息"出自（　　　）。

176. "师者，所以传道受业解惑也。"这句话是（　　　）说的。

177. 路漫漫其修远兮，（　　　）。

178. "天之道，损有余而补不足"出自（　　　）。

179. "春风又绿江南岸，明月何时照我还"的作者是（　　　）。

180. 谁言寸草心，（　　　）。

181. "财聚则民散，财散则民聚"出自（　　　）。

182. "二句三年得，一吟双泪流"的作者是（　　　）。

183. 青山依旧在，（　　　）。

184. "名不正，则言不顺"出自（　　　）。

185. 《天净沙·秋思》的作者是元代的（　　　）。

186. 乱花渐欲迷人眼，（　　　）。

187. "吾生也有涯，而知也无涯"出自（　　　）。

188. "唯将终夜长开眼，报答平生未展眉"是（　　　）的名句。

189. 万里悲秋常作客，（　　　）。

190. "祸兮，福之所倚"出自（　　　）。

191. 《五人墓碑记》的作者是（　　　）。

192. 姑苏城外寒山寺，（　　　）。

193. "天作孽，犹可违；自作孽，不可逭"出自（　　　　）。

194. "三吏""三别"的作者是（　　　　）。

195. 水光潋滟晴方好，（　　　　）。

196. "地势坤，君子以厚德载物"出自（　　　　）。

197. 《阿房宫赋》的作者是唐代的（　　　　）。

198. 无可奈何花落去，（　　　　）。

199. "克勤于邦，克俭于家"出自（　　　　）。

200. "最爱湖东行不足，绿杨阴里白沙堤"是（　　　　）的诗句。

201. 我国第一部语录体著作是（　　　　）。

202. 西汉史学家、文学家司马迁经历十年艰辛写下了我国第一部纪传体通史（　　　　）。

203. 我国第一部记录谋臣策士门客言行的专集是（　　　　）。

204. 被称为"一代词宗"的我国第一位女词人是（　　　　）。

205. 我国第一位田园诗人是东晋时代的（　　　　）。

206. 我国第一首长篇叙事诗是（　　　　）。

207. 儒家两大代表人物是（　　　　）和（　　　　），他们分别被尊称为至圣和（　　　　）。

208. 《春秋》三传是指（　　　　）、（　　　　）和《谷梁传》。

209. 公安三袁是指（　　　　）、（　　　　）和袁中道。

210. "三言"是指明代文学家冯梦龙写的三个话本集：（　　　　）、（　　　　）和（　　　　）。

211. 王勃、杨炯、卢照邻和（　　　　）并称为"初唐四杰"。

212. 中国古典小说四大名著是指罗贯中的（　　　　）、施耐庵的（　　　　）、吴承恩的（　　　　）和曹雪芹的《红楼梦》。

213. 中国近代四大谴责小说指吴沃尧（又叫吴趼人）的（　　　　）、李宝嘉的（　　　　）、刘鹗的（　　　　）和曾朴的《孽海花》。

214. 元杂剧四大悲剧指关汉卿的（　　　　）、马致远的（　　　　）、白朴的（　　　　）和纪君祥的《赵氏孤儿》。

215. 元杂剧的四大爱情剧指关汉卿的《拜月亭》、王实甫的（　　　　）、白朴的（　　　　）和郑光祖的（　　　　）。

216. 我国的第一部现实主义的诗歌总集是（　　　　），第一部浪漫主义的诗歌总集是（　　　　），第一首长篇叙事诗是（　　　　），我国古代第一部文学评论专著是（　　　　），我国古代诗人中诗作数量第一的诗人是（　　　　）。

217. 杜甫的"三吏"是（　　　　）（　　　　）（　　　　），"三别"是（　　　　）（　　　　）（　　　　）。

218. 唐代田园诗派的代表作家有（　　　　）和（　　　　），边塞诗派的代表作家有

（　　　　）和（　　　　）。

219.写出下列作品的作者及其所处的时代:《淮南子》（　　　　），《三戒》（　　　　），《秋声赋》（　　　　），《容斋随笔》（　　　　），《游子吟》（　　　　），《剑南诗稿》（　　　　），《西厢记》（　　　　），《官场现形记》（　　　　）。

220.“五岳”是中国五大名山的总称，即东岳（　　　　）、南岳衡山、西岳（　　　　）、北岳恒山、中岳（　　　　）。

221.《四库全书》是乾隆年间纂修的一部丛书，共收古籍3503种，按照（　　　）、（　　　）、（　　　）、（　　　）四部分类，所以称为“四库”。

222.戏曲是我国传统的戏剧形式，剧中人物分别由生、（　　　　）、（　　　　）、（　　　　）四种角色行当扮演。通常所说的“末”，归入“生”中。

223.关汉卿是我国（　　　　）代的（　　　　）家，他的代表作是（　　　　）。

224.“大漠孤烟，长河落日”化用了唐朝诗人（　　　　）《使至塞上》的诗句。

225.“茂林修竹”出自晋人王羲之的（　　　　）。

226.“四史”指二十四史的前四史。即对司马迁的（　　　　）、班固的（　　　　）、范晔的（　　　　）和陈寿的《三国志》的总称。

227.上官体是指高宗龙朔年间以（　　　　）为代表的宫廷诗风，题材以奉和、应制、咏物为主，内容空泛，重视诗的形式技巧、追求诗的声辞之美。

228.文章四友是指武后时期的宫廷诗人（　　　）、（　　　）、（　　　）、（　　　）的并称。

229.山水田园诗派是盛唐兴起的一个诗歌流派。在陶渊明以来的（　　　）和谢灵运以来的（　　　）的基础之上。以（　　　）、（　　　）为代表，故后世又称“王孟诗派”。

230.白居易将自己的诗歌分为（　　　）、（　　　）、（　　　）、（　　　）四类。

231.被誉为“七绝圣手”的唐代诗人是（　　　　）。

232.韩愈的（　　　　）被称为“祭文中千年绝调”。

233.“以文为诗”是（　　　　）的一种创作倾向和自觉的美学追求。

234.杜甫诗歌风格多样，但为历来所公认的主要风格是“（　　　　）”。

235.在韩孟诗派中，以瘦硬奇警为诗风特点，直接影响宋代江西诗派的重要诗人是（　　　　）。

236.刘禹锡《酬乐天扬州初逢席上见赠》中的“乐天”是指（　　　　）。

237.长吉体是（　　　　）诗所具有的风格。

238.在晚唐诗人中，专攻近体而使律诗通俗化的是（　　　　）。

239.完成五言律定型的是（　　　　）和（　　　　）。

240.王建所作《宫词一百首》采用的诗体是（　　　　）。

241.欧阳修作诗以气格为主，宋诗风气为之一变，其诗体被称为（　　　　）。

242.被后人评为“疏隽开子瞻，深婉开少游”的北宋作家是（　　　　）。

243.朱敦儒的词自成一体，被称为（　　　）。

244.宋初三体是（　　　）、（　　　）、（　　　）。

245.南宋四大家，又称"中兴四大家"，指的是（　　　）、（　　　）、（　　　）、（　　　）。

246.北宋后期婉约词派集大成者是（　　　）。

247.提出"以适用为本"的文学主张，诗文创作具有浓厚政治色彩的文学家是（　　　）。

248.反对前后七子拟古主义最有力的文学流派是（　　　）。

249.在宋代城市的大众娱乐场所"瓦肆"中，有一种以讲故事、说笑话为主的活动，即"说话"。"说话"分为四家，即（　　　）、（　　　）、（　　　）、（　　　）。

250.宋代形成的正统儒学的变种——（　　　）不仅在元代继续流行和发展，而且第一次在中国历史上正式成为官学。

251.（　　　）被钟嵘《诗品》评为"古今隐逸诗人之宗"，他在作品中多以飞鸟自喻，表达热爱田园生活的情怀，如"（　　　），鸟倦飞而知还"。

252.中唐诗人（　　　）笔下的"草色遥看近却无"与盛唐诗人王维诗中的"白云回望合，（　　　）"有异曲同工之妙，一直为人们所传诵。

253.南宋词人（　　　）在《扬州慢》中有"过春风十里，（　　　）"之句，描绘了战争洗劫后扬州城的荒芜景象，令人感叹。

254.在天愿作比翼鸟，（　　　）。

255."欲速则不达"出自（　　　）。

256."春蚕到死丝方尽，蜡炬成灰泪始干"出自（　　　）的诗作。

257.山河破碎风飘絮，（　　　）。

258."信言不美，美言不信"出自（　　　）。

259.《窦娥冤》的作者是元代著名戏曲家（　　　）。

260.沉舟侧畔千帆过，（　　　）。

261."月上柳梢头，人约黄昏后"出自（　　　）的作品。

262."我善养吾浩然之气"是（　　　）里的名句。

263.楼船夜雪瓜洲渡，（　　　）。

264."富贵不能淫，贫贱不能移"出自（　　　）。

265.（　　　）在《进学解》中说："业精于勤荒于嬉，行成于思毁于随。"

266.今夕复何夕，（　　　）。

267."彼窃钩者诛，窃国者为诸侯"出自（　　　）。

268."但使龙城飞将在，不教胡马度阴山"是（　　　）的诗句。

269.大漠孤烟直，（　　　）。

270."气蒸云梦泽，波撼岳阳城"是（　　　）写的名句。

271."相濡以沫，不如相忘于江湖"出自（　　　）。

272. 红豆生南国，（　　　）。

273. "冰，水为之，而寒于水"出自（　　　）。

274. "窗含西岭千秋雪，门泊东吴万里船"出自（　　　）的《绝句》。

275. 海内存知己，（　　　）。

276. "家有常业，虽饥不饿"出自（　　　）。

277. "江南忆，最忆是杭州"是唐代诗人（　　　）的名句。

278. 宁为百夫长，（　　　）。

279. "千里之堤，溃于蚁穴"出自（　　　）。

280. "谁言寸草心，报得三春晖"的作者是（　　　）。

281. 笔落惊风雨，（　　　）。

282. "故君子必慎其独也"出自（　　　）。

283. "江东子弟多才俊，卷土重来未可知"的作者是（　　　）。

284. 鸟宿池边树，（　　　）。

285. "博学之，审问之，慎思之，明辨之，笃行之"出自（　　　）。

286. "恰似一江春水向东流"是南唐词人（　　　）的句子。

287. 我本楚狂人，（　　　）。

288. "凡事豫则立，不豫则废"出自（　　　）。

289. "独上高楼，望尽天涯路"的作者是（　　　）。

290. 人闲桂花落，（　　　）。

291. "大道之行也，天下为公"出自（　　　）。

292. "人生若只如初见，何事秋风悲画扇"的作者是（　　　）。

293. 采菊东篱下，（　　　）。

294. "昔我往矣，杨柳依依"出自《诗经》的（　　　）篇。

295. 《黄生借书说》的作者是（　　　）。

296. 举杯邀明月，（　　　）。

297. "背负青天而莫之夭阏"出自庄子的（　　　）。

298. "人之为学有难易乎？学之，则难者亦易矣"的作者是（　　　）。

299. 少壮能几时，（　　　）。

300. "老吾老，以及人之老"见于《孟子》的（　　　）。

301. 《病梅馆记》的作者是（　　　）。

302. 行到水穷处，（　　　）。

303. "惟草木之零落兮，恐美人之迟暮"出自屈原的（　　　）。

304. "我劝天公重抖擞，不拘一格降人才"出自（　　　）的诗作。

305. 明月松间照，（　　　）。

306. "老冉冉其将至兮，恐修名之不立"出自屈原的（　　　）。

307. "落红不是无情物，化作春泥更护花"出自（　　　）的诗。

308.羌笛何须怨杨柳，（　　　　）。

309."乘骐骥以驰骋兮，来吾道夫先路"出自屈原的（　　　　）。

310.元代杂剧《西厢记》的作者是（　　　　）。

311.孤帆远影碧空尽，（　　　　）。

312."与女游兮九河，冲风起兮横波"出自屈原的（　　　　）。

313.《卖柑者言》的作者是（　　　　）。

314.日暮乡关何处是，（　　　　）。

315."玉不琢，不成器；人不学，不知道"见于（　　　　）。

316."地也，你不分好歹何为地！"出自（　　　　）的《窦娥冤》。

317.忽如一夜春风来，（　　　　）。

318."究天人之际，通古今之变"出自司马迁的（　　　　）。

319."今宵酒醒何处？杨柳岸，晓风残月"出自（　　　　）的《雨霖铃》。

320.商女不知亡国恨，（　　　　）。

321.唐诗中被闻一多誉为"顶峰上的顶峰"的是（　　　　）。

322."衣带渐宽终不悔，为伊消得人憔悴"的作者是（　　　　）。

323.长风破浪会有时，（　　　　）。

324.被胡应麟评为"古今七言律第一"的是杜甫的（　　　　）。

325."当时明月在，曾照彩云归"出自（　　　　）的词作。

326.江天一色无纤尘，（　　　　）。

327."独上高楼，望尽天涯路"出自晏殊的（　　　　）。

328."泪眼问花花不语，乱红飞过秋千去"出自（　　　　）的词作。

329.不知何处吹芦管，（　　　　）。

330."三十功名尘与土，八千里路云和月"出自岳飞的（　　　　）。

331.《送东阳马生序》的作者是（　　　　）。

332.莫愁前路无知己，（　　　　）。

333."良辰美景奈何天，赏心乐事谁家院"出自汤显祖的（　　　　）。

334.《项脊轩志》的作者是（　　　　）。

335.同是天涯沦落人，（　　　　）。

336."愿天下有情人终成眷属"出自王实甫的（　　　　）。

337.明代传奇的代表作《牡丹亭》的作者是（　　　　）。

338.晴川历历汉阳树，（　　　　）。

339."红娘"这个人物成名于元代王实甫的（　　　　）。

340.《原君》的作者是（　　　　）。

341.郁孤台下清江水，（　　　　）。

342."满纸荒唐言，一把辛酸泪"出自（　　　　）。

343."师夷长技以制夷"是（　　　　）在《海国图志》中提出的。

344.春蚕到死丝方尽，（　　　　）。

345.成语"克己复礼"出自（　　　　）。

346.著名文言短篇小说集《聊斋志异》的作者是（　　　　）。

347.山回路转不见君，（　　　　）。

348."五十步笑百步"这一成语出自（　　　　）。

349.《聊斋志异》后，较著名小说集是（　　　　）的《阅微草堂笔记》。

350.烟笼寒水月笼沙，（　　　　）。

351.惟草木之零落兮，（　　　　）。

352."三人行，必有我师焉"出自（　　　　）。

353."东边日出西边雨，道是无晴却有晴"的作者是（　　　　）。

参考答案：

1.苏轼；2.《长歌行》；3.化作春泥更护花；4.苏轼；5.《敕勒歌》；6.古来征战几人回；7.苏轼；8.《归去来兮辞》；9.飞入寻常百姓家；10.苏轼；11.《归去来兮辞》；12.各领风骚数百年；13.秦观；14.《登幽州台歌》；15.山雨欲来风满楼；16.秦观；17.《滕王阁序》；18.心有灵犀一点通；19.李清照；20.《春江花月夜》；21.尚能饭否；22.李清照；23.《把酒问月》；24.十里荷花；25.辛弃疾；26.《把酒问月》；27.今夕是何年；28.辛弃疾；29.《归去来兮辞》；30.濯清涟而不妖；31.辛弃疾；32.《蜀道难》；33.梦回吹角连营；34.辛弃疾；35.《登高》；36.无处话凄凉；37.辛弃疾；38.《石壕吏》；39.樯橹灰飞烟灭；40.辛弃疾；41.《哀江头》；42.钱塘自古繁华；43.陆游；44.《哀江头》；45.何似在人间；46.陆游；47.《长恨歌》；48.参差十万人家；49.岳飞；50.《师说》；51.吟赏烟霞；52.杨万里；53.《师说》；54.一时多少豪杰；55.朱熹；56.《锦瑟》；57.何况落红无数；58.文天祥；59.《清明》；60.气吞万里如虎；61.李煜；62.《江雪》；63.风正一帆悬；64.晏殊；65.《氓》；66.却话巴山夜雨时；67.孔子；68.《孔雀东南飞》；69.江清月近人；70.曹植；71.《枫桥夜泊》；72.乾坤日夜浮；73.李商隐；74.《儒林外史》；75.风雪夜归人；76.陶渊明；77.《金瓶梅》；78.醉卧沙场君莫笑；79.陈子昂；80.《春江花月夜》；81.斜风细雨不须归；82.曹植；83.《望海潮》；84.一片孤城万仞山；85.杜甫；86.《荀子》；87.惟有饮者留其名；88.杜甫；89.《周易》；90.人面桃花相映红；91.张九龄；92.《孟子》；93.海上明月共潮生；94.吴均；95.《出塞》；96.波撼岳阳城；97.王昌龄；98.《孟子》；99.不尽长江滚滚来；100.李白；101.《世说新语》；102.八十始得归；103.屈原；104.《国风》；105.独钓寒江雪；106.贾谊；107.《望海潮》；108.万里长征人未还；109.张若虚；110.《孔雀东南飞》；111.城春草木深；112.曹操；113.《诗经》；114.恨别鸟惊心；115.曹植；116.《西游记》；117.千金散尽还复来；118.曹操；119.《尚书》；120.桃花依旧笑春风；121.曹操；122.《山海经》；123.用箭当用长；124.杜

甫；125.《春江花月夜》；126.却话巴山夜雨时；127.诸葛亮；128.《搜神记》；129.铜雀春深锁二乔；130.刘义庆；131.《儒林外史》；132.家书抵万金；133.司马相如；134.《蒹葭》；135.千里共婵娟；136.江淹；137.《论语》；138.轻舟已过万重山；139.曹植；140.《荀子》；141.江春入旧年；142.谢灵运；143.《文选》；144.白露未晞；145.王维；146.《古诗十九首》；147.万里念将归；148.《关雎》；149.魏征；150.莲动下渔舟；151.《楚辞》；152.白朴；153.在河之洲；154.王勃；155《太史公书》或《太史公记》；156.雨雪霏霏；157.《离骚》；158.韩愈；159.草木摇落露为霜；160.《史记》；161.元稹；162.不思其反；163.《咏荆轲》、《读山海经》、《咏贫士》；164.欧阳修；165.君子好逑；166.柳宗元；167.《世说新语》；168.花落知多少；169.张籍；170.《三国演义》；171.世事两茫茫；172.《国风·秦风》；173.李商隐；174.晴翠接荒城；175.《周易》；176.韩愈；177.吾将上下而求索；178.《老子》；179.王安石；180.报得三春晖；181.《礼记·大学》；182.贾岛；183.几度夕阳红；184.《论语·子路》；185.马致远；186.浅草才能没马蹄；187.《庄子·养生主》；188.元稹；189.百年多病独登台；190.《老子》；191.张溥；192.夜半钟声到客船；193.《尚书·太甲中》；194.杜甫；195.山色空蒙雨亦奇；196.《周易》；197.杜牧；198.似曾相识燕归来；199.《尚书·大禹谟》；200.白居易；201.《论语》；202.《史记》；203.《战国策》；204.李清照；205.陶渊明；206.《孔雀东南飞》；207.孔子 孟子 亚圣；208.《左传》《公羊传》；209.袁宗道 袁宏道；210.《喻世明言》《警世通言》《醒世恒言》；211.骆宾王；212.《三国演义》《水浒传》《西游记》；213.《二十年目睹之怪现状》《官场现形记》《老残游记》；214.《窦娥冤》《汉宫秋》《梧桐雨》；215.《西厢记》《墙头马上》《倩女离魂》；216.《诗经》《楚辞》《孔雀东南飞》《文心雕龙》 陆游；217.《石壕吏》《新安吏》《潼关吏》《新婚别》《无家别》《垂老别》；218.王维 孟浩然 高适 岑参；219.刘安，汉 柳宗元，唐 欧阳修，北宋 洪迈，南宋 孟郊，唐 陆游，南宋 王实甫，元 李宝嘉，清末；220.泰山 华山 嵩山；221.经 史 子 集；222.且 净 丑；223.元 戏曲（杂剧）《窦娥冤》；224.王维；225.《兰亭集序》；226.《史记》《汉书》《后汉书》；227.上官仪；228.李峤 杜审言 苏味道 崔融；229.田园诗 山水诗 王维 孟浩然；230.讽谕 闲适 感伤 杂律；231.王昌龄；232.《祭十二郎文》；233. 韩愈；234.沉郁顿挫；235.孟郊；236.白居易；237.李贺；238.杜荀鹤；239.宋之问 沈佺期；240.七绝；241.古文体；242.欧阳修；243.樵歌体或朱希真体；244.白体 西昆体 晚唐体；245.尤袤、杨万里、范成大、陆游；246.周邦彦；247.王安石；248.公安派；249.小说 讲史 说经 合生；250.理学；251.陶渊明（或陶潜）云无心以出岫；252.韩愈 青霭入看无；253.姜夔 尽荠麦青青；254.在地愿为连理枝；255.《论语·子路》；256.李商隐；257.身世浮沉雨打萍；258.《老子·德经》；259.关汉卿；260.病树前头万木春；261.欧阳修；262.《孟子》；263.铁马秋风大散关；264.《孟子·滕文公下》；265.韩愈；266.共此灯烛光；267.《庄子·胠箧》；

268.王昌龄；269.长河落日圆；270.孟浩然；271.《庄子·大宗师》；272.春来发几枝；273.《荀子·劝学》；274.杜甫；275.天涯若比邻；276.《韩非子·饰邪》；277.白居易；278.胜作一书生；279.《韩非子·喻老》；280.孟郊；281.诗成泣鬼神；282.《大学》；283.杜牧；284.僧敲月下门；285.《中庸》；286.李煜；287.凤歌笑孔丘；288.《礼记·中庸》；289.晏殊；290.夜静春山空；291.《礼记·礼运》；292.纳兰性德；293.悠然见南山；294.《小雅·采薇》；295.袁枚；296.对影成三人；297.《逍遥游》；298.彭端淑；299.鬓发各已苍；300.《梁惠王上》；301.龚自珍；302.坐看云起时；303.《离骚》；304.龚自珍；305.清泉石上流；306.《离骚》；307.龚自珍；308.春风不度玉门关；309.《离骚》；310.王实甫；311.唯见长江天际流；312.《九歌·河伯》；313.刘基；314.烟波江上使人愁；315.《礼记·学记》；316.关汉卿；317.千树万树梨花开；318.《报任安书》；319.柳永；320.隔江犹唱后庭花；321.《春江花月夜》；322.柳永；323.直挂云帆济沧海；324.《登高》；325.晏几道；326.皎皎空中孤月轮；327.《蝶恋花》；328.欧阳修；329.一夜征人尽望乡；330.《满江红》；331.宋濂；332.天下谁人不识君；333.《牡丹亭》；334.归有光；335.相逢何必曾相识；336.《西厢记》；337.汤显祖；338.芳草萋萋鹦鹉洲；339.《西厢记》；340.黄宗羲；341.中间多少行人泪；342.《红楼梦》；343.魏源；344.蜡炬成灰泪始干；345.《论语·颜渊》；346.蒲松龄；347.雪上空留马行处；348.《孟子·梁惠王上》；349.纪昀；350.夜泊秦淮近酒家；351.恐美人之迟暮；352.《论语·述而》；353.刘禹锡。

三、选择题（选择正确的选项）

1.下列有关文学常识的表述正确的一项是（　　）。

A.《国语》是最早的国别体史书，《左传》是最早的叙事详备的编年体史书；《国语》《左传》既长于记事，又长于记言。

B.我国古典小说中真正的吸收史传文学写人艺术经验的第一部作品是《三国演义》。

C.《金瓶梅》开辟了一条写平凡人生活的道路，显示了现实主义文学的长足发展。

D.罗贯中的《三国演义》一书中有很多故事家喻户晓。例如，桃园三结义、三英战吕布、三顾茅庐、三气周瑜、三打祝家庄等。

2."字字写来都是血，十年辛苦不寻常"和"文不甚深，言不甚俗"分别讲的是中国古典文学中的（　　）。

A.《水浒》和《聊斋志异》

B.《西游记》和《聊斋志异》

C.《儒林外史》和《三国演义》

D.《红楼梦》和《三国演义》

3.下列文学常识的表述不正确的一项是（　　）。

A.律诗每首八句，每两句组成一联，共分四联，分别称为首联、颔联、颈联、尾联，每联的上句叫出句，下句叫对句。

B.绝句每首四句，等于律诗的一半，所以也称"截句""断句"，唐朝诗人王昌龄，擅长七绝，有"七绝圣手"的美称。

C.词是唐兴起的一种合乐可歌、句式长短不齐的诗体，有曲子、乐府、诗余、长短句等别称。

D.散曲是曲的一种体式，在戏剧作品中，供状物叙事之用，是戏剧作品的有机组成部分。著名的散曲作家有关汉卿、马致远、张养浩等。

4.下列有关文学常识的表述错误的一项是（　　）。

A.记录孟子言行的儒家著作《孟子》，常于从容谈论之间引喻取比，意思精到，"揠苗助长"的故事尤为生动，广为后人传诵。

B.《韩非子》为先秦法家的代表著作，书中保存了不少寓言故事作为论证材料，形象生动，趣味浓厚，如"守株待兔""滥竽充数""刻舟求剑"等都有深刻的教育意义。

C.我国地理学名著《山海经》，因其保存了大量远古神话传说，被誉为中国古代神话的渊源。这些神话又可以看作古代小说的萌芽，故又被称为"古今志怪之祖"和"小说之祖"。

D.《淮南子》为杂家著作，其中保存的上古神话传说，一定程度反映了古代社会的面貌和人民群众的愿望，如《女娲补天》显示了古代劳动人民改造自然的斗争和理想。

5.下列有关文学常识的表述错误的一项是（　　）。

A.被鲁迅先生誉为"西汉鸿文"的贾谊与晁错的政论文，论事说理，切中要害，分析利弊，具体透彻。其代表作有贾谊的《论积贮疏》、晁错的《论贵粟疏》。

B.开创"包举一代"的断代史体例的《汉书》，为班固受诏而作，因而强调帝王正统，缺乏《史记》那样的强烈批判精神，如书中将项羽、陈涉由《史记》中的"本纪""世家"贬入"列传"，对历代帝王也多粉饰之词。

C."三曹"之首的曹操，开创了以"建安风骨"著称的新风气。鲁迅称他是"一个改造文章的祖师"。

D.诸葛亮，字孔明，三国政治家、军事家。他不以文学著称，然而他的《出师表》却是千古传诵的名篇，其中的名句"鞠躬尽瘁，死而后已"更是家喻户晓。

6.下列有关文学常识的表述错误的一项是（　　）。

A.西晋史学家陈寿所著的《三国志》，成书早于范晔的《后汉书》，后人因为推崇陈寿的史学与文笔，于《史记》《汉书》《后汉书》三史外，加上《三国志》，合称为"前四史"。

B.陶渊明，名潜，字元亮，世称靖节先生。他的作品《桃花源记（并序）》描绘了一幅没有剥削的社会图景，反映了古代农民的愿望与要求，是现实主义描写与浪漫主义精神结合的典范之作。

C.《玉台新咏》是南朝徐陵所编的一部诗歌总集，其中的《木兰诗》为我国最杰出的民间叙事诗。

D.南朝梁代刘勰所著的《文心雕龙》，全面总结了前代文学，把文学理论批评推向新的阶段，成为我国文学批评史上杰出的理论巨著。

7.下列有关文学常识的表述错误的一项是（　　）。

A.柳永，字耆卿，北宋专业词人。其人精通音律，擅长铺陈点染，"三秋桂子，十里荷花"一句出自他的《望海潮》。

B.北宋诗文革新运动先驱范仲淹，在他的名篇《岳阳楼记》中提出了正直的士大夫立身行事的准则，认为个人的荣辱升迁应置之度外，"不以物喜，不以己悲"，要"先天下之忧而忧，后天下之乐而乐"。

C.北宋中叶的文坛领袖欧阳修，其散文平易晓畅，委婉多姿，其中一组有连续性的八篇游记，称为"永州八记"，是山水散文的珍品。

D.苏洵，字明允，号老泉，与其子苏轼、苏辙合称"三苏"。擅长史论，文笔纵横姿肆，《六国论》是其代表作。

8.下列有关文学常识的表述错误的一项是（　　）。

A.林逋，字君复，北宋著名诗人，他一生不做官不婚娶，梅妻鹤子，其诗"疏影横斜水清浅，暗香浮动月黄昏"，历为传诵，是咏梅诗中的极品。

B.司马光主编的《资治通鉴》是我国最大的一部编年体通史，书名起先为《通志》，宋神宗改名为《资治通鉴》，认为该书"鉴于往事，有资于治道"。

C.宋代女词人李清照，号易安居士，她的后期词作常含故国之思和身世之感，《声声慢》是这方面的代表作。

D.宋末诗人文天祥，一生致力于国事，诗文洋溢着坚贞不屈的爱国情怀，其《正气歌》中的诗句"人生自古谁无死，留取丹心照汗青"，一直被后人传诵。

9.下列有关文学常识的表述错误的一项是（　　）。

A.关汉卿、王实甫、白朴、马致远被称为"元曲四大家"，他们的代表作分别有《窦娥冤》《西厢记》《汉宫秋》《倩女离魂》。

B."南戏中兴之祖"是人们对南戏优秀作品《琵琶记》的誉称，该剧为元末高明所作。

C."临川四梦"是明代剧作家汤显祖四部剧作的合称，即《牡丹亭》《南柯记》《邯郸记》《紫钗记》。因作家是江西临川人，且四部作品皆以神灵梦感来启开情节，故得此名。

D.马致远，字千里，号东篱，元散曲作家中成就最高者。其中《天净沙·秋思》及《夜行船·秋思》尤为著名。

10.下列文学常识的表述不正确的一项是（　　）。

A.小令的基本形式是单支曲，又称"叶儿"。每支小令只用一个曲牌，一韵到底，多用来写景抒情，如马致远的《天净沙·秋思》便是一首脍炙人口的佳作。

B.套数又名套曲，就是在同一宫调内，联接许多曲牌成一组曲，来歌咏一个内容，可写景抒情，也可叙述故事，如睢景臣的《哨遍·高祖还乡》

C.杂剧是古典戏曲的一种形式，产生于金末元初，是在金院本和诸宫调的影响下，吸收历代各种表演艺术成果而形成的完整而成熟的戏剧艺术。

D.元杂剧可分为旦本（女主角主唱）和末本（男主角主唱）两种，在结构上包括四折一楔子，每折戏可用不同的宫调演唱。

11.下列文学常识的表述不正确的一项是（　　）。

A.传奇的名称曾用来指唐宋文人用文言写作的短篇小说，到明代专指一种特定的戏曲形式。

B.与宋元南戏一脉相承的传奇，在明代有两大流派，即以汤显祖为代表的"临川派"和以沈王景为代表的"吴江派"。

C.传奇的戏剧结构，篇幅长短不限，视故事情节而增减，一段戏称为一出，通常一部作品有几十出。

D.清代最杰出的传奇作家和作品是洪昇的《桃花扇》和孔尚任的《长生殿》，这两部作品的思想性和艺术性都有较高成就，成为清代传奇发展的顶峰。

12.下列文学常识的表述不正确的一项是（　　）。

A.话本产生于南宋，是说话艺人讲说故事的底本，它是适应都市的繁荣和市民阶层的需要而产生的。

B.拟话本是模拟话本而作的小说，其名最初见于鲁迅的《中国小说史略》，著名的作品有冯梦龙的"三言"和凌蒙初的"二拍"。

C.冯梦龙的"三言"又称"古今小说"，它包括《喻世明言》《警世通言》《醒世恒言》。

D.起源于宋元说话的章回小说，以分回标目为主要特点，盛行于明清两代，是我国古代长篇小说的主要形式。

13.下列文学常识的表述不正确的一项是（　　）。

A.作为中国古典小说之一的演义小说，它主要以通俗的语言，依正史记载结合野史杂记及民间传说，加以深化铺陈而成，如《三国演义》。

B.神怪小说大多是写神仙怪诞之事，但其中亦蕴含着作者对现实的态度，吴承恩的《西游记》就是神怪小说的鸿篇巨作。

C.产生于明代，以描述世俗生活为主的世情小说流传下来的作品以《金瓶梅》为代表。

D.谴责小说是以暴露社会、指责政治腐败为主的批判现实主义小说，李伯元的《二十年目睹之怪现状》就是一部谴责小说的上乘之作。

14.下列文学常识的表述不正确的一项是（　　）。

A.《草堂诗余》《东坡乐府》《稼轩长短句》《白石道人歌曲》均是词集。

B.把长篇小说分成若干章节，每一章节叫做"一回"，用这种形式写成的小说叫做"章回小说"，如《红楼梦》《三国演义》《水浒传》等。

C.《阿房宫赋》《师说》《论积贮疏》《项脊轩志》《石钟山记》都在标题中标明了文体。

D."念奴娇""永遇乐""水调歌头""倘秀才""西江月""扬州慢""雨霖铃"等都是词牌名。

15.下列文学常识的表述不正确的一项是（　　）。

A.章回小说中常出现"话说""看官"等字眼，可明显看到话本的痕迹与影响。

B."论"以论证为主要议论方式，以析透彻为宗旨，一般而言，人物论、史论等较庄重的内容大多采用这一文体，如贾谊的《过秦论》、苏洵的《六国论》。

C.疏也称奏疏、奏章，是臣下向君王进言的文书。一般采用分条陈述的方式，贾谊的《论积贮疏》是疏中的名篇。

D.唐宋传奇是魏晋笔记小说上发展起来的一种情节曲折奇特、结构完整的短篇小说，《灌园叟晚逢仙女》就是其中的名篇之一。

16.下列文学常识的表述正确的一项是（　　）。

A."风骚"一词起源于《诗经》和《楚辞》。"风"是《诗经》中传统的表现手法，"骚"指楚辞开创者屈原的代表作《离骚》，"风骚"并称，后来成了文学的泛称。

B.元曲包括散曲和杂剧，而散曲又包括小令和套数，两种形式。元代著名杂剧作家马致远的《天净沙·秋思》和明代散曲作家王磐的《朝天子·咏喇叭》都是小令，元代睢景臣的《[般涉调]哨遍·高祖还乡》则属套曲。

C.元明清三代的小说超过以前所有的时代，尤以章回体长篇小说光辉夺目。继元明两代产生的《三国演义》《水浒传》《西游记》之后，到了清代又产生了《聊斋志异》《儒林外史》《红楼梦》等长篇小说名著，达到了古典小说的顶峰，让后世学者对它们产生了无穷的兴趣。

D.散曲包括套曲和杂剧，是盛行于元代的一种曲子形式，形式比较自由。

17.下列有关文学常识的表述错误的一项是（　　）。

A.我国第一部诗歌总集《诗经》，原名《诗》或《诗三百》，直到汉代以后，儒家把它奉为经典，才称为《诗经》，它的现实主义精神，成为我国诗歌现实主义优良传统的源头。

B.《楚辞》是我国继《诗经》之后的又一部诗歌总集，是我国浪漫主义诗歌创作的源头。它是东汉刘向搜集屈原及其弟子宋玉等作家的作品编辑而成的。

C.被刘知己称为"著述罕闻，古今卓绝"的《左传》是我国第一部叙事详备的编年史，也是一部杰出的历史散文著作。

D.《战国策》是刘向编订的一部国别体史书，它以其独特的语言风格，雄辩的论说，铺张的叙事，尖刻的讽刺，耐人寻味的幽默，标志着我国古代历史散文发展到了一个新的高度。

18.下列有关文学常识的表述正确的一项是（　　）。

A.《论语》是儒家经典著作之一，主要记述孔子的言行，内容涉及哲学、政治、伦理、道德、文学、教育等各方面，是了解儒家学说最直接、最宝贵的资料。

B.记录墨子及其弟子言行的《墨子》一书，由墨子的弟子整理而成。墨子宣传"非攻"与"兼爱"，其学说与孔子的儒学在战国时期影响极大，与儒学并称为"显学"。

C.道家经典《老子》由老子所著，以其"言道德之意"，所以又称《道德经》。老子，姓李名耳，为道家创始人。

D.道家学派的另一著作《庄子》，是庄周所著，其文语汇丰富，多用寓言，想象丰富，形成一种汪洋恣肆、富有浪漫主义色彩的独特风格。鲁迅先生说："其文则汪洋辟阖，仪态万方，晚周诸子之作，莫能先也。"

19.下列文学常识的表述不正确的一项是（　　）。

A.辞赋是词和赋的统称。"辞"产生于战国时的楚国，也叫"楚辞"，以屈原《离骚》为代表，又称"骚体"。"赋"的名称则最早见于战国后期荀况的《赋篇》，到汉代形成特定体制。

B.骈文是一种和散文相对的文体，起源于汉末，形成于魏晋，盛行于南北朝，它的最大特点是讲究对仗，即所谓"骈偶"（两马并驾为骈，两人并处为偶）。

C.古文又称古体文，是唐人对唐以前的文体的称呼。中唐时韩愈、柳宗元等发起的古文运动，实际上是一种先秦两汉散文的回归。

D.笔记体散文，属于古文中的杂记一类，因随笔所记，体制短小，形式活泼，故名笔记文。它特色各异，如刘义庆的《世说新语》重品评人物，沈括的《梦溪笔谈》重经世致用等。

20.下列文学常识的表述不完全正确的一项是（　　）。

A."乐府"在文学史上有三个概念：原指朝廷所设的音乐机构，后来把这个机构所采集、创作的歌辞统称为"乐府诗"，后世则又把唐代可以入乐的诗歌称为"乐府"，把魏晋至唐代可以入乐的诗歌和后人仿效乐府古题的作品称为"乐府"。宋、元、明时期的词、散曲和戏剧，因合音乐，有时也被称为"乐府"。

B.古体诗有两种含义：一指诗体名，也称古诗。古风与唐以后兴起的近体诗相对应；二是对于古代诗歌的泛称，以区别于现代诗歌。

C.近体诗又称今体诗，是唐代出现的新诗体，唐人为了与以前的古体诗相区别，故名之为"近体"。这种诗的主要特点是篇有定句，句有定字，韵有定位，字有定声，联有定对。

D.歌行是古体诗的一种，汉乐府诗题多用歌、行、曲、引、吟、叹、怨等，其中以"歌""行"最多,逐渐合称为一种诗体名。著名的作品有白居易的《长恨歌》等。

21.下列有关文学常识的表述不正确的一项是（ ）。

A.《孔雀东南飞》是保存下来的我国最早的一首长篇叙事诗,也是古乐府民歌的代表作,它与北朝的《木兰诗》并称为"乐府双璧"。

B.《孔雀东南飞》选自《玉台新咏》,原题为《古诗为焦仲卿妻作》。

C.《玉台新咏》是继《诗经》《楚辞》之后的又一部诗歌总集,它的作者是南朝陈的徐陵。

D.《孔雀东南飞》是汉乐府叙事诗发展的高峰,也是我国文学史上现实主义诗歌发展中的重要标志。

22.下列说法正确的一项是（ ）。

A.我国古代诗歌发展的顺序应该是诗经—楚辞—乐府—赋—辞—唐诗—宋词—元曲。

B.青莲居士、四明狂客、少陵野老、香山居士、"六一"居士、东坡居士、白石道人、湖海散人依次是指李白、孟浩然、杜甫、白居易、王安石、苏轼、姜夔、施耐庵。

C."古文运动"是指唐代中期韩愈、柳宗元提倡的一种文体和文学语言的革新运动。"古文"是指先秦两汉的散文,韩愈大力提倡这种文体,以反对六朝以来浮艳颓靡的形式主义文风,他的《师说》《劝学》《杂说》之四（《马说》）《祭十二郎文》是流传千古的优秀散文。

D."新乐府运动"是指唐朝中期白居易、元稹等人倡导的一种诗歌内容和形式的革新运动。"文章合为时而著,歌诗合为事而作",白居易主张用新题材创作乐曲和诗,用新乐府描写民生疾苦,反映社会现实,白居易的新乐府五十首（包括《卖炭翁》,李绅的《悯农》二首）都是新乐府运动中的优秀作品。

23.下列对作家作品的解说有误的一项是（ ）。

A.在我国古代文学史上,有许多名家常被人并称。例:"李杜"即李白与杜甫,"韩柳"即韩愈与柳宗元,"苏辛"即苏轼与辛弃疾。

B."三言二拍"是我国古代五部短篇小说集的总称,作者是明代的冯梦龙。

C."三曹"指的是汉末曹操及他的两个儿子曹丕、曹植,他们在诗歌创作上有很高的成就,"三苏"指的是宋朝的苏洵与他的两个儿子苏轼与苏辙,他们在诗歌和散文上各有成就。

D.唐代柳宗元的《小石潭记》是一篇山水游记;宋代欧阳修的《醉翁亭记》是一篇台阁名胜记;明代归有光的《项脊轩志》是一篇人事杂记。

24.下列有关文学常识的表述,不正确的一项是（ ）。

A.我国第一部国别体史书是《战国策》,第一部叙事详细完整的历史著作是《左传》,第一部纪传体通史是《史记》,第一部断代史是《汉书》。

B.唐代"古文运动"是我国一次文体改革运动，到了宋代继续提倡这种改革，出现了被世人称颂的"唐宋八大家"：韩愈、柳宗元、欧阳修、王安石、苏洵、苏轼、苏辙、曾巩。

C.继元杂剧后，我国明清两代的戏曲得到迅速发展，著名作品有汤显祖的《牡丹亭》、洪昇的《长生殿》和孔尚任的《桃花扇》。

D.《左传》也称《春秋左氏传》或《左氏春秋》，是儒家经典之一，它既是一部内容丰富的史书，又有很强的文学性，作者相传为孔子同时代的左丘明。

25.下列有关文学常识的表述，不正确的一项是（   ）。

A."骚体"又称"楚辞体"，得名于屈原的《离骚》，特点之一是多用"兮"字。

B.散曲包括套曲和杂剧，是盛行于元代的一种曲子形式，体式比较自由。

C.《秋浦歌》是唐代诗人李白的作品。

D.词是诗歌的一种，最初是配合音乐来歌唱的，根据字数多少，可分为小令、中调、长调。由于词的句子长短不一，所以也称为"长短句"。

26.下列有关文化常识的表述，不正确的一项是（   ）。

A.九品中正制是我国魏晋南北朝时期实行的一种官吏选拔制度。

B.国子监的掌管人员为祭酒、司业，进国子监读书的统称为监生。

C."六部"中吏部主管的事有官吏的任免、考核、升降及科举取士。

D.天干和地支循环相配得60组，古代既可用来纪年，也可用来纪日。

27.下列关于文学常识的表述，不正确的一项是（   ）。

A.冯梦龙编订的《喻世明言》《警世通言》《醒世恒言》合称"三言"，其中保存了不少宋元"话本"，也有不少明人的"拟话本"。

B.李贺、李煜、李清照三位分别是我国唐代、南唐和北宋初期著名的诗人、词人。

C.从文学作品体裁看，《三国演义》《水浒传》《西游记》《红楼梦》是同一类。

B.从文学作品体裁看，《牡丹亭》《西厢记》《桃花扇》《长生殿》是同一类。

28.下列有关文学常识的表述，错误的一项是（   ）。

A.《诗经》是我国最早的一部诗歌总集，收集了从西周初到春秋中叶近500年间的诗歌305篇。它以四言诗为主，普遍运用赋、比、兴的表现手法。

B.杂剧在元代文学中有突出的地位，代表作有关汉卿的《窦娥冤》、王实甫的《西厢记》、孔尚任的《桃花扇》和马致远的《汉宫秋》等。

C.《楚辞》是屈原、宋玉等人作品的总集，这些作品具有浓厚的楚地色彩，屈原的长诗《离骚》是其中的代表作。

D.白居易的《长恨歌》《琵琶行》是具有感伤色彩的叙事诗，他的《新乐府》则反映了较强的批判现实的精神。

29.下列有关文学常识的表述，错误的一项是（　　）。

A.《左传》《史记》等历史散文作品，以"实录"的笔法将人物写得真实丰满，有血有肉。

B.《项脊轩志》以清淡朴素的笔法写身边琐事，亲切动人。它的作者归有光被认为是"桐城派"的代表人物。

C.《论语》记载了孔子及其弟子的言行。体现了孔子政治、伦理、哲学、教育等方面的思想，是儒家重要的经典，被列为"四书"之一。

D.司马迁的《史记》开纪传体史书的先河，我们熟悉的《鸿门宴》和《项羽之死》均出自《史记·项羽本纪》。

30.下列作品、作家、朝代对应不正确的一项是（　　）。

A.《五柳先生传》——陶渊明——东晋

《项脊轩志》——归有光——明代

B.《牡丹亭》——汤显祖——明代

《儒林外史》——吴敬梓——清代

C.《归田园居》——陶渊明——东晋

《搜神记》——干宝——晋代

D.《九章》——屈原——战国

《昭明文选》——刘勰——南朝

31.下列文学常识表述不正确的一项是（　　）。

A.《诗经》采用"赋""比""兴"的艺术表现手法，句式以四言为主，间用杂言，章法上多用重章叠句，反复咏叹，但亦有变化。

B.我国第一部文言志人小说集是《世说新语》。

C.我国第一部长篇讽刺小说是吴敬梓的《儒林外史》。

D.小李杜是指唐代诗人李白和杜甫，大李杜是指晚唐诗人李商隐和杜牧。

32.下列文学常识表述不正确的一项是（　　）。

A.杜甫的"三吏""三别"分别是《新安吏》《石壕吏》《潼关吏》和《新婚别》《垂老别》《无家别》。

B.《史记》和《汉书》被称为"史学双璧"。

C.左思的"三都赋"指《蜀都赋》《吴都赋》《魏都赋》。

D.建安文学"三曹"是指曹操、曹丕、曹植，汉代"三班"父子指班彪、班固、班昭。

33.下列文学常识表述不正确的一项是（　　）。

A."四书""五经"指《大学》《中庸》《孟子》《论语》，《诗》《书》《礼》《易》《春秋》。

B.中国四大古典名著指罗贯中的《三国演义》、施耐庵的《水浒传》、吴承恩的《西游记》、曹雪芹的《红楼梦》。

C."临川四梦"指元代剧作家汤显祖作的《牡丹亭》《紫钗记》《邯郸记》《南柯梦》。

D.元曲四大家指关汉卿、马致远、白朴、郑光祖。

34.《左传》和《国语》的区别表述正确的一项是（　　）。

A.《左传》侧重于记事，《国语》侧重于记言。

B.《左传》多为零碎的片段史料，《国语》系统完整。

C.《左传》是我国最早的国别体史书，《国语》是我国第一部编年体史书。

D.《国语》的作者是刘向，《左传》的作者是左丘明。

35.下列文学常识表述不正确的一项是（　　）。

A.司马迁写《史记》，不单是为了记载历史陈迹，而是为了"成一家之言"。

B.词分小令、中调和长调，这是依据字数的多少来划分的。

C.古体诗和近体诗是从诗的音律角度来划分的，二者的区别是：近体诗的行数、字数和用韵不固定，古体诗的行数、字数和用韵固定。

D."汉乐府"本是汉武帝设立的掌管音乐的官府，后来成为诗体的名称。《木兰诗》和《孔雀东南飞》被称为"乐府双璧"。

36.下列文学常识表述不正确的一项是（　　）。

A.关汉卿的《窦娥冤》和王实甫的《西厢记》代表了元杂剧的最高成就。

B.千古名句"海内存知己，天涯若比邻"表现了作者乐观豁达的胸襟和对友人的真挚情谊。

C.中国古代戏剧以"戏"和"曲"为主要因素，称为"戏曲"。主要包括南戏、杂剧、传奇以及各种地方戏。

D.传奇是明代的主要戏曲样式。明代传奇代表作有汤显祖的《牡丹亭》、洪昇的《长生殿》和孔尚任的《桃花扇》等。

37.下列文学常识表述不正确的一项是（　　）。

A.唐传奇的出现，标志着我国古典小说的成熟，著名的传奇有元稹的《莺莺传》、李朝威的《柳毅传》。

B.魏晋南北朝时期出现的"志怪"和"志人"小说，"志怪小说"如干宝的《搜神记》，"志人小说"如刘义庆的《世说新语》。《世说新语》是我国最早的一部笔记体小说集。

C.明代出现了"拟话本"，即明代文人模拟话本的体制写成的作品，如凌蒙初的《杜十娘怒沉百宝箱》。

D.韩愈是唐宋八大家之一。他的诗和散文成就都很高，在《马说》一文中他慨叹道："千里马常有，而伯乐不常有。"

38.下列对文学常识的表述，不正确的一项是（　　）。

A.《鲁提辖拳打镇关西》节选自《水浒传》，作者施耐庵。

B.《关雎》和《蒹葭》两首诗都选自《诗经》。

C.《江城子·密州出猎》中的"江城子"为词牌名。

D.《破阵子·为陈同甫赋壮词以寄之》选自《稼轩长短句》，作者苏轼。

39.下列文学常识表述有误的是（　　）。

A.在中国文学史上的唐宋八大家中，有苏氏三父子，他们是父亲苏洵，儿子苏轼和苏辙。

B.《马说》和《捕蛇者说》的作者分别是柳宗元、韩愈。

C."大漠孤烟直，长河落日圆"出自唐代诗人王维的《使至塞上》。

D.《孟子》是记录孟子及其弟子思想观点和政治活动的书。

40.下列文学常识表述有误的是（　　）。

A.《论语》是记录孔子及其弟子的言行的书。

B.《陋室铭》中"无丝竹之乱耳"中的"丝竹"指奏乐的声音。

C."初唐四杰"是指杜牧、王勃、骆宾王、王维。

D.《醉翁亭记》以"醉""乐"二字提挈全篇，表达了作者与民同乐的思想。

41.下列文学常识错误的一项（　　）。

A.《桃花源记》的作者是陶渊明，宋代人，他的作品还有《岳阳楼记》。

B.苏轼《水调歌头》中的"但愿人长久，千里共婵娟"，表达了与亲人共赏人间美景的心愿，体现了诗人积极乐观的人生态度。

C.《水浒传》中的英雄性格各不相同，但在"义"这一点上却是共同的。晁盖劫取生辰纲是义，宋江私放晁盖是义，鲁提辖拳打镇关西也是义。

D.《左传》相传是春秋时期左丘明所作，是根据鲁史写的编年体史书。

42.下面表述有错误的一项是（　　）。

A.《漱玉词》《稼轩长短句》的作者分别是李清照、辛弃疾。

B.封建王朝的官吏降职或者远调叫做谪。

C.《岳阳楼记》《醉翁亭记》《小石潭记》都是山水游记。

D.《茅屋为秋风所破歌》的作者是唐代诗圣杜甫。

43.下列各项表述有错误的一项是（　　）。

A."而立"代称三十岁，"而立之年"指遇事能明辨不疑的年龄；"不惑"代称四十岁，"不惑之年"指有所成就的年龄。

B.宋江、鲁智深、李逵、时迁都是中国古典名著《水浒传》中的人物。

C.《水调歌头·明月几时有》一词共分上下两片，上片问月，创造了一幅神话般的美丽境界；下片问天，表达了作者苏轼的旷达胸襟和对亲人的怀念。

D."唐宗宋祖，稍逊风骚"中的"风骚"指的是文学才华。其中"风"原指我国最早的一部诗歌总集《诗经》中的《国风》；"骚"原指《离骚》，"路漫漫其修远兮，吾将上下而求索"就是出自这部作品。

44.下列说法有误的一项是（　　）。

A.乐府本是汉武帝时掌管音乐的官署，后来成为诗体名称，宋元以后有时将词、曲也称为乐府。

B.蒲松龄，清代小说家。他的代表作《聊斋志异》是我国古代优秀的文言短篇小说集。

C.在古代，"江"指长江，"河"指黄河，今天的"江""河"则泛指河流。

D.《史记》《汉书》《后汉书》与《三国志》被称作前四史，它们与《资治通鉴》一样都是被称为"正史"的二十四史的组成部分。

45.下列文学常识的解说有误的一项是（　　）。

A.《望岳》《春望》《茅屋为秋风所破歌》都是唐朝诗人杜甫写的诗。

B.宋濂《送东阳马生序》是一篇赠序，有临别赠言的性质。

C.成语"一鼓作气""扑朔迷离""黔驴技穷"分别出自于《曹刿论战》《口技》《黔之驴》。

D.《蒹葭》选自我国最早的一部诗歌总集《诗经》，《木兰诗》选自宋朝郭茂倩编的《乐府诗集》。

46.下列说法有错误的一项是（　　）。

A.《诗经》是我国最早的诗歌总集，分风雅颂三大类。《史记》是我国第一部纪传体通史。

B.魏学伊《核舟记》、林嗣环的《口技》均选自清代张潮编辑的《虞初新志》。

C.《孟子》一书，相传是孟子的弟子所作。孟子是儒家思想的代表人物，地位仅次于孔子，后世常以孔孟并称。

47.下列有关文学常识的表述，错误的一项是（　　）。

A.古人说的"弱冠"指的是男子20岁；"桑梓"指的是故乡；"鸿雁"常用来喻指书信。

B.施耐庵的《三国志通俗演义》是我国第一部长篇章回体历史演义小说，它与《水浒传》《西游记》等书都是古典白话小说的典范。

C.《史记》的作者是西汉著名的史学家和文学家司马迁。

48.下列文学常识表述不完全正确的是（　　）。

A.《关雎》是我国第一部诗歌总集《诗经》中的作品，《天净沙·秋思》是元朝马致远所作的散曲。

B.《木兰诗》是我国南北朝时期北方的一首乐府民歌，它叙述了木兰女扮男装、代父从军、建功立业、辞官还乡的故事。

C.按写作年代的先后排列下面的文章正确的顺序是《出师表》《捕蛇者说》《醉翁亭记》《陋室铭》。

49.对文学常识的表述，完全正确的一项是（　　）。

A.曹禺、原名万家宝，我国著名的戏剧家，代表作品有：《雷雨》《日出》《虎符》《北京人》等。

B.元杂剧的四大悲剧是：关汉卿的《窦娥冤》，马致远的《汉宫秋》，白朴的

《梧桐雨》和郑光祖的《赵氏孤儿》。

C."风雅"指的是《诗经》中的《国风》和《大雅》《小雅》，儒家诗论把"风""雅"列为"诗经六义"的两类。

50.下列有关文学常识的表述，错误的一项是（　　）。

A.《左传》《史记》等历史散文作品，以"实录"的笔法将人物写得真实丰满，有血有肉。

B.《项脊轩志》以清淡朴素的笔法写身边琐事，亲切动人。它的作者归有光被认为是"桐城派"的代表人物。

C.《毛遂自荐》出自《史记·平原君虞卿列传》。平原君是赵国公子赵胜的封号。除他以外，战国四君子中的其他三位是：魏国的信陵君魏无忌，齐国的孟尝君田文，楚国的春申君黄歇。

51.下列作家与他们的字、号、谥号、别称一一对应有误的一组是（　　）。

A.李白—青莲居士　欧阳修—六一居士　白居易—香山居士

B.杜甫—子美　柳宗元—子厚　苏轼—子瞻

C.范仲淹—文正　陆游—放翁　柳宗元—柳泉居士

D.陶渊明—五柳先生　韩愈—昌黎先生　李清照—易安居士

52.下列表述有误的一项是（　　）。

A.《促织》选自蒲松龄的《聊斋志异》。蒲松龄，字留仙，世称聊斋先生。清代著名文学家。

B.《序》的作者是孙文，字中山，别号逸仙。是我国民主革命的伟大先行者。

C.《柳敬亭传》的作者是黄宗羲，世称梨洲先生，是我国明末清初著名思想家和历史学家。

53."何竟日默默在此，大类女郎也"中"竟日"即（　　）。

A.终日　　　　　　B.连日　　　　　　C.往日

54."美"字最初的含义是（　　）。

A.羊大即为美

B.戴着头饰站立的人

C.土地里生长的花朵

D.远方茂盛的森林

55.《资治通鉴》是北宋年间何人主编的一部编年体的历史巨著？（　　）

A.王安石　　　　B.司马光　　　　C.欧阳修　　　　D.苏轼

56.李白的诗风是（　　）。

A.沉郁、雄浑　　　B.豪迈、奔放　　　C.通俗、易懂　　　D.狂傲、不驯

57.下列哪把宝剑是王勃《滕王阁序》里提到的？（　　）

A.莫邪剑　　　　B.干将剑　　　　C.龙泉剑　　　　D.鱼肠剑

58.下列选项中与"亡羊补牢"意思最接近的是（　　）。

A.人无远虑，必有近忧

B.祸兮，福之所倚，福兮，祸之所伏

C.往者不可谏，来者犹可追

D.失之东隅，收之桑榆

59.杨柳青青江水平，闻郎江上（　　）歌声。

A.唱　　　　　　　　B.踏　　　　　　　　C.吟

60.下列说法有误的一项是（　　）。

A.《论语》是春秋战国时期儒家学派的创始人孔子所著的一本书，记录的是孔子的言行。

B.《史记》是我国第一部纪传体通史，全书共一百三十篇。作者是西汉史学家、文学家司马迁。被誉为"史家之绝唱，无韵之离骚"。

C.王羲之是东晋杰出的书法家，被称为"书圣"。他的《兰亭集序》帖是我国古代书法艺术最灿烂的瑰宝，被称为"天下第一行书"。

D.《左传》《史记》等历史散文作品，以"实录"的笔法将人物写得真实丰满，有血有肉。

61.下列说法有误的一项是（　　）。

A.小说以塑造人物形象为中心，通过完整的故事情节的叙述和典型的环境描写来反映社会生活。

B.诗歌在漫长的历史进程中，演化出许多不同的形式。诗、词、曲，从文学角度看都是诗歌。但赋除外。

C.剧本通常包括两个部分，一是剧作家的舞台提示，一是人物自身的台词。

D.散文在写法上往往从细小处落笔，在细微的描绘中见精彩。

62.下列说法有误的一项是（　　）。

A.《论语》是儒家的经典著作之一，与《大学》《中庸》《孟子》合称为"四书"。

B.《左传》相传是战国时期鲁国史官左丘明所写，课文《曹刿论战》就选自其中。

C.《史记》是我国第一部纪传体通史，全书共一百三十篇。被鲁迅称为"史家之绝唱，无韵之离骚"。

D.人们常用"唐诗、宋词、元曲、明清小说"概括唐、宋、元、明、清这几个时期突出的文学形式。

63.下列说法有误的一项是（　　）。

A.古代刻在器物上用来警诫自己或者称颂功德的文字，叫做"铭"。后来就成为一种文体。这种文体一般是用韵的。

B."说"在古代是一种表明自己观点的文体。比如《马说》《黄生借书说》《爱莲说》。

C.范仲淹是北宋著名文学家、政治革新家，世称王荆公，又称临川先生。"唐宋八大家"之一，散文《游褒禅山记》提出治学必须采取"深思而慎取"的态度。

D.词起源于隋，在唐代开始发展。中唐张志和、王建、白居易等都创作了一些成功的作品，晚唐五代时温庭筠、韦庄、李煜等的创作使文人词得到长足发展。至北宋柳永、苏轼登上词坛，词自此拓宽了题材表现范围。其中柳永大力发展慢词，表现市井生活和羁旅情怀，扩大了词的容量。

64.下列说法有误的一项是（　　）。

A.婉约派是宋词一大流派。该派词作情思细腻、语言华美，代表词人有晏殊、李清照等。

B."诸子百家"中对后世产生过重大影响的学派有儒家、道家、法家、墨家等。

C.词又称"长短句"，句式长短不一。始于宋代。苏轼和辛弃疾是豪放词派的代表人物，而李清照可以说是婉约词派的代表。

D.《关雎》和《蒹葭》两首诗都充分体现了《诗经》在创作手法上的特点，即一唱三叹，反复吟咏。

65.下列有关文学常识的表述不正确的一项是（　　）。

A.孟子，名轲，字子舆，战国时儒家代表人物，世称亚圣。思想核心为"仁义"，主张实行仁政，在人性上提出"性善论"，主要作品为《孟子》，共7篇，记载了孟子的思想和政治言论。

B.曹操，字孟德，追尊为武帝，"三曹"之首。主要作品为《魏武帝集》。代表作有《龟虽寿》《短歌行》《观沧海》等。开创"建安风骨"新风，鲁迅称他是"改造文章的祖师"。

C.《阿房宫赋》选自《樊川文集》，作者是杜牧，字牧之，号樊川居士，唐代诗人，与李商隐并称"小李杜"。因晚年居长安南樊川别墅，故后世称"杜樊川"，著有《樊川文集》。

D.李白，字太白，别号青莲居士，是我国古代继屈原之后的又一个伟大的浪漫主义诗人，世称"诗仙"。与杜甫齐名，人称"李杜"。唐代三大诗人之一。主要作品为《梦游天姥吟留别》《蜀道难》《子夜吴歌》《长恨歌》《望天门山》《秋浦歌》《秋登宣城谢朓北楼》等，结为《李太白集》，属古典诗歌艺术的高峰。韩愈称赞说："李杜文章在，光焰万丈长。"

66."但愿人长久，千里共婵娟"中的"婵娟"指的是（　　）。

A.月亮　　　　　　B.姻缘

67."爆竹声中一岁除，春风送暖入屠苏"，这里的"屠苏"指的是（　　）。

A.苏州　　　　B.房屋　　　　C.酒　　　　D.庄稼

68."拱手而立"表示对长者的尊敬，一般来说，男子行拱手礼时应该（　　）。

A.左手在外　　　　　B.右手在外

69.我国的京剧脸谱色彩含义丰富，红色一般表示忠勇侠义，白色一般表示阴险奸诈，那么黑色一般表示（　　）。

A.忠耿正直　　　　　B.刚愎自用

70.《三十六计》是体现我国古代卓越军事思想的一部兵书，下列不属于《三十六计》的是（　　）。

A.浑水摸鱼　　　　B.反戈一击　　　　C.笑里藏刀　　　　D.反客为主

71."床前明月光"是李白的千古名句，其中"床"指的是（　　）。

A.窗户　　　　　　B.卧具　　　　　　C.井上的围栏

72."月上柳梢头，人约黄昏后"描写的是哪个传统节日？（　　）

A.中秋节　　　　　B.元宵节　　　　　C.端午节　　　　　D.七夕节

73.我国古代有很多计量单位，比如诗句"黄河远上白云间，一片孤城万仞山"中的"仞"，一仞约相当于（　　）。

A.一个成年人的高度

B.成年人一臂的长度

74.下列哪一句诗描写的场景最适合采用水墨画来表现？（　　）

A.落霞与孤鹜齐飞，秋水共长天一色

B.返景入深林，复照青苔上

C.孤舟蓑笠翁，独钓寒江雪

D.接天莲叶无穷碧，映日荷花别样红

75.下列哪个成语典故与项羽有关？（　　）

A.隔岸观火　　　　B.暗度陈仓　　　　C.背水一战　　　　D.破釜沉舟

76.《百家姓》中没有下面哪个姓？（　　）。

A.乌　　　　　　　B.巫　　　　　　　C.肖　　　　　　　D.萧

77."生旦净末丑"是京剧的行当，其中"净"是（　　）。

A.男角　　　　　　B.女角

78.我们常说的"十八般武艺"最初指的是（　　）。

A.使用十八种兵器的技能　　　　　B.十八种武术动作

79.下面哪个字常用作表示顺序的第五位？（　　）

A.戊　　　　　　　B.戍　　　　　　　C.戌

80.诸子百家中名家的特点是注重逻辑辩证，以下哪个典故能体现名家的这一特点？（　　）

A."白马非马"　　　B."指鹿为马"

81.古人的婚礼在什么时间举行？（　　）

A.早上　　　　　　B.中午　　　　　　C.傍晚

82."近朱者赤，近墨者黑"所蕴含的道理和下列哪句话最相似？（　　）

A.青出于蓝，而胜于蓝

B.蓬生麻中，不扶而直

C.公生明，偏生暗

83."天时不如地利，地利不如人和"出自（　　）。

A.《孟子》　　　　　B.《庄子》

84.我国书法艺术博大精深，请问"欧体"是指谁的字体？（　　）

A.欧阳修　　　　　B.欧阳询

85.文学史上被称作"小李杜"的是杜牧和（　　）。

A.李贺　　　　　　B.李商隐

86."大禹治水"的故事家喻户晓，大禹治理的是哪个流域的洪水？（　　）

A.长江流域　　　　B.黄河流域

87.古代宫殿大门前成对的石狮一般都是（　　）。

A.左雄右雌　　　　B.左雌右雄

88."结发"在古时是指结婚时（　　）。

A.丈夫把头发束起来

B.妻子把头发束起来

C.把夫妻头发束在一起

89."鄂尔多斯"在蒙古语中是什么意思？（　　）

A.大草原　　　　　B.盛产羊毛的地方

C.众多宫殿　　　　D.美丽的地方

90.《西游记》中唐僧的原型是（　　）。

A.玄奘　　　　　　B.鉴真

91.唐代诗人贾岛"二句三年得，一吟双泪流"的诗句是（　　）。

A.独行潭底影，数息树边身。

B.鸟宿池边树，僧敲月下门。

92.我国传统表示次序的"天干"共有几个字？（　　）

A.十个　　　　　　B.十二个

93.被誉为"万国之园"的是（　　）。

A.颐和园　　　　　B.圆明园

94."水"字属于下列哪种汉字构成方式？（　　）

A.象形字　　　　　B.表意字

95.道家思想在我国影响深远，请问历史中的哪一时期最接近道家所主张的无为而治？（　　）

A.文景之治　　　　B.光武中兴　　　　C.贞观之治　　　　D.开元盛世

96.下面哪句话出自《孟子》？（　　）

A.水能载舟，亦能覆舟

B.先天下之忧而忧，后天下之乐而乐

C.民惟邦本，本固邦宁

D.独乐乐，与人乐乐，孰乐？

97.下列哪个不是北京的别称？（　　）

A.大都　　　　　　B.中都　　　　　　C.上都　　　　　　D.南京

98.“讳疾忌医”典故中的君王是（　　）。

A.齐桓公　　　　　B.蔡桓公

99.“桃花潭水深千尺，不及汪伦送我情”诗中的“我”指的是（　　）。

A.杜甫　　　　　　B.李白

100.“一门父子三词客，千古文章八大家”这幅对联中提到的“三父子”是（　　）。

A.曹操、曹丕、曹植

B.苏洵、苏轼、苏辙

C.班彪、班固、班超

101.我国古代诗歌最早的诗体是（　　）。

A.四言诗　　　　　B.五言诗　　　　　C.七言诗

102.下列属于“五经”的是（　　）。

A.《左传》　　　　B.《春秋》　　　　C.《国语》

103.“老冉冉其将至兮，恐修名之不立”中“修”即（　　）。

A.修长　　　　　　B.修养　　　　　　C.美好

104.羁鸟（　　）旧林，池鱼思故渊。

A.念　　　　　　　B.盼　　　　　　　C.恋

105.一觞一咏，亦足以畅叙（　　）情。

A.游　　　　　　　B.幽　　　　　　　C.友

106.临邛道士鸿都客，能以（　　）致魂魄。

A.忠诚　　　　　　B.真诚　　　　　　C.精诚

107.《诗经》最基本的句式是（　　）。

A.四言　　　　　　B.五言　　　　　　C.六言

108.把《论语》《孟子》《大学》等合为“四书”的是（　　）。

A.颜回　　　　　　B.荀子　　　　　　C.朱熹

109.“自可断来信，徐徐更谓之”中“信”的意思是（　　）。

A.书信　　　　　　B.使者　　　　　　C.信息

110.羁鸟恋旧林，池鱼（　　）故渊。

A.盼　　　　　　　B.思　　　　　　　C.念

111.后之视（　　），亦犹今之视昔

A.昔　　　　　　　　B.昨　　　　　　　　C.今

112.别有（　　）暗恨生，此时无声胜有声。

A.忧愁　　　　　　　B.幽愁　　　　　　　C.幽情

113.《楚辞》以（　　）句式为主。

A.四言　　　　　　　B.五言　　　　　　　C.六言

114.中国现存的第一部编年体史书是（　　）。

A.《尚书》　　　　　B.《春秋》　　　　　C.《左传》

115."多谢后世人，戒之慎勿忘"中"谢"的意思是（　　）。

A.感谢　　　　　　　B.告诉　　　　　　　C.道歉

116.羁鸟恋旧林，池鱼思故（　　）。

A.泉　　　　　　　　B.源　　　　　　　　C.渊

117.后之视今，亦犹今之视（　　）。

A.后　　　　　　　　B.昔　　　　　　　　C.昨

118.永忆（　　）归白发，欲回天地入扁舟。

A.江山　　　　　　　B.江湖　　　　　　　C.江海

119.《诗经》的三种主要表现手法是赋、比和（　　）。

A.风　　　　　　　　B.颂　　　　　　　　C.兴

120.我国第一部叙事详尽的编年体史书是（　　）。

A.《史记》　　　　　B.《左传》　　　　　C.《资治通鉴》

121."晨兴理荒秽，带月荷锄归"中"兴"的意思是（　　）。

A.高兴　　　　　　　B.起来　　　　　　　C.兴奋

122.群燕辞归（　　）南翔，念君客游思断肠。

A.鸿　　　　　　　　B.鹄　　　　　　　　C.鹤

123.仰观宇宙之大，俯察（　　）类之盛

A.物　　　　　　　　B.种　　　　　　　　C.品

124.此情可待成追忆，只是当时已（　　）。

A.枉然　　　　　　　B.惘然　　　　　　　C.茫然

125.以下作品中作者不是屈原的是（　　）。

A.《九辩》　　　　　B.《九章》　　　　　C.《九歌》

126.我国第一部国别体史书是（　　）。

A.《国语》　　　　　B.《史记》　　　　　C.《春秋》

127."寓形宇内复几时，曷不委心任去留"中"委心"的意思是（　　）。

A.随心　　　　　　　B.放心　　　　　　　C.称心

128.喧鸟覆春洲，杂英满（　　）甸。

A.花　　　　　　　　B.芳　　　　　　　　C.秋

129.寓形宇内复几时，曷不（　　）心任去留！

A.由　　　　　　　　B.放　　　　　　　　C.委

130.蓬山此去无多路，青鸟（　　）为探看。

A.殷勤　　　　　　　B.殷殷　　　　　　　C.殷切

131.先秦诸子中，援引神话故事最多的是（　　）。

A.《老子》　　　　　B.《庄子》　　　　　C.《墨子》

132.我国第一部纪传体断代史是（　　）。

A.《战国策》　　　　B.《汉书》　　　　　C.《史记》

133."问征夫以前路，恨晨光之熹微"中"征夫"即（　　）。

A.远行的人　　　　　B.服役的人　　　　　C.出征的士兵

134.（　　）风知我意，吹梦到西洲。

A.东　　　　　　　　B.春　　　　　　　　C.南

135.（　　）形宇内复几时，曷不委心任去留！

A.寄　　　　　　　　B.托　　　　　　　　C.寓

136.二十四桥明月夜，（　　）何处教吹箫。

A.美人　　　　　　　B.玉人　　　　　　　C.佳人

137.诸子散文中，最富有文学性和想象力的是（　　）。

A.《庄子》　　　　　B.《孟子》　　　　　C.《墨子》

138.《春秋》是先秦各国史书的通称，又是（　　）史书的专名。

A.秦国　　　　　　　B.楚国　　　　　　　C.鲁国

139."问征夫以前路，恨晨光之熹微"中"恨"的意思是（　　）。

A.痛恨　　　　　　　B.怨恨　　　　　　　C.遗憾

140.南风知我意，吹（　　）到西洲。

A.笛　　　　　　　　B.梦　　　　　　　　C.雪

141.登东（　　）以舒啸，临清流而赋诗。

A.岸　　　　　　　　B.崖　　　　　　　　C.皋

142.南朝四百八十寺，多少楼台（　　）中。

A.烟火　　　　　　　B.烟云　　　　　　　C.烟雨

143.一般认为，"汪洋恣肆"是（　　）的风格。

A.孟子　　　　　　　B.庄子　　　　　　　C.韩非子

144."究天人之际，通古今之变，成一家之言"的著作是（　　）。

A.《国语》　　　　　B.《史记》　　　　　C.《汉书》

145."倚南窗以寄傲，审容膝之易安"中"容膝"指（　　）。

A.子孙绕膝　　　　　B.躬身屈膝　　　　　C.狭小之地

146.无为在歧路，儿女共沾（　　）。

A.襟　　　　　　　　B.衿　　　　　　　　C.巾

147.风（　　）俱净，天山共色。

A.烟　　　　　　　B.云　　　　　　　C.霜

148.南朝四百八十寺，多少（　　）烟雨中。

A.亭台　　　　　　B.楼台　　　　　　C.楼船

149.鲁迅认为"晚周诸子之作，莫能先也"的是（　　）。

A.庄子　　　　　　B.韩非子　　　　　C.荀子

150.前四史指《史记》《汉书》《后汉书》和（　　）。

A.《宋书》　　　　B.《三国志》　　　C.《隋书》

151."富贵非吾愿，帝乡不可期"中的"帝乡"指（　　）。

A.帝王故乡　　　　B.皇宫　　　　　　C.天宫

152.江天一色无（　　）尘，皎皎空中孤月轮。

A.飞　　　　　　　B.微　　　　　　　C.纤

153.风烟俱（　　），天山共色。

A.静　　　　　　　B.净　　　　　　　C.竟

154.梨花院落溶溶月，柳絮池塘（　　）风。

A.淡淡　　　　　　B.静静　　　　　　C.阵阵

155.先秦散文有两大类，一是诸子散文，二是（　　）。

A.百家散文　　　　B.史传散文　　　　C.儒家散文

156.大量记录了先秦纵横家言论和谋略的是（　　）。

A.《左传》　　　　B.《国语》　　　　C.《战国策》

157."景翳翳以将入，抚孤松而盘桓"中的"景"指（　　）。

A.风景　　　　　　B.日光　　　　　　C.时光

158.露（　　）飞难进，风多响易沉。

A.浓　　　　　　　B.厚　　　　　　　C.重

159.登东皋以舒（　　），临清流而赋诗。

A.嚣　　　　　　　B.哮　　　　　　　C.啸

160.（　　）夕阴，气象万千。

A.朝霞　　　　　　B.朝阳　　　　　　C.朝晖

161.汉代继《诗经》《楚辞》而起的一种新诗体是（　　）。

A.古诗十九首　　　B.乐府　　　　　　C.汉赋

162.中国古代"史学双璧"指的是《史记》和（　　）。

A.《春秋》　　　　B.《资治通鉴》　　C.《汉书》

163."此地有崇山峻岭，茂林修竹"中"修"的意思是（　　）。

A.修饰　　　　　　B.美好　　　　　　C.长

164.草色新雨中，松声（　　）窗里。

A.旧　　　　　　　B.暮　　　　　　　C.晚

165.水皆缥（　　），千丈见底。

A.绿　　　　　　　B.青　　　　　　　C.碧

166.（　　）偕忘，把酒临风，其喜洋洋者矣

A.恩怨　　　　　　B.宠辱　　　　　　C.功名

167.中国古代最长的抒情诗是（　　）。

A.《长恨歌》　　　B.《离骚》　　　　C.《孔雀东南飞》

168.我国第一部按部首编排的字典是（　　）。

A.《说文解字》　　B.《尔雅》　　　　C.《康熙字典》

169.“固知一死生为虚诞，齐彭殇为妄作”中“一死生”的意思是（　　）。

A.一死一生　　　　B.一生一世　　　　C.等同生死

170.碧玉（　　）成一树高，万条垂下绿丝绦。

A.装　　　　　　　B.妆　　　　　　　C.状

171.急（　　）甚箭，猛浪若奔。

A.流　　　　　　　B.湍　　　　　　　C.波

172.居（　　）之高则忧其民；处江湖之远则忧其君。

A.庙堂　　　　　　B.朝堂　　　　　　C.朝廷

173.汉乐府民歌中最长的叙事诗是（　　）。

A.《木兰诗》　　　B.《陌上桑》　　　C.《孔雀东南飞》

174.《论语》中贯穿全文的思想是（　　）。

A.仁　　　　　　　B.义　　　　　　　C.道

175.“穷且益坚，不坠青云之志”中“穷”的意思是（　　）。

A.贫穷　　　　　　B.困厄　　　　　　C.穷尽

176.北风卷地（　　）草折，胡天八月即飞雪。

A.白　　　　　　　B.百　　　　　　　C.北

177.急湍甚箭，猛浪若（　　）。

A.奔　　　　　　　B.踊　　　　　　　C.涌

178.但闻（　　）虫声唧唧，如助余之叹息。

A.四周　　　　　　B.四野　　　　　　C.四壁

179.汉乐府的最大艺术特色为（　　）。

A.抒情性　　　　　B.叙事性　　　　　C.说理性

180.战国时期墨子的主要思想之一是（　　）。

A.仁义　　　　　　B.兼爱　　　　　　C.贵民

181.“明年春草绿，王孙归不归”中的“王孙”是（　　）。

A.帝王子孙　　　　B.人名　　　　　　C.对人的尊称

182.锦城虽（　　）乐，不如早还家。

A.云　　　　　　　B.言　　　　　　　C.曰

183.经（　　）世务者，窥谷忘反。

A.济 　　　　　　　B.营 　　　　　　　C.纶

184.望之（　　）而深秀者，琅琊也。

A.悠然 　　　　　　B.蔚然 　　　　　　C.粲然

185.中国文学史上文人五言诗成熟的标志是（　　）。

A.《诗经》 　　　　B.《孔雀东南飞》

C.《古诗十九首》

186.中国本土生长的宗教是（　　），产生于东汉中叶。

A.儒教 　　　　　　B.佛教 　　　　　　C.道教

187."初为霓裳后六幺"中的"霓裳"指的是（　　）。

A.舞衣 　　　　　　B.舞女 　　　　　　C.《霓裳羽衣曲》

188.主人何为言少钱，径须（　　）取对君酌。

A.换 　　　　　　　B.舀 　　　　　　　C.沽

189.经纶世务者，窥谷忘（　　）。

A.归 　　　　　　　B.本 　　　　　　　C.反

190.举以予人，如弃（　　）。

A.敝屣 　　　　　　B.地芥 　　　　　　C.草芥

191.以下合称中属于"建安文学"的是（　　）。

A.两司马 　　　　　B.三苏 　　　　　　C.三曹

192."三教九流"中的"三教"指的是（　　）。

A.儒法佛 　　　　　B.儒释道 　　　　　C.佛释道

193."开轩面场圃，把酒话桑麻"中的"桑麻"泛指（　　）。

A.桑树 　　　　　　B.农事 　　　　　　C.蓖麻

194.五花马，千金裘，呼儿（　　）出换美酒。

A.取 　　　　　　　B.斟 　　　　　　　C.将

195.负势竞上，互相轩（　　）。

A.远 　　　　　　　B.邈 　　　　　　　C.渺

196.便纵有千种（　　），更与何人说！

A.风流 　　　　　　B.风采 　　　　　　C.风情

197."建安七子"中称为"七子之冠冕"的是（　　）。

A.曹植 　　　　　　B.王粲 　　　　　　C.孔融

198."四书五经"是四书、五经的合称，全为（　　）经典著作。

A.道家 　　　　　　B.法家 　　　　　　C.儒家

199."鸡声茅店月，人迹板桥霜"中"茅店"指的是（　　）。

A.驿站 　　　　　　B.旅店 　　　　　　C.商店

200.钟鼓馔玉不足贵，但愿（　）醉不用醒。

A.长　　　　　　　B.沉　　　　　　　C.永

201.欲流之远者，必（　）其泉源。

A.注　　　　　　　B.疏　　　　　　　C.浚

202.怒涛卷（　），天堑无涯。

A.风雪　　　　　　B.霜雪　　　　　　C.雨雪

203.下列属于"建安七子"的是（　）。

A.嵇康　　　　　　B.阮瑀　　　　　　C.山涛

204.主张清静无为、顺其自然的是（　）。

A.儒家　　　　　　B.道家　　　　　　C.佛家

205.李白《闻王昌龄左迁龙标遥有此寄》，"左迁"指的是（　）。

A.降职　　　　　　B.升职　　　　　　C.平调

206.世间行乐亦如此，古来万（　）东流水。

A.物　　　　　　　B.事　　　　　　　C.人

207.（　）山难越，谁悲失路之人。

A.天　　　　　　　B.关　　　　　　　C.苍

208.乘醉听箫鼓，吟赏（　）。

A.烟花　　　　　　B.烟霞　　　　　　C.烟纱

209.我国诗歌史上第一首较为完整的七言诗是（　）。

A.曹丕《燕歌行》　B.王粲《七哀诗》　C.张衡《四愁诗》

210.禅宗是中国的重要（　）流派。

A.佛教　　　　　　B.道教　　　　　　C.儒教

211."忽如一夜春风来，千树万树梨花开"写的是（　）。

A.春色　　　　　　B.梨花　　　　　　C.雪景

212.白兔捣药秋（　）春，嫦娥孤栖与谁邻？

A.又　　　　　　　B.复　　　　　　　C.及

213.关山难越，谁悲（　）路之人？

A.失　　　　　　　B.迷　　　　　　　C.无

214.千里孤坟，无处话（　）。

A.悲凉　　　　　　B.凄凉　　　　　　C.苍凉

215.被评为"嵇志清峻，阮旨遥深"的诗风是指（　）。

A.建安诗风　　　　B.正始诗风　　　　C.西晋诗风

216.（　）首先提出了"无为而治"的主张。

A.孟子　　　　　　B.老子　　　　　　C.庄子

217."月落乌啼霜满天，江枫渔火对愁眠"是描写（　）。

A.春夜景色　　　　B.冬夜景色　　　　C.秋夜景色

218. 白兔捣药秋复春，嫦娥孤（　　）与谁邻?

    A.栖　　　　　　　　B.凄　　　　　　　　C.戚

219.萍水相逢，尽是（　　）乡之客。

    A.故　　　　　　　　B.他　　　　　　　　C.家

220.小舟从此逝，（　　）寄余生。

    A.江河　　　　　　　B.江湖　　　　　　　C.江海

221.以下不属于"竹林七贤"的是（　　）。

    A.嵇康　　　　　　　B.阮籍　　　　　　　C.刘勰

222.下列不属于"四书"的是（　　）。

    A.《论语》　　　　　B.《老子》　　　　　C.《孟子》

223."或百步而后止，或五十步而后止"中"或"的意思是（　　）。

    A.有的　　　　　　　B.或者　　　　　　　C.或许

224.扈江离与辟芷兮，纫（　　）兰以为佩。

    A.秋　　　　　　　　B.春　　　　　　　　C.冬

225.欲正其心者，先诚其（　　）。

    A.心　　　　　　　　B.意　　　　　　　　C.信

226.唯愿当歌对酒时，月光长照（　　）里。

    A.金樽　　　　　　　B.金杯　　　　　　　C.玉樽

227.我国古代田园诗派的始创者是（　　）。

    A.屈原　　　　　　　B.陶潜　　　　　　　C.王维

228.下列不属于"四书"的是（　　）。

    A.《论语》　　　　　B.《管子》　　　　　C.《孟子》

229."顺风而呼，声非加疾也，而闻者彰"中"彰"的意思是（　　）。

    A.表彰　　　　　　　B.明显　　　　　　　C.繁盛

230 扈江离与辟芷兮，纫秋兰以为（　　）。

    A.佩　　　　　　　　B.饰　　　　　　　　C.带

231.欲诚其意者，先致其（　　）。

    A.智　　　　　　　　B.知　　　　　　　　C.志

232.海客谈瀛洲，烟涛（　　）信难求。

    A.苍茫　　　　　　　B.微茫　　　　　　　C.渺茫

233.（　　）被称为"古今隐逸诗人之宗"。

    A.谢灵运　　　　　　B.颜延之　　　　　　C.陶渊明

234.下列不属于"四书"的是（　　）。

    A.《论语》　　　　　B.《墨子》　　　　　C.《孟子》

235."城非不高也，池非不深也"中的"城"是（　　）。

    A.城市　　　　　　　B.城墙　　　　　　　C.城门

236.日月忽其不（　　）兮，春与秋其代序。

A.淹　　　　　　　B.留　　　　　　　C.止

237.故学然后知不足，教然后知（　　）。

A.困　　　　　　　B.乏　　　　　　　C.难

238.清渭东流剑阁深，去住（　　）无消息。

A.往来　　　　　　B.古今　　　　　　C.彼此

239.我国诗史上被称"山水诗之鼻祖"的是（　　）。

A.谢灵运　　　　　B.颜延之　　　　　C.陶渊明

240.下列不属于"四书"的是（　　）。

A.《论语》　　　　B.《荀子》　　　　C.《孟子》

241."南有乔木，不可休思"中"乔"的意思是（　　）。

A.乔迁　　　　　　B.骄纵　　　　　　C.高大

242.日将暮兮（　　）忘归，惟极浦兮寤怀。

A.怅　　　　　　　B.怅　　　　　　　C.愁

243.吾尝跂而望矣，不如登高之（　　）见也。

A.远　　　　　　　B.广　　　　　　　C.博

244.（　　）世务者，窥谷忘反。

A.经营　　　　　　B.经济　　　　　　C.经纶

245."脚著谢公屐，身登青云梯"中"谢公"是（　　）。

A.谢安　　　　　　B.谢玄　　　　　　C.谢灵运

246.下列不属于"五经"的是（　　）。

A.《尚书》　　　　B.《诗经》　　　　C.《商君书》

247."汉有游女，不可求思"中"汉"的意思是（　　）。

A.汉族　　　　　　B.汉水　　　　　　C.武汉

248.自名秦罗敷，可（　　）体无比。

A.爱　　　　　　　B.羡　　　　　　　C.怜

249.穷且益坚，不（　　）青云之志。

A.坠　　　　　　　B.堕　　　　　　　C.弃

250.舞榭歌台，（　　）总被，雨打风吹去。

A.风流　　　　　　B.风波　　　　　　C.风光

251."蓬莱文章建安骨，中间小谢又清发"中"小谢"是指（　　）。

A.谢灵运　　　　　B.谢惠连　　　　　C.谢朓

252.下列不属于"五经"的是（　　）。

A.《周易》　　　　B.《诗经》　　　　C.《孔子家语》

253."江之永兮，不可方思"中"江"的意思是（　　）。

A.江河　　　　　　B.江水　　　　　　C.长江

254.硕鼠硕鼠，无食我（　　）。

A.菽　　　　　　　B.粟　　　　　　　C.黍

255.有亭（　　）然临于泉上者，醉翁亭也

A.翼　　　　　　　B.异　　　　　　　C.奕

256.钟鼓馔玉不足贵，（　　）不愿醒。

A.但求　　　　　　B.但愿　　　　　　C.仅愿

257. 我国第一部论诗专著是（　　）。

A.《诗品》　　　　B.《六一诗话》　　C.《沧浪诗话》

258.下列不属于"五经"的是（　　）。

A.《周易》　　　　B.《诗经》　　　　C.《国语》

259."日出江花红胜火，春来江水绿如蓝"中的颜色词是（　　）。

A.红、绿　　　　　B.红、绿、蓝　　　C.红、火、绿、蓝

260.水击（　　）千里，抟扶摇而上者九万里。

A.三　　　　　　　B.六　　　　　　　C.八

261.出不入兮往不反，平原忽兮路（　　）远。

A.遥　　　　　　　B.迢　　　　　　　C.超

262.惟（　　）之零落兮，恐美人之迟暮。

A.百花　　　　　　B.草木　　　　　　C.众芳

263.我国古代第一部文学批评巨著是（　　）。

A.《文心雕龙》　　B.《文始通义》　　C.《诗源辨体》

264.下列不属于"五经"的是（　　）。

A.《易经》　　　　B.《诗经》　　　　C.《道德经》

265."江之永兮，不可方思"中"永"的意思是（　　）。

A.流长　　　　　　B.永存　　　　　　C.永远

266.出不入兮（　　）不反，平原忽兮路超远。

A.去　　　　　　　B.行　　　　　　　C.往

267.不知彼不知己，每战必（　　）。

A.败　　　　　　　B.殆　　　　　　　C.怠

268.日暮乡关何处是，（　　）江上使人愁。

A.风波　　　　　　B.烟波　　　　　　C.清波

269.提出了"诗缘情而绮靡"说的是（　　）。

A.《文赋》　　　　B.《文心雕龙》　　C.《诗品序》

270.下列属于"五经"的是（　　）。

A.《周易》　　　　B.《老子》　　　　C.《国语》

271."王无罪岁，斯天下之民至焉"中"岁"的意思是（　　）。

A.年岁　　　　　　B.年成　　　　　　C.年月

272.我心伤（　　），莫知我哀。

A.苦　　　　　　　B.悲　　　　　　　C.痛

273.积土成山，风雨（　　）焉。

A.生　　　　　　　B.兴　　　　　　　C.行

274.所以游目骋怀，足以极（　　）之娱。

A.欢乐　　　　　　B.歌舞　　　　　　C.视听

275.（　　）是北朝民歌的代表作。

A.《西洲曲》　　　B.《陌上桑》　　　C.《木兰诗》

276.下列属于"五经"的是（　　）。

A.《尚书》　　　　B.《宋书》　　　　C.《汉书》

277."东有启明，西有长庚"中"启明""长庚"指的是（　　）。

A.金星　　　　　　B.火星　　　　　　C.木星

278.自名秦罗敷，可怜（　　）无比。

A.貌　　　　　　　B.体　　　　　　　C.美

279.古之圣人，其（　　）人也远矣，犹且从师而问焉。

A.出　　　　　　　B.去　　　　　　　C.超

280.五更鼓角声悲壮，三峡（　　）影动摇。

A.江汉　　　　　　B.星河　　　　　　C.星汉

281.与《孔雀东南飞》合称为"乐府双璧"的是（　　）。

A.《木兰诗》　　　B.《陌上桑》　　　C.《秦妇吟》

282.被后世尊称为儒家"亚圣"的是（　　）。

A.孔子　　　　　　B.荀子　　　　　　C.孟子

283."奚以之九万里而南为"中"南"的意思是（　　）。

A.南来　　　　　　B.往南　　　　　　C.南方

284.我有嘉宾，鼓（　　）鼓琴。

A.乐　　　　　　　B.笙　　　　　　　C.瑟

285.积水成（　　），蛟龙生焉。

A.渊　　　　　　　B.源　　　　　　　C.泉

286.或因寄所托，放浪（　　）之外。

A.形骸　　　　　　B.形体　　　　　　C.形貌

287.（　　）是南朝乐府民歌的代表作。

A.《敕勒川》　　　B.《陌上桑》　　　C.《西洲曲》

288.先秦最后一位儒学大师是（　　）。

A.孟子　　　　　　B.子夏　　　　　　C.荀子

289."七月流火，九月授衣"中"七月流火"指的是（　　）。

A.天气火热滚烫　　B.天气渐渐转凉　　C.流星异常出现

290.忽（　　）骛以追逐兮，非余心之所急。

A.驱　　　　　　　B.驰　　　　　　　C.骋

291.藏之名山，传之（　　）人。

A.彼　　　　　　　B.此　　　　　　　C.其

292.雄兔脚扑朔，雌兔眼（　　）。

A.朦胧　　　　　　B.迷离　　　　　　C.游移

293.被刘勰《文心雕龙》称为"五言之冠冕"的是（　　）。

A.汉乐府　　　　　B.古诗十九首　　　C.南朝民歌

294."三纲五常"的道德标准是（　　）提出来的。

A.荀子　　　　　　B.韩非子　　　　　C.董仲舒

295."无乃尔是过与？"中"过"的意思是（　　）。

A.过错　　　　　　B.责备　　　　　　C.过分

296.我有（　　）宾，鼓瑟鼓琴。

A.佳　　　　　　　B.嘉　　　　　　　C.家

297.北冥有鱼，其名曰（　　）。

A.鲲　　　　　　　B.鹏　　　　　　　C.鲲鹏

298.非（　　）无以明志，非宁静无以致远。

A.淡薄　　　　　　B.淡泊　　　　　　C.清淡

299.以下属于"初唐四杰"的是（　　）。

A.王昌龄　　　　　B.王之涣　　　　　C.王勃

300.古代文献有四部分类法，"四部"是经、史、子和（　　）。

A.集　　　　　　　B.籍　　　　　　　C.辑

301."委而去之，是地利不如人和也"中"委"的意思是（　　）。

A.舍弃　　　　　　B.托付　　　　　　C.随从

302.我心伤悲，莫知我（　　）。

A.哀　　　　　　　B.衰　　　　　　　C.怠

303.学而不思则罔，思而不学则（　　）。

A.呆　　　　　　　B.殆　　　　　　　C.怠

304.秋风萧瑟天气凉，草木（　　）露为霜。

A.摇落　　　　　　B.零落　　　　　　C.坠落

305.被称为"七绝圣手"的唐代诗人是（　　）。

A.王之涣　　　　　B.王维　　　　　　C.王昌龄

306.古代"六艺"是指礼、乐、书、数、射和（　　）。

A.琴　　　　　　　B.御　　　　　　　C.画

307."委而去之，是地利不如人和也"中"去"的意思是（　　）。

A.除去　　　　　　B.去往　　　　　　C.离开

308.青青子（　　），悠悠我心。

A.衿　　　　　　　B.巾　　　　　　　C.襟

309.处众人之所恶，故（　　）于道。

A.近　　　　　　　B.几　　　　　　　C.亲

310.蒹葭（　　），白露未晞。

A.凄凄　　　　　　B.萋萋　　　　　　C.戚戚

311.唐代有"诗圣"之称的诗人是（　　）。

A.李白　　　　　　B.杜甫　　　　　　C.白居易

312.《四库全书》是中国古代最大的（　　）。

A.丛书　　　　　　B.类书　　　　　　C.单本书

313."城非不高也，池非不深也"中的"池"是（　　）。

A.池塘　　　　　　B.水池　　　　　　C.护城河

314.静女其娈，（　　）我彤管。

A.贻　　　　　　　B.遗　　　　　　　C.诒

315.博学而（　　）志，切问而近思。

A.笃　　　　　　　B.督　　　　　　　C.独

316.乘（　　）以驰骋兮，来吾道夫先路。

A.麒麟　　　　　　B.骐骏　　　　　　C.骐骥

317.唐代有"诗佛"之称的诗人是（　　）。

A.杜甫　　　　　　B.王维　　　　　　C.白居易

318.玄学是（　　）时期出现的一种哲学思潮。

A.西汉　　　　　　B.东汉　　　　　　C.魏晋

319."怒而飞，其翼若垂天之云"中的"怒"意为（　　）。

A.愤怒　　　　　　B.奋起　　　　　　C.强健

320.静女其娈，贻我（　　）管。

A.童　　　　　　　B.铜　　　　　　　C.彤

321.思垂（　　）文以自见。

A.雄　　　　　　　B.空　　　　　　　C.诸

322.情随事迁，（　　）系之矣。

A.感慨　　　　　　B.慷慨　　　　　　C.慨然

323.唐代有"诗鬼"之称的诗人是（　　）。

A.韩愈　　　　　　B.李贺　　　　　　C.李商隐

324."一夫当关，万夫莫开"中的"关"是（　　）。

A.雁门关　　　　　B.嘉峪关　　　　　C.剑门关

325."奚以之九万里而南为"中的"之"即（　　）。

A.这　　　　　　　B.的　　　　　　　C.往

326.彼（　　）离离，彼稷之苗。

A.菽　　　　　　B.黍　　　　　　C.粟

327.学而不思则（　　），思而不学则殆。

A.罔　　　　　　B.枉　　　　　　C.妄

328.日月忽其不淹兮，春与秋其（　　）。

A.交替　　　　　B.轮回　　　　　C.代序

329.唐代有"诗豪"之称的诗人是（　　）。

A.白居易　　　　B.韩愈　　　　　C.刘禹锡

330.以下人名出自《论语》的是（　　）。

A.苏有朋　　　　B.张信哲　　　　C.李克勤

331."帝高阳之苗裔兮，朕皇考曰伯庸"中"苗裔"的意思是（　　）。

A.苗族　　　　　B.远亲　　　　　C.子孙

332.少无（　　）俗韵，性本爱丘山。

A.习　　　　　　B.适　　　　　　C.识

333.博学而笃志，切问而（　　）思。

A.静　　　　　　B.精　　　　　　C.近

334.《诗》三百篇，大底圣贤发愤之所（　　）也。

A.著作　　　　　B.为作　　　　　C.作为

335.杜甫著名的"三吏"是《石壕吏》《新安吏》和（　　）。

A.《阳关吏》　　B.《潼关吏》　　C.《峪关吏》

336.书法史"楷书四大家"指的是欧阳询、颜真卿、柳公权和（　　）。

A.黄庭坚　　　　B.苏轼　　　　　C.赵孟頫

337."余既滋兰之九畹兮，又树蕙之百亩"中"树"的意思是（　　）。

A.树木　　　　　B.种植　　　　　C.树立

338.少无适俗（　　），性本爱丘山。

A.韵　　　　　　B.运　　　　　　C.蕴

339.人不知而不（　　），不亦君子乎？

A.怒　　　　　　B.怨　　　　　　C.愠

340.蟪蛄不知（　　），此小年也。

A.朝夕　　　　　B.日月　　　　　C.春秋

341.以下人名出自《论语》的是（　　）。

A.陈省身　　　　B.华罗庚　　　　C.陈景润

342.被认为是中国古代朦胧诗人、创作了不少《无题》诗的是（　　）。

A.岑参　　　　　B.杜甫　　　　　C.李商隐

343."以虞待不虞者胜"中"虞"的意思是（　　）。

A.欺诈　　　　　B.忧虑　　　　　C.准备

344.沧浪之水浊兮，可以（　　）吾足。

A.沐　　　　　　　B.洗　　　　　　　C.濯

345.奚以之九万里而（　　）为?

A.东　　　　　　　B.南　　　　　　　C.西

346.居高声自远，非是藉（　　）。

A.东风　　　　　　B.春风　　　　　　C.秋风

347.以下人名出自《论语》的是（　　）。

A.周杰伦　　　　　B.刘德华　　　　　C.任贤齐

348.被称为由盛唐到中唐过渡的集大成诗人是（　　）。

A.王维　　　　　　B.李白　　　　　　C.杜甫

349."东隅已逝，桑榆非晚"中"东隅""桑榆"分指（　　）。

A.东方和西方　　　B.春天和秋天　　　C.早年和晚年

350.彼黍离离，彼（　　）之苗。

A.蓟　　　　　　　B.祭　　　　　　　C.稷

351.王无罪（　　），斯天下之民至焉。

A.民　　　　　　　B.臣　　　　　　　C.岁

352.日月之行，若出其中；（　　）灿烂，若出其里。

A.星光　　　　　　B.星河　　　　　　C.星汉

353.以下人名出自《诗经》的是（　　）。

A.华罗庚　　　　　B.屠呦呦　　　　　C.钱学森

354.（　　）与韩愈一起倡导古文运动。

A.柳宗元　　　　　B.白居易　　　　　C.杜甫

355."待到重阳日，还来就菊花"中"就"的意思是（　　）。

A.欣赏　　　　　　B.靠近　　　　　　C.迁就

356.余既滋兰之（　　）畹兮，又树蕙之百亩。

A.九　　　　　　　B.十　　　　　　　C.千

357.君子求诸己，小人求（　　）人。

A.诸　　　　　　　B.于　　　　　　　C.乎

358.屈原既放……颜色憔悴，（　　）枯槁。

A.形体　　　　　　B.形容　　　　　　C.面容

359.以下人名出自《论语》的是（　　）。

A.刘强东　　　　　B.刘凯威　　　　　C.王思聪

360.通常所说的"韩孟诗派"中的孟是指（　　）。

A.孟浩然　　　　　B.孟郊　　　　　　C.孟云卿

361."红颜弃轩冕，白首卧松云"中的"红颜"指的是（　　）。

A.少年　　　　　　B.美女　　　　　　C.红润的脸色

362.忽驰骛以（　　）逐兮，非余心之所急。

A.追　　　　　　　　B.趋　　　　　　　　C.放

363.知己知彼，百战不（　　）。

A.败　　　　　　　　B.殆　　　　　　　　C.怠

364.（　　）远人村，依依墟里烟。

A.霭霭　　　　　　　B.暖暖　　　　　　　C.暧暧

365.以下人名出自《诗经》的是（　　）。

A.徐向前　　　　　　B.张闻天　　　　　　C.叶剑英

366."文章合为时而著，歌诗合为事而作"是（　　）提出的。

A.白居易　　　　　　B.柳宗元　　　　　　C.刘禹锡

367."惟将终夜长开眼，报答平生未展眉"写的是（　　）。

A.父子关系　　　　　B.夫妻关系　　　　　C.师生关系

368.忽驰骛以追（　　）兮，非余心之所急。

A.赶　　　　　　　　B.迫　　　　　　　　C.逐

369.水击三千里，抟扶摇而上者（　　）万里。

A.三　　　　　　　　B.六　　　　　　　　C.九

370.（　　）不重来，一日难再晨。

A.盛年　　　　　　　B.青春　　　　　　　C.朝阳

371.以下人名出自《诗经》的是（　　）。

A.陈伯达　　　　　　B.胡乔木　　　　　　C.邓力群

372.中唐著名的山水田园诗人是（　　）。

A.韦应物　　　　　　B.孟浩然　　　　　　C.王维

373."风吹柳花满店香，吴姬压酒劝客尝"中"压酒"的意思是（　　）。

A.榨酒　　　　　　　B.陪酒　　　　　　　C.倒酒

374.日月忽其不（　　）兮，春与秋其代序。

A.淹　　　　　　　　B.留　　　　　　　　C.止

375.一心以为有鸿（　　）将至，思援弓缴而射之。

A.皓　　　　　　　　B.鹄　　　　　　　　C.雁

376.人生贵贱无终始，（　　）须臾难久恃。

A.飙忽　　　　　　　B.倏忽　　　　　　　C.仓促

377.以下人名出自《诗经》的是（　　）。

A.琼瑶　　　　　　　B.三毛　　　　　　　C.亦舒

378.被称为"文起八代之衰"的是（　　）。

A.陶渊明　　　　　　B.韩愈　　　　　　　C.欧阳修

379."人生不相见，动如参与商"中"参""商"指的是（　　）。

A.两个人名　　　　　B.两种职业　　　　　C.两颗星宿

380.老冉冉其将至兮，恐（ ）名之不立。

A.美   B.修   C.清

381.王无罪岁，斯天下之民（ ）焉。

A.归   B.至   C.乐

382.蹑足行伍之间，而崛起（ ）之中。

A.荒野   B.阡陌   C.垄亩

383.余既滋兰之九畹兮，又树蕙之（ ）亩。

A.百   B.千   C.万

384.万钟则不辩礼义而受之，万钟于我何（ ）焉?

A.有   B.加   C.害

385.唐代古文运动的领袖人物是（ ）。

A.初唐四杰   B.元稹、白居易   C.韩愈、柳宗元

386."不为五斗米折腰"指的是（ ）。

A.嵇康   B.陶潜   C.阮籍

387."五花马，千金裘，呼儿将出换美酒"中"将"的意思是（ ）。

A.扶   B.取   C.献

388.江畔何人初见月，江月（ ）初照人?

A.何时   B.何日   C.何年

389.提出"唯陈言之务去"的人是（ ）。

A.陈子昂   B.韩愈   C.柳宗元

390.中国六大古都不包括（ ）。

A.许昌   B.开封   C.西安

391."迷津欲有问，平海夕漫漫"中"津"的意思是（ ）。

A.渡口   B.路途   C.津液

392.孔子为自己的教学定睛"孔门四教"，具体指的是（ ）。

A.修身、齐家、治国、平天下   B.文、行、忠、信

393.寡助之至，亲戚畔之;多助之至，天下（ ）之。

A.归   B.依   C.顺

394.人生（ ）无终始，倏忽须臾难久恃。

A.贵贱   B.祸福   C.穷通

395.（ ）之水浊兮，可以濯吾足。

A.沧浪   B.苍浪   C.苍茫

396."朝辞白帝彩云间"中的"白帝城"，故址在今（ ）。

A.四川省   B.湖北省   C.重庆市

397."穷年忧黎元，叹息肠内热"中"黎元"指（ ）。

A.民众   B.收成   C.稼穑

398.误落尘（　　）中，一去三十年。

A.土　　　　　　　B.埃　　　　　　　C.网

399.顺风而呼，声非加（　　）也，而闻者彰。

A.速　　　　　　　B.急　　　　　　　C.疾

400."尔曹身与名俱灭，不废江河万古流"一诗颂扬的是（　　）。

A.李白　　　　　　B.初唐四杰　　　　C.建安七子

401.得道者多助，失道者寡助。寡助之至，（　　）畔之。

A.亲戚　　　　　　B.父母　　　　　　C.兄弟

402.奚以（　　）九万里而南为？

A.上　　　　　　　B.飞　　　　　　　C.之

403.杜甫著名的"三别"是《新婚别》《无家别》和（　　）。

A.《垂老别》　　　B.《兵车别》　　　C.《丽人别》

404."天门中断楚江开"中的"天门山"位于今（　　）。

A.湖北省　　　　　B.四川省　　　　　C.安徽省

405."一道残阳铺水中，半江瑟瑟半江红"中"瑟瑟"的意思是（　　）。

A.碧绿　　　　　　B.寒冷　　　　　　C.寂寥

406.庭院深深深几许，杨柳堆（　　），帘幕无重数。

A.烟　　　　　　　B.雪　　　　　　　C.青

407.以下以李隆基和杨玉环爱情故事为题材的作品是（　　）。

A.《长恨歌》　　　B.《明妃曲》　　　C.《钗头凤》

408."梦断香消四十年，沈园柳老不吹绵"中的"沈园"位于今（　　）。

A.扬州市　　　　　B.杭州市　　　　　C.绍兴市

409."挥手自兹去，萧萧班马鸣"中"班马"是（　　）。

A.成群的马　　　　B.离群的马　　　　C.斑马

410.出师未捷身先死，常使英雄泪满（　　）。

A.襟　　　　　　　B.衿　　　　　　　C.巾

411.一心以为有鸿鹄将至，思（　　）弓缴而射之。

A.引　　　　　　　B.取　　　　　　　C.援

412.昔三后之纯粹兮，固（　　）之所在。

A.百芳　　　　　　B.群芳　　　　　　C.众芳

413.骐骥一（　　），不能十步；驽马十驾，功在不舍。

A.跃　　　　　　　B.越　　　　　　　C.跳

414.惟草木之（　　）兮，恐美人之迟暮。

A.凋落　　　　　　B.零落　　　　　　C.坠落

415."千山鸟飞绝，万径人踪灭。孤舟蓑笠翁，独钓寒江雪"是（　　）。

A.律诗　　　　　　B.曲子词　　　　　C.绝句

416."岱宗夫何如，齐鲁青未了"，其中"岱宗"是指（　　）。

A.泰山　　　　　　　B.华山　　　　　　　C.恒山

417."将军角弓不得控"中"控"的意思是（　　）

A.掌控　　　　　　　B.弯曲　　　　　　　C.拉开

418.长风（　　）万里，吹度玉门关。

A.九　　　　　　　　B.几　　　　　　　　C.数

419.吾尝（　　）而望矣，不如登高之博见也。

A.伎　　　　　　　　B.跂　　　　　　　　C.蹑

420.寡助之至，亲戚畔之；多助之至，（　　）顺之。

A.亲戚　　　　　　　B.百姓　　　　　　　C.天下

421.唐代"边塞诗派"的代表人物是（　　）。

A.王维　　　　　　　B.陈子昂　　　　　　C.高适

422."晓看红湿处，花重锦官城"中的"锦官城"指的是（　　）。

A.昆明　　　　　　　B.成都　　　　　　　C.杭州

423."商女不知亡国恨，隔江犹唱后庭花"中"国"指的是（　　）。

A.商朝　　　　　　　B.陈朝　　　　　　　C.唐朝

424.（　　）手相看泪眼，竟无语凝噎。

A.携　　　　　　　　B.执　　　　　　　　C.握

425.骐骥一跃，不能十步；驽马十驾，功在不（　　）。

A.舍　　　　　　　　B.捐　　　　　　　　C.弃

426.忽（　　）以追逐兮，非余心之所急。

A.驰骋　　　　　　　B.趋骛　　　　　　　C.驰骛

427.有"百代文宗"称号的是唐代文学家（　　）。

A.韩愈　　　　　　　B.柳宗元　　　　　　C.刘禹锡

428.与"主人下马客在船"修辞方式一致的是（　　）。

A.秦时明月汉时关　　B.白发三千丈　　　　C.明月松间照

429.云中谁寄锦书来，雁（　　）回时，月满西楼。

A.阵　　　　　　　　B.行　　　　　　　　C.字

430.古代乡试第一名称（　　）。

A.状元　　　　　　　B.解元　　　　　　　C.会元

431.顺风而呼，声非加疾也，而闻者（　　）。

A.远　　　　　　　　B.显　　　　　　　　C.彰

432.屈原既放……（　　）憔悴，形容枯槁。

A.面色　　　　　　　B.颜面　　　　　　　C.颜色

433.唐代第一个倾大力写作山水诗的诗人是（　　）。

A.王维　　　　　　　B.孟浩然　　　　　　C.韦应物

434."京口瓜洲一水间，钟山只隔数重山"中"钟山"指的是（　　）。

A.终南山　　　　　B.石钟山　　　　　C.紫金山

435."大珠小珠落玉盘"形容的是（　　）的弹奏声。

A.琵琶　　　　　　B.古筝　　　　　　C.箜篌

436.夜雨剪（　　）韭，新炊间黄粱。

A.春　　　　　　　B.夏　　　　　　　C.秋

437.虽愚必明，虽柔必（　　）。

A.坚　　　　　　　B.刚　　　　　　　C.强

438."草堂留后世，诗圣著千秋"赞扬的是（　　）。

A.李白　　　　　　B.杜甫　　　　　　C.苏轼

439."横看成岭侧成峰，远近高低各不同"说的是（　　）。

A.黄山　　　　　　B.庐山　　　　　　C.峨眉山

440."一去紫台连朔漠，独留青冢向黄昏"中的"朔"指的是（　　）。

A.南方　　　　　　B.北方　　　　　　C.西方

441.几处早莺争暖树，谁家（　　）燕啄春泥。

A.晚　　　　　　　B.新　　　　　　　C.雏

442.纷纷暮雪下辕门，风掣（　　）冻不翻。

A.红旗　　　　　　B.旌旗　　　　　　C.战旗

443.唐代诗人中"三李"通常是指李白、李商隐和（　　）。

A.李贺　　　　　　B.李益　　　　　　C.李煜

444."淮左名都，竹西佳处，解鞍少驻初程"描绘的是（　　）的风景。

A.南京　　　　　　B.杭州　　　　　　C.扬州

445."春蚕到死丝方尽，蜡炬成灰泪始干"表达的是（　　）之情。

A.君臣　　　　　　B.师生　　　　　　C.恋人

446.人（　　）明月不可得，月行却与人相随。

A.登　　　　　　　B.攀　　　　　　　C.援

447.欲齐其家者，先修其（　　）。

A.心　　　　　　　B.行　　　　　　　C.身

448.非无（　　）志，潇洒送日月。

A.江河　　　　　　B.江山　　　　　　C.江海

449."小李杜"指（　　）。

A.李白、杜甫　　　B.李白、杜牧　　　C.李商隐、杜牧

450."唯有牡丹真国色，花开时节动京城"中"京城"是（　　）。

A.长安　　　　　　B.洛阳　　　　　　C.北京

451."羌笛何须怨杨柳，春风不度玉门关"中的"杨柳"指的是（　　）。

A.杨、柳的并称　　B.泛指柳树　　　　C.杨柳曲

452.拣尽寒枝不（　　）栖，寂寞沙洲冷。

A.愿　　　　　　B.肯　　　　　　C.曾

453.知困，然后能自（　　）也。

A.立　　　　　　B.爱　　　　　　C.强

454.登临望（　　），谁识京华倦客？

A.故乡　　　　　B.故国　　　　　C.故园

455.号称"孤篇压全唐"的作品是（　　）。

A.《长恨歌》　　B.《行路难》　C.《春江花月夜》

456."二十四桥明月夜，玉人何处教吹箫"说的是（　　）。

A.扬州　　　　　B.苏州　　　　　C.杭州

457."水大而物之浮者，大小毕浮"中"毕"的意思是（　　）。

A.毕竟　　　　　B.必定　　　　　C.全部

458.峰（　　）如聚，波涛如怒，山河表里潼关路。

A.岚　　　　　　B.嶂　　　　　　C.峦

459.《诗》三百篇，大底圣贤发（　　）之所为作也。

A.愤　　　　　　B.奋　　　　　　C.忿

460.一种相思，两处（　　）。

A.忧愁　　　　　B.闲情　　　　　C.闲愁

461.自号"五言长城"的唐代诗人是（　　）。

A.王维　　　　　B.刘长卿　　　　C.王之涣

462."二川溶溶，流入宫墙"的宫是（　　）。

A.未央宫　　　　B.阿房宫　　　　C.长乐宫

463."蒌蒿满地芦芽短，正是河豚欲上时"描写的是（　　）。

A.春天　　　　　B.夏天　　　　　C.秋天

464.海日生残夜，江春入（　　）年。

A.丰　　　　　　B.新　　　　　　C.旧

465.此人皆意有所郁（　　），不得通其道。

A.闷　　　　　　B.积　　　　　　C.结

466.瀚海（　　）百丈冰，愁云惨淡万里凝。

A.浩瀚　　　　　B.苍茫　　　　　C.阑干

467.韩愈的诗风被认为是（　　）。

A.沉郁顿挫　　　B.奇崛险怪　　　C.委婉含蓄

468."谁言寸草心，报得三春晖"的"三春"包括（　　）。

A.迎春　　　　　B.季春　　　　　C.惜春

469."小楼昨夜又东风，故国不堪回首月明中"的"故国"是（　　）。

A.北齐　　　　　B.南唐　　　　　C.后蜀

470.稻花香里说丰年，听取（　　）声一片。

A.蛙　　　　　　　B.鹊　　　　　　　C.蝉

471.一（　　）一咏，亦足以畅叙幽情。

A.唱　　　　　　　B.觞　　　　　　　C.叹

472.位卑未敢忘（　　），事定犹须待阖棺。

A.报国　　　　　　B.怀乡　　　　　　C.忧国

473.律诗每首（　　）句。

A.四　　　　　　　B.六　　　　　　　C.八

474.“日暮乡关何处是，烟波江上使人愁”的“江”指的是（　　）。

A.长江　　　　　　B.汉水　　　　　　C.珠江

475.“红颜弃轩冕，白首卧松云”中“轩冕”指（　　）。

A.香车宝马　　　　B.官位爵禄　　　　C.优裕生活

476.峰峦如聚，波涛如（　　），山河表里潼关路。

A.雾　　　　　　　B.怒　　　　　　　C.蠹

477.时运不齐，命（　　）多舛。

A.路　　　　　　　B.途　　　　　　　C.数

478.此其人之（　　）必千万于天下之人。

A.勤劳　　　　　　B.辛劳　　　　　　C.辛勤

479.“推敲”故事涉及的唐代诗人是（　　）。

A.孟郊　　　　　　B.李贺　　　　　　C.贾岛

480.“但愿人长久，千里共婵娟”写的是（　　）。

A.中秋节　　　　　B.清明节　　　　　C.元宵节

481.“江流宛转绕芳甸，月照花林皆似霰”中的“霰”是（　　）。

A.晚霞　　　　　　B.小冰粒　　　　　C.白雾

482.兴尽晚回舟，误入（　　）花深处。

A.杏　　　　　　　B.莲　　　　　　　C.藕

483.古之圣人，其出人也远矣，犹且从师而（　　）焉。

A.学　　　　　　　B.习　　　　　　　C.问

484.蓦然回首，那人却在，灯火（　　）处。

A.阑珊　　　　　　B.褴褛　　　　　　C.灿烂

485.“郊寒岛瘦”是（　　）对孟郊、贾岛诗歌风格的评价。

A.韩愈　　　　　　B.苏轼　　　　　　C.金圣叹

486.“借问酒家何处有，牧童遥指杏花村”涉及的是（　　）。

A.中秋节　　　　　B.清明节　　　　　C.端午节

487.“休去倚危栏，斜阳正在……”中“危”的意思是（　　）。

A.危险　　　　　　B.高　　　　　　　C.斜

488.别有（　　）愁暗恨生，此时无声胜有声。

A.忧　　　　　　　B.幽　　　　　　　C.悠

489.位卑则足羞，官（　　）则近谀。

A.高　　　　　　　B.大　　　　　　　C.盛

490.原来姹紫嫣红开遍，似这般都付与（　　）颓垣。

A.断井　　　　　　B.残景　　　　　　C.断境

491.被称为唐代边塞诗压卷之作的是（　　）。

A.《白雪歌送武判官归京》

B.《出塞》　　　　C.《垄上行》

492."京口瓜洲一水间，钟山只隔数重山"中"一水"指的是（　　）。

A.汉水　　　　　　B.淮河　　　　　　C.长江

493."皎如飞镜临丹阙，绿烟灭尽清辉发"中"清辉"指（　　）。

A.日光　　　　　　B.月光　　　　　　C.星光

494.自在飞花轻似（　　），无边丝雨细如愁。

A.雪　　　　　　　B.絮　　　　　　　C.梦

495.群贤（　　）至，少长咸集。

A.皆　　　　　　　B.尽　　　　　　　C.毕

496.原来姹紫嫣红开遍，似这般都付与断井（　　）。

A.颓院　　　　　　B.颓苑　　　　　　C.颓垣

497.唐代边塞诗多采用两种诗歌形式：七言绝句和七言（　　）。

A.律诗　　　　　　B.歌行　　　　　　C.长律

498."日暮汉宫传蜡烛，轻烟散入五侯家"描写的是（　　）。

A.中秋节　　　　　B.元宵节　　　　　C.寒食节

499."微斯人，吾谁与归"中"微"的意思是（　　）。

A.衰微　　　　　　B.没有　　　　　　C.不独

500.了却君王天下事，（　　）得生前身后名。

A.博　　　　　　　B.赢　　　　　　　C.赚

501.架梁之（　　），多于机上之工女。

A.柱　　　　　　　B.椽　　　　　　　C.栋

502.相逢不用忙归去，（　　）黄花蝶也愁。

A.昨日　　　　　　B.明日　　　　　　C.旧日

503.绝句每首（　　）句。

A.四　　　　　　　B.六　　　　　　　C.八

504."西京乱无象，豺虎方遘患"中的"西京"是现在的（　　）。

A.西安　　　　　　B.西宁　　　　　　C.西康

505. "相看两不厌，只有敬亭山"中运用了（ ）修辞手法。

A.比喻　　　　　　　B.夸张　　　　　　　C.拟人

506. 风急天高猿啸哀，渚（ ）沙白鸟飞回。

A.清　　　　　　　　B.青　　　　　　　　C.轻

507. 水大而物之浮者，大小（ ）浮。

A.皆　　　　　　　　B.毕　　　　　　　　C.悉

508. 原来姹紫（ ）开遍，似这般都付与断井颓垣。

A.殷红　　　　　　　B.艳红　　　　　　　C.嫣红

509. 第一个倾力写词的文人是（ ），被人称为"花间鼻祖"。

A.韦庄　　　　　　　B.温庭筠　　　　　　C.李煜

510. "最爱湖东行不足，绿杨阴里白沙堤"描写的是（ ）。

A.杭州西湖　　　　　B.武汉东湖　　　　　C.扬州瘦西湖

511. "白头搔更短，浑欲不胜簪"中"浑"的意思是（ ）。

A.浑然　　　　　　　B.几乎　　　　　　　C.竟然

512. 不知细叶谁裁出，二月（ ）风似剪刀。

A.寒　　　　　　　　B.春　　　　　　　　C.东

513. 位卑则足（ ），官盛则近谀。

A.羞　　　　　　　　B.耻　　　　　　　　C.齿

514. 休去倚危栏，斜阳正在，（ ）断肠处。

A.杨柳　　　　　　　B.烟柳　　　　　　　C.云柳

515. 以下不属于"唐宋八大家"的是（ ）。

A.柳宗元　　　　　　B.范仲淹　　　　　　C.曾巩

516. "凤去台空江自流"的台是（ ）。

A.凤凰台　　　　　　B.琅玡台　　　　　　C.铜雀台

517. "商女不知亡国恨，隔江犹唱后庭花"中"商女"是（ ）。

A.商家之女　　　　　B.商朝女子　　　　　C.歌女

518. 剪不断，理还乱，是（ ）愁。

A.乡　　　　　　　　B.思　　　　　　　　C.离

519. 使负栋之（ ），多于南亩之农夫

A.柱　　　　　　　　B.梁　　　　　　　　C.椽

520. 曾见几番，拂水（ ）送行色。

A.缥缈　　　　　　　B.飘绵　　　　　　　C.绵绵

521. 以下不属于"唐宋八大家"的是（ ）。

A.韩愈　　　　　　　B.欧阳修　　　　　　C.柳永

522. 诗句"八月湖水平，涵虚混太清"描绘的是（ ）的景象。

A.太湖　　　　　　　B.西湖　　　　　　　C.洞庭湖

523."灭烛怜光满，披衣觉露滋"中"怜"的意思是（　　）。

A.惜　　　　　　　B.爱　　　　　　　C.叹

524.会当（　　）绝顶，一览众山小。

A.临　　　　　　　B.陵　　　　　　　C.凌

525.薄暮冥冥，虎（　　）猿啼。

A.哮　　　　　　　B.啸　　　　　　　C.嚣

526.登临望故国，谁识京华（　　）？

A.游客　　　　　　B.宾客　　　　　　C.倦客

527.以下不属于"唐宋八大家"的是（　　）。

A.晏殊　　　　　　B.欧阳修　　　　　C.苏辙

528."水光潋滟晴方好，山色空蒙雨亦奇"描写的是（　　）。

A.济南大明湖　　　B.扬州瘦西湖　　　C.杭州西湖

529."洞房昨夜停红烛，待晓堂前拜舅姑"中"舅姑"指的是（　　）。

A.舅舅姑姑　　　　B.公公婆婆　　　　C.岳父岳母

530.月（　　）柳梢头，人约黄昏后。

A.挂　　　　　　　B.在　　　　　　　C.上

531.师道之不（　　）可知矣。

A.复　　　　　　　B.归　　　　　　　C.返

532.不知乘月几人归？落月（　　）满江树。

A.无情　　　　　　B.摇情　　　　　　C.留情

533.以下不属于"唐宋八大家"的是（　　）。

A.苏轼　　　　　　B.黄庭坚　　　　　C.曾巩

534."落霞与孤鹜齐飞，秋水共长天一色"描写的是（　　）的景色。

A.黄鹤楼　　　　　B.滕王阁　　　　　C.岳阳楼

535."海客谈瀛洲，烟涛微茫信难求"中"信"的意思是（　　）。

A.信息　　　　　　B.信使　　　　　　C.的确

536.莫道不销魂，帘卷（　　）风，人比黄花瘦。

A.西　　　　　　　B.东　　　　　　　C.秋

537.亦使后人而复哀（　　）人也。

A.前　　　　　　　B.今　　　　　　　C.后

538.登临望故国，谁识（　　）倦客？

A.京城　　　　　　B.京都　　　　　　C.京华

539.以下不属于"唐宋八大家"的是（　　）。

A.柳宗元　　　　　B.王安石　　　　　C.李清照

540."欲穷千里目，更上一层楼"的楼是（　　）。

A.黄鹤楼　　　　　B.鹳雀楼　　　　　C.岳阳楼

541."停车坐爱枫林晚，霜叶红于二月花"中"坐"的意思是（　）。

A.因为　　　　　　　B.坐下　　　　　　　C.座位

542.自在飞花轻似梦，无（　）丝雨细如愁。

A.尽　　　　　　　　B.边　　　　　　　　C.穷

543.亦使（　）人而复哀后人也

A.后　　　　　　　　B.前　　　　　　　　C.今

544.见说道、天涯（　）无归路。

A.春草　　　　　　　B.芳华　　　　　　　C.芳草

545.以下不属于"唐宋八大家"的是（　）。

A.王安石　　　　　　B.曾巩　　　　　　　C.杨万里

546."阁中帝子今何在？槛外长江空自流"的阁是（　）。

A.蓬莱阁　　　　　　B.滕王阁　　　　　　C.天一阁

547."江流宛转绕芳甸，月照花林皆似霰"中的"甸"是（　）。

A.原野　　　　　　　B.花园　　　　　　　C.森林

548.念去去、千里烟波，暮（　）沉沉楚天阔。

A.色　　　　　　　　B.水　　　　　　　　C.霭

549.亦使后人而（　）哀后人也。

A.更　　　　　　　　B.复　　　　　　　　C.又

550.元嘉草草，封狼居胥，赢得（　）北顾。

A.仓皇　　　　　　　B.苍茫　　　　　　　C.匆忙

551."有亭翼然临于泉上者"的亭是（　）。

A.陶然亭　　　　　　B.爱晚亭　　　　　　C.醉翁亭

552.花间派的鼻祖是（　）。

A.韦庄　　　　　　　B.温庭筠　　　　　　C.冯延巳

553."无为在歧路，儿女共沾巾"中的"无为"的意思是（　）。

A.别做　　　　　　　B.不用　　　　　　　C.无从

554.毕竟西湖（　）月中，风光不与四时同。

A.三　　　　　　　　B.六　　　　　　　　C.八

555.丰草绿（　）而争茂，佳木葱茏而可悦。

A.翠　　　　　　　　B.缛　　　　　　　　C.阴

556.安能屈豪杰之流，（　）墓道，发其志士之悲哉？

A.叹惋　　　　　　　B.扼腕　　　　　　　C.扼守

557.北宋诗文革新运动的领袖是（　）。

A.欧阳修　　　　　　B.苏轼　　　　　　　C.曾巩

558."人生自古谁无死，留取丹心照汗青"中的"汗青"借指（　）。

A.衣服　　　　　　　B.史册　　　　　　　C.植物

559.毕竟西湖六月中，风光不与（　　）时同。

A.四　　　　　　　B.别　　　　　　　C.他

560.丰草绿缛而争茂，佳木葱（　　）而可悦。

A.茏　　　　　　　B.郁　　　　　　　C.翠

561.安能屈豪杰之流，扼腕墓道，发其（　　）之悲哉？

A.志士　　　　　　B.壮士　　　　　　C.义士

562."登临望故国，谁识京华倦客"中"故国"指的是（　　）。

A.故都　　　　　　B.故乡　　　　　　C.祖国

563.称赞王维"诗中有画，画中有诗"的是（　　）。

A.苏辙　　　　　　B.袁枚　　　　　　C.苏轼

564."花钿委地无人收，翠翘金雀玉搔头"中"委"的意思是（　　）。

A.丢弃　　　　　　B.托付　　　　　　C.放置

565.人生何如不相识，君老江南我（　　）北。

A.漠　　　　　　　B.燕　　　　　　　C.江

566.山水之乐，得之心而（　　）之酒也。

A.寄　　　　　　　B.托　　　　　　　C.寓

567.亦以明死生之大，匹夫之有重于（　　）也。

A.国家　　　　　　B.朝廷　　　　　　C.社稷

568.李清照的《如梦令》里的"绿肥红瘦"描写的是（　　）。

A.晚春　　　　　　B.盛夏　　　　　　C.初秋

569.被称为"词中老杜"的是宋代词人（　　）。

A.苏轼　　　　　　B.周邦彦　　　　　C.辛弃疾

570."葡萄美酒夜光杯，欲饮琵琶马上催"中"马上"的意思是（　　）。

A.马背上　　　　　B.立刻　　　　　　C.上马时

571.苟利国家生死以，岂因祸福避（　　）之。

A.屈　　　　　　　B.趋　　　　　　　C.驱

572.有亭翼然（　　）于泉上者，醉翁亭也。

A.凌　　　　　　　B.临　　　　　　　C.邻

573.我今（　　）何所止，一事无成已如此。

A.落魄　　　　　　B.落拓　　　　　　C.落寞

574."白日放歌须纵酒，青春作伴好还乡"中的"青春"是指（　　）。

A.青年　　　　　　B.春天　　　　　　C.美好时光

575.宋词有很多别称，下列不属于其别称的是（　　）。

A.诗余　　　　　　B.胡乐　　　　　　C.长短句

576."云里帝城双凤阙，雨中春树万人家"是描写（　　）。

A.泰山　　　　　　B.庐山　　　　　　C.黄山

577.几处早莺争暖树，谁家新燕（　　）新泥。

A.啄　　　　　　　B.衔　　　　　　　C.筑

578.商旅不行，樯（　　）楫摧。

A.倒　　　　　　　B.倾　　　　　　　C.折

579.苟利国家生死以，岂因（　　）避趋之。

A.荣辱　　　　　　B.悲喜　　　　　　C.祸福

580."异日图将好景，归去凤池夸"中的"凤池"指（　　）。

A.家乡　　　　　　B.官场　　　　　　C.朝廷

581."风声雨声读书声声声入耳……"对联是在（　　）。

A.东林书院　　　　B.岳麓书院　　　　C.石鼓书院

582."金风玉露一相逢，便胜却人间无数"中的"金风"是（　　）。

A.温暖的风　　　　B.东来的风　　　　C.秋天的风

583."争渡，争渡，惊起一滩鸥鹭"中"争"的意思是（　　）。

A.夺　　　　　　　B.竞　　　　　　　C.怎

584.日出（　　）花红胜火，春来江水绿如蓝。

A.山　　　　　　　B.岸　　　　　　　C.江

585.奉之（　　）繁，侵之愈急。

A.愈　　　　　　　B.弥　　　　　　　C.益

586.（　　）而不用，其与昏与庸无以异也。

A.屏弃　　　　　　B.舍弃　　　　　　C.摈除

587.历史上"第一位对宋词进行大胆革新"的词人是（　　）。

A.柳永　　　　　　B.苏轼　　　　　　C.李清照

588."独在异乡为异客，每逢佳节倍思亲"写的是（　　）。

A.中秋节　　　　　B.元宵节　　　　　C.重阳节

589."马作的卢飞快，弓如霹雳弦惊"中"的卢"指的是（　　）。

A.战车　　　　　　B.弓箭　　　　　　C.马

590.晴空一鹤排云上，便引诗情到（　　）霄。

A.九　　　　　　　B.天　　　　　　　C.碧

591.奉之弥繁，侵之（　　）急。

A.益　　　　　　　B.弥　　　　　　　C.愈

592.王师北定（　　）日，家祭无忘告乃翁。

A.神州　　　　　　B.中原　　　　　　C.京畿

593.提出"词别是一家"的是著名词人（　　）。

A.柳永　　　　　　B.李清照　　　　　C.姜夔

594.孔子提倡中庸之道的理论基础是（　　）。

A.阴阳五行　　　　B.天人合一　　　　C.道法自然

595.下面哪个成语和曹操有关（　　）。

A.画饼充饥　　　　　B.望梅止渴　　　　　C.天方夜谭

596.浩浩汤汤，横无（　　）涯。

A.边　　　　　　　　B.际　　　　　　　　C.畔

597.长风破浪会有时，直挂云帆济（　　）海。

A.仓　　　　　　　　B.沧　　　　　　　　C.苍

598.小楼一夜听春雨，深巷明朝卖（　　）。

A.黄花　　　　　　　B.杏花　　　　　　　C.菊花

599.不属于宋代"婉约派"词人的是（　　）。

A.李清照　　　　　　B.柳永　　　　　　　C.辛弃疾

600."千门万户曈曈日，总把新桃换旧符"写的是（　　）。

A.春节　　　　　　　B.端午节　　　　　　C.中秋节

601."远上寒山石径斜，白云生处有人家"描写的是（　　）。

A.春天　　　　　　　B.夏天　　　　　　　C.秋天

602.花径不曾缘客扫，（　　）门今始为君开。

A.蓬　　　　　　　　B.篷　　　　　　　　C.柴

603.然则北通巫峡，南（　　）潇湘。

A.至　　　　　　　　B.极　　　　　　　　C.接

604.人生自古谁无死，留取丹心照（　　）。

A.汗青　　　　　　　B.汉青　　　　　　　C.汗清

605.晚年自号"六一居士"的是（　　）。

A.陶渊明　　　　　　B.欧阳修　　　　　　C.辛弃疾

606."谁言寸草心，报得三春晖"的"三春"不包括（　　）。

A.迎春　　　　　　　B.孟春　　　　　　　C.仲春

607."接天莲叶无穷碧，映日荷花别样红"描写的是（　　）。

A.春天　　　　　　　B.夏天　　　　　　　C.秋天

608.野哭千家闻战伐，（　　）歌数处起渔樵。

A.朝　　　　　　　　B.夷　　　　　　　　C.乡

609.日星隐曜，山岳（　　）形。

A.藏　　　　　　　　B.遁　　　　　　　　C.潜

610.莫道不销魂，帘卷西风，人比（　　）瘦。

A.菊花　　　　　　　B.黄花　　　　　　　C.桂花

611.宋代理论性最强、影响最大的一部诗话是（　　）。

A.《沧浪诗话》　　　B.《彦周诗话》　　　C.《六一诗话》

612."黄发垂髫，并怡然自得"中的"垂髫"是指（　　）。

A.老年　　　　　　　B.中年　　　　　　　C.儿童

613."煮豆燃豆萁，豆在釜中泣"中的"釜"是（　　）

A.锅　　　　　　　　B.碗　　　　　　　　C.盆

614.野径云（　　）黑，江船火独明。

A.俱　　　　　　　　B.尽　　　　　　　　C.皆

615.满目（　　）然，感极而悲者矣。

A.肃　　　　　　　　B.萧　　　　　　　　C.籁

616.又送王孙去，（　　）满别情。

A.萋萋　　　　　　　B.凄凄　　　　　　　C.戚戚

617.被人称许为"秋思之祖"的作家是（　　）。

A.关汉卿　　　　　　B.马致远　　　　　　C.白朴

618."黄发垂髫，并怡然自得"中的"黄发"是指（　　）。

A.儿童　　　　　　　B.青年　　　　　　　C.老年

619.钟鼓（　　）不足贵，但愿长醉不复醒。

A.金玉　　　　　　　B.珍馐　　　　　　　C.馔玉

620.愿君多采（　　），此物最相思。

A.携　　　　　　　　B.撷　　　　　　　　C.挟

621.居（　　）堂之高则忧其民。

A.朝　　　　　　　　B.殿　　　　　　　　C.庙

622.拣尽寒枝不肯栖，（　　）沙洲冷。

A.寂寞　　　　　　　B.寂寥　　　　　　　C.寂寂

623.元杂剧四大爱情剧是《西厢记》《拜月亭》《墙头马上》和（　　）。

A.《南柯记》　　　　B.《紫钗记》　　　　C.《倩女离魂》

624.我国传统文化中的"杏林"指的是（　　）。

A.教育界　　　　　　B.医学界　　　　　　C.文学界

625."遥知兄弟登高处，遍插茱萸少一人"，少的是（　　）。

A.朋友　　　　　　　B.兄弟　　　　　　　C.诗人自己

626.月出惊山鸟，时鸣（　　）涧中。

A.春　　　　　　　　B.秋　　　　　　　　C.空

627.处江（　　）之远则忧其君。

A.海　　　　　　　　B.河　　　　　　　　C.湖

628.津堠岑寂，斜阳（　　）春无极。

A.冉冉　　　　　　　B.暖暖　　　　　　　C.缱绻

629.元杂剧四大悲剧是《窦娥冤》《汉宫秋》《梧桐雨》和（　　）。

A.《赵氏孤儿》　　　B.《还魂记》　　　　C.《倩女离魂》

630.古代主管国子监或太学的教育行政长官叫（　　）。

A.司业　　　　　　　B.学政　　　　　　　C.祭酒

631."相顾无言，惟有泪千行"，表达的是（　）之情。

A.师生　　　　　　B.夫妻　　　　　　C.朋友

632.开轩（　）场圃，把酒话桑麻。

A.对　　　　　　　B.面　　　　　　　C.看

633.其气（　）冽，砭人肌骨。

A.凌　　　　　　　B.栗　　　　　　　C.凛

634.休去倚（　），斜阳正在，烟柳断肠处。

A.围栏　　　　　　B.危栏　　　　　　C.危阑

635.元杂剧四大悲剧是《窦娥冤》《梧桐雨》《赵氏孤儿》和（　）。

A.《还魂记》　　　B.《汉宫秋》　　　C.《倩女离魂》

636."阳春白雪"指代高雅，它最初指的是（　）。

A.风景　　　　　　B.音乐　　　　　　C.绘画

637."元嘉草草，封狼居胥，赢得仓皇北顾"的"顾"指（　）。

A.照顾　　　　　　B.回头看　　　　　C.顾惜

638.花自飘（　）水自流。

A.落　　　　　　　B.零　　　　　　　C.荡

639.凄凄切切，呼号（　）发。

A.愤　　　　　　　B.奋　　　　　　　C.忿

640.平生塞北江南，归来华发（　）。

A.红颜　　　　　　B.童颜　　　　　　C.苍颜

641.不属于明代四大奇书的是（　）。

A.《红楼梦》　　　B.《西游记》　　　C.《金瓶梅》

642."下里巴人"指代通俗，它最初指的是（　）。

A.乡情　　　　　　B.绘画　　　　　　C.音乐

643.李清照《声声慢》"满地黄花堆积"中的"黄花"就是（　）。

A.菊花　　　　　　B.桂花　　　　　　C.黄杜鹃

644.一种相思，两处（　）愁。

A.秋　　　　　　　B.忧　　　　　　　C.闲

645.起视四（　），而秦兵又至矣。

A.方　　　　　　　B.野　　　　　　　C.境

646.青天有月来几时？我今（　）一问之。

A.把酒　　　　　　B.举觞　　　　　　C.停杯

647.不属于明代四大奇书的是（　）。

A.《金瓶梅》　　　B.《三国演义》　　C.《封神演义》

648."落霞与孤鹜齐飞"中的"鹜"是（　）。

A.大雁　　　　　　B.白鹭　　　　　　C.野鸭

649."醉翁之意不在酒，在乎山水之间也"中的"醉翁"是（　　）。

A.杜康　　　　　　　B.李白　　　　　　　C.欧阳修

650.驾一叶之（　　）舟，举匏樽以相属。

A.方　　　　　　　　B.单　　　　　　　　C.扁

651.明月出天山，（　　）云海间。

A.苍茫　　　　　　　B.浩瀚　　　　　　　C.浩荡

652.我国古代第一部以家庭为题材的长篇小说是（　　）。

A.《金瓶梅》　　　　B.《红楼梦》　　　　C.《醒世姻缘传》

653."疏影横斜水清浅，暗香浮动月黄昏"形容的是（　　）。

A.荷花　　　　　　　B.梅花　　　　　　　C.桂花

654."人之立志，顾不如蜀鄙之僧哉"中"顾"的意思是（　　）。

A.但是　　　　　　　B.难道　　　　　　　C.乃

655.云横秦岭家何在，雪（　　）蓝关马不前。

A.飘　　　　　　　　B.拥　　　　　　　　C.撒

656.忠（　　）人主之怒，而勇夺三军之帅。

A.犯　　　　　　　　B.触　　　　　　　　C.冒

657.剑阁（　　）而崔嵬，一夫当关，万夫莫开。

A.崎岖　　　　　　　B.巍峨　　　　　　　C.峥嵘

658."南朝四百八十寺，多少楼台烟雨"中"南朝"包括（　　）。

A.秦晋齐楚　　　　　B.宋元明清　　　　　C.宋齐梁陈

659."人之立志，顾不如蜀鄙之僧哉"中"鄙"的意思是（　　）。

A.浅陋　　　　　　　B.粗俗　　　　　　　C.边邑

660.嫦娥应悔偷灵药，碧海（　　）天夜夜心。

A.青　　　　　　　　B.清　　　　　　　　C.情

661.赵（　　）五战于秦，二败而三胜。

A.曾　　　　　　　　B.常　　　　　　　　C.尝

662.闲来垂钓（　　）上，忽复乘舟梦日边。

A.清江　　　　　　　B.碧溪　　　　　　　C.西湖

663."诗界革命"的代表人物是（　　）。

A.黄遵宪　　　　　　B.姚鼐　　　　　　　C.纳兰性德

664.《诗经》："维桑与梓，必恭敬止。""桑梓"后指（　　）。

A.故乡　　　　　　　B.书信　　　　　　　C.隐居的地方

665."霁月难逢，彩云易散。心比天高，身为下贱"形容的是（　　）。

A.妙玉　　　　　　　B.晴雯　　　　　　　C.袭人

666.梧桐更兼（　　）雨，到黄昏，点点滴滴。

A.秋　　　　　　　　B.风　　　　　　　　C.细

667.故不战而强弱胜负已（　　）矣。

A.定　　　　　　　B.判　　　　　　　C.决

668.墨子的主要思想是"兼爱"，他所反对的"爱有差等"这一观点是哪家学派的？（　　）

A.儒家　　　　　　B.法家　　　　　　C.道家　　　　　　D.名家

669.王羲之对一种动物十分偏爱，并从它的体态姿势上领悟到书法执笔运笔的道理，这是什么动物？（　　）

A.鹤　　　　　　　B.鹅　　　　　　　C.鸡　　　　　　　D.鱼

670.平生塞北江南，归来（　　）发苍颜。

A.华　　　　　　　B.白　　　　　　　C.黑

671.闲寻旧踪迹，又酒（　　）哀弦，灯照离席。

A.趁　　　　　　　B.逐　　　　　　　C.赶

672.北极朝廷终不改，西山（　　）莫相侵。

A.敌寇　　　　　　B.寇盗　　　　　　C.盗贼

673."临川四梦"包括《邯郸记》《紫钗记》《南柯记》和（　　）。

A.《红楼梦》　　　B.《西游记》　　　C.《还魂记》

674."问世间，情为何物，直教生死相许"赞颂的是（　　）的感情。

A.白鹭　　　　　　B.鸳鸯　　　　　　C.大雁

675."不畏浮云遮望眼，自缘身在最高层"中"浮云"指的是（　　）。

A.功名利禄　　　　B.艰难困苦　　　　C.奸邪小人

676.此身合是诗人未，细雨骑（　　）入剑门。

A.马　　　　　　　B.驴　　　　　　　C.牛

677.必非天下之人情所欲（　　）也。

A.有　　　　　　　B.居　　　　　　　C.往

678.歌罢仰天叹，四座泪（　　）。

A.沾襟　　　　　　B.滂沱　　　　　　C.纵横

679."临川四梦"不包括（　　）。

A.《邯郸记》　　　B.《西游记》　　　C.《紫钗记》

680.成语"相濡以沫"出自《庄子》，它描写的是（　　）。

A.鸟　　　　　　　B.鱼　　　　　　　C.蝉

681."兴，百姓苦；亡，百姓苦"一句中，主要用到的修辞方法是（　　）。

A.对偶　　　　　　B.排比　　　　　　C.反复

682.小楼一夜听（　　）雨，深巷明朝卖杏花。

A.春　　　　　　　B.秋　　　　　　　C.细

683.知不可乎骤得，（　　）遗响于悲风。

A.寓　　　　　　　B.寄　　　　　　　C.托

684.非无江海志，（ ）送日月。

A.潇洒　　　　　B.慷慨　　　　　C.倜傥

685."临川四梦"不包括（ ）。

A.《南柯记》　　　B.《西厢记》　　　C.《还魂记》

686."念桥边红药，年年知为谁生"中"红药"是指（ ）。

A.芍药　　　　　B.牡丹　　　　　C.红梅

687."又非蠢蠢求钱之民，能以其智力为也"中"蠢蠢"的意思是（ ）。

A.愚蠢　　　　　B.众多　　　　　C.杂乱

688.春（ ）带雨晚来急，野渡无人舟自横。

A.浪　　　　　　B.流　　　　　　C.潮

689.知不可乎（ ）得，托遗响于悲风。

A.遽　　　　　　B.骤　　　　　　C.忽

690.未能抛得杭州去，一半（ ）是此湖。

A.牵挂　　　　　B.勾连　　　　　C.勾留

691.下列戏曲人物形象中（ ）是明代作家创造的。

A.崔莺莺　　　　B.窦娥　　　　　C.杜丽娘

692."遥知不是雪，为有暗香来。"写的是（ ）。

A.桂花　　　　　B.梅花　　　　　C.荷花

693.《送苏友》"横门骊歌泪如雨"中的"骊歌"指（ ）。

A.告别之歌　　　B.悼亡之歌　　　C.追思之歌

694.红颜未老（ ）先断，斜倚熏笼坐到明。

A.情　　　　　　B.恩　　　　　　C.梦

695.驾一叶之扁舟，举匏樽以相（ ）。

A.邀　　　　　　B.约　　　　　　C.属

696.岭外（ ）断，经冬复历春。近乡情更怯，不敢问来人。

A.音信　　　　　B.音书　　　　　C.音讯

697.我国第一部文人创作的长篇小说是（ ）。

A.《金瓶梅》　　　B.《红楼梦》　　　C.《西游记》

698."知否，知否？应是绿肥红瘦"中的"红"是（ ）。

A.桃花　　　　　B.芍药　　　　　C.海棠

参考答案：

题号	1	2	3	4	5	6	7	8	9	10	11	12	13	14	15
答案	C	D	D	B	D	C	C	D	A	D	D	C	D	D	D
题号	16	17	18	19	20	21	22	23	24	25	26	27	28	29	30
答案	B	B	C	C	A	C	D	B	B	A	B	C	B	B	D

题号	31	32	33	34	35	36	37	38	39	40	41	42	43	44	45
答案	D	B	C	A	C	D	C	D	B	C	A	C	A	D	C
题号	46	47	48	49	50	51	52	53	54	55	56	57	58	59	60
答案	C	B	C	C	B	C	B	A	B	B	B	C	C	B	A
题号	61	62	63	64	65	66	67	68	69	70	71	72	73	74	75
答案	B	B	C	C	D	A	C	A	A	B	C	B	A	C	D
题号	76	77	78	79	80	81	82	83	84	85	86	87	88	89	90
答案	C	A	A	A	A	C	B	A	B	B	B	B	A	C	C
题号	91	92	93	94	95	96	97	98	99	100	101	102	103	104	105
答案	A	A	B	A	A	D	C	B	B	B	A	C	C	C	B
题号	106	107	108	109	110	111	112	113	114	115	116	117	118	119	120
答案	C	A	C	B	B	C	B	C	B	B	C	B	B	C	B
题号	121	122	123	124	125	126	127	128	129	130	131	132	133	134	135
答案	B	B	C	B	A	A	A	B	C	A	B	B	A	C	C
题号	136	137	138	139	140	141	142	143	144	145	146	147	148	149	150
答案	B	A	C	C	B	C	C	B	B	C	C	A	B	A	B
题号	151	152	153	154	155	156	157	158	159	160	161	162	163	164	165
答案	C	C	B	A	B	C	B	C	C	C	B	B	C	C	C
题号	166	167	168	169	170	171	172	173	174	175	176	177	178	179	180
答案	B	B	A	C	B	B	A	C	A	B	A	A	C	B	B
题号	181	182	183	184	185	186	187	188	189	190	191	192	193	194	195
答案	C	A	C	B	C	C	C	C	C	C	C	B	B	C	B
题号	196	197	198	199	200	201	202	203	204	205	206	207	208	209	210
答案	C	B	C	B	A	C	B	B	B	A	B	B	B	A	A
题号	211	212	213	214	215	216	217	218	219	220	221	222	223	224	225
答案	C	B	A	B	B	B	C	A	B	C	C	B	A	A	B
题号	226	227	228	229	230	231	232	233	234	235	236	237	238	239	240
答案	A	B	B	B	A	B	B	C	B	B	A	A	C	A	A
题号	241	242	243	244	245	246	247	248	249	250	251	252	253	254	255
答案	C	B	C	C	C	C	B	C	A	A	C	C	C	C	A
题号	256	257	258	259	260	261	262	263	264	265	266	267	268	269	270
答案	B	A	C	A	A	C	B	A	C	A	C	B	B	A	A
题号	271	272	273	274	275	276	277	278	279	280	281	282	283	284	285
答案	B	B	B	C	C	A	A	B	A	B	A	C	B	C	A
题号	286	287	288	289	290	291	292	293	294	295	296	297	298	299	300
答案	A	C	C	B	B	C	B	B	C	B	B	A	B	C	A
题号	301	302	303	304	305	306	307	308	309	310	311	312	313	314	315
答案	A	A	B	A	C	B	C	A	B	B	B	A	C	A	A
题号	316	317	318	319	320	321	322	323	324	325	326	327	328	329	330
答案	C	B	C	B	C	B	A	B	C	C	B	A	C	C	A
题号	331	332	333	334	335	336	337	338	339	340	341	342	343	344	345
答案	C	B	C	B	B	C	B	A	C	C	A	C	C	C	B
题号	346	347	348	349	350	351	352	353	354	355	356	357	358	359	360
答案	C	C	C	C	C	C	C	B	A	B	A	A	B	C	B

题号	361	362	363	634	365	366	367	368	369	370	371	372	373	374	375
答案	A	A	B	C	B	A	B	C	C	A	B	A	A	A	B
题号	376	377	378	379	380	381	382	383	384	385	386	387	388	389	390
答案	B	A	B	C	B	B	B	A	B	C	B	B	C	B	A
题号	391	392	393	394	395	396	397	398	399	400	401	402	403	404	405
答案	A	B	C	A	A	C	A	C	C	B	A	C	A	C	A
题号	406	407	408	409	410	411	412	413	414	415	416	417	418	419	420
答案	A	A	C	B	A	C	C	A	B	C	A	C	B	B	C
题号	421	422	423	424	425	426	427	428	429	430	431	432	433	434	435
答案	C	B	B	B	A	C	A	A	C	B	C	C	B	C	A
题号	436	437	438	439	440	441	442	443	444	445	446	447	448	449	450
答案	A	C	B	B	B	B	A	A	C	C	B	C	C	C	B
题号	451	452	453	454	455	456	457	458	459	460	461	462	463	464	465
答案	C	B	C	B	C	A	C	C	A	C	B	B	A	C	C
题号	466	467	468	469	470	471	472	473	474	475	476	477	478	479	480
答案	C	B	B	B	A	B	C	C	A	B	B	B	A	C	A
题号	481	482	483	484	485	486	487	488	489	490	491	492	493	494	495
答案	B	C	C	A	B	B	B	B	C	A	B	C	B	C	C
题号	496	497	498	499	500	501	502	503	504	505	506	507	508	509	510
答案	C	B	C	B	B	B	B	A	A	C	A	B	C	B	A
题号	511	512	513	514	515	516	517	518	519	520	521	522	523	524	525
答案	B	B	A	B	B	A	C	C	A	B	C	C	B	C	B
题号	526	527	528	529	530	531	532	533	534	535	536	537	538	539	540
答案	C	A	C	B	C	A	B	B	B	C	A	C	C	C	B
题号	541	542	543	544	545	546	547	548	549	550	551	552	553	554	555
答案	A	B	A	C	C	B	A	C	B	A	C	B	B	B	B
题号	556	557	558	559	560	561	562	563	564	565	566	567	568	569	570
答案	B	A	B	A	A	A	B	C	A	B	C	C	A	B	A
题号	571	572	573	574	575	576	577	578	579	580	581	582	583	584	585
答案	B	B	B	B	B	C	A	B	C	C	A	C	C	C	B
题号	586	587	588	589	590	591	592	593	594	595	596	597	598	599	600
答案	A	A	C	C	C	C	B	B	B	B	B	B	B	C	A
题号	601	602	603	604	605	606	607	608	609	610	611	612	613	614	615
答案	C	A	B	A	B	A	B	B	C	B	A	C	A	A	B
题号	616	617	618	619	620	621	622	623	624	625	626	627	628	629	630
答案	A	B	C	C	B	C	A	C	B	C	A	C	A	A	C
题号	631	632	633	634	635	636	637	638	639	640	641	642	643	644	645
答案	B	B	B	B	B	B	B	B	A	C	A	C	A	C	C
题号	646	647	648	649	650	651	652	653	654	655	656	657	658	659	660
答案	C	C	C	C	C	A	A	B	B	B	A	C	C	C	A
题号	661	662	663	664	665	666	667	668	669	670	671	672	673	674	675
答案	C	B	A	A	B	C	B	A	B	A	A	B	C	C	C
题号	676	677	678	679	680	681	682	683	684	685	686	687	688	689	690
答案	B	B	C	B	B	C	A	C	A	B	A	A	C	B	C
题号	691	692	693	694	695	696	697	698							
答案	C	B	A	B	C	B	A	C							

第六部分

古代文化文学常识举要

一、中国古代作家作品

1.《诗经》是我国最早的诗歌总集，原本只称《诗》，儒家经典之一，故称《诗经》。编成于公元前6世纪的春秋时期，共311篇，其中6篇为笙诗，分为"风""雅""颂"三大类。"风"有十五国风，大都是民间歌谣；"雅"分大雅、小雅，是宫廷乐曲歌词；"颂"分周颂、鲁颂、商颂，是宗庙祭祀重大典礼的乐歌。《诗经》中的《卫风·氓》《秦风·无衣》《邶风·静女》被选入教材。

2.《左传》是我国第一部叙事详细的编年体著作，相传为春秋末年鲁国史官左丘明所作。依孔子修订的鲁史《春秋》编次，主要记载了东周前期240多年间各国政治、经济、军事、外交和文化方面的一些事件，是研究我国先秦历史很有价值的文献，也是优秀的散文著作。其中的《烛之武退秦师》被选入教材。

3.《国语》是我国最早的一部国别体史书，记载了周穆王十二年（前990）到周贞定王十六年（前453）间周、鲁、齐、晋、郑、楚、吴、越八国的史实。《勾践灭吴》即从中节选而来。

4.《战国策》是记西周、东周及秦、齐、楚、赵、魏、韩、燕、宋、卫、中山诸国历史的著作，主要记载战国时期谋臣策士纵横捭阖的斗争及有关的谋议或辞说。其中的《邹忌讽齐王纳谏》《触龙说赵太后》被选入教材。

5.《论语》是记录春秋末年大思想家孔子及其弟子言行的书。从记录的称呼和口气看，是孔门弟子（包括再传弟子）根据自己的记忆或耳闻的传说写下来的。全书共20篇，每篇包括若干章，内容涉及政治、教育、文学、哲学以及立身处世的道理等多方面。《论语》是有关儒家思想的最重要的经典著作。其中的《子路、曾皙、冉有、公西华侍坐》被选入教材。

6.《孟子》是记载战国时期思想家孟轲言行的书，由孟轲及其弟子编成。《孟子》共七篇，内容涉及政治活动、政治学说以及哲学、伦理、教育思想，是儒家经典著作之一。《寡人之于国也》《齐桓晋文之事》《庄暴见孟子》《孟子见梁襄王》等被选入教材。

7.《庄子》是战国中期思想家庄周（约前369—前286）和他的门人以及后学所著。现存33篇，包括内篇7篇，外篇15篇，杂篇11篇。《逍遥游》（节选）被选入教材。

8.《楚辞》收集战国时代楚国屈原、宋玉等人的诗歌，西汉刘向辑，东汉王逸作章句（对古书的分析解释）。这些诗歌运用楚地的诗歌形式、方言声韵，描写楚地风土人情，具有浓厚的地方色彩，故名《楚辞》。后世因此称这种诗体为"楚辞体"或"骚体"。

屈原（约前340—前278），名平，字原。战国时期楚国人，曾任左徒、三闾大夫。屈原的《离骚》（节选）被选入教材。

9.《荀子》是战国末期思想家荀况（约前313—前238）所著，一小部分出于其弟子之手，现存 32 篇。《劝学》被选入教材。

10. 贾谊（前 200—前 168），西汉洛阳人，政论家，文学家。著有《新书》，其中的《过秦论》被选入教材。

11.《史记》是我国第一部纪传体通史。这部书记载了上至黄帝、下至汉武帝太初年间长达三千多年的历史。这部书在体例上分为本纪（帝王的传记，十二篇）、世家（世袭封国的诸侯传记，三十篇）、列传（天子、王侯以外的人物传记，七十篇），以八书记制度沿革，立十表以通史事的脉络，计一百三十篇。《史记》既是一部历史巨著，又是一部伟大的文学著作。"史家之绝唱，无韵之离骚"是鲁迅先生对《史记》作出的崇高评价。其中的《鸿门宴》《廉颇蔺相如列传》《屈原列传》《信陵君窃符救赵》等被选入教材。

司马迁（约前 145—？），字子长，汉代人，我国著名的史学家和文学家。他的作品《报任安书》被选入教材。

12.《古诗十九首》是东汉末年一批文人诗作的选辑，最早见于南朝梁代萧统《文选》。这十九首诗没有题目，一般拿每首第一句作题目。诗作表现了动荡、黑暗的社会生活，抒发了对命运、人生的悲哀之情。刘勰《文心雕龙》称之为"五言之冠冕"，钟嵘《诗品》赞颂它"天衣无缝，一字千金"。其中的《迢迢牵牛星》被选入教材。

13. 曹操（155—220），字孟德，三国时期著名的政治家、军事家和诗人。诗作《短歌行》被选入教材。

14. 曹植（192—232），字子建，曹操的第三个儿子。他身逢乱世，素有"戮力上国，流慧下民"、建国立业的大志。后受称帝的哥哥曹丕的嫉妒、陷害，忧愤而死。诗作《白马篇》（又名《游侠篇》）被选入教材。

15. 王羲之（303—361），字逸少，东晋人，善书法，有"书圣"之称。又因他做过右军将军，世称王右军。写有《兰亭集序》，书法上也称《兰亭序》。

16. 陶潜（365—427），东晋大诗人，一名渊明，字元亮，世称靖节先生。散文《归去来兮辞》，诗作《归园田居》被选入教材。

17.《玉台新咏》，南朝梁代徐陵编，其中的《孔雀东南飞》（原题为《古诗为焦仲卿妻作》）被选入教材。

18. 魏征（580—643），字玄成，初唐曾任谏议大夫、左光禄大夫，封郑国公，以直言敢谏著称。作品《谏太宗十思疏》被选入教材。

19. 王勃（649—676），字子安，初唐文学家。作品结集《王子安集》，其中的《滕王阁序》被选入教材。

20. 李白（701—762），字太白，号青莲居士，被后人称为"诗仙"。他的诗作具有积极浪漫主义精神。他的七言绝句和王昌龄的七言绝句一起被后世推为唐人七绝的代表作。他的诗具有鲜明的艺术个性：爆发式的抒情、变幻莫测的想象和明丽的意象。诗歌《梦游天姥吟留别》《越中览古》《蜀道难》《将进酒》等被选入教材。

21.杜甫（712—770），字子美，被后人称为"诗圣"。他深受儒家思想影响，有"致君尧舜"的抱负，而一生却穷愁潦倒，因此在感情上更能体验到民众的疾苦。安史之乱给唐代社会带来巨大的破坏，杜甫写下了《北征》"三吏""三别"《兵车行》《赴奉先县咏怀五百字》等一系列表现民生疾苦的诗作，他的诗被称作"诗史"。杜甫多用古体，但他的更高的成就是律诗。诗作《登高》《蜀相》《兵车行》等被选入教材。

22.韩愈（768—824），字退之，祖籍河北昌黎，世称"韩昌黎"。他是"唐代古文运动"的倡导者，宋代苏轼称他"文起八代之衰"，明人列他为"唐宋八大家"之首。作品《师说》《祭十二郎文》等被选入教材。

23.白居易（772—846），字乐天，号香山居士。他主张"文章合为时而著，歌诗合为事而作"。他写了不少揭露黑暗现实的诗篇，而且语言通俗明白。诗作《琵琶行》被选入教材。

24.柳宗元（773—819），唐朝散文家，著有《柳河东集》。作品《愚溪诗序》、诗作《渔翁》被选入教材。

24.元稹（779—831），字微之，中唐诗人。诗作《闻乐天左降江州司马》被选入教材。

25.李贺（790—816），字长吉，中唐诗人。诗作《李凭箜篌引》被选入教材。

26.杜牧（803—853），字牧之，晚唐诗人，二十六岁中进土，曾任黄州（现在湖北黄冈）、池州（现在安徽贵池）等州刺史，官至中书舍人。诗歌清丽自然，有"小杜"之称。散文气势雄浑，多针砭时事。作品《阿房宫赋》、诗作《过华清宫》被选入教材。

27.李商隐（约813—约858），晚唐诗人。字义山，号玉溪生，又号樊南生。诗作《锦瑟》被选入教材。他和杜牧有"小李杜"之称。

28.李煜（937—978），史称南唐后主。词《虞美人》《浪淘沙》被选入教材。

29.温庭筠（约812—866），字飞卿。宋代词人，他是花间派的创始人。词《菩萨蛮》被选入教材。

30.柳永（约987—约1053），字耆卿，原名三变，宋代婉约词派的代表。《雨霖铃》被选入教材。

31.苏洵（1009—1066），字明允，北宋眉山人，散文家。他的儿子苏轼、苏辙也以文学著名。后人并称他们为"三苏"。《六国论》选自《嘉祐集·权书》，《权书》包括十篇文章，都是评论政治和历史的。

32.王安石（1021—1086），字介甫，北宋临川人，政治家，文学家。作品《游褒禅山记》、词《桂枝香·金陵怀古》被选入教材。

33.欧阳修（1007—1072），字永叔，号醉翁、六一居士，北宋文学家、史学家。著有《欧阳文忠公集》，并编有两部史书：《新唐书》（与宋祁等合写）、《新五代史》。《新五代史》是二十四史之一，记载公元907年至公元960年间梁、唐、晋、汉、周五代史实。其中的《伶官传序》被选入教材。

34.苏轼（1037—1101），字子瞻，号东坡居士，北宋眉山（现在四川眉山）人，文学家。散文、诗、词、书法，都独具风格，自成一家。散文《石钟山记》《赤壁赋》，词《念奴娇·赤壁怀古》《江城子》等被选入教材。

35.周邦彦（1056—1121），北宋词人。词《苏幕遮》被选入教材。

36.李清照（1084—1155），宋代著名女词人，号易安居士，济南人。著有《漱玉词》，其中的《一剪梅》《声声慢》被选入教材。

37.陆游（1125—1210），字务观，号放翁，南宋著名爱国诗人。诗作《书愤》《临安春雨初霁》被选入教材。

38.辛弃疾（1140—1207），字幼安，号稼轩，宋代豪放派词人。著有《稼轩长短句》，其中的《永遇乐·京口北固亭怀古》被选入教材。

39.姜夔（约1155—约1221），字尧章，号白石道人，宋代婉约派词人，词《扬州慢》被选入教材。

40.关汉卿（约1234—约1300），号已斋叟，金末元初大都（现在北京）人，元代戏曲作家。代表作《窦娥冤》（全名《感天动地窦娥冤》）（节选）被选入教材。

元曲四大家及其代表作：关汉卿《窦娥冤》，郑光祖《倩女离魂》，马致远《汉宫秋》，白朴《墙头马上》。

41.王实甫（1260—1336），名德信，大都（现在北京）人，元代戏曲作家。代表作《西厢记》，全名《崔莺莺待月西厢记》。其中的《长亭送别》被选入教材。

42.施耐庵（约1296—1370），元末明初人。代表作《水浒传》，其中的《智取生辰纲》被选入教材。

43.罗贯中（约1330—约1400），名本，元末明初小说家。代表作《三国演义》，其中的《失街亭》被选入教材。

44.归有光（1507—1571），字熙甫，号震川，世称震川先生，是明代后期著名的古文家。教材中的《项脊轩志》选自《震川先生集》。

45.徐渭（1521—1593），明代文学家，画家。初字文清，更字文长，号天池山人，青藤道士等。著有《四声猿》《南词叙录》《徐文长全集》等。

46.汤显祖（1550—1616），字义仍，号海若、若士、清远道人，明代戏曲作家。《牡丹亭》，原名《牡丹亭还魂记》，是汤显祖的代表作，共55出。其中的《闺塾》被选入教材。

47.袁宏道（1568—1610），字中郎，号石公，明代公安（现在湖北公安）人，与其兄宗道（字伯修）、弟中道（字小修），都以文学见长，时号"三袁"，被称为"公安派"，其中以袁宏道的成就最高。著有《袁中郎全集》。节选其中的《虎丘记》被选入教材。

48.冯梦龙（1574—1646），字犹龙，明末小说家。《警世通言》中的《杜十娘怒沉百宝箱》被选入教材。《警世通言》是"三言"（《喻世明言》《警世通言》《醒世恒言》）之一。"三言"是宋元明"话本"和"拟话本"的总集。"三言"中有些篇目是冯梦龙的作品。

49.张溥（1602—1641），字天如，明末文学家。教材中的《五人墓碑记》选自《七录斋集》。

50.蒲松龄（1640—1715），字留仙，别号柳泉居士，世称聊斋先生，清代文学家。代表作《聊斋志异》，其中的《促织》被选入教材。

51.洪昇（1645—1704），字昉思，号稗畦。清代戏曲作家，著有传奇《长生殿》。

52.孔尚任（1648—1718），字聘之，又字季重，清代戏曲作家、诗人。代表作为《桃花扇》，其中的《哀江南》被选入教材。

53.曹雪芹（约1715—1764），名霑，字梦阮，号雪芹，又号芹圃、芹溪。清代著名的小说家。代表作《红楼梦》为"中国古典四大名著"之一，其中的《林黛玉进贾府》被选入教材。

54.姚鼐（1732—1815），字姬传，一字梦谷，室名惜抱轩，清代桐城人。桐城派古文家。教材中的《登泰山记》选自《惜抱轩诗文集》。

55.龚自珍（1792—1841），字璱人，号定庵，浙江人。我国近代杰出的思想家、文学家。教材中的《病梅馆记》选自《龚自珍全集》。

二、文学体裁常识

1.文学体裁，古代的，包括散文和韵文（诗、词、歌、赋等）；现代的，包括诗歌、散文、小说、戏剧等。

2.我国古代的每个时期或朝代的主要文学样式大致如下：

（1）远古时期——原始诗歌（二言形式）、远古神话（女娲补天、精卫填海、夸父逐日、鲧禹治水、后羿射日等）、原始歌舞。

（2）殷商时期——甲骨卜辞，铜器铭文，《周易》卦、爻辞，《尚书》文告。

（3）西周初至春秋中叶——诗歌（四言形式）。

（4）春秋战国（东周）——散文。历史散文有《左传》《国语》《战国策》等，诸子散文有《论语》《孟子》《墨子》《庄子》《列子》《荀子》《韩非子》《吕氏春秋》等，另有军事著作《孙子兵法》。

（5）战国后期——楚辞。

（6）秦代——李斯的刻石文。

（7）汉代——汉赋、汉代乐府诗、五言诗、杂体散文。

（8）魏晋南北朝——骈文、五言古诗、七言古诗。

（9）唐代——格律诗（近体诗）、古体诗、古文、传奇。

（10）宋代——词、话本、古文。

（11）元代——曲。

（12）明代——拟话本、小说。

（13）清代——小说。

3.现实主义和浪漫主义，是我国古代诗歌的优秀传统。我国文学史上向来以"风""骚"并称，"风""骚"就是指以《诗经》"国风"民歌和屈原《离骚》为代表的现实主义和浪漫主义传统。

4.我国古代诗歌两大传统承继脉络：

现实主义：《诗经》"国风"（源头）——汉朝乐府民歌（《孔雀东南飞》）（继承发展）——"诗史"杜甫的诗（高峰）——唐代白居易的诗和南宋爱国诗人陆游的诗（发扬光大）。

浪漫主义：屈原《离骚》（源头）——北朝乐府民歌《木兰诗》（继承发展）——唐代李白的诗（高峰）——唐代李贺，宋代苏轼、辛弃疾，清代龚自珍（发扬光大）。

5.我国古代诗歌的两大传统是互相联系、互相结合的。以曹操父子为代表的"建安诗人"和东晋陶渊明的诗，都是对"风""骚"传统的继承和发展；《孔雀东南飞》也是描绘现实和抒写理想相结合的。

6.我国古代诗歌在创作上善于运用"情景交融"的手法，形成了源远流长的优秀传统。

7.我国古代诗歌创造了不同体制。

诗：古体（四言、五言、七言、杂言）

近体［绝句（五言、七言）］

［律诗（五言、七言）］

词：小令 中调 长调

散曲：小令 套数

8.我国古代散文发展和演变的情况如下：

殷商卜辞和西周钟鼎铭文（原始形态）——西周时的《尚书》（第一部散文集）——春秋战国时期的历史散文和诸子散文（散文创作发达）——汉代司马迁《史记》的纪传体为班固等所仿效，论辩体散文"议""论""疏""策""表"有很大发展（对诸子散文的继承与发展）——魏晋南北朝的散文更趋文学化，体裁增加了"序""记""书""注""表"等（鲁迅称之为文学的自觉时代）——唐宋时代出现了"八大家"，体裁更多，如"论""议""说""辩""解""原"等论辩体式，还出现了"赠序"和游记（全面丰收）——元代散文衰落，明代中叶复兴——清代文字狱使散文受扼杀，产生了适应统治者要求的桐城派古文。

9.我国古代戏曲，是从元代以来发展成熟的，有杂剧（北曲）、南曲等。剧本一般每本分为四折，每折用同一宫调的若干曲牌组成套曲，必要时另加"楔子"

（用在开头作为开端，用在两折间是过渡）。角色有正末、正旦、净等。

10.我国古代小说的发展，大致经历如下几个阶段：

（1）上古到先秦两汉，出现了神话传说和寓言故事，是小说的酝酿和萌生时期。

（2）魏晋南北朝时期，出现了"志怪""志人"小说（亦称作笔记小说），是小说初具规模的时期。

（3）唐代文人创作的文言短篇小说叫传奇，标志着小说的成熟。

（4）宋代出现了白话小说"话本"，明代出现了"拟话本"，小说有了新的发展。

（5）明清时代，文人创作了章回演义小说，出现一批不朽名著，古代小说发展到了高峰。

11.我国古代小说有如下四大特点：

（1）重人物刻画；（2）重故事情节；（3）重语言生动；（4）有说书印记。

12.散文的特征是"形散神不散"。"形"是指选用的材料、材料的组织和表达方式等；"神"，是指蕴涵于"形"中的思想感情和作者的写作意图。散文大致可分为议论散文、抒情散文和叙事散文三类。

13.小说是一种通过人物、情节和环境的具体描写来反映现实生活的文学体裁，小说通过对人物的行为、语言、肖像和心理的描写，来塑造既有个性又有共性的典型人物形象。小说中的环境是形成人物性格、驱使其行动的特定场所，包括自然环境和社会环境两方面。环境对人物性格的体现起着强化作用，还能展示世态风情。小说的情节就是人物斗争和发展的过程，就是用以表现主题或人物性格的一系列有组织的生活事件。情节一般包括开端、发展、高潮和结局，有的还有序幕和尾声。小说的主题就是小说通过对现实生活的描绘和艺术形象的塑造所表现出来的中心思想。

14.戏剧是指各种具体样式的剧本，是以表演艺术为中心的文学、音乐、舞蹈等艺术的综合。戏剧冲突和戏剧语言，是戏剧文学的两个重要内容。戏剧冲突主要表现为剧中人物的性格冲突，这种冲突通过人物外部形体动作和内心动作来表现。戏剧冲突往往是集中的，而且是曲折发展、逐步上升到高潮的戏剧运动。戏剧语言包括人物语言和舞台说明。戏剧语言必须富于动作性、个性化和表现力，必须言简意丰，动听易懂。戏剧按内容性质分类，有悲剧、喜剧和悲喜剧（正剧）；按表现手法分，有话剧、歌剧、舞剧、歌舞剧、诗剧；按结构形式分，有独幕剧和多幕剧；按题材分，有历史剧、现代剧、童话剧等。

三、文学常识

我国第一部诗歌总集——《诗经》

我国第一部编年体史诗——《左传》

我国第一部编年体史书——《春秋》

我国第一部叙事详尽的编年体史书——《史书》

我国第一部国别体史书——《国语》

我国第一部语录体儒家经典散文作品——《论语》

我国第一部军事著作——《孙子兵法》

我国第一部专记一个人言行的历史散文——《晏子春秋》

我国第一部断代体史书——《汉书》

我国第一部文学理论和评论专著——《文心雕龙》（南朝梁刘勰著）

我国第一部诗歌理论和评论专著——《诗品》（南朝梁钟嵘著）

我国第一部科普作品——《梦溪笔谈》（宋代沈括著）

我国第一部水文地理专著——《水经注》

我国第一部字典——《说文解字》（东汉许慎著）

我国第一部神话（志怪）小说——《搜神记》（东晋干宝著）

我国第一部词典——《尔雅》

我国第一部笔记体小说——《世说新语》

我国第一部字书——《字通》

我国第一部系统语法书——《马氏文通》

我国第一部词总集——《花间集》

我国第一部农业百科全书——《齐民要术》（贾思勰著）

我国第一部百科全书——《永乐大典》

我国第一部数学专著——《周髀算经》

我国第一部医药学专著——《神农本草经》

我国第一部方言词典——《方言》

我国第一部植物学词典——《全芳备祖》

我国第一部韵书——《切韵》

我国第一部文选——《昭明文选》

我国第一部神话集——《山海经》

我国第一部地理书——《尚书·禹贡》

我国第一部茶叶制作书——《茶经》

我国第一部珠算介绍书——《盘珠算法》

我国第一部图书分类目录——《七略》

我国第一部较完整的封建法典书——《法经》

我国第一部柑橘专业书——《橘录》

我国第一部农业生产技术论著——《天工开物》

我国第一部建筑学专著——《营造法式》

我国第一部绘画理论著作——《古画品录》

我国第一部道德经总目——《灵宝经目》

我国第一部戏曲理论著作——《闲情偶寄》

我国第一部古典制度史——《通典》

我国第一部戏曲史——《宋元戏曲史》

我国第一部行政法典——《唐六典》

我国第一部长篇神话小说——《西游记》（明代吴承恩著）

我国第一部长篇章回体小说——《三国演义》（明代施耐庵著）

我国第一部文言短篇小说集——《聊斋志异》（清代蒲松龄著）

我国第一部长篇白话章回体小说——《水浒传》（明代罗贯中著）

我国第一部全国性地方志——《元和郡县图志》

我国第一部农家历——《四民月令》

我国第一部生态植物学著作——《管子·地员》

我国第一部地方植物志——《南方草木状》

我国第一部栽培学专著——《荔枝谱》

我国第一部物候学专著——《夏小正》

我国第一部医学理论和实践相结合的医学专著——《伤寒杂病论》

我国第一部针灸专著——《黄帝三部针灸甲乙经》

我国第一部药剂学专著——《雷公炮炙论》

我国第一部综合性病理著作——《诸病源候论》

我国第一部营养学专著——《饮膳正要》

我国第一部天文学著作——《天官书》

我国第一部新诗集——《尝试集》

我国第一部详尽的地图——《禹贡地域志》

我国第一部刺绣技法论著——《雪宦绣谱》

我国第一部漆工专著——《漆经》

我国第一部著名的戏曲作品——《窦娥冤》（元代关汉卿著）

我国第一部体游记——《徐霞客游记》（明代徐弘祖著）

我国第一部长篇讽刺小说——《儒林外史》（清代吴敬梓著）

我国第一首长篇抒情诗——《离骚》

我国第一首长篇叙事诗——《孔雀东南飞》

我国第一位史学家、文学家——司马迁

我国第一位伟大的爱国主义诗人——屈原

我国第一位女诗人——蔡文姬

我国第一位田园诗人——陶渊明

我国第一位著名女词人——李清照

我国最早的兵书——《孙子兵法》（春秋孙武著）

我国字数最多的字典——《康熙字典》（清代）

我国最早的报纸——《邸报》（西汉）

我国记载时间最长的历史巨著——《春秋》

二李——李白　李商隐（又称老李　小李）

二杜——杜甫　杜牧（又称老杜　小杜）

二乔——大乔　小乔

二雅——大雅　小雅

二程——程颐　程颢

二司马——司马迁　司马光（司马懿　司马炎）

三才——天、地、人

三王——夏禹、商汤、周文王

三公——司马、司徒、司空（太师、太傅、太保）

三古——上古、中古、下古

三史——《史记》《汉书》《东观汉记》（《后汉书》）

三生——前生、今生、来生

三玄——《老子》《庄子》《周易》

三牲——牛、羊、猪（佛教指：善牲、不善牲、无论牲）

三礼——《仪礼》《周礼》《礼记》

三苏——北宋文学家苏洵、苏轼、苏辙

三张——西晋诗人张载及弟张协、张亢

三国——魏、蜀、吴

三杰——（汉）张良、韩信、萧何　（蜀汉）诸葛亮、张飞、关羽

三易——《连山》《归藏》《周易》

三学——（唐）国子学、太学、四门学　（宋）外学、内学、上学

三绝——诗、书、画

三害——（晋）周处、蛟龙、猛虎

三袁——（明公安派）袁宗道、袁宏道、袁中道

三通——《通典》《通志》《文献通考》

三曹——曹操、曹植、曹丕

三谢——谢灵运（南朝宋名士）、谢惠连（南朝宋文学家）、谢朓（南朝齐诗人）

三节——端午、中秋、春节

三军——（古）前、中、后　（今）海、陆、空

三代——夏、商、周

三皇——1.天皇、地皇、人皇　2.伏羲、女娲、神农　3.伏羲、神农、祝融　4.伏羲、神农、共工　5.伏羲、神农、燧人（5种不同的说法）

三闾——战国时楚国三姓：昭、屈、景

三吏——《新安吏》《石豪吏》《潼关吏》（唐杜甫）

三别——《新婚别》《垂老别》《无家别》（唐杜甫）

三都赋——《蜀都赋》《吴都赋》《魏都赋》（西晋左思）

三家诗——鲁诗、齐诗、韩诗

三言（二拍）——《喻世明言》《警世通言》《醒世恒言》（《初刻拍案惊奇》《二刻拍案惊奇》）

三姑（六婆）——尼姑、道姑、卦姑（牙婆、媒婆、师婆、虔婆、药婆、稳婆）

三教（九流）——儒、道、佛（儒家、道家、阴阳家、法家、名家、墨家、纵横家、杂家、农家）

三坟（五典）——最早的书籍名称，指伏羲、神农、黄帝三人所写的的书（五典指少昊、颛顼、高辛、唐尧、虞舜五人所写的书）

三从（四德）——未嫁从父、出嫁从夫、夫死从子（妇德—品德、妇言—辞令、妇容—仪态、妇功—女工）

三纲（五常）——君为臣纲、父为子纲、夫为妻纲（仁、义、礼、智、信）

三灾（八难）——水灾、火灾、风灾为大三灾；刀兵、饥馑、疫疠为小三灾（不废道心一难，不就明师二难，不托闲居三难，不舍世务四难，不割恩爱五难，不弄利欲六难，不除喜怒七难，不断色欲八难）

三班（六房）——（明清）皂班、壮班、快班（吏、户、礼、兵、刑、工为六房）

（岁寒）三友——松、竹、梅

（文人）三友——琴、诗、酒

四大——（古）功、名、德、权 （道）道、天、地、王 （佛）地、水、火、风

四术——诗、书、礼、乐

四生——胎生、卵生、湿生、化生（佛语）

四岳——东岳泰山、西岳华山、南岳衡山、北岳恒山

战国四君子——齐国孟尝君、赵国平原君、楚国春申君、魏国信陵君

四美——1.音乐、珍味、文章、言谈 2.良辰、美景、赏心、乐事

四端——孟子的仁、义、礼、智

四神纹——青龙、白虎、朱雀、玄武

四家诗——鲁诗、齐诗、韩诗、毛诗

四大传奇——《荆钗记》《拜月亭记》《白兔记》《杀狗记》

四大徽班——三庆、四喜、春台、和春

四大讽刺小说——《二十年目睹之怪现状》（吴沃尧）、《官场现形记》（李宝嘉）、《孽海花》（曾朴）、《老残游记》（刘鹗）

吴中四士——（唐）贺知章、张旭、张若虚、包融

四书——《论语》《孟子》《中庸》《大学》

四史——《史记》《汉书》《后汉书》《三国志》

元曲四大家——关汉卿、郑光祖、白朴、马致远

四大书法家——颜真卿、柳公权、欧阳询、赵孟頫

南宋四大家——陆游、杨万里、范成大、尤袤

初唐四杰——王勃、杨炯、卢照邻、骆宾王

文人四友——琴、棋、书、画

四库全书——经、史、子、集

朝代四文体——唐诗、宋词、元曲、明清小说

四、常见文学流派或团体

1.儒家学派的代表人物有：孔子、孟子。

2.道家学派的代表人物有：老子、庄子。

3.墨家的代表人物有：墨子。

4.法家学派代表人物有：韩非子。

5.屈宋：指战国时期的屈原、宋玉。

6.扬马：指西汉扬雄、司马相如。

7.三曹：指曹操、曹植、曹丕。

8.沈诗任笔：指南朝齐梁间的沈约和任昉。

9.初唐四杰：指王勃、杨炯、卢照邻、骆宾王。

10.沈宋：指初唐武后时期著名的宫廷诗人沈佺期和宋之问。

11.唐代诗人属于边塞诗派的有：王昌龄、岑参、高适、王之涣、李颀。

12.张王乐府：指张籍、王建所写的乐府诗。

13.郊寒岛瘦：苏轼语，是对中唐诗人孟郊、贾岛诗风的形象概括。

14.元白：指中唐诗人元稹和白居易。

15.南唐二主：指五代时南唐的两个皇帝，中主李璟和后主李煜。

16.唐宋八大家：韩愈、柳宗元、欧阳修、王安石、曾巩、苏轼、苏洵、苏辙。

17.宋代词人中属于豪放派的有：苏轼、辛弃疾。

18.宋代词人中属于婉约派的有：柳永、李清照。

19.明代后七子：宗臣、李攀龙、王世贞、谢榛、梁有誉、徐中行、吴国伦。

20.唐宋派：明代前后七子的反对派作家，有王慎中、唐顺之、茅坤、归有光等。

21.明末清初"三大思想家"：指顾炎武、黄宗羲、王夫之。

22.南施北宋：指清初著名诗人施闰章和宋琬。

23.宋诗派：即清代"同光体"诗人，代表作家是陈三立、陈衍。

24.浙西词派：清初词派，以浙江秀水（今嘉兴市）人朱彝尊为代表。

25.阳羡词派：清初词派，以江苏省宜兴人陈维崧为代表。

26.常州词派：清中叶词派，代表人物是张惠言。

27.桐城派：清中叶最著名的一个散文流派，主要作家有方苞、刘大櫆、姚鼐。

28.苏州作家群：清初戏曲家群体，代表人有李玉、朱素臣、朱佐朝。

29.南洪北孔：指清初著名的戏剧家洪昇和孔尚任。

五、其他文化文学知识

1.六艺。中国周朝的贵族教育体系，开始于公元前1046年的周王朝，周王官学要求学生掌握的六种基本才能：礼、乐、射、御、书、数。出自《周礼·保氏》："养国子以道，乃教之六艺：一曰五礼，二曰六乐，三曰五射，四曰五御，五曰六书，六曰九数。"这就是所说的"通五经贯六艺"的"六艺"。

2.竹林七贤。魏晋时期正始年间（240—250），嵇康、阮籍、山涛、向秀、刘伶、王戎及阮咸七人，先有七贤之称。因常在当时的山阳县（今修武一带）竹林之下，喝酒、纵歌，肆意酣畅，世谓七贤，后与地名竹林合称。

《与山巨源绝交书》是魏晋时期"竹林七贤"之一的嵇康写给朋友山涛（字巨源）的一封信，也是一篇名传千古的著名散文。这封信是嵇康听到山涛在由选曹郎调任大将军从事中郎时，想荐举他代其原职的消息后写的。信中拒绝了山涛的荐引，指出人的秉性各有所好，申明他自己赋性疏懒，不堪礼法约束，不可加以勉强。他强调放任自然，既是对世俗礼法的蔑视，也是他崇尚老、庄无为思想的一种反映。

3.科举制。元、明、清时，贡士经殿试后，及第者皆赐出身，称进士。且分为三甲：一甲3人，赐进士及第；二、三甲，分赐进士出身、同进士出身。

殿试：是科举制最高级别的考试，皇帝在殿廷上，对会试录取的贡士亲自策问，以定甲第。实际上皇帝有时委派大臣主管殿试，并不亲自策问。录取分为三甲：一甲三名，赐"进士及第"的称号，第一名称状元（鼎元），第二名称榜眼，第三名称探花；二甲若干名，赐"进士出身"的称号；三甲若干名，赐"同进士出身"的称号。二、三甲第一名皆称传胪，一、二、三甲统称进士。

4.书院制。中国的书院制度自唐代开始，有官方和私人设置的两类。中国古代收藏、校理典籍的官署，又名集贤殿书院。唐宋创立史馆、弘文馆（宋称昭文馆）、集贤书院，合称"三馆"。汉、隋以来，有天禄阁、文德殿、文林馆、麟趾殿、观文殿等官署，皆掌著述、藏聚群书、校理典籍。集贤书院与这些殿馆一脉相传，相因而立。

5.关于"友谊"的几种表述方式。

（1）泛泛之交：普通的交情，并不是知心的朋友。

（2）金石之交：比喻坚定的友谊。金石，以其材质之坚硬，来形容坚定不变的事物。

（3）金兰之交：比喻朋友之间互相投合，后来指结拜兄弟姐妹。金，比喻其坚。兰，比喻其香。

（4）点头之交：见面时只点头打招呼。比喻很淡的交情。

（5）患难之交：比喻有福同享、有难同当的朋友。

（6）贫贱之交：指贫苦微贱时所结交的朋友。

（7）一面之交：只见过一次面。形容彼此没有深厚的交情。

（8）八拜之交：结拜的异姓兄弟。近"金兰之交"。

（9）布衣之交：贫贱时所交的朋友。与"布衣之友""患难之交""贫贱之交"同。布衣，平民的服装，借指平民。

（10）竹林之交：本指魏晋竹林七贤游集于竹林之下。喻亲密的友谊。

（11）再世之交：指两代以上的交情。

（12）忘年之交：两人因学识志趣相投，不论年纪长幼，而结为好朋友。

（13）杵臼之交：比喻结交朋友不以贵贱而有分别。近"车笠之交"。

（14）苔岑之契：指志同道合的朋友。

（15）莫逆之交：指知心的好朋友。近"管鲍之交""刎颈之交"。逆，违背。莫逆，同心相契。

（16）道义之交：指以学问或品行互相勉励的朋友。

（17）势力之交：以金钱、权势、地位，或其他利益结交的朋友。

（18）总角之好：谓幼年相契的好朋友。近"青梅竹马"。总角，原指古代未成年的人把头发扎成髻形如两角，后借指幼年。

（19）市道之交：指唯利是图，为利害关系而结交的朋友。

（20）乌集之交：一时为了同一利益而结交为朋友。

6.四羊方尊。四羊方尊是商朝晚期青铜礼器，祭祀用品。1938年出土于湖南宁乡县黄材镇月山铺转耳仑的山腰上。收藏于中国国家博物馆。

四羊方尊是中国现存商代青铜方尊中最大的一件，其每边边长为52.4厘米，高58.3厘米，重量34.5公斤，长颈，高圈足，颈部高耸，四边上装饰有蕉叶纹、三角夔纹和兽面纹，尊的中部是器的重心所在，尊四角各塑一羊，肩部四角是4个卷角羊头，羊头与羊颈伸出于器外，羊身与羊腿附着于尊腹部及圈足上。同时，方尊肩饰高浮雕蛇身而有爪的龙纹，尊四面正中即两羊比邻处，各一双角龙首探出器表，从方尊每边右肩蜿蜒于前居的中间。

7.桑落酒。桑落酒是我国传统的历史名酒，产于运城永济市。永济古称"河东""阿中""蒲州"据文献记载："北魏，河东郡多流离，谓之徙民。民有姓刘名白堕者，宿擅工酿，采挹河流，酿成芳酎，悬食同枯枝之年，排干桑落之辰，故酒得其名，最佳酌矣。"距今已有 1600 年的历史。唐朝诗人张渭《别韦郎中》一诗中有"不醉郎中桑落酒，教人无奈别离何"一句。

8.建安七子。汉建安年间（196—220）七位文学家的合称，包括孔融、陈琳、王粲、徐干、阮瑀、应玚、刘桢。这七人大体上代表了建安时期除曹氏父子（即曹操、曹丕、曹植）外的优秀作者，所以"七子"之说，得到后世的普遍承认。

七子中除了孔融与曹操政见不合外，其余六家虽然各自经历不同，但都亲身受过汉末离乱之苦，后来投奔曹操，地位发生了变化，获得了安定、富贵的生活。他们多视曹操为知己，想依赖他干一番事业。故而他们的诗与曹氏父子有许多共同之处。因建安七子曾同居魏都邺（今河北临漳县西）中，又号"邺中七子"。

他们对于诗、赋、散文的发展，都曾作出过贡献。建安七子与"三曹"往往被视作汉末三国时期文学成就的代表。

9.月老。民间又称月下老人、月下老儿，是中国民间传说中主管婚姻的红喜神，也就是媒神。是天庭的一位上仙。

月老这一形象最初在唐朝小说家李复言的小说集《续玄怪录》的《定婚店》中出现。记载了唐朝元和二年（公元 807 年），书生韦固路过宋州宋城县（今河南省商丘市睢阳区），借宿在宋城县的南店客栈，巧遇月下老人。宋城县的县令知道了这件事情，就把韦固原来住的旅店题名为"定婚店"。月老由此而来，此后世代相传，男女老少咸知。月下老人后来也成为媒人的代称。

月下老人以红绳相系男女，确定男女姻缘，体现了唐朝人对爱情与婚姻"前世注定今生缘"的认知态度。对于从前那种结婚一定要讲求门当户对的观念来说，月老的婚姻观念显然有了很大的进步。

10.新郎与岳父。新郎一词专指对于确立婚姻关系的男女在结婚仪式中的男方的称呼，又称新郎官。在结婚时，新郎一般会穿上专门的礼服，经过仪式或法律程序后就成为女方的丈夫。也指新婚的男子。最早出现在唐代，表示考试登第的才子。

古代帝王常临名山绝顶，设坛祭天地山川，晋封公侯百官，史称"封禅"。唐玄宗李隆基一次"封禅"泰山，中书令张说做"封禅使"。张说把女婿郑镒由九品一下提成五品。后来玄宗问起郑镒的升迁事，郑镒支支吾吾，无言以对。在旁边的黄幡绰讥笑他："此乃泰山之力也。"玄宗才知张说徇私，很不高兴，不久把郑镒降回原九品。后来，人们知道此事，就把妻父称"泰山"。又因泰山乃五岳之首，又称为"岳父"，同时，又把妻母称为"岳母"。

11.千金小姐。公元前 522 年，伍子胥父兄被楚平王杀害。伍子胥逃离楚国，投奔吴国。途中他饥困交加，见一位浣纱姑娘竹筐里有饭，于是上前求乞。姑娘顿生恻隐之心，慨然相赠。伍子胥饱餐之后，出于安全原因，要求对方为他的行为保密。姑娘觉得人格受辱，遂抱起一石，投水而亡，以死明志。伍子胥见状，羞愤不已。他咬破手指，在石上血书："尔浣纱，我行乞；我腹饱，尔身溺。十年之后，千金报德！"

后来，伍子胥在吴国当了国相，吴王调遣劲旅攻入楚国。公元前506年，伍子胥"掘楚平王墓，其尸鞭之三百"。伍子胥报了大仇之后，又想到要报恩，但苦于不知姑娘家地址，于是就把千金投入她当时跳水的地方。这就是千金小姐的由来。

12.中医别称。中医，即相对西医而言。在西方医学没有流入我国以前，中医基本不叫中医这个名字，而是有独特且内涵丰富的称谓。

（1）岐黄。公元前26—22世纪时，黄帝是传说中原各族的共同领袖，姓姬号轩辕氏、有熊氏。岐伯，传说中的医家，黄帝的臣子。现存有我国最早的中医理论专著是《内经》，此书托黄帝与岐伯讨论医学，并以问答的形式而成，又称《黄帝内经》。后世称中医学的"岐黄""岐黄之术"，即源于此。

（2）医中圣手。《孔子传》载："于事无不通，谓之圣"，即无所不通。手，指专司或专情其事的人。医中圣手即是对医生精湛医术的高度称赞。

（3）扁鹊卢医。《史记扁鹊仓公列传》载："扁鹊者，渤海郡郑人也，姓秦，名越人，其治赵简子、太子疾。"《列子力命篇》载，医者卢氏被人称为"神医"。扁鹊卢氏即"正统神医"也。

（4）悬壶。《后汉书·费长房传》载，市中有一老翁卖药，悬一壶于市头。而他的药给人治病，每每药到病除，十分有效，引起人们的注意。结果发现这个神奇的老头，每到落市关门后，他就跳入葫芦里。古代医药不分家，就把"悬壶"作为行医的代称。一些开业医生也将葫芦作为招牌，表示开业应诊之意，后人称医生的功绩为"悬壶济世"。

（5）杏林。三国时董奉，医术高明，医德高尚，为人治病，不受谢，不受礼，只要求治愈者在他房前栽杏树作为纪念。重症愈者种5株，轻者1株。数年后，蔚然成林，红杏累累。他建一"草仓"，告诉人们，要杏果的，不用付钱，只要拿一器谷子来换一器杏果。这样用杏果换来的谷子堆积满仓，他用这些谷子救济贫民。人们非常感谢他，送他匾额上写"杏林""医林""誉满杏林""杏林春暖"。这些赞誉之词成为医德高尚、医术高明的雅称。

13.十三经。儒家的十三部经书，即《易》《书》《诗》《周礼》《仪礼》《礼记》《春秋左传》《春秋公羊传》《春秋谷梁传》《论语》《孝经》《尔雅》《孟子》。

14.五经博士。学官名。博士源于战国。秦及汉初，博士的职务主要是掌管图书，通古今以备顾问。汉武帝设五经博士，教授弟子，从此博士成为专门传授儒家经学的学官。汉初，《易》《书》《诗》《礼》《春秋》每经只有一家，每经置一博士，各以家法教授，故称五经博士。到西汉末年，研究五经的学者逐渐增至十四家，所以也称五经十四博士。

15.惠能。被尊为禅宗六祖的曹溪惠能大师，对中国佛教以及禅宗的弘化具有深刻和坚实的意义。"菩提本无树，明镜亦非台，本来无一物，何处惹尘埃"即出自慧能大师。惠能得到五祖弘忍传授衣钵，继承了东山法脉并建立了南宗，弘扬"直指人心，见性成佛"的顿教法门。他弘化于岭南，对边区以及海外文化，也具有一定的启迪和影响，王维《能禅师碑铭》谓其"实助皇王之化"；同时也引起了中原皇室的尊重和供养，皇室屡次迎请惠能进宫，并为其建寺造塔。在滑台大云寺的无遮大会之后，通过对南北是非的辩论，奠定了曹溪禅在禅宗的地位。在惠能入灭一百年后，禅者已非曹溪不足以谈禅。柳宗元撰《赐谥大鉴禅师碑》说："凡言禅，皆本曹溪。"武宗灭佛之后，曹溪禅即位居中国佛教的主流地位。

16.断肠词。词集名。南宋朱淑真作。一卷。朱淑真为钱塘（今浙江杭州）女子，因自伤身世，故以"断肠"名其词。

朱淑真，宋女作家。号幽栖居士，钱塘（今浙江杭州）人。祖籍歙州（今安徽省歙县），南宋初年时在世。生于仕宦家庭，相传因婚嫁不满，抑郁而终。能画，通音律。词多幽怨，流于感伤。也能诗。有诗集《断肠集》、词集《断肠词》。

17.韩非子的法治思想。韩非子的法治思想主要强调法、术、势相结合。韩非以前的法家有三派，其一重"术"，以在战国中期相韩昭侯的"郑之贱臣"申不害为宗。所谓"术"，即人主操纵臣下的阴谋，那些声色不露而辨别忠奸、赏罚莫测而切中事实的妙算。其二重"法"，以和申不害同时的商鞅为宗。他的特殊政略是以严刑厚赏来推行法令，使凡奉法遵令的人无或缺赏，凡犯法违令的人无所逃罚。其三重"势"，以和孟子同时的赵人慎到为宗。所谓势即是威权。这一派要把政府的威权尽量扩大而且集中在人主手里，使其变成惧怕的对象，以便压制臣下。这三派的观点，韩非兼容并顾，故此说他集法家之大成。

六、名言

1.天行健，君子以自强不息。地势坤，君子以厚德载物。——《周易》

2.勿以恶小而为之，勿以善小而不为。——刘备

3.见善如不及，见不善如探汤。——《论语》

4.躬自厚而薄责于人，则远怨矣。——《论语》

5.君子成人之美，不成人之恶。小人反是。——《论语》

6.见贤思齐焉，见不贤而内自省也。——《论语》

7.己所不欲，勿施于人。——《论语》

8.当仁，不让于师。——《论语》

9.君子欲讷于言而敏于行。——《论语》

10.二人同心，其利断金；同心之言，其臭如兰。——《周易》

11.君子藏器于身，待时而动。——《周易》

12.满招损，谦受益。——《尚书》

13.人不知而不愠，不亦君子乎？——《论语》

14.言必信,行必果。——《论语》

15.毋意,毋必,毋固,毋我。——《论语》

16.三人行,必有我师焉,择其善者而从之,其不善者而改之。——《论语》

17.君子求诸己,小人求诸人。——《论语》

18.君子坦荡荡,小人长戚戚。——《论语》

19.不怨天,不尤人。——《论语》

20.不迁怒,不贰过。——《论语》

21.小不忍,则乱大谋。——《论语》

22.小人之过也必文。——《论语》

23.过而不改,是谓过矣。——《论语》

24.君子务本,本立而道生。——《论语》

25.君子耻其言而过其行。——《论语》

26.三思而后行。——《论语》

27.多行不义必自毙。——《左传》

28.人谁无过,过而能改,善莫大焉。——《左传》

29.不以一眚掩大德。——《左传》

30.人一能之,己百之;人十能之,己千之。——《中庸》

31.知耻近乎勇。——《中庸》

32.以五十步笑百步。——《孟子》

33.君子莫大乎与人为善。——《孟子》

34.人皆可以为尧舜。——《孟子》

35.千丈之堤,以蝼蚁之穴溃;百尺之室,以突隙之烟焚。——《韩非子》

36.言之者无罪,闻之者足以戒。——《诗序》

37.良药苦于口而利于病,忠言逆于耳而利于行。——《孔子家语》

38.良言一句三冬暖,恶语伤人六月寒。——明代谚语

39.千经万典,孝悌为先。——《增广贤文》

40.善恶随人作,祸福自己招。——《增广贤文》

41.学而不思则罔,思而不学则殆。——《论语》

42.知之为知之,不知为不知,是知也。——《论语》

43.业精于勤,荒于嬉;行成于思,毁于随。——唐·韩愈

44.读书有三到:谓心到,眼到,口到。——明·朱熹

45.学而不厌,诲人不倦。——《论语》

46.不积跬步,无以至千里,不积小流,无以成江海。——《荀子》

47.欲穷千里目,更上一层楼。——王之涣《登鹳雀楼》

48.强中自有强中手,莫向人前满自夸。——《警世通言》

49.玉不琢,不成器;人不学,不知道。——《礼记》

50. 黑发不知勤学早，白首方悔读书迟。——《劝学》

51. 知不足者好学，耻下问者自满。——宋·林逋《省心录》

52. 学不可以已。——《荀子》

53. 学而时习之，不亦说乎？——《论语》

54. 温故而知新，可以为师矣。——《论语》

55. 读书破万卷，下笔如有神。——唐·杜甫

56. 少壮不努力，老大徒伤悲。——《汉乐府·长歌行》

57. 读书百遍，其义自见。——《三国志》

58. 学而不化，非学也。——宋·杨万里

59. 好学而不贰。——《左传》

60. 学如不及，犹恐失之。——《论语·秦伯》

61. 人而不学，其犹正墙面而立。——《尚书》

62. 知而好问，然后能才。——《荀子》

63. 学之广在于不倦，不倦在于固志。——晋·葛洪

64. 学而不知道，与不学同；知而不能行，与不知同。——宋·黄睎

65. 博观而约取，厚积而薄发。——宋·苏轼

66. 差之毫厘，谬以千里。——宋·陆九渊

67. 盛年不重来，一日难再晨。——晋·陶渊明

68. 言之无文，行而不远。——《左传》

69. 人之为学，不可自小，又不可自大。——明·顾炎武

70. 好学近乎知，力行近乎仁，知耻近乎勇。——《中庸》

71. 书到用时方恨少，事非经过不知难。——《增广贤文》

72. 笨鸟先飞早入林，笨人勤学早成材。——《省世格言》

73. 书山有路勤为径，学海无涯苦作舟。——唐·韩愈

74. 学如逆水行舟，不进则退。——《增广贤文》

75. 吾生也有涯，而知也无涯。——《庄子》

76. 天下兴亡，匹夫有责。——明·顾炎武

77. 生于忧患，死于安乐。——《孟子》

78. 位卑未敢忘忧国。——宋·陆游《病起书怀》

79. 人生自古谁无死，留取丹心照汗青。——宋·文天祥《过零丁洋》

80. 先天下之忧而忧，后天下之乐而乐。——宋·范仲淹《岳阳楼记》

81. 小来思报国，不是爱封侯。——唐·岑参《送人赴安西》

82. 有益国家之事虽死弗避。——明·吕坤《呻吟语·卷上》

83. 一寸山河一寸金。——金·左企弓

84. 欲安其家，必先安于国。——唐·武则天

85. 捐躯赴国难，视死忽如归。——三国魏·曹植《白马篇》

86.风声雨声读书声，声声入耳；家事国事天下事，事事关心。——明·顾宪成

87.生当作人杰，死亦为鬼雄。——宋·李清照《夏日绝句》

88.利于国者爱之，害于国者恶之。——《晏子春秋》

89.读书本意在元元。——宋·陆游

90.时穷节乃见，一一垂丹青。——宋·文天祥

91.哀哀父母，生我劬劳。——《诗经》

92.报国之心，死而后已。——宋·苏轼

93.忧国忘家，捐躯济难，忠臣之志也。——三国魏·曹植《求自诚表》

94.大丈夫处世，当扫除天下，安事一室乎？——汉·陈蕃

95.君子之交淡如水，小人之交甘若醴。——《庄子》

96.老吾老，以及人之老；幼吾幼，以及人之幼。——《孟子》

97.见侮而不斗，辱也。——《公孙龙子》

98.天下皆知取之为取，而莫知与之为取。——《后汉书》

99.人固有一死，或重于泰山，或轻于鸿毛。——汉·司马迁《史记》

100.羊有跪乳之恩，鸦有反哺之义。——《增广贤文》